茅盾文学奖研究资料

程光炜　主编

任南南　编

中国当代文学史资料丛书

百花洲文艺出版社

BAIHUAZHOU LITERATURE AND ART PRESS

图书在版编目（CIP）数据

茅盾文学奖研究资料 / 任南南编. — 南昌：百花洲文艺出版社,2017.8
（中国当代文学史资料丛书 / 程光炜主编）
ISBN 978-7-5500-2186-0

Ⅰ.①茅… Ⅱ.①任… Ⅲ.①长篇小说 – 小说研究 – 中国 – 当代
Ⅳ.①I207.425

中国版本图书馆CIP数据核字（2017）第090726号

茅盾文学奖研究资料

MAODUN WENXUEJIANG YANJIU ZILIAO

任南南　编

出 版 人	姚雪雪
责任编辑	臧利娟
书籍设计	方　方
制　　作	何　丹
出版发行	百花洲文艺出版社
社　　址	南昌市红谷滩世贸路898号博能中心一期A座20楼
邮　　编	330038
经　　销	全国新华书店
印　　刷	南昌千叶彩印有限公司
开　　本	720mm×1000mm　1/16　　印张　22.75
版　　次	2018年4月第1版第1次印刷
字　　数	350千字
书　　号	ISBN 978-7-5500-2186-0
定　　价	46.00元

赣版权登字　05-2017-128

邮购联系　0791-86895108
网　　址　http://www.bhzwy.com
图书若有印装错误，影响阅读，可向承印厂联系调换。

总　序

◎程光炜

一

　　中国当代文学史（1949—2009）有"前三十年"和"后三十年"之分期。后三十年中，又有"七十年代文学""八十年代文学"和"九十年代文学"等不同段落。本丛书的选编对象，是后三十年文学。然而，文学发展脉络除不同段落之外，还应有先后出现的流派、现象和社团将之串联成一个整体。在中国现代文学史上，仅二十年代的文学就有文学研究会、创造社、沉钟社、未名社等大大小小的社团或流派，从这些现象中，既可观察这一段落文学的起伏跌宕、相互排斥与前后照应，也能对它们的纹理组织和贯穿线索有清楚的了解。

　　由于当代文学史的历史沉淀不够，研究者与研究对象之间的历史距离还较短，它作为一个历史河床的激流险滩就来不及显露出来，供研究者做准确的测量、计算和评估。按照我做历史研究的习惯，凡是漂浮在文学批评和各种文坛传说中的文学现象，都不会列入研究目标，我会耐心地等它逐渐沉淀下来，待纹理组织和脉络线索都清楚显露出来之后，才把一个个作家作品这种单位摆放进去，设置一个位置。观察思潮，也应该强调它的历史稳定性，否则宁愿放着不做。但是我们知道，自所谓新时期文学开始运作之后，被文学批评推出的文学现象就层出不穷，例如伤痕文学、反思文学、寻根文学、先锋小说、新写实小说、女性文学等等，而且它们大都被已经出版的许多文学史著作所采用，在大学中文系文学史课堂上讲授了几十年。我没做过统计，关于它们的各种论文不说上千万字，少说也有几百万字。更值得注意的是，有很多研究论文详细讨论它们之间的承传关系①，或者对某现象的内涵外延加以界定②，也分析到某现象在向另一现象转型过程中出现的种种问题③，如此等等。由此说明，当代文学史历史分期、段落传承、概念界定、现象、社团和流派等等的历史化研究，也并不像有些悲观者认为的那样犹如散兵游勇，布不成阵。④

因资料整理和学术研究没有跟上来，从伤痕文学、反思文学、先锋话剧、朦胧诗、寻根文学、先锋小说、新写实小说、女性文学、第三代诗歌、文化散文、九十年代长篇小说到60后作家三十年来的文学史序列，除作家主动提倡、文学批评和杂志组织等推动因素外，是否还有社会思潮的刺激、外国文学的影响和文学圈子的催发，还都没有被认真清理和反思。关于现代文学史上的文学研究会、创造社、太阳社、沉钟社、新感觉派、乡土小说、京派、海派等社团和流派的文献史料，是经过几代学者数十年来默默无闻地爬梳、搜集、辑佚、整理和研究，才逐渐浮出历史表面，最后被确定下来，成为学科的概念、术语、范畴的。而我知道，对当代文学史上这些重要现象文献史料的收集整理，还只是处在启动的状态，更不用说以一所大学之力，几代学者之力，开辟为研究领域了。虽然如上所说，零星的"关系""转型""段落传承"等研究已有不错成果，但与现代文学史如此大规模、长时段和投入几代学者之力的宏大工作相比，远没有提到议事日程上来。这个事实，必须引起学界同人足够的重视。

二

本丛书的编撰是一项进一步充实当代文学史文献史料整理的工作。它分为《伤痕文学研究资料》《反思文学研究资料》《改革文学研究资料》《寻根文学研究资料》《先锋小说研究资料》《新写实小说研究资料》《新历史小说研究资料》《女性文学研究资料》《朦胧诗研究资料》《第三代诗歌研究资料》《先锋话剧研究资料》《文化散文研究资料》《九十年代诗歌研究资料》《茅盾文学奖研究资料》《九十年代长篇小说研究资料》和《外国文学译介研究资料》，总计十六种，基本涵盖了当代文学史后三十年的重要现象。如果按照本文第一部分讨论现代文学史社团、流派、现象的观点，可以将十六种资料略作分类。第一类为文学现象，如"伤痕文学""反思文学""改革文学""新历史小说""先锋话剧""文化散文""茅盾文学奖""长篇小说""外国文学译介"等；第二类为社团，如"朦胧诗""第三代诗歌""九十年代诗歌"等；第三类为流派，例如"寻根文学""先锋小说""新写实小说""女性文学"等。所谓文学现象，是指受到当时社会文化思潮和文学思潮的影响而兴起的一种文学创作现象，集中反映着当时作家、批评家的思想状况、文学观念和审美意识，尤其是文学探索的精神。随着这些思潮的转移、跌落，这些现象也随之弱化和消失。所谓文学社团，按照既定的文学史认知，它一定有社团章程、组织、文学主张和相对固定的文学圈子，有固定的批评家和文学受众，关于这一点，"朦胧诗""第三代诗歌"和"九十年代诗歌"都符合这些条件。

从文学史的角度说，凡文学社团都有社团章程、组织、文学主张和固定的文学圈子，有固定的批评家和文学受众。例如"朦胧诗"，它源于1969年出现于河北白洋淀插队知青中的"白洋淀诗人"，主要成员有姜世伟（芒克）、栗世征（多多）、岳重（根子）、孙康（方含）、宋海泉、白青、潘青萍、陶雒涌、戎雪兰等，在北京工作或在外地插队的北岛、江河、严力、彭刚、史保嘉、甘铁生、郑义、陈凯歌等，也曾与这些诗人有交往。1978年12月，创办了诗歌小说和美术杂志《今天》，而以发表诗歌为主。杂志主编是北岛、芒克，成员有方含、江河、严力、食指、舒婷、顾城、杨炼等。由北岛起草的"发刊词"代表了该杂志的章程、组织和文学主张，他们宣称：该杂志是要"植根于过去古老的沃土里，植根于为之而生、为之而死的信念中。过去的已经过去，未来尚且遥远，对于我们这代人来讲，今天，只有今天！"⑤《今天》这个文学社团从1978年到今天，已经存在了三十七年，是中国当代文学史上存在时间最长、杂志延续至今的一个社团。虽然，它的主编、编委和成员几度变化，该杂志后来还转移到国外，但仍然一直坚持了下来。在我看来，"寻根文学""先锋小说"和"新写实小说"是可以作为文学流派来研究的。首先，它们都曾有自己的"文学宣言"，固定的作者圈子，相对统一的创作风格，不仅影响了后来一代作家的创作，而且通过创作转型，当年的创始者后来也一直延续着当年的文学主张、审美意识和创作风格，例如莫言、贾平凹、韩少功、李锐（寻根），余华、苏童（先锋）等。

鉴于上述社团、流派和现象的史料非常分散，缺乏系统整理，本丛书拟以"资料专集"的形式出版。作为同类著作的第一套大型工具书，我们力图通过勾勒后三十年文学发展的基本脉络，展现大量而丰富的历史信息。同时意识到，这套丛书的出版，将为下一步更为细化、具体的史料整理工作开辟一条新路。如果从当代文学史文献收集、辑佚和整理工作的长远考虑，中国当代文学史的"社团史""流派史"等，也应在不远的未来启动和开展。比如，"白洋淀诗人群"与《今天》杂志的沿革关系，至今还是众说纷纭，有一些模糊不清的诗人回忆文章，但缺乏详细可靠的考证。又比如《今天》杂志编委会在八十年代的改组和分裂，也是各执一词，史料并不可靠。"寻根文学"的发起是1984年12月在杭州召开的那次文学的"当代性"会议，然而这次会议由哪些人发起、组织，具体策划是什么，与会人员名单是如何选择、确定，没有翔实材料予以叙述，零星片断的叙述倒是不少，仍不能令人满足。另外，散会后，韩少功、阿城等是如何产生写作那些"宣言式"文章念头的，具体情形包括活动情况，研究者仍然不得而知。在我看来，如果没有大量的建立在考证基础上的"社团史""流派史"史料丛书的陆续问世，仅凭简单材料写出的同类著作不仅价值不高，历史可信度也很低。这套书的工作，仅仅是为这一长期并意义深远的学术工作，打下一点初步基础而已。

三

在编选体例上，我们在遵循过去文学史史料丛书规则的前提下，也对这次编选提出了自己的要求。

一、每本书的结构，分为主选论文和资料索引两个部分。主选论文是全文收录，资料索引只选篇目和文章出处。在资料索引部分，要求编选者尽量穷尽能够找到的资料，当然非正式出版的报刊不在此列。

二、视野尽量开阔，观点具有历史包容性，强调点与面的结合。主选论文，应以当时文学思潮、论争文章和后来有价值的研究文章为编选对象；突出主要作家作品，一般作家作品可放在资料索引部分，作为对主选论文的陪衬，但也要求尽可能地丰富全面。

三、鉴于每本资料只有三十万字左右规模，这就要求编选者具有"选家"的眼光，用大海淘沙的耐心和精细触角，把对于历史来说，值得发掘和发现的文献史料贡献给各位读者。

由于各位编选者都在大学工作，承担着繁重的教学科研任务，尽管这套丛书筹备了好几年时间，还经过开会商讨和电子邮件的多次协商，但展现在读者面前的丛书，仍有不少遗憾之处，它的疏漏也在所难免，望读者批评指正。

2015年5月11日于北京

注释：

①杨晓帆：《知青小说如何"寻根"》，《南方文坛》2010年第6期。这篇论文运用详细材料，叙述了阿城1984年发表短篇小说《棋王》后，被仲呈祥、王蒙等归入知青小说。1985年提倡"寻根文学"后，更多的批评家开始按照对寻根文学的理解，认为它是这种现象的代表作之一，之后在接受各种访谈时，阿城也有意无意根据采访要求，重新讲述这篇小说是如何寻根的故事。这个案例，一定程度上说明，"知青小说"向"寻根文学"转换过程中的某种秘密。

②旷新年：《写在"伤痕文学"边上》，《文艺理论与批评》2005年第1期。作者力图在五十至七十年代文学和九十年代文学的关系脉络中，分析"伤痕文学"产生的原因，以及它如何在九十年代全球化大潮中逐渐衰老的深层背景。

③吴义勤的《告别"虚伪的形式"》（《文艺争鸣》2000年第1期）论及余华八十年代/九十年代小说的"转型"问题。还有很多学者，都有这方面的论述。

④从事现代文学研究的赵园，一次就曾当面对笔者谈到"当代文学"就像一个"菜市场"。这种认为当代文学史研究状况，始终没有自己的学科自觉和秩序的看法，在现代文学研究界十分普遍，一方面说明当代文学史研究确实存在问题，与此同时，也表明许多学者在耐心阅读已有成果之前就下结论的草率。

⑤《致读者》，载《今天》1978年12月23日《创刊号》。

目 录

我所知道的茅盾文学奖

雷　达

一、设奖来由

据我所知，茅盾文学奖的历史可追溯到1945年。那年在重庆为茅盾举行了"五十寿辰和创作活动二十五周年纪念"活动，在6月24日庆祝会上，正大纺织厂的陈钧经理委托沈钧儒和沙千里律师将一张十万元支票赠送给茅盾，指定作为茅盾文艺奖金。茅盾在接受捐款时表示：自己生平所写反映农村生活的作品不多，常引以为憾，建议以这些捐款，举行一次反映农村生活题材的短篇小说有奖征文。按照茅盾意愿，"文协"为此专门成立了老舍、靳以、杨晦、冯雪峰、冯乃超、邵荃麟、叶以群组成的茅盾文艺奖金评奖委员会，并在《文艺杂志》新1卷第3期和8月3日的《新华日报》共同刊出了"文艺杂志社"与"文哨月刊社"联合发出的"茅盾文艺奖金"征文启事，规定征文以反映农村生活的短篇小说、速写、报告为限。这次征文经评选产生了一批较好作品。

1981年3月14日，茅盾先生病危，他在口述了给中共中央请求在他去世之后追认为中共党员的信之后，又口述了给中国作家协会书记处的信：

　　亲爱的同志们，为了繁荣长篇小说的创作，我将我的稿费25万元捐献给作协，作为设立一个长篇小说文艺奖金的基金，以奖励每年最优秀的长篇小说。我自知病将不起，我衷心地祝愿我国社会主义文学事业繁荣昌盛。

两周之后，茅盾先生就去世了。25万元与现在哪怕随便一个明星和款爷的收入零头相比，也还是少得可怜，与贪官们贪污和动辄挥霍几千万、几个亿的数字相比，如九牛一毛，但在1981年的中国，25万元可是一个极其惊人的数字，茅盾先生肯将一生积蓄和盘托出，心同日月。1981年成立了茅盾文学奖评选小组，此奖的设立旨在推出和褒奖优秀长篇小说作家和作品。第一届初选小组的人是丁玲、艾青、冯至、冯牧、张光年、谢永旺等。这样的阵容，显然比现在的初选小组要豪华得多，大有将军打冲锋之势。茅奖起初就用茅盾那25万的利息运作，现在当然不够，从筹办、征集、评审及奖金，费用由国家来负了，因为它已是目前国内最有影响力的文学大奖。一个获奖者实得奖金也许不如一家刊物所设奖金高，但它的声名和荣誉是无形资产，后续的经济回报也是比较可观的。

二、评奖概况

至今，茅盾文学奖已评了六届①，第一届获奖作品是周克芹的《许茂和他的女儿们》、魏巍的《东方》、莫应丰的《将军吟》、姚雪垠的《李自成》（第二卷）、古华的《芙蓉镇》、李国文的《冬天里的春天》。第二届是李準的《黄河东流去》、张洁的《沉重的翅膀》（修订本）、刘心武的《钟鼓楼》。第三届是路遥的《平凡的世界》、凌力的《少年天子》、孙力和余小惠的《都市风流》、刘白羽的《第二个太阳》、霍达的《穆斯林的葬礼》。第四届是王火的《战争和人》（一、二、三）、陈忠实的《白鹿原》（修订本）、刘斯奋的《白门柳》（一、二）、刘玉民的《骚动之秋》。第五届是张平的《抉择》、阿来的《尘埃落定》、王安忆的《长恨歌》、王旭烽的《茶人三部曲》。第六届是熊召政的《张居正》、柳建伟的《英雄时代》、张洁的《无字》、徐贵祥的《历史的天空》、宗璞的《东藏记》。

这些作品中还是有一些能留下来的。比如，前不久，中国社会科学院生态环境研究所、北京大学以及一些网站所作的调查发现，文学类，长篇小说的第一名竟是路遥的《平凡的世界》，这是一部承继革命现实主义精神但又有很大更新的典型文本，路遥从他的文学教父柳青那里确实学到了不少精髓，在写法上却接近批判现实主义的托尔斯泰、巴尔扎克、狄更斯模式，写了1975

到1985十年间的陕北农村及城乡交叉地带的编年史。我们看到，在传统的农业社会里一旦诞生了新的个体意识觉醒的生命，就使这部作品有了惊人的强旺的生命力；还因为它表达了最底层的、弱势的、边缘人的真实本色的存在和挣扎图强的生命意志，它便是植根于大地的，有血有肉的，作者是用心灵和诚实写成的，它能够跟普通生活中的正常人的心灵发生共鸣。只要想想孙少平与郝红梅永远是"最后打饭的学生"的那种窘迫，想想主人公外在的贫穷与内心的高傲，我们就无法不为一种苦难的美而感动。当然书中也有对"官"的仰视和比较轻易的理想主义。路遥是我的好朋友，这书出来以后，他希望得到我的好评，但当时我对这个作品的反应比较冷，我甚至给他讲，你这个作品没有超越《人生》，你只是把《人生》的高加林在《平凡的世界》里分成了两个人，一个是留在乡下的高加林，一个是进了城的高加林，一个叫孙少安，一个叫孙少平，横的面是展开了，纵深面却开掘不够。现在看来是我部分地错了，我对这部作品厚实、顽强的生命力，特别是它的励志价值认识不足。当时我觉得高加林、孙少平就像中国农村的于连一样，介于鲁迅的启蒙主义者与西方资产阶级兴起时期的自我奋斗者形象之间，或者既像于连，又像保尔，还有点像堂吉诃德。平凡的世界不平凡啊，这是我们需要研究的一个问题，为什么这样的侧重于传统现实主义的作品能拥有这样强的生命力？

三、茅盾文学奖与关注中国社会广阔人生的多个层面

文学是人学，关怀人是文学的根本要义所在。不管什么文学，假若缺乏人的参与，不能以人为中心的话，都是没有什么意义的。然而，文学该如何关怀人呢？这又将内在地决定着文学的品质高低。实际上，茅盾文学奖还是关注了中国现实人生的诸多方面和诸多问题。有写社会变革大潮的，有写工业改革的，有写下层人的苦苦奋斗的，有写边远地区民族风情的，有写都市普通人的日常经验的，也有写尖锐的社会矛盾的。

我认为，关怀人的问题始终是先于关怀哪些人的问题。关怀下层贫困者还是关怀中层的财富拥有者都没有什么不对，关键在于你是不是真正在关怀人本身，是否关怀人的生存本身。加缪的《西西弗神话》《局外人》《误会》《鼠疫》，萨特的《恶心》《自画像》《苍蝇》，卡夫卡的《变形记》《城堡》

《审判》之所以伟大，之所以让人深思不止，不是由于它们在描写和审视对象的选择上高人一筹，而是由于它们诚实而深刻地面对了无论什么人的真实处境，关注了无论什么人的心灵所遭受的来自生活、科技、政治等等的逼压、摧残与异化，人自身真实处境在这些作品冷静、肃穆的展示中显得触目惊心。不绕开问题，不把问题简单化，能看到问题的真相，能揭示问题的根本症结，这种关注无论什么人的姿态、眼光和胸怀，体现着这些作品的价值，真切地关怀人本身是这些作品伟大的唯一原因所在。

在已经评出的茅奖作品中，我以为《芙蓉镇》《李自成》《平凡的世界》《尘埃落定》《长恨歌》《白鹿原》等可能在读者中有更为广泛和稳定的影响。而一些没有获奖的作品，其影响力也丝毫不容小视，比如张炜的《古船》、王蒙的《活动变人形》、铁凝的《玫瑰门》，还有二月河的《雍正皇帝》、唐浩明的《曾国藩》，等等。还有一些几乎与获奖不怎么沾边的作品也值得一说，如尤凤伟《中国一九五七》、杨显惠《夹边沟记事》，它们关注了一种政治行为对以知识群体为核心的一代人心身的折磨和摧毁，陈桂棣、春桃的《中国农民调查》，当然是报告文学了，它对最底层农民的疾苦和生存困境的关注令人感动。余华的《活着》《许三观卖血记》《在细雨中呼喊》关注了普通人担荷的巨大苦难和苦难人生的简单和偶然，雪漠的《大漠祭》关注生存本身的艰辛、顽强和苍凉，潘军的《死刑报告》关注了人类向人自己以国家、法律、正义的名义实施的死刑究竟是否具有很大合理性的问题，姜戎《狼图腾》在思想上也许有明显偏颇，但它能够关注草原在人的道理和政治的道理之间的生态命运，也不无警世作用。不管这些作品关注了什么人，不管这些作品具体以哪个阶层的人来展开文本，无论写得笨拙还是巧妙，可以肯定的是，这些作品深切关注了人生。不是取巧粉饰，而是尽量诚实地关注了人生。

四、茅盾文学奖倚重宏大叙事

茅盾文学奖作为一项有影响力的大奖，有没有自己的美学倾向和偏好，这是个不太好回答的问题。我个人认为是有的，这并不是有谁在规定或暗示或提倡或布置，而是一种审美逐渐积累过程，代代互相影响而成。从多届得奖作品看来，那就是对宏大叙事的侧重，对一些厚重的史诗性作品的青睐，对现实主义精神的倚重，对历史题材的更多关注。在历史上，文学与题材曾经有过不正常的关系，或人为区分题材等级，或把某些题材划成禁区，或干脆实行"题材决定论"。从今天来看，这些都是违反文学规律的。但是，也不可否认，重大题材还是有着自己的独特优势，特别是重大历史题材，由于阐述和重构了历史的隐秘存在和复活了被湮灭的历史记忆，既能给当代社会提供经验和借鉴，又提升了我们对人生、现实与世界进行有比较的审美观照与反思。

有鉴于此，茅盾文学奖非常关注重大历史题材。至少从现在评出的结果看是这样的。据粗略统计，在29部（包括两部荣誉奖：萧克的《浴血罗霄》、徐兴业的《金瓯缺》）茅盾文学奖获奖作品中，重点历史题材占了大多数。就拿第六届来说，第一部是熊召政的《张居正》，长篇历史小说，四卷本，140万字。熊召政是湖北诗人，曾写过长诗《请举起森林一般的手》，和叶文福的长诗《将军，你不能这样做》并肩而立，名动一时。后来，他专攻文史，特别是专攻明代的历史，发现张居正此人身上有丰富的戏剧性，有很高的史识价值，于是，就用了五六年时间写了这部小说。张居正被认为是铁面宰相，柔情丈夫，他实行过著名的万历新政和"一条鞭法"，是一个封建社会的了不起的改革家，最后以悲剧收场，全家被抄，实乃人治社会的悲剧，这和我们今天时代某些负面有些相似。明代中叶，经济繁荣，试图改革的人始终逃不出人治的可怕机制。第二部是张洁的《无字》，三卷本，90万字，写四代女性的悲剧命运。张洁曾写过一篇很动情的散文《这世上最疼我的那个人去了》，我觉得长篇小说《无字》中最动人的部分是从那篇散文来的，一种刻骨铭心的依恋。她还写过一篇小说《爱，是不能忘记的》，写的是一种柏拉图式的爱，手都没有拉过，爱了几十年，只是远远地望着，默默地想着；《无字》当中，那个梦中的爱人似乎变成了生活中的伴侣，但现实中的那个叫胡汉宸的人就显得很丑陋了。我觉得张洁在这部小说里倾诉了女性特有的痛苦，有人说这部作品是以血代笔，也有人觉得作品有点儿累赘，太长了。第三部是部队作家徐贵祥的《历史的天空》，现在拍成了电视连续剧，很流行。从纯文本立场看，这是一部较粗的作品，但整个作品还是大气，写了一群有性格的人，是革命历史题材小说的创新之作。它有一个特点是，重视偶然在历史中的作用，比如小说主人公梁大牙，身上有许多流氓无产者的痞子气，他本来是要投奔国军的，不巧走错了路跑到新四军那儿去了，饿坏了，新四军给他做了面鱼儿，吃完一碗面鱼儿后说再能给我吃一碗吗？新四军说可以，他就觉得新四军不错，虽然国军的粮饷充足，但新四军的人情味似乎更浓，于是就加入了新四军。另外一对青年跑到国军那儿去了，他们的命运都不是按照什么固定的逻辑和规律发展的。不承想，这个满身毛病的梁大牙又浑身是胆，能打仗、能吃苦、有智谋，终于成长为一个共产党的高级将领，跨度很大。我写过一篇评论《人的太阳照亮了历史的天空》，就是说，它不是写概念，而是写人的。第四部是柳建伟的《英雄时代》，柳建伟有个本事就是善于间接地体验生活，他写过一个电影《惊涛骇浪》，是写抗洪救灾的，得了大奖，他本人并没有到过水灾现场，但写得不错。这有点像歌曲《青藏高原》的作者并没有到过西藏一样。《英雄时代》的意思是，今天是一个群雄并起的时代，市场化大时代中各种力量涌动，今天的一个乞丐或小贩三年以后可能会成为一个大企业家，这是一个传奇的时代。有些评委认为，这部小说在捕捉正在进行中的社会矛盾，还比较敏锐。第五部是宗璞的《东藏记》，宗璞先生是有家学渊源的，她是冯友兰的女儿，是个著名的作家、学者，我们知道冯友兰先生的《中国哲学史》和胡适的《中国哲学大纲》都是很有名的哲学著作。宗璞1957年的短篇《红豆》名重一时，写知识分子情感世界和爱情矛盾颇见深度，却遭到了批判。她这部《东藏记》是四部曲中的一部，写西南联大、抗日战争南迁中的一群知识分子的沉浮，他们的节操与人生选择，点缀于昆明风情之间。其第一部叫《南渡记》，非常不错，当时没有评上茅奖是因为当时要求一套书完成才能评，而现在新的条例规定评一本也可以。宗璞的中西涵养是一般作家达不到的，文化韵味很浓。这些作品在各个角度关注了重大的历史、社会、人生问题。

五、茅盾文学奖基本上反映了中国当代长篇小说的水平

从茅盾文学奖的评奖过程来看，作品筛选和评定工作是有一定章法可循的，入围作品都由全体初评评委投票决定其名次，获奖作品的得票数必须超过评委全体的2/3才有效，然后按照票数排名。以第六届为例，五部作品不是任何一两个人的意志可以左右的。因为各个评委欣赏口味不同，艺术观和价值观各异，找出一部能够得到所有评委完全肯定的作品是不容易的。这次评奖也仍然是一种力的平衡的结果，实际上是很多人意志的合力形成的，对同时存在

的很多作品进行全方位阅读、审视、辨析、对比、提取而作出的一个综合性选择。这种选择怎么样，当然很难说，没有什么东西是绝对应该的。例如第五届评出后，读者认为《抉择》得奖是一个成功和进步，不再单纯从文学角度，而是从文化和社会民生角度来评判作品，官方和民间都欢迎。但也有人不同意这个观点。

评奖也曾出现意想不到的"插曲"或特殊情况，例如第四届《白鹿原》修订本问题就是。我记得《白鹿原》在评委会基本确定可以评上的时候，一部分评委认为，作品中儒家文化的体现者朱先生对政治斗争如"翻鏊子"的说辞不妥，甚至是错误的，容易引出误解，应以适当方式予以廓清，另外有些露骨的性描写也应适当删节。这种意见一出且不可动摇，当时就由评委会副主任陈昌本在另一屋子里现场亲自打电话征求陈忠实本人的意见，陈忠实在电话那头表示愿意接受个别词句的小的修改，这才决定授予其茅盾文学奖。这也就是发布和颁奖时始终在书名之后追加个"修订本"的原委。当然评奖时和发布时是不可能已有了"修订本"的，改动和印书都需要时间，而发布时间又是不能等的。陈昌本打电话究竟是在投票后还是投票前，我竟然记不清楚了。六届评下来，评价不一，作为评委我面对某个作品，也时常有抱憾或无能为力的感受。但在总体上，我看所选的作品还是基本上反映了当代中国长篇小说的创作水平。

当然，说茅盾文学奖基本上反映了当代中国长篇小说创作的水平，首先就要了解它的作品的思想深度、精神资源、文化意蕴以及人类性等等方面达到了怎么样的水平，它并不是在封闭之中的自我认可，沾沾自喜，而是参照古今中外的文学标准所得出的大致结论。同时，也很难如某些人所说，其评奖就是"固守着传统现实主义"，或者充斥着"牺牲艺术以拯救思想"的妥协主义。比如厚重之作《白鹿原》在艺术方面并不保守，有人说它有魔幻现实主义的色彩，有心理现实主义色彩，运用了文化的视角，都有道理。我觉得它的背景有俄苏文学的影响，也有拉美文学的影响，总之它与传统的现实主义观念已相去甚远了。再如，被认为在叙述方面除了开头的硬壳不好读外，整体上还是无可挑剔的《长恨歌》，表现了强烈的生命意识和文化意识。它通过一个女人的命运来写一个城市的灵魂及其变化，这在过去的文学观念中是不太好接受的。"恨"什么呢？其实就是一种人生长恨水长东的抱憾，生命有涯，存在无涯的悲情啊。一个女性在男权社会里始终不能达到自己对爱情、对幸福生活理想的追求，她所以有了恨，她的命运轨迹与历史发展的错位，也有恨。恨的内容丰富，但只有用一种开放的文学观念才能正确理解它。又如《尘埃落定》《钟鼓楼》《许茂和他的女儿们》《芙蓉镇》等等，就是在今天看来，也仍有着独特的价值和生命力。阿来说，他在电脑上敲完最后一行字，有大功告成的感觉，创造了自己的一个世界，一部东方寓言。他说，野画眉一写出，就知道要成功，自己的手像舞蹈症患者，在电脑上疯狂跳动，如有神助，每天五千字，到冬天敲定了三十万字。全书有一种诗歌的韵律之美。但从1994年写出，屡遭退稿。但它的价值最终得到认定。相反，也让人不无遗憾的是，贾平凹的《怀念狼》、铁凝的《玫瑰门》、阎连科的《日光流年》、莫言的《檀香刑》，以及李洱的《花腔》、余华的《许三观卖血记》、二月河的《雍正皇帝》，等等，在文本文体上有突破，是全球化语境下小说创作的新尝试，却由于种种自身的或非自身的原因无奈落选。当然，茅奖也有一些作品，当时轰动一时，时过境迁，因艺术较粗糙而少有人提起。

六、对茅盾文学奖的未来期待

茅盾文学奖已经评了六届，在积累了丰富经验的同时，也引起了不少争议，作为文学奖的主办者，中国作协、茅盾文学奖评委会及评奖办公室，不时会面对来自方方面面的质疑与诟病。比如，有一份资料整理了这些意见，兹引述如下：应该尊重评委们的资历、声望以及文学成就等等，但也不能无视历届评委会都存在着难以规避的局限：一是年龄老化，评奖不仅需要丰富的文学经验，还需要适度的身体素质，当评委们连阅读备选篇目都勉为其难时，又何来负责任的投票？二是由于其他原因，部分评委已经疏离文学工作，根本不熟悉文学的当代发展状况及与世界文学接轨程度，是不折不扣的"前文学工作者"，他们又何能公正地选拔当代"最优秀"的著作？三是评委们不是由民主推选而是中国作协指定，来自北京的专家学者占绝对优势，却排除各地不同的地域文化氛围所培养的诸多学界精英，又何能保证评奖的兼容性？四是评委们观念陈旧，他们还牢固地抱持着"十七年"时期的现实主义，看重典型化、真实性、倾向性以及史诗性等等传统因素，这种"独尊"情结潜在地抑制着当代文学的艺术创新，那又何能标示文学奖的导向意义？五是评委会对程序的"越位"。评奖条例规定，有三名评委联名提议，可增加备选篇目。质疑者认为，这一表面看来是为避免"遗珠之憾"实则极富"特权"色彩的"评委联名补充"程序，造成了数届茅盾文学奖的鱼目混珠，并增加了评奖的权力性、偶然性和人为因素。当然，也还有论者针对兼顾题材的"全面分配，合理布局"，或者重点关注"反映现实并塑造社会主义新人形象"之作品，"审读组"与"评委会"之间的龃龉以及"过程不透明"等等，有人把这些概括为"平衡机制"，它们共同摧毁着茅盾文学奖的"公信"形象和权威价值。据我所知，以上这些意见中的合理成分，在近几届评奖中已有改变。无论评委的年龄、组成方式、外地评委的比重，都与此前有所不同。

处在如此一个文化多元的时代，权威的消解似乎是必然的，它会时时受到挑战。相应地，茅盾文学奖也只能在历史中生存，在面对历史的挑战中生存，在顺应历史的潮流中生存。时代在变，审美观念在变，评奖的标准必然也要发生变化，这样才能保证茅盾文学奖与时同行。当然，评奖在更加走向开放、走向多元的同时，要使评奖具有权威性，要使评出的作品得到社会各方面较为一致的认可，尤其要经得起时间的检验，我个人以为有这么几条还是要坚持的：①我们要坚持长远的审美眼光，甚至可以拉开一定距离来评价作品，避免迎合现实中的某些直接的功利因素，要体现出对人类理想的真善美的不懈追求。②一定要看作品有没有深沉的思想含量和文化含量，特别要看有没有体现本民族的思想文化根基。③要看作品在艺术上、文体上有没有大的创新，在人物刻画、叙述方式、语言风格等方面有没有独特的东西。④长篇小说是一种规模很大的体裁，所以有必要考虑它是否表现了一个民族心灵发展和嬗变的历史，因为在一定程度上，文学就是灵魂的历史。

我希望，茅盾文学奖的路越走越宽。

作者附言：茅盾文学奖至今评了七届。第一届到第三届，我虽有参与，但介入不深；四、五、六三届，我都担任了评委，且因工作关系，先后做过评奖办公室副主任、主任。评奖办公室是具体工作班子，除了组织初评，就是为评委会服务。第七届我未做评委。第七届茅奖开评以来，媒体不断有人采访我关于茅奖情况，我后来接受了新浪读书之约，根据我在

2007年的一次讲演稿整理成此文。

注释：

①作者撰就此文时，茅盾文学奖尚未评出第七届。

原载《北京文学》2009年第1期

历史转折期的艺术见证

——重读首届茅盾文学奖获奖小说

於可训

写下这个题目，以此来概括重读首届"茅盾文学奖"获奖小说所得的印象和感受，有两层意思：一层意思是说首届"茅盾文学奖"获奖小说，集中表达的是处于结束"文化大革命"动乱的历史转折期，文学对于社会生活的反映和认识；另一层意思则是说这些作品同时也集中呈现了处于这一历史转折期的文学的基本形态和特征。这当然都是一种历史的存在，它本身即处于一种发展变化的动态过程之中，故而我们今天才有"重读"它的必要，才有在"重读"的过程中同时也重新审视它的必要和可能。

1

"茅盾文学奖"创立于1982年并于当年评出首届获奖作品，计有古华的《芙蓉镇》、周克芹的《许茂和他的女儿们》、莫应丰的《将军吟》、李国文的《冬天里的春天》、魏巍的《东方》和姚雪垠的《李自成》（第二卷）（以下文论述的方便为序）等六部长篇小说。这些作品的构思和写作，一部分在"文化大革命"结束后的四五年间，如《芙蓉镇》《许茂和他的女儿们》《冬天里的春天》等；一部分则在"文化大革命"之中或之前的60年代初中期乃至50年代后期，如《将军吟》《李自成》《东方》等。创作过程的这种特殊性，无疑使这些作品的思想和艺术都打上了特定时期社会历史的深刻烙印。

就"文化大革命"前开始构思写作的两部作品而言，姚雪垠的《李自成》第二卷自然不能脱离已于1963年出版的第一卷作孤立的讨论。这部作品不但在主题、情节和人物等主要构成要素方面与第一卷和此后各卷保持有不可分割的统一性和完整性，而且其艺术旨趣和创作方法也与第一卷和此后各卷存在着一种美学上的和风格上的有机联系。因此，就总体而言，这部作品应当属于"五四"以来的中国新文学史至少是当代中国的文学史，而不应当仅仅属于"文化大革命"后的新时期文学。这亦即是说，对这部作品的讨论不应当仅仅停留在一个短促的时间阶段，而应当把它提到一个具有一定深广程度的历史时空之内。从这个意义上说，《李自成》在"五四"以来"新"历史小说的创作史上，无疑是一座艺术的高峰，具有承前启后继往开来的转折意义。众所周知，现代文学史上的"新"历史小说的创作本来就不十分丰富，而以中国历史上的农民革命战争为题材的作品，更属凤毛麟角。建国以后则因对《武训传》等作品的批判，使作家在这一领域的创作活动更其谨慎小心。《李自成》的创作动机虽然萌发于40年代，但它的写作和第一卷的出版时间，却都是中国社会政治的一个特殊的敏感期。以作者的正处于政治逆境之中的特殊的社会身份，在一个特殊敏感的政治环境之中，创作和出版一部特殊题材（不是当时普遍强调的现实题材）的文学作品，而且在"文化大革命"巨浪袭来时，还能受到一种特殊的庇护，继续其未完成的创作，终于有以后各卷在新时期陆续出版问世，这在当代中国的文学史上，本身就是一个奇迹。对这种奇迹，历来的评论者和研究者并不十分在意，但这其中无疑隐含着《李自成》创作的一个十分重要的艺术秘密。

以今天的眼光来揭示这个秘密，首先便应当是它的"古为今用"的创作原则。《李自成》虽然不是一部现实题材的文学作品，但它的强烈的现实性显然是不应当受到怀疑的。这种强烈的现实性无须作过多的论证，我们只要看看在中国共产党领导的抗日民族解放战争即将取得最后胜利的重要关头，郭沫若的一篇研究明末农民战争的论文《甲申三百年祭》是如何受到共产党人的高度重视，就不难明白中国古代农民战争尤其是明末李自成领导的农民义军的经验、教训，对于共产党人"观今鉴古"具有何等重要的现实意义。虽然长篇小说《李自成》的创作和出版是在中国共产党已经取得了革命胜利、掌握了国家政权之后，但这种历史的"情结"却并未完全消失，而且李自成义军的经验、教训对于已经成为执政党和致力于巩固国家政权并保持其阶级的性质永不"变色"的共产党人来说，事实上比在夺取政权的年代显得重要得多。从新中国成立前夕毛泽东告诫共产党人要"戒骄、戒躁"到50年代末和60年代发动"反修、防修"斗争，在这个贯穿当代中国社会的政治主题与明末农民战争的经验、教训之间，无疑存在着一种历史的暗示性和某些内在的精神联系。这是《李自成》在作者遭遇政治厄运和复杂多变、险象环生的政治环境中仍得以存在的主要原因，同时也是当代历史小说贯彻"古为今用"的创作原则，为现实政治服务的典型表现。《李自成》第二卷的创作、出版虽然是在"文化大革命"之中之后，但作为当代历史小说创作的一种原则精神并未发生根本的转换，故而它仍然应当属于这一文学时代的历史小说的创作典范。

其次便应当是它的现实主义的创作态度和民族化的艺术风格。对于历史小说的作者来说，现实主义首先便意味着要严格地忠实于历史的事实。如同生活的真实一样，历史的真实在当代中国文学中，同样也不仅仅是一个单纯的艺术问题，而是同时也是一个与世界观的阶级属性有关的政治问题。《李自成》的作者在这方面的认真和严谨、科学和求实的精神绝对是无懈可击的。甚至无须从正面列举他从40年代以来为创作这部小说所做的搜集资料、实地勘察和研究甄别等等方面的非常人所能胜任的大量创作准备工作，仅就第一卷出版后数年间的社会反应而言，在一个政治上高度敏感和惯于挑剔的反常的年代，包括一些文艺批判的高手在内，竟无人能指出《李自成》的创作有违背历史事实之处，就足以证明这部历史小说的特殊的存在自有它的不可动摇的内在根据。正是建立在这样的一个近乎是科学的真实的基础上，《李自成》所创造的艺术世界才有真实性可言，它才能凭借这种无可辩驳的真实的艺术描写，深入历史事件的本质，揭示历史事件的规律性。《李自成》把现实主义的原则精神运用于历史小说的创作，无疑达到了相当的艺术高度，尤其是在处理历史小说的真实性和典型化等重大问题上，取得了许多成功的经验，在新文学史上，实无人能出其右。

《李自成》在艺术上对民族化所作的诸多追求，作者本人和众多的研究者已有详论，兹不赘述。重读此书，我只想指出一个文学接受上的事实，即中国的读者历来习惯于看小说作"信史"和以小说作观察和了解社会的"百科全书"，看历史小说的眼光，尤其如此。前者当然是一种读历史演义的习惯，后者则与后世的"世情小说"培养的阅读趣味大有关系。《李自成》可谓深得其中三昧。如上所述，它一方面无疑是"信史"的"演义"，另一方面又兼有

"百科全书"式的"世情小说"的艺术格局，如果说前述各点是它在特殊的政治环境中得以存活的主要原因的话，那么，这些方面也是它在当代读者中能够广为流传的重要根据。

关于重读《李自成》，还有很多可谈的话题，但要特别注意的是，这部多卷本的长篇历史小说，荣获首届"茅盾文学奖"的虽然只是其中的第二卷，但却不能忽视它赖以存在的那个统一的有机的艺术整体。正是这个整体，代表了一个文学时代历史小说创作的最高成就，同时也标志着这个文学时代的结束和一个新的文学时代的开始。处此历史转折之际，作为一个即将逝去的文学时代的产物，《李自成》也不免要遇到一些重新评价的尴尬和困惑。首先便是人们已经指出的它对于古代农民战争的某些过于"现代"的认识和描写，这当然要归咎于作者对"古为今用"的创作原则的掌握和运用尚存在某些失"度"之处；其次则是同样也有人已经指出的它的艺术形态的归属问题，把《李自成》完全等同于历史题材的通俗文学甚至与金庸的新派武侠小说不分轩轾，无疑是混淆了两种不同形态的文学作品的艺术评价标准。不管个人的主观好恶如何，都无法改变《李自成》作为一部现实主义的历史小说这一基本的文学事实，正如历史小说发展到今天，也出现了一种非现实主义的艺术形态，不能因此而否定前此时期的现实主义和其他形态的历史小说一样，不论历史小说今后还将发生何种变化，《李自成》作为一个特定时代的历史小说的典型形态，其意义和价值都是不会泯灭的。

就一个特定时代的社会氛围和艺术风尚对文学的影响而言，《东方》的创作和出版与《李自成》有诸多相似之处。这部作品的构思和动笔写作是在50年代末，中经60年代，到70年代中期才得以完成，因此，这部小说无疑留下了这期间革命战争题材尤其是长篇革命战争题材小说创作的诸多艺术影响的印记。众所周知，革命战争题材的创作在当代文学史上是一个发展较为充分、取得的成就较大的艺术门类。特别是长篇革命战争题材的小说创作，更在50年代末把当代长篇小说创作推上了一个高潮阶段。这期间革命战争题材的长篇小说的创作经验和逐渐形成的艺术规范，无疑对《东方》的构思和创作产生了许多有形无形的作用和影响。一般说来，当代革命战争题材的长篇创作，有两种主要的表现形态，一种是英雄史诗，一种是革命传奇。前者以人物的典型化取胜，属于现实主义的小说形态；后者以故事的传奇性见长，属于浪漫主义的艺术范畴。《东方》显然是属于前者而不是属于后者。正因为如此，它的全部注意就在于通过郭祥这个志愿军英雄典型的塑造，真实地本质地再现抗美援朝战争的爱国主义和国际主义性质以及崛起于东方的中国和朝鲜在国际舞台上所显示的巨大力量。就对这场震撼世界的战争的真实地本质艺术再现而言，《东方》确实是达到了相当的深度，尤其是它对战争的全过程所作的全景式的艺术描写，无疑也具有史诗的规模。但相对而言，在人物尤其是主要人物的典型化方面，却远远没有达到50年代末某些革命战争题材的长篇所达到的艺术高度。造成这种矛盾状况的原因，一方面固然有作者主观努力的因素，但另一方面也不能不看到，当代革命战争题材的长篇创作在经过了一个较长的发展阶段，尤其是在经历了50年代的创作高潮，创造了若干经典的作品，取得了重要的艺术成就之后，继起者要跨过这样的艺术高峰，达到一个新的超越和突破，本身就是一件十分困难的事情。更何况《东方》的创作迭经从50年代末到"文化大革命"期间诸多政治风云的变幻，其思想观念和艺术旨趣不可能不受时潮的左右和影响。仅仅说《东方》的创作受"'左'的限制"并无多大意义，问题在于在对《东方》的创作产生"左"的影响的那个年代，是如何以其对文学的独特的影响作用促使革命战争题材的长篇创作发生嬗变和向新的艺术形态转化的。在新时期的开始阶段刚刚复兴的革命战争题材的长篇创作高潮中，《东方》无疑是此中翘楚并代表了这一阶段革命战争题材的长篇创作的最高成就，但当这一传统的题材领域出现了一种新的创作形态之后，《东方》很快便退居历史的深处，成为过去时代在这一文学领域盛行的艺术时尚的最后标志。

2

无论从何种意义上说，《将军吟》都是一部十分独特的作品。用今天的眼光来看这部作品，它的意义也许不在或不全在于它在艺术上是否取得了重大的成就和突破，而在于它在当代文学史上尤其是在新时期文学中所处的地位和作用。论者向来对它的作者身当乱世而敢于直面惨烈的现实，秉笔直书"文化大革命"之史的创作精神倍加赞赏，但对它在当代文学史上尤其是在新时期文学中的历史地位和重要作用，却大都语焉不详或文惶其辞。殊不知，正是因为这一点，才使它得以置身于一个历史的分水岭上，以其独特的艺术形态，成为耸立于两个时代之间的一块巨大的文学界石。近年来，人们开始注意对"文化大革命"文学尤其是那个时期"地下文学"的研究，这是当代文学研究的一个巨大的进步。当时的"地下文学"至少在如下两个方面对于新时期文学的发生和发展是具有根本性意义的：其一是它的反主流文化的思想情感和艺术因素；其二是它对现实的批判精神和反思意识。前者孕育了新时期文学最初的现代主义，后者则引导了新时期文学暴露"伤痕"、"反思"历史的现实主义复兴浪潮。《将军吟》无疑属于后者，而且是其中最有自觉性和预见性，因而也是最具清醒的历史意识的创作。无须重复众多论者对《将军吟》创作的具体分析，我们只要比较一下从70年代末到80年代初新时期文学暴露"伤痕"、"反思"历史的诸多作品所塑造的人物，所构置的情节，所表达的情感和思想，就不难看到，《将军吟》是如何以一种直接的历史实录，即时的情感反应和朴素的理性思考，包孕了作为新时期文学的开端和序曲的所谓"伤痕文学"/"反思文学"的全部思想和艺术的因子与萌芽。从这个意义上说，《将军吟》完全应当被看作是新时期文学历史起点的标志和一个新的文学时代到来的最初信号。

在首届"茅盾文学奖"获奖作品中，属于完全意义上的新时期文学自然是《芙蓉镇》《许茂和他的女儿们》以及《冬天里的春天》等余下的三部作品，这三部作品皆创作、出版于70年代末80年代初，是新时期文学发轫阶段的重要收获。正因为如此，在它们身上也就比较完整地保留了正处于历史转折之中的这一阶段新时期文学的一些重要的精神特征和艺术印记。

首先是这三部作品的题材和主题的时代特征。众所周知，70年代末80年代初，不光是一个结束动乱的年代，同时也是一个理性反思的年代。文学在这个年代与政治表现出了惊人的同一性。暴露"伤痕"和"反思"历史作为这期间文学的两大基本题材和主题，即是对应着从政治上对"文化大革命"的"揭发批判"和从思想上对历史的"拨乱反正"的。这期间的作品大都可以归入这两大题材和主题系列，上述三部获奖作品自然也不例外。试以这期间同类性质的中短篇小说作比较，《芙蓉镇》的故事就曾经以不同的形式出现在《灵与肉》《天云山传奇》等一批描写知识人"落难"和与同"命"女子患难与共相濡以沫的"伤痕"小说之中；《许茂和他的女儿们》也可以从这期间众多反映农村"动乱"，反思农村政策的小说如《月兰》《笨人王老大》《李顺大造屋》等作品中找到某些情节的片段和人物的影子；《冬天里的春天》无论从哪方面说都可以与《神圣的使命》《大墙下的红玉兰》等暴露"伤痕"的小说和《蝴蝶》《剪辑错了的故事》等"反思"历史的小说引为同调。凡此种种，这当然不是说这三部作品分别就是以上这些小说的一个集中的再版，恰恰相反，正是分散在上述这些小说（此外还有更多的同类作品）中的那些片断的生活画面和零碎的思想资料，通过这三部作品集中而又典型的艺术概括，表现为一种整体的有机的历史过程和深入的系统的理性思考。从这个意义上说，这三部长篇无疑也是新时期的"伤痕文学"／"反思文学"的典范之作和优秀代表。以今天的眼光综而观之，这三部长篇对考察从十年动乱到新时期的历史转折期的精神史而言，甚至具有一种"百科全书"的意义，举凡这一时期社会生活的诸多变动，民众情绪的细微反应，以及各色人等的情感态度和思想倾向等等，无一不可以从这些作品的字里行间或透过这些作品的艺术描写找到一些表象材料和历史的端倪，仅此而言，这三部作品的历史价值就弥足珍惜。

其次是这三部作品艺术表现的历史属性。一般说来，论者大都把这三部作品归入新时期复兴的现实主义文学之列，就这三部作品遵循艺术的"典型化"原则，"真实地、本质地"再现社会历史的特征而言，无疑是符合现实主义的创作精神的，而且应当看作是新时期复归的现实主义文学的重要收获。但是与此同时，也应当看到，当长期尊于一统的当代现实主义的某些创作原则被推向极致和遭到人为的扭曲后，一方面固然意味着现实主义的创作原则在走向"异化"和解体，另一方面也将意味着一种新的蜕变的希望和转机可能正处于一个痛苦的酝酿和孕育的过程之中。当代中国的现实主义文学在经历了"文化大革命"的极端政治化的摧残之后，无疑正处于后一种状态。因此，在进入新时期以后，现实主义文学从一开始便表现出与前此各个时期尤其是与"文化大革命"时期所标榜的某些原则迥然相异的"叛逆"形态。其中一个突出的表现便是容纳异质的特别是长期以来被看作是现实主义"天敌"的现代主义的艺术因素。如果说《冬天里的春天》在"反思"历史方面可以与《蝴蝶》《剪辑错了的故事》引为同调的话，那么，它们在现实主义的艺术本体中容纳现代主义的异端，借鉴和融合现代主义的艺术表现手段方面，也确有异曲同工之妙。这部作品的篇幅体制虽然数十倍于上述两部中、短篇，但却更为灵活自如地把"意识流"的写作技巧运用于小说的叙述语言和结构，与此同时，它还在小说的叙事中引进了现代电影蒙太奇的表现手段、诗的抒情方式甚至通俗小说的悬念手法，如此等等，这些异质异类的艺术因素的综合运用，不但大大增强了这部小说的艺术容量，使作者能在叙述中把在四五十年间发生于数地的复杂人事浓缩于两三天内的一地经历之中，从而大大增强了这部小说的历史深度，并且也使这部小说在艺术上呈现出一种极端开放和兼容并包的"杂糅"状态。这种状态，正是进入新时期以后，现实主义小说发生蜕变和开始更新的一种典型的转换形态。这种转换形态的历史痕迹，我们不但可以从类似于上述两部中、短篇那样大量的艺术创新的作品中得到印证，而且，还可以从新时期小说早期艺术革新，如"意识流""生活流""诗化""散文化""反人物""反情节"等等追求的目标中找到它的种种复杂组合的源头和来路。从这个意义上说，《冬天里的春天》完全可以看作是新时期现实主义小说走向更新和开放的最初一个时期的一种微缩的艺术景观。它以一种全景的方式展示的新时期现实主义小说全新的艺术风貌和由它所预示的种种发展的前景和可能性，对于现实主义小说在今天走向更高一个层次的更新和开放，仍然有很重要的启示意义。

相对而言，《芙蓉镇》和《许茂和他的女儿们》在艺术革新尤其是在容纳异质异类的艺术因素方面，似乎没有如此鲜明突出的表现。这两部作品似乎更倾向于承续现实主义的艺术传统，而且与一种带有深厚的地域特色的现实主义小说的艺术风格密切相连，例如前者可自周立波上溯至沈从文，后者可自当代的李劼人、沙汀、艾芜上溯至他们在现代文学史上的创作，等等。上述两部长篇的作者对各自置身于其中的这种地域性的文学传统无疑都浸染甚深，并承其余绪，努力使之在自己的创作中得到光大发扬，从这个意义上说，这两部长篇完全应当看作是上述两个自铸文统，自成派系的地域文学传统发生历史性嬗变的扛鼎之作。今天的人们对文学传统的承接也许并不十分看重，至少是不会比追求"先锋"和"前卫"看得更为重要，但是，在一个经历过巨大的文化浩劫，文学出现了可怕的历史断层，在图新的发展之前，不得不转身接续传统，以复兴传统为第一要义的时代，能当此承前启后继往开来的重任，就已经被赋予了一种历史的里程碑的意义，更何况这两部长篇在艺术上也确实既得传统的精要又铸现代的新质，真正在延续各自所处地域的源远流长的文学传统的同时又使之向现代发生创造性的转化，仅此一端，这两部长篇在当代文学史上即功不可没。尤其是《芙蓉镇》对新时期湖南作家群的形成所起的奠基作用，更是一个有目共睹的事实。就现实主义小说在新时期的发展变化而言，湖南作家群的意义也许不限于他们所形成的地方特色，而在于他们以群体的力量集中显示了新时期现实主义小说的一种新的成熟的艺术形态，《芙蓉镇》无疑是这一新的成熟的现实主义小说形态的优秀代表。它的意义因而也显然不局限于一个文学地域，而是全局性的，是当代现实主义小说发展到一个新的历史阶段上的经典文本和重大收获。

上述种种，并非要对这三部作品区分轩轾，评骘高下，而是旨在说明这三部荣获当代文学最高奖励的长篇作品，是如何以各不相同甚至迥然异趣的艺术取向，集中代表了一个历史转折期的现实主义文学寻求新变所作的不同选择，所走的不同道路。这种不同，借用鲁迅的话说便是："采用外国的良规，加以发挥，使我们的作品更加丰满是一条路；择取中国的遗产，融合新机，使将来的作品别开生面也是一条路。"《冬天里的春天》显然是更倾向于前者的一种选择，《芙蓉镇》和《许茂和他的女儿们》则显然更倾向于选择后者。这两种不同的艺术革新的路向，在新时期小说此后的发展中，已日渐演化成两股不同的艺术潮流：一股潮流是若断若续的现代主义的实验，一股潮流便是持续不断的现实主义新变。这两股潮流互相激发，互为推动，共同促进了新时期小说艺术的发展变化。究其源头，上述三部荣获首届"茅盾文学奖"的长篇小说自有开源凿流，发为滥觞的历史功劳。

3

首届"茅盾文学奖"评奖距今已过去了12个年头，12年来，中国文学发生了许多深刻的变化，长篇小说的创作自然也不例外。这其中自然有许多值得庆幸的收获，但也有许多令人欲说不能也难以说清的遗憾。重读首届"茅盾文学奖"获奖小说，我以为至少在如下两个问题上，上述六部获奖作品的经验和成就，今天仍然值得我们认真体味和借鉴。

其一是它们的强烈的现实意识和深切的历史感。这本来是一句文学的老生常谈，但问题是我们常常因为厌倦了某些"老生常谈"而同时也疏远了某些基本的常识和真理，故而我们又不得不常常去重复这些"老生常谈"以求唤回我们已经丧失的原则和精神。从这个意义上说，重温首届"茅盾文学奖"获奖小说所表现出来的现实意识和历史感，无疑将给我们带来一些重要的思想启迪。

如上所述，首届"茅盾文学奖"获奖小说的创作、出版都处于一个非常的历史转折时期，这种历史转折期的社会生活不但常常处于变动不居之中，而且还常常因为转折前后的种种对比而形成巨大的历史反差，这无疑是转折期的文学的现实意识和历史感往往显得比平常时期要远为强烈的一个重要的客观基础。长篇小说的空间容量大，时间跨度长，更易于凸现这种历史感和现实意识。与此同时，处于历史转折期的作家的心灵往往比寻常敏感，思想也比寻常活跃，故而极易把现实的东西摄入小说和从转折的对比中把捉到生活的一种历史的纵深感觉，所有这一切，都使得首届"茅盾文学奖"获奖小说具有一种特殊的历史性质。这种特殊的历史性质是所有处于稳定发展时期的文学所不曾具有的，更是被今天的文学有意无意地抛弃了的。文学的陷入困境和走向末路，除了商品大潮的冲击之外，大约也与失落了现实意识和历史感不无关系。有鉴于此，我们也许当从重读首届"茅盾文学奖"获奖小说中得到一些有益的警示。

其二是它们的深固的现实主义文学本体观和兼容并包的艺术创造性。如上所述，首届"茅盾文学奖"获奖作品在艺术上都极具创造性，而且这种创造性又往往是与它们对异质异类的东西兼容并包地融合吸收大有关系。但是，与此同时，它们又固守现实主义文学的艺术根本，是在现实主义文学本体中融合吸收其他艺术因素，以丰富和加强现实主义文学的艺术表现力，而不是放弃根本，盲目追新，或把艺术创新变成一种无主体的拼凑和杂烩。首届"茅盾文学奖"获奖作品的艺术创新虽然有"采用外国的良规"和"择取中国的遗产"两种不同的取向，而且"采用"和"择取"的程度与"发挥"和"融合"后的成就也各不相同，但有一点根本的东西却是共同的，即不论以何种方式通过何种途径追求艺术的新变，它们都一无例外地深固现实主义的文学本体，在此基础上再向外国或向传统广泛"采用""择取"，故而这些作品的艺术创新无论走得多远，都不会给人以脱离现实、晦涩难解或矫揉造作、故弄玄虚的感觉。这当然不是在重弹现实主义一元独尊的老调，也不是说在现实主义之外不允许另立新派，而是说艺术创新如果缺少本体的依托，就有可能变成一种轻薄的时髦。当今天下扰扰，文坛旗号林立，重提首届"茅盾文学奖"获奖作品在艺术上的这一点"固本"精神，也许于文学的正常发展不无裨益。

无论如何，首届"茅盾文学奖"获奖作品已是一个历史的存在。它们记录的是一个刚刚经历过一场巨大的历史浩劫的民族处于一个重大的历史转折期的一部曲折的心史，一幅斑斓的世相，一条泥泞的思路，同时也是一个文学的转折时代的一份新旧交替、承前启后的艺术的实录。它们留给今天的是关于一段历史的见证，只要这段历史不灭，它们就将与之同在。

1994年11月3日于珞珈山面碧居

原载《当代作家评论》1995年第2期

"拨乱反正"宏大叙事的大合唱

——我看首届茅盾文学奖

贺绍俊

首届茅盾文学奖是1982年评选出来的。这是新时期文学刚刚起步的时期，对于经历过"文化大革命"的高压政治磨砺的文学来说，仿佛是从寒冬刚刚转向春天，一切还处在万物复苏的阶段。当时有一个政治词语：拨乱反正。执政党的方针路线需要"拨乱反正"，而文学也借助"拨乱反正"，给文学的话语权确立新的执掌者。毫无疑问，首届茅盾文学奖的评奖忠实地执行了"拨乱反正"的思想原则。所谓"拨乱反正"，就是强调了要与"过去"划清界限，这基本上成了此后的文学史叙述的一个立论前提，就是"文革"结束后的1976年，标志着一个时代的终止，另一个时代的开始。无论是政治表述，还是文学表述，都没有越出这个前提。文学表述上则是以"新时期文学"鲜明地标明了从此开始了新的文学期。所以当时就流行起一个政治词语"站队"。人们唯恐自己站错了队，无论在政治上还是在文学上，力图证明自己是属于新的阵营里的。另一方面，我们还得对与新时期相对应的"过去"有所分辨。在"文革"结束后的一段时间内，也就是重点进行"拨乱反正"的阶段里，人们指称的"过去"明确地指称"文革"时期。这也是"拨乱反正"的出发点。在"拨乱反正"中包含着三个历史分界：一个是当下，一个是"文革"，一个是"十七年"。"十七年"是"正"的所指，而"文革"将"十七年"的"正"都搞"乱"了，当下所要做的工作就是要把"文革"的"乱"全部纠正过来，纠正到"十七年"的"正"。在"拨乱反正"的思路中，这三个历史分界是清晰的，也是断裂的，人们以为，只要将"文革"这一段历史剔除掉，让"十七年"与当下衔接起来，历史的发展的链条就会接上。首届茅盾文学奖既是"拨乱反正"的产物，也是"拨乱反正"的成果，而后人们对于首届茅盾文学奖的阐释，也基本上没有超越"拨乱反正"的认识水平。我以为"历史断裂说"并不能真实地认知历史，中国当代文学从新中国成立算起，在短短的几十年里因为反复遭遇政治的风暴，呈现出复杂曲折的景象，文学发展的逻辑也变得扑朔迷离。历史断裂说不过是一种政治策略，新时期文学在最初也不得不紧随"拨乱反正"的思路，一方面是因为中国当代文学与政治的特殊关系，另一方面，文学在一个政治的转折期，也面临着重新洗牌，人们需要通过"拨乱反正"来确立文学上的话语权。新时期文学通过"拨乱反正"逐渐建构起一种"拨乱反正"的宏大叙事，首届茅盾文学奖所奖励的作品都是"拨乱反正"的宏大叙事的作品。从作品的思想主题和反映的内容来看，基本上都是对"文革"的否定。《将军吟》和《芙蓉镇》是直接否定"文革"的，《冬天里的春天》将革命战争时期内部的路线斗争与"文革"的斗争联系起来，《许茂和他的女儿们》则反映了"文革"给农村带来的苦难。《东方》和《李自成》不太一样，这两部作品都是在"文革"以前就开始创作了的，恰是这一点，准确标志了"反正"的归宿——返回到"文革"以前的"十七年"。因此可以说，首届茅盾文学奖是非常正确地实践了"拨乱反正"的政治策略。这是当时的文学的必然选择。这是完全可以理解的。

但我要特别指出的另外一点是，在以后的对于首届茅盾文学奖的阐释和评论中，也是基本上循着"拨乱反正"的思路的。也就是说，人们接受了一个评价了"十七年"文学的传统。这样一个前提，并不能让人们对"文革"文学作出正确的认识。我以为"文革"文学是"十七年"文学合逻辑发展的结果，它不过是将"十七年"文学的某些因素推演到最极端的地步，对这种状况，中国当代政治有一个专门的术语对其进行界定，这个术语就是"极左"。因此，有一种观点，就是认为"文革"推行的是"极左"的政治路线，与此相适应"四人帮"在文学上所推行的也是"极左"的文学思想。"极左"意味着"文革"中被奉为正统的文艺思想在理论基础上和思维方式上是与"十七年"一脉相承的，但它将一些内容强调到极端，因而就导致荒谬。理论基础都是现实主义，思维方式都是宏大叙事。宏大叙事服从于政治，而从"十七年"到新时期前、中期，政治上执行的是以"阶级斗争为纲"的原则，因此，新中国成立后开始的当代文学基本上都是关于阶级斗争的宏大叙事，当然，每一个历史阶段的侧重点又会有所不同，比如新时期初期建立起的就是"拨乱反正"的宏大叙事。"拨乱反正"的宏大叙事无疑是历史的产物。首届茅盾文学奖就是一次"拨乱反正"宏大叙事的大合唱，这也是历史的自然选择。问题在于，如果我们今天仍在以"拨乱反正"的思路去解读首届茅盾文学奖，就有可能"身"在庐山之中却"不识庐山真面目"了。

当代文学追求宏大叙事，也就决定了人们对现实主义的理解和取舍。

对于首届茅盾文学奖的评价，比较共同的意见是，它体现了向传统现实主义的回归。这个意见应该是正确的，事实上，从首届茅盾文学奖起，就基本确立了现实主义在茅盾文学奖中的主导地位。这也符合中国当代长篇小说创作的实际。在我看来，新时期以来的长篇小说创作，始终是以现实主义为主潮的。但同时要看到，现实主义在长篇小说创作中又是充满变异性和开放性的，始终处于动态发展的状态之中。相对而言，茅盾文学奖对于现实主义的理解远远滞后于创作现实的发展，不能及时地接受现实主义在长篇小说创作中的新质，因而将一些对于深化和发展现实主义有所贡献的优秀作品排斥在茅盾文学奖之外，例如王蒙的《活动变人形》、莫言的《檀香刑》等。

事实上，茅盾文学奖中所理解的现实主义，是一个不完全的现实主义。关于这一点，有必要认识到中国当代的现实主义处境的特殊性。现实主义既是一种创作方法，也是一种认知世界的方式，即一种世界观。作为一种创作方法，体现为如何叙述的问题；作为一种世界观，体现为表达什么意义的问题。作家在创作中，叙述与意义具有同一性，但又不可能是完全一致的，二者之间构成某种张力，这种张力使得作品具有更为复杂的内涵，也具有更加神秘的魅力。比如我们所熟知的恩格斯对巴尔扎克的评价。在中国当代文学的历史场景中，作为世界观的现实主义被凸显和强调出来，现实主义的主张其实就是一种世界观的主张，具体到文学创作中，提倡现实主义的当代文学的文艺政策制造者们和理论家们所强调的正是主观认识这一方面，因此，现实主义在其文学实践的具体展开中，就演化为一个意义规范化的问题。也就是说，人们以现实主义来要求文学，从根本上说，并不是说要求文学"真实"地反映现实，而是要求文学"正确"地反映现实。所谓"正确"就是指现实主义文学所要表达的意义必须是正确的。当然，对于作家来说，他们在以现实主义的方式来创作时，他们一方面认为自己是在"真实"地反映现实，同时也会认为自己对现实的认识是正确的，只要他真实地反映了现实，也就会正确地揭示现实的本质。但是，在当代文学的具体语境下，这个"正确"并不是由作家自己说了算的，是由文学的领导者和组织者说了算的。也就是说，"正确"并不是作家观察和认识现实"真实"的结果，而是被外在力量所强加的，是先于观察现实的"真实"而存在的。作家是带着一种"正确"的认识结论去观察现实，这种结论有可能与作家所观察到的现实"真实"不相吻合，但作家又必须坚持预设的"正确"结论，他或者改变"正确"的结论，或者修正"真实"的现实。"十七年"中发生的层出不穷的文艺斗争，多半都与作家处理"真实"与"正确"的矛盾有关。也可以说，不断的文艺斗争是在为现实主义的意义规范化而进行的，文艺斗争之所以不断，说明意义规范化的过程很艰难。也就是在不断的文艺斗争中，一个具有中国特色的现实主义逐渐形成并成了当代文学创作的主导力量。这个具有中国特色的现实主义就是"意义"先于"真实"、"真实"服从于"意义"的现实主义，就是预设了"意义"的现实主义。后来，这个意义规范化的现实主义被称为"社会主义现实主义"。也就是说，社会主义现实主义把现实主义的意义规范在"社会主义"这一政治内容上。因此，以现实主义方法写作的文学作品，必须在意义上体现政治的正确路线，而当时的政治是以阶级斗争为纲的政治，但这种意义是政治以生硬的方式加进来的，并不是现实主义在叙述中自然生成的，因此，当代文学的现实主义始终存在着一个叙述与意义之间的矛盾，作家在叙述中会有意无意地修正政治赋予的意义，会溢出规范化的意义，会让现实自身生成出新的意义。20世纪五六十年代，是社会主义现实主义的意义规范化确立期，随着规范化的确立，现实主义被限定到一个非常狭窄的政治框架内，现实主义的意义被阐释到了一个偏执的程度，它给文学留下的空间非常逼仄，这一情景在"文革"时期更是推向极端化，社会主义现实主义的意义阐释演变为"三突出"原则，文学几乎失去了自由创造的能力。

新时期以后在文学上的"拨乱反正"自然是要纠正"文革"时期的极端化倾向，但仅仅是纠正极端化，并没有改变现实主义意义规范化的思路。这个思路仍然是建立在"以阶级斗争为纲"的政治路线上的。这一点在首届茅盾文学奖的获奖作品中得到充分的体现。莫应丰的《将军吟》虽然是直接写"文革"斗争的，但除了给我们提供了一种"文革"是两条路线的斗争印象之外，并没有说明任何问题。从构思上和表现方法上，它与"文革"中所出版的一些反映与"走资派"作斗争的作品并没有根本上的不同，只不过是小说中的正反面形象各自所代表的政治内容有所不同而已。"文革"中的反面形象代表的是所谓的"刘少奇的资产阶级反动路线"，《将军吟》中的反面形象代表的是"四人帮"的反革命路线。正反面形象的确认，首先必须明确地遵循着现实政治的标准。莫应丰的《将军吟》是创作于"文革"后期，在"文革"后期，党内的政治斗争已经波及社会，并最终导致了规模宏大的天安门"四五"事件，莫应丰敏感地把握了这种社会情绪，他将对"文革"不满的人物作为正面人物来塑造，显然这是不符合当时的政治标准的。但这个政治标准是终将会改变的。所幸的是，莫应丰很快就等来了这一天。他曾在一篇创作谈中说《将军吟》写好后，他把原稿密藏在一个朋友家，"过了两年半，十一届三中全会召开，我从广播里听了全会公报，惊喜地发现《将军吟》初稿对'文化革命'的认识正好与公报的总精神相符；于是决定，立刻将稿子交给人民文学出版社"。莫应丰的这段自白虽然证明了自己在政治上的正确性，但也揭示了一个很残酷的事实：他的写作仿佛是在做一场政治赌博，或者说，小说的成败完全依赖政治上的变化。可以料想，几十年后，根本不了解中国"文革"这场政治斗争的读者来读这部作品，难以理解小说中所描写的夺权斗争。是的，《将军吟》除了告诉读者"文革"不过是一场夺权的闹剧之外，还告诉了我们什么呢？《冬天里的春天》试图对"文革"的夺权斗争作深入的解读，因此将革命战争年代的斗争和"文革"时期的斗争交织在一起进行描述。"文革"中遭迫害的于而龙是战争年代出生入死的忠诚战士，而"文革"中得势的王纬宇则是混进革命队伍中的反革命分子。小说的用意是要把"文革"中的两条路线的斗争看成是革命战争年代国共两党政治斗争的延续。其实，《将军吟》的作者也表达了这样的思想，因此小说中的造反派头头之一江醉章被设计为曾是变节的叛徒。让人感到吊诡的是，以国共两党的政治斗争作为砝码来加强现实斗争的意义，也是被"拨乱反正"宏大叙事所否定的"文革"时期的惯用书写方式。比方说"文革"中的样板戏《海港》是反映海港造船工人的现实生活的，这个戏最初是写青年工人韩小强轻视码头劳动，酿成了一场生产安全事故。但后来被要求提升主题，就由人民内部矛盾改为敌我矛盾，设置了一个阶级敌人钱守维，他利用韩小强的思想问题导演了一场政治事故。而这个在码头上当调度员的钱守维怎么成了阶级敌人的呢？原来他是曾被美国佬、日本强盗和国民党反动派欣赏的

"三朝元老"，新中国成立后暗藏潜伏在工人队伍之中。另一反映现实的样板戏《龙江颂》，本来是一出歌颂集体主义精神的戏，为了提升主题，也增加了一个与旧历史相连的阶级敌人黄国忠——这个名字就隐含着"国民党的忠实走狗"的意思，他是解放前霸水占田的地主的帮凶。可以说，首届茅盾文学奖的作品，与"文革"中被树为样板的作品，走的是同一条意义规范化的路径——阶级斗争的终极目标并无二致：正面人物都是无限忠于毛主席和毛泽东思想，反面人物在本质上都是国民党反动派，于是我们就看到"文革"作品中"走资派"是如何与国民党反动派臭味相投的，而新时期之初的作品中，则是"四人帮"一伙是如何成了对立面。

现实主义意义规范化的要求也给历史小说的写作大致确立了一个明确的方向：为现实服务，借古喻今，以史为鉴。因此"十七年"以来的历史小说往往被视为影射文学。写历史看上去远离了现实，但有时候写历史的作家遭遇到的政治打击比写现实的作家还要大，比如写《海瑞罢官》的吴晗，写《陶渊明写〈挽歌〉》的陈翔鹤。姚雪垠的《李自成》无疑是当代历史小说创作中的一个重要收获。作者几乎将自己的全部心血都花在了这部巨著的写作上，他为这部小说所作的准备和积累也是令人感慨的。姚雪垠对历史真相的探究，对人物刻画的讲究，都在他的创作中得到充分的体现，这是一部结构非常严谨、叙述非常精细的宏大作品。但从主题思想的表达和对历史的把握上看，小说基本上没有溢出现实主义的意义规范化之外。姚雪垠将自己的写作称为"历史现实主义"。我理解姚雪垠之所以要说是历史现实主义，也许是提醒人们，他并不是为写历史而写历史，他是要"古为今用"，以历史为鉴。同时也是提醒人们，要用现实的眼光去重新审视历史，也就是说要站在历史唯物主义的立场上去总结历史经验。这一切自然也归结到了现实主义的意义规范化上。姚雪垠早在1941年就萌发了写《李自成》的念头，他对明代历史作了充分的研究，也写过不少关于明代历史的文章。但如何写作小说《李自成》，姚雪垠说他是细心读了毛泽东的《中国革命和中国共产党》后，才有了明确的构思方向。这个构思方向就是"在中国封建社会里，农民起义和农民战争，虽然给封建统治阶级沉重打击，甚至改朝换代，但是最后封建的经济关系和封建的政治制度，依然继续下去"①。姚雪垠的《李自成》第一卷是在1960年代出版的，他将初稿交给出版社时，出版社又提出了进一步修改的意见，姚雪垠说当时所提意见中

"最重要的一条是明末地主阶级对农民以及土地集中的情况都太少，须要大大加强"。这实际上是从意义规范化的角度提出的意见，遵循这样的意见，将使得作品更符合现实主义意义规范化的要求。姚雪垠后来在一篇回忆文章中说："我十分同意他（指出版社的主审编辑）的意见，说我自己也明白第一卷存在的这个问题，但是进行修改时恐怕也不好补救，只好在第二卷加强笔墨。"②从姚雪垠的回忆文章中可以看出，姚雪垠在写第二卷（即获得首届茅盾文学奖的这一卷）时，努力强化了意义的规范化。姚雪垠的第二卷初稿在"文革"前夕就基本完成了，当然更重要的是，姚雪垠的创作理念也基本上定型在"十七年"的宏大叙事上，他理所当然地从内心里要拒绝"文革"时的极端化、政治化倾向。因此第二卷基本上体现的是"十七年"的意义规范化的要求，即从阶级斗争的原则出发去写封建社会中地主阶级与农民的矛盾和冲突。姚雪垠在第二卷强化的意义的规范化，他对李自成以及起义军的描写，多少是以20世纪以井冈山为根据地的农民武装作为参照的。比如李自成对起义事业的耿耿忠心，他严于律己、宽于待人的品格，起义军从小到大、由弱到强的原因，军队与百姓之间的"鱼水关系"，都会让我们联想到中国工农红军的经验总结。茅盾说《李自成》是一部以"历史唯物主义和辩证唯物主义的立场"来"解剖封建社会的"作品③。这可以说是在意义规范化上对《李自成》作出了充分的肯定。

必须意识到，意义规范化并不是现实主义所固有的，这是中国当代文学的特性所附加在现实主义上面的，现实主义作为一种世界观，必然具有意义阐释的功能。但作家观察世界的角度不一样，立场不一样，即使面对同一事物，也可能会作出不同的阐释，正因为意义阐释的多样性，也带来了现实主义表现的丰富性。但是，中国当代文学具有组织性与合目的性的性质。中国当代文学是革命胜利者的文学，革命胜利者对它具有当然的领导权。中国革命理论中还有非常重要的一点，就是把文学看成是革命的武器和工具，毛泽东在《在延安文艺座谈会上的讲话》中指出，文艺应该是"整个革命机器的一个组成部分"④。因此中国共产党在掌握了国家政权、成为执政党以后，不是削弱对文艺的领导，而是更加注重和加强对文艺的领导。中国共产党的领导人始终相信，文艺在革命斗争中具有政治不可替代的作用。当代文学从一开始就是被纳入到国家的社会主义政治和经济建设的宏伟规划之中的，具有明确的政治目的。因此，现实主义在被赋予绝对的领导权的同时，也对现实主义的意义阐释作出了规范化的要求。当代文学的组织性和合目的性，显然与文学创作的个人性和自由精神是有冲突的，这种冲突也构成了当代文学发展的内在动因之一。"文革"将意义规范化推到了极端的地步，大大限制了文学性的发挥，但这种极端的创作环境，倒是逼出了作家如何应对意义规范化的本领。生命是顽强的，无论大自然中多么恶劣的环境，总是能发现生命的踪迹。文学也是一种顽强的生命，它在任何恶劣的环境中都会生根发芽。首届茅盾文学奖的作者基本上都在"文革"中磨砺过这种本领。1971年之后，停顿了四五年的文学创作逐渐得到恢复，一些作家部分得到"解放"，可以重新开始创作，执政者还强调要从"工农兵"中培养文学新人。莫应丰1972年之后相继发表了小说《中伙铺》《山村五月夜》，他的长篇小说《小兵闯大山》也于"四人帮"倒台前出版。古华在"文革"中也开始了文学创作，曾发表小说《"绿旋风"新传》《仰天湖传奇》，他的长篇小说《山川呼啸》也在"四人帮"倒台前出版了。周克芹在"文革"时已经成为当地一位有影响的基层作家，他从1973年开始发表作品，相继有小说《早行人》《李秀满》《棉乡战鼓》和报告文学《银花朵朵》问世。不妨把以上提到的这几位作家的作品看成是在沙漠地里长出的绿色植物，虽然谈不上郁郁葱葱，但它们挺立的姿态能让人感觉到文学生命的顽强。将这几位作家在"文革"中写的作品与他们获得首届茅盾文学奖的作品对照来读，就会对他们应对意义规范化的智慧看得更清楚。这种智慧能够帮助他们在人物塑造上更生动形象些，故事讲述得更有吸引力些，但从根本上说，意义规范化约束了他们在思想上的独到发现，这是他们的智慧也无法解决的。

文学生命的顽强更多地体现在它要越出意义规范化的要求，强烈地表达自我的声音。在评首届茅盾文学奖期间，有没有类似的作品呢？尽管当时成绩最大也最有社会影响的是中短篇小说，长篇小说创作相对来说，数量不多，有影响的作品也不多，但仍然有一些作品，表达了溢出规范化之外的意义阐释。例如戴厚英的《人啊，人！》、王蒙的《青春万岁》等。

《人啊，人！》写的是某大学的知识分子从1957年反右斗争一直到打倒"四人帮"之后的坎坷命运，表现了他们的理想和追求，着力赞美了人道主义者何荆夫。这部小说出版后即引起极大的争议，当时批评、否定的声音占了上风。有文章说，在这部作品中"人们看不到历史前进中的新旧交替，更看不到粉碎'四人帮'前后这样两个历史大阶段的重大区别，却充斥着一股悲伤、消沉的情绪，它实际上是社会上某些人的所谓'信仰危机'在文艺创作领域中的反映"⑤。这一批评道出了问题的关键："看不到粉碎'四人帮'前后这样两个历史大阶段的重大区别"，也就是说，它是游离于"拨乱反正"宏大叙事之外的，不符合当前的现实主义的意义阐释。《人啊，人！》的可贵之处就在于作者的人道主义立场和人性视角，长期以来，人道主义不能名正言顺地进入到现实主义意义阐释的范畴；人性只能乔装打扮，才能在作品中得以表现。《人啊，人！》的突破在当时具有领潮流之先的意义，如果首届茅盾文学奖能够认可并接纳这一突破，可以预料将会对新时期的文学创作带来极大的连锁反应。

《青春万岁》则属于另一种情况。这是王蒙年轻时创作的作品，当时正是中华人民共和国成立之初，新中国的青春朝气鼓舞了一大批热爱文学的青年，他们内在生命的青春力与社会的青春朝气相互应和，当他们拿起笔进行文学创作时，内在生命的青春力获得最自然的表达。年轻的王蒙就是在这一氛围中开始文学创作的。他在这一时期创作的长篇小说《青春万岁》可以说是新中国之初的青春文学。小说反映的是新中国成立后的中学生的校园生活，写他们的课堂学习和业余爱好，写他们的友情，也写他们的烦恼，更写他们对问题的思考和争论，写他们在争论中心理逐渐走向成熟。小说一直写到他们中学毕业和分手，并相约几十年后再聚首。在王蒙的笔下，新中国成立后的中学生的生活是那么丰富，心情是那么阳光，青春是那么飞扬。这样一群天真活泼、青春洋溢的少男少女们是那么真实形象地从纸面上呼之欲出。小说的真实感首先在于这是作者情感和体验的真实写照。王蒙当时还不满二十岁，他离开中学生活才两三年的光景，中学毕业后他又在共和国的共青团部门工作，仍然与中学生保持着联系，《青春万岁》是王蒙的在场写作，是自我情感的喷发。《青春万岁》典型地体现了中国当代文学诞生之初的朝气蓬勃的一面，具有不可替代的文学史意义。这部小说当时因种种原因未能出版，只是部分章节在《文汇报》和《北京日报》上连载，直到1982年才由人民文学出版社正式出版。正是因为经过了一段岁月的"尘封"，《青春万岁》出版后就明显表现出与众不同的风格和情调。这种与众不同主要体现在两个方面。其一是王蒙写这部小说时，意义规范化才开始启动，因此整个小说没有受到意义规范化的规约，体现了现实主义的正常的意义阐释。其二是这部小说因为是作者王蒙带着旺盛的青春气息写作的，因而具有一种浪漫主义色彩。浪漫主义在中国当代文学中一直处于被冷落和被误解的境遇。意义规范化的要求，容不得浪漫主义这个自由精灵的破坏。但是，哪一个作家的内心没有一些浪漫主义的思绪呢？在一个以现实主义为主潮的语境中，特别需要浪漫主义的调剂和冲撞。所以在20世纪50年代提出了革命现实主义与革命浪漫主义相结合的理论，试图为浪漫主义安妥一个合法的位置。然而这个"两结合"的理论为曲解浪漫主义开启了一扇方便之门，从此人们就把浪漫主义等同于理想化的拔高。"文革"结束后仍未改变这一对浪漫主义的偏见，甚至人们在批判"四人帮"的文艺观念时，还把"文革"时的"假大空"看成是浪漫主义的产物，文学界当然也不敢公正地倡导浪漫主义。如果首届茅盾文学奖能够接纳《青春万岁》，也就是在一定程度上接纳了浪漫主义，这将对新时期文学产生非常积极的影响。

当然，无论是接纳《人啊，人！》，还是接纳《青春万岁》，到底对文学创作的整体产生什么影响，不过是一种历史的假设和想象。也许人们还能想象出更为严重的后果，比如导致更严厉的反自由化，等等。我的意思是说，今天我们重评首届茅盾文学奖，并不能以这种历史假设和想象作为臧否的理由。但提出这些历史想象，无非是强调在首届茅盾文学奖中，缺少了什么有价值的东西，这种缺少又是被历史所制约了的。

随着新时期文学的不断深入发展，意义规范化的要求越来越松动，作家们有意无意地进行着现实主义的意义重建，到了20世纪90年代，政治上以"以经济建设为中心"取代了"以阶级斗争为纲"，建立在阶级斗争基础上的宏大叙事按说应该土崩瓦解了吧，但是没有那么简单，因为思想的惯性和精神的传统远远要比物质顽强得多。今天，现实主义仍然是长篇小说创作的主流（这里不包括后来兴起的网络小说），意义阐释和意义重建仍在考量着作家的识见和才智。今天，文学的组织性和合目的性虽然没有过去那么明显，但仍在影响着文学生产和文学活动。因此，回过头去反思一下首届茅盾文学奖的情景，还是很有现实意义的。

茅盾文学奖研究资料

注释:

① 参见王维玲：《四十二年磨一剑——姚雪垠与〈李自成〉》，中国青年出版社2010年版，第4页。

② 参见王维玲：《四十二年磨一剑——姚雪垠与〈李自成〉》，中国青年出版社2010

年版，第6页。

③茅盾：《关于长篇历史小说〈李自成〉》，《文学评论》1978年第2期。

④毛泽东：《在延安文艺座谈会上的讲话》，《毛泽东选集》第3卷，人民出版社1977年版，第805页。

⑤姚正明、吴明瑛：《思索什么样的"生活哲理"？》，《文汇报》1981年10月17日。

原载《新文学评论》2012年第2期

回忆首届茅盾文学奖评选读书班

陈美兰

1982年初春，天气仍是乍暖还寒，我从武汉到北京，揣着中国作家协会创研部的通知走进位于香山的昭庙，向在这里举办的茅盾文学奖评选读书班报到。记得首先接待我的是作协创研部主任谢永旺，他除了表示欢迎外就是向我交代读书班的任务，接着，就分配一批让我读的长篇小说。

于是，我还来不及环视一下周围的环境，也来不及打听一下读书班内有哪些成员，就开始了工作——因为我是最晚一个报到者。

这一切对我来说，是那么兴奋，又是那么陌生。

其实，在接到参加读书班通知之前，我就从报刊上获知了设立"茅盾文学奖"的消息。1981年春，我们所尊敬的文学前辈茅盾先生，这位为中国现代文学的发展奉献了毕生精力的文坛巨匠，在他临终之前留下遗言："为了繁荣长篇小说的创作，我将我的稿费二十五万元捐献给作协，作为设立一个长篇小说文艺奖金的基金，以奖励每年最优秀的长篇小说。"记得我获悉这样的消息时，心中确实难以抑制地激动，这位为中国现代长篇小说创作园地做出了开拓性贡献的作家，在离开我们之前，仍然对我国文学事业寄予厚望，作为文学后辈能不为这种博大的胸怀所感动吗？！

当年秋天，中国作协就作出了启动评奖的决定，并将这一奖项定名为"茅盾文学奖"。这是新中国成立后由政府部门批准设立的第一个以个人名义命名的文学奖，可知它的意义非凡；而长篇小说又是被人们称为衡量一个国家文学水平标志的重要文学门类，所以这个奖的重要价值也是不言而喻的。但我真的没想到，我竟然有机会来参加这个奖项的初选工作。尽管我上世纪60年代初就开始留校任教，涉足当代文学领域，也写过几篇肤浅的小评论，但经历了"文革"的十年寒冬，却使我在春天到来之际不得不重新起步。"文革"刚结束，由于接受了教育部编写当代文学统编教材的硬性任务，迫使我几年重新系统地读了一些五六十年代的小说，也满怀兴致地读了一些七八十年代之交新创作出版的长篇作品。或许是对两个时段小说创作的同时接触，更激起我对当时新近出版的长篇新作的兴趣和敏感，也就情不自禁地写了好几篇评论，大概这就是我受到邀请的一点缘由吧。而在我来说，这是第一次参加如此重要的全国性的文学评奖活动，心中自然是既紧张又兴奋，能有这样条件集中时间阅读作品、接触最新的创作态势，这种难得的机会又怎能轻易放过呢？

在我稍稍整理好该读的书籍后，我才开始环视一下周围陌生的环境。原来我们住宿和工作的地方并不是正式的招待所，更不是什么"宾馆"，实际上是一座藏汉混合式的喇嘛庙。经打听，我才知道这个昭庙原是乾隆四十五年（1780年）为了迎接西藏六世班禅来京祝贺乾隆七十大寿而建的，故称班禅行宫。两百多年来，遭受过两次大破坏，早已是残垣断壁，后来修复的一些房舍也已变得破旧不堪。不过周围环境倒也十分清静，特别是周边耸立的几棵高大繁茂的古油松，似乎在显示着其历史之不凡。作协把读书班放在远离京城的这里，我想大概是为了节省京城宾馆的昂贵开支，更主要的是可以排除外界干扰，让我们在这里闭门潜心细读吧。当时一心想为我国刚刚复苏的文学事业重新振兴尽把力的我们，哪里还会去讲究什么住宿环境和工作条件呢！我记得当时我和王超冰住的是大堂偏旁的一个小房间，两张窄窄的硬板床，中间放着的是一张油漆斑驳的旧书桌；住在我们隔壁的是湖南作协理论研究室的冯放先生。大概是优待我们两个女同志和年纪稍大者吧，其余十多位读书班成员，都住在大堂外面隔着一条通道的一排低矮的平房里。这排低矮的平房，可能是当年班禅行宫杂务人员的宿舍。我还记得，当时从我们房间的窗口望过去，这里晚上常常是灯火通明，而且不时还会传出激昂的、热烈的争吵声——那是为讨论一部作品或一个文艺观点而争论不休。直到现在每每想起那样的情景，我都会无限感慨：一群"文学志士"为了迎接文艺事业的新春，可能根本就忘记了去计较自己是身处高楼大厦抑是低矮简陋的平房了。

在逐渐交往中，我开始熟悉在这里的十多位"班友"，他们都是当时文学界的非等闲之辈。其中有来自北师大于今已是终身教授的文艺理论家童庆炳，有来自《上海文学》后来在评论界有很高声誉却英年早逝的周介人，有《文学评论》的资深编辑蔡葵、《文艺报》评论部的孙武臣，有来自陕西作协的资深评论家王愚、河南作协理论室的孙荪、江西作协理论室的吴松亭，有来自山东师大的宋遂良、中山大学的黄伟宗，来自杭州大学的吴秀明是读书班上最年轻的一位，大家都亲切地称呼他"阿秀"。这几位大学的同行，后来在当代文学领域都成了知名的教授。来自南通师院的吴功正，在美学界也颇有名气。读书班上还有当年北京的中学教师、后来进入中国作协评论部、至今仍活跃于文坛的著名评论家何振邦。吴福辉则是一位身份颇特殊的成员，他那时是作协创研部的工作人员，既参加读书班研讨，又是读书班的资料总管，二十多年后，他除了研究成果丰硕，还担任了中国现代文学馆的副馆长，我笑他这回真正成为中国现代文学的"资料总管"了。当时就是这样一批中青年评论家，刚刚经历了"文革"的严冬，现在从四面八方汇聚到这里，沐浴在我国文艺领域的早春气息中，怎能不让自身的青春活力尽情释放？对于拨乱反正时期文艺问题的探讨、释疑、争论、交流……往往从会议桌上延伸到饭桌、寝室，延伸到香山昭庙四周宛转小道上。也许每个人都把文学当作自己最心爱的事业，所以一旦汇聚，很快就成了熟悉的朋友，加上被我们称之为"老板"的谢永旺，既是一位资深的评论家，更是一位富有经验且性格风趣、平易近人的行政领导人，由他所带领的这个临时集体，除了严肃的研讨外，更少不了欢声笑语，而这个时候，王愚和宋遂良往往就成了"主角"，这两位在"文革"中因文艺问题而吃尽苦头的正直善良的"书生"，一唱一和、绘声绘色地说起"文革"中所遭遇的种种荒唐事，常引起大家哄堂大笑。当然，这种笑声自然也夹杂着辛酸和叹息。

这次读书班的任务用现在的眼光来看似乎并不繁重，首届茅盾文学奖评选的范围是1977—1981年之间出版的长篇小说，那时的年产量根本不像现在那样的数以千计，所以当时由全国各协会、出版社、大型文学杂志编辑部推荐上来的作品只有134部，但是，如何在这134部作品中挑选出代表这个时期创作水平的作品，对当时读书班来说却是一件不容易的事。记得当时班上有一个不约而同的认识：一定要仔细研读作品才能作出高下、优劣的判断。经过一段日子的"挑灯夜读"，才开始作第一轮淘汰，在反复交换意见后，134部作品中有两人以上阅读认为可考虑的作品是26部。在进入第二阶段工作后，研讨活动就更频繁了，为了认清一部作品的价值或问题，大家常常会把话题拉开到对当时整个文学态势的谈论，为此，读书班还专门举行了多次规模较大的研讨会，除读书班成员外，特别邀请了冯牧、唐达成、刘锡诚、阎纲等同志与会，希望在交流中更扩大视野，从而评选出在当时来说最有价值的作品。

对我来说，那样的交流实在太难得了，它不仅让我在鉴别作品时更有把握，同时更引发了我对当时文学发展过程中一些问题的思考。至今我还保留着对"班友"们一些发言的深刻印象。蔡葵从小说的内容，人物塑造的多样性、丰富性，表现手法的创新等方面，比较了这七八十年代之交的创作与"十七年"文学的许多不同点和所显示的一些"新质"；也对当时一些作品缺乏时代精神作了认真分析。童庆炳从"真"与"美"的角度，谈到了那几年长篇创作的不足，他特别强调长篇小说应具有很高的审美素质，而不止于写生活的具体过程，见事不见人，见物不见美。应该把社会生活内容溶化到审美的内容中去，写出人情美、道德美、伦理美。周介人也指出，过去总喜用"史诗"的规模来反映阶级斗争的历史，排除了用个人心灵历程来映衬时代的可能性，现在出现的一些优秀作品说明，通过个人的命运、家庭的悲欢离合同样能够让我们感受到时代风云、社会世态，而且往往更为动人，毕竟，历史是由无数普通人的命运书写的。这样一些见解，在上世纪80年代之初，思想战线的拨乱反正还在进行中，自然显得十分"前卫"，其实即使到了今天，它对我们的文学创作仍然有着重要的启发意义。当时在参评作品中，历史小说有着相当数量，像《李自成》《金瓯缺》《戊戌喋血记》这样一些作品大多创作于"文革"的动乱时期，反映了作家们在文化专制的环境下借用历史所抒发的人生感悟和爱国情怀。当时吴秀明、宋遂良即以高度的敏感对这批作品的艺术经验作了认真的概括，他们特别指出，这批作品在熔铸历史时所体现的强烈的主观色彩，人物形象内涵复杂，融进了作者丰富的感情寄予，许多作品迸发的是一种从低谷下奋起、迎逆流而上的民族精神。他们当时中肯的发言也预示着两人后来确实成了研究历史小说的著名专家。

在昭庙里所进行的这些研讨和交流，它的意义无疑远远超出了孤立地选出某一两部作品。因为那正是中国文学处在一个重要的转折时期，我们的文学不仅要走出十年文化专制主义和"帮派文学"的阴影，更要面向未来选择自己新的发展方向，事实上，这个时候所进行的文学评奖，也在某种意义上体现了我们的文学应该建立什么样的价值基准和理论追求。记得唐达成同志在研讨会上就曾明确地提出了这样的观点：我们的许多理论认识应该要用创作来回答。这种观点也更坚定了我后来的科研追求：不搞那种空对空的理论演绎或阐释，理论研究一定要认真关注创作实践，关注具有创新活力的创作实践，要着力于在创作丰腴的田野上去发现、提升理论的亮点。

日子一天天过去，读书，研讨，没有外界电话的干扰，更没有什么"饭局"的诱惑，安静的昭庙里仍然是一片繁忙。当我们对文学创作发展势态有了全面的观照，有了对文学作品价值基准的共识，在选拔作品时就顺利多了，意见也很容易统一。经过读书班的讨论，26部作品又进行了一次淘汰，留下了17部。这时，各人如何从中选出六七部获奖的推荐作品，自然就需要更加审慎了。这段时间，从昭庙透出的灯光在夜空中也更加漫长——大家都在准备拿出自己的推荐意见。

翻阅一下我当年所做的笔记，我个人当时比较推崇的是这么几部作品：《许茂和他的女儿们》《芙蓉镇》《将军吟》《沉重的翅膀》《冬天里的春天》《漩流》《黄河东流去》《李自成》和《金瓯缺》。

我选择这几部作品是基于当时这样的认识。反映"文革"时期社会动荡生活的《许茂和他的女儿们》（周克芹）和《芙蓉镇》（古华），前者把一个普通的农村家庭被政治风暴所撕裂、亲人的爱被践踏，把一批善良的农村人对走出生活阴霾的渴望，写得相当感人；后者则以一个清纯、勤劳的农村女性在极左思潮笼罩下悲惨的命运和叛逆抗争，不仅反映出政治斗争的残酷，也写出了人性尊严之不可侮。在当时大量涌现的反映"文革"时期农村生活的作品中显得异常突出。《将军吟》（莫应丰）是以军内生活为背景，相当真实而直接地描写了一批坚持真理和正义的我军将士对倒行逆施的"四人帮"及其路线所作的激烈斗争，体现出刚烈无畏的凛然正气，尽管作品艺术上稍微粗糙，但作者能在黎明前的黑暗日子里如此秉笔直书，其胆与识不能不令人敬佩。

在反映20世纪上半叶历史生活的作品中，我特别喜爱《冬天里的春天》（李国文），这可以说是长篇小说中最早吸取意识流艺术手法的一部作品，30年的时间跨度和历史事件，是以主人公希望破解当年在游击战中妻子被谋害的疑团所作的三天行程为基本线索，并以主人公的意识流动穿插其中来组结作品的，这种叙述方式在当时确实给人以耳目一新的感觉。加上在意识流动中所传递的阵阵情感热浪，更强化了读者的阅读感受。《黄河东流去》是李準在电影

《大河奔流》题材基础上重新创作的一部长篇小说，描写了抗战时期国民党以黄河决堤阻挡日军进犯从而造成一千多万民众流离失所的大灾难。我之所以推荐它，是因为我感到作者是力图跳出以往那种以阶级斗争的二元对立方式组结作品的思路，力图还原为生活的原生态来表现人物、家庭的命运遭际，在浓郁的生活汁液中让人们感受到时代的动荡，历史的无情。我认为作家作这样的转型实践，是值得鼓励的。《漩流》（鄢国培）也是以20世纪30年代生活为背景的作品，在当时引起关注，是因为他选择的题材有所突破，正面地描写了长江航运上民族资本家朱佳富为振兴民族企业所作的艰苦拼搏和所受的磨难，这在七八十年代之交仍以工农、知识分子为主体的创作中无疑独出一格，作者对航运生活领域的熟悉和细致的描写更使作品有一种别开生面的感觉。

《沉重的翅膀》的作者张洁是当时最当红的作家之一，所以她的第一部长篇自然让人关注，更重要的是，这是一部最切近现实、最直接反映当时社会情绪的作品，描写了十年内乱后，我国社会重新踏上现代化建设途程所遇到的错综复杂矛盾与起步的艰辛，笔锋犀利，情绪激越，很容易引起渴望迅速改变旧有体制束缚的读者的共鸣。我读了也是激动万分，所以毫不犹豫地推荐它。

至于反映古代历史生活的作品，我当首选《李自成》（姚雪垠）。记得还是1977年夏，在《李自成》第二卷刚出版风靡全国之际，湖北省作协就曾邀请我在当年李自成遇难的九宫山，参加了一个作品研讨班，花了整整一个月的时间研究这部小说并写出第一批评论文章。这部作品当时可以毫不夸张地说受到了亿万读者的欢迎，除了因为它最早满足了广大民众十年的文化饥渴外，还因为它在历史观念和创作艺术上有着明显的新意，崇祯这位明朝末代皇帝的形象，李自成农民起义队伍中像刘宗敏、牛金星等许多复杂人等，都被他塑造得真实可信、意蕴丰盈。加上作者在长篇小说艺术结构上的刻意创新，使它在当时大量涌现的历史小说中稳占鳌头。

在我考虑推荐作品时，还有这么一段插曲。当时参评的历史小说中，我还把《金瓯缺》（徐兴业）也作为我个人推荐的作品，这当中自然有我特殊的感受。这部小说以12世纪北宋抗金的历史为题材，彰显了马扩、岳飞等爱国军民为国家的完整所作的不屈斗争。小说分四册出版，当时只出了一、二两册，作者写得相当严谨但也过分冗长，艺术灵气确实欠佳。我当时不愿把它排除在我视野之外，主要是被作者的创作精神深深感动了。徐兴业早在抗战期间就开始酝酿这部小说的创作，其意图是明显的，以历史上军民的爱国精神来激励正在与日寇浴血奋战的我国民众，抨击腐败无能的国民党政府。但因种种原因直到上世纪50年代才开始动笔，当时他妻子到了国外，多次以优厚的物质条件动员他离开祖国，而徐兴业却始终不为所动，他向妻子这样表白："我写的是中国的小说，是写中国历史的小说，是写一部旨在激发中国人民保卫自己国家的小说，我的主要读者是中国人，我的写作土壤在中国，我离不开我的祖国。"尽管他知道会伤了妻子的心，却仍然坚持在清贫孤独和恶劣的政治环境下，完成了小说的第一、二卷。1981年小说出版，他专门给远在巴黎二十年没见面的妻子寄上，并附上一封十分感人的信，当中有这样的话："我的感情没有改变，空间和时间的距离，思想意识和社会地位的距离都不能成为我要改变感情的理由，我的爱情是忠贞的。"当时在读书班，我在《海峡》杂志上读到徐兴业这封《给巴黎的一封信》，真有说不出的感动。这样一个凄美的传奇故事深深吸引了我，我为我们文艺界竟有如此执着于自己的理想、职责而主动放下爱情、家庭和物质享受的作家而无比敬佩，这种精神太值得珍惜了。"真希望这部小说能获奖。"那段时间我经常对"班友"们这样鼓叨。但正式讨论时，我的意见却为大多数人所不接受。他们仔细分析了作品的许多不足，认为作家的创作精神当然可贵，但作为创作上的奖励还是应该以作品的质量为依据。这可以说是我在读书班所受到的一次教育：评价作品要更理智，不能感情用事。

　　读书班对作品的筛选和研讨，就是这么反复地、多次地进行着。我记得当时的作协党组书记张光年同志还专门到昭庙来了解读书班的工作进展情况，听取大家的推荐意见。张光年同志的到来，自然使我这个尚属文艺领域的"新兵"无比激动。这倒不是因为见到了作协的最高领导，而是因为我立即想起了《黄河大合唱》，想起了那首歌曲在我心灵曾无数次的强烈回响，现在，这位曾用自己的笔唤起亿万民众爱国豪情的文艺领域"老战士"来到了我们中间，与我们一起谈论着文学的创作，谈论着文学的理想，这种亲切感确实使人难以忘怀。我记得就在昭庙的一个权当会议室的房间里，大家坐在随意摆开的木凳上，光年同志认真地听着各人对一些作品的评价。他本人作为茅盾文学奖评委会的副主任（主任是巴金先生）除了强调评奖应掌握的原则外，绝无对评选的作品画任何框框。这种民主的、平等的作风，是中国新文学界应有之风。可惜后来就慢慢淡漠了，记得1990年在北戴河举行的第三届茅盾文学奖读书班上，就听到传下来的一些既不让说理更不能违抗的"指令"：某某作家的书不能评奖。哪怕它受到广大读者好评和读书班成员的一致推荐。这种强制性的"文艺暴力"造成对一些优秀作品的"遗弃"，曾使我们读书班成员扼腕痛惜，甚至无言流泪。这是后话。

光年同志在昭庙的座谈和对话，更增添了我们对评选工作的责任感。临别时他与大家一一握手，当他来到我面前听到谢永旺介绍我来自武汉大学中文系时，立刻说："啊，你是晓东的老师！"我当时不好意思地回答：他是我们中文系的学生。其实那时我还没给他儿子所在的77级上过课，所以不能随便承认是他儿子的老师。但他尊重教师的态度，却深深感染了我。

经过了一个多月的反复阅读和讨论，最后以读书班名义推荐给评委会讨论的作品，根据我笔记的记载是17部，最后自然由"谢老板"交评委会定夺。第一届评委会的评委全部是由作协主席团成员担任，有巴金、丁玲、艾青、冯至等等，规格相当高。巴金先生是当然的主任委员，据说当时已是78岁高龄的他也读了不少作品，如《许茂和他的女儿们》《将军吟》《芙蓉镇》等等．真不容易。但后来听说许多评委因年事已高、无法阅读那么多长篇，于是又成立了个预选组，提出个获选书目交评委会商议。至于后来更细致具体的工作程序我们就不知晓了，因为读书班早已完成了任务，成员们都回到了各自的单位。大概到了1982年秋季，我在报上看到公布的获奖书目是：《许茂和他的女儿们》《李自成》《将军吟》《冬天里的春天》《芙蓉镇》《东方》等六部。心中有着说不出的高兴：获奖作品全部在读书班推荐的范围内，而且我也暗暗自喜：我个人的推荐（除《东方》外）都没有落空。

在昭庙度过的五十天是难忘的，我们不仅认真地、负责任地挑选出能够代表当时文学风貌、创作水平的优秀作品，同时通过"班友"们的相互交流和对具体创作成果的探讨，使我对正在出现的新的文学观念和文学转型，有更深切、敏锐的领会，这是我在书斋里很难感受到的。当我带着这些收获走出昭庙、离开香山时，那里已经是遍山嫩绿、百花盛开，这盎然的春意似乎在呼唤着我，要以新的活力尽快融汇到迎接文学春天的行列中。

原载《武汉文史资料》2013年第10期

历史的限制与现实的选择

——重评第二届茅盾文学奖获奖作品

林为进

1

　　评奖，包括专项的评奖，无不受到多重因素的制约，而且往往需要平衡多方面的要求和渴望。因此，实际上很难做到真正的、绝对的公平与公正。

　　评奖也就是一种倡导，表现评奖决策者所提倡的意向。可能是个人喜欢的，也可能是个人并不特别赞赏的，但那一阶段的现实情况需要或必须作出如此的决定。结果自然是有人高兴，有人气愤，而有人无可奈何。或许这一切并不是十分地明显，但却难以不反映出历史和现实或潜在或直接的影响。

　　具体到文学评奖，尤其复杂。文学作品的优劣高低，往往难以确定一个大伙公认的、相当客观的标准。对文学作品的评价，总是带有十分浓郁的主观好恶的色彩。而当代中国的文学与政治的关系又是那样密切，文学评奖也就很难做到是一种纯粹的艺术评奖。正因如此，某些人事上的因素亦自觉不自觉地渗透到评奖的过程之中，从而或多或少地削弱了文学评奖应有的庄严，甚至十分严肃地表现出一些不该有的情状，不知不觉或熟视无睹地使文学评奖更明显地反映出了不够成熟，削弱了它的影响。

　　"茅盾文学奖"经过三届的评奖后，人们似乎有这样的印象：作为到目前为止的中国文学最高奖，"茅盾文学奖"虽然还有相当的影响，但客观地说，威望已经少了一点崇高性，除了极个别的作品，如《芙蓉镇》等之外，大部分获奖作品甚至已被读者所淡忘，并未由于曾获"茅盾文学奖"而使人们特别地重视，反倒产生某些疑问。

造成如此结果的原因，自然首先是长篇小说的创作水平普遍比较低。这十多年来，虽然发表和出版了一两千部长篇小说，但真正具有令人叹服之艺术分量，让各种层次的读者叫好的却少之又少。巧妇难为无米之炊，"茅盾文学奖"评委会不选择这些作品而选择另外的作品，其结果亦是一样。缺少拔尖之作，得到的与失去的却同样尴尬。其次则是现实情况的制约。"茅盾文学奖"虽然是由茅盾先生遗言提供的资金所设立的为促进长篇小说创作的一个奖项，但并不是专家纯艺术视点的评奖，政治与人事等诸多因素影响着评奖的结果。因而，一些还算不上成形的小说作品，毫无惭愧地获取了中国当代文学的最高奖，而相对来说有些在广大读者中颇有影响，并得到专家好评的作品并未入选。存在并非就合理，由此亦见一斑了。

相对说来，第二届"茅盾文学奖"是在外部环境和客观条件都比较好的情况下开展评奖活动的。那时正当第四届作家代表大会之后，提倡宽松的文学氛围。80年代初，文学界的心气还比较高，气劲也还比较足，而经过第一届"茅盾文学奖"评奖的刺激后，创作界投入长篇小说写作的兴趣亦相当浓，众多写作中短篇小说已大有或小有名气的作家都纷纷投入长篇小说的创作之中。那一时期，长篇小说的出版数量的确不少，基本是凑够十多万字就能作为长篇小说出版，每年发表和出版的长篇小说都要超过200部。不过，绝大多数都是极一般性的平庸之作，创作的起点并不高，甚至可以说真正掌握长篇小说结构形式的作家也还不是很多，不少创作者都以为长篇小说只是中篇小说文字篇幅的拉长和扩大而已。因此，巴金这位可敬的文坛泰斗、极少干预作协具体工作的主席，才会对专程到上海向他请示评奖工作的同志说"宁缺毋滥"。无疑，这是一种严肃负责的态度，是为了"茅盾文学奖"有可能树立相当威信的提法。不过，就当时情况而言，难以想象会有评奖空缺之情形的出现。这样，李準的《黄河东流去》、刘心武的《钟鼓楼》及张洁的《沉重的翅膀》就十分幸运地成为第二届"茅盾文学奖"的获奖者。

这样的结果，虽然仍是有人感到不合理、不公平，自认为应该获奖而没有获奖的人，必定会谴责评奖的决策者偏心；不过，客观地说，矬子堆里选高个，这一届评奖可以说是一种相对合理的选择了。第二届"茅盾文学奖"评奖范围的截止日期是1984年底。那时，《古船》尚未发表，《洗澡》也还没有出版。其他的一些作品，即使不比《沉重的翅膀》和《钟鼓楼》差，可也决不比《沉重的翅膀》和《钟鼓楼》更具艺术的分量。在这种情况下，固然可以说获奖作品并未能给"茅盾文学奖"增多什么威望和十分积极的影响，但拉开距离去看也说不上什么偏心和不偏心。而且评委会当时作出如此的选择似乎应该得到理解；的确是考虑到了题材、形式、内容及有无新的追求等因素，不乏借之推动长篇小说的创作向更深的层面、更宽广的视域、更有新鲜感的表现手段和结构方式拓展、提升之美好愿望的。

2

李準是靠描写农村人生知名于文坛的作家，他也的确比较熟悉和了解乡村人生及农民的生存形态与心理。《黄河东流去》即使不是第一部描写"黄泛区"难民生活的长篇小说，也是到目前为止相对说来比较全面和生动地反映"黄泛区"人民的苦难、挣扎和斗争且具一定内蕴的长篇小说。

就目前我国长篇小说的普遍水平而言，《黄河东流去》获取"茅盾文学奖"是说得过去的。它具有一定的特色，不至于让读者看完就忘。虽然作者从表现阶级斗争出发的意向过于明显，从而陷入了某种狭隘性，但对农民心理与行为的描写不仅比较准确，而且能够通过农民心理与行为的描写，透示出传统文化对普通中国人行为规范与价值审视、选择的影响和制约。作者选择国民党军队企图以炸毁花园口黄河大堤阻止日本侵略军的进攻速度，从而造成水淹数县、几百万难民流离失所之惨剧作为描写的开篇和历史的背景，有揭露国民党统治者不顾人民死活的意向，也有由这一人为的悲剧去重现历史之一幕的打算，同时也是为了表现老百姓于切身的经历与感受中，由忍耐到抗争，从自发到自觉走向革命的历程。

无疑，这样的描写并不缺乏一定的历史容量。就中国而言，"黄泛区"只是一个小局部，就"黄泛区"而言，赤杨岗村也只是其中的一个小村子。而作者正是以赤杨岗村为缩影去反映那一阶段中国的历史和人民的经历、际遇，进而表现了一个旧政权的衰落与一个新政权的兴起，自然不乏历史的契机及其他的因素，同时，人心的向背也起到了极大的作用。

这样，《黄河东流去》以李麦作为农民由自发反抗到自觉革命的代表而加以描写，并不是没有一定的历史依据，不少农民出身的革命战士都或多或少地与李麦有着相类似的经历。私仇是压迫与反抗之斗争十分普遍的动因，而当私仇不仅仅是相互报复、不断残杀，各自寻找更有力的支持时，就会发展为愈来愈广泛的冲突和斗争，并归向不同的阵营。不过，对于李麦过于理性化，甚至带有一定程度程式化的描写，不仅由于拔高的意向而使得这个人物流于生硬苍白，实际上也影响到了想通过这个人物所表现的历史内容。从而显得不够自然，现出了比较明显的图解历史和人生的色彩。

《黄河东流去》比较精彩的部分是上部关于赤杨岗村几户村民逃难路上遭遇的描写。苦难之中见真情，面对突如其来的灾难，平民百姓相互支持，相互帮助，共渡危难，于茫然而阴暗的境地中，依靠乡亲之间相互拉一把的温情而支撑着生存下去的描写，不仅比较细致生动，而且相当丰富地展示了传统文化对普通中国人尤其是中原大地的农民之生存方式及价值观念的影响。乡土意识，人不亲土亲，血浓于水，愈是在困难的时候愈是能够相互理解，相互同情，有一个馒头也掰一半给同伴而决不独食。正是这种以血缘为核心而在某种程度上超越了血缘关系的同乡亲情，形成了中国农村所特有的一种凝聚力及向心力，也是一种虽然原始但相当稳固的抵抗突然而来的打击及伤害的力量。赤杨岗村的几户人家从洛阳到西安逃难路上的经历，就显示了这种力量。这也是中国农民的生存能力特别强，承受苦难的忍耐力特别坚韧的内在原因。

《黄河东流去》的问题是比较简单地从阶级分析出发去划定好人和坏人，而忽视了其他复杂的因素。农民和地主，无疑是存在着必然的矛盾。不过，黄河的洪水却是不管阶级的，它不仅冲毁贫农、雇农的房屋和土地，也会冲毁地主的房屋和土地。就特定的意义说，国民党军队炸毁花园口黄河大堤，那一带地主的损失要比一般农民大得多。这样，失去得更多的地主们同样，甚至在这一点上会更为痛恨炸毁黄河大堤的决策者。而《黄河东流去》的作者却看不到，或说受到历史的限制而没能表现出这些因素，也就是没能从人的视角出发去表现特殊阶段的人生与社会，而仍然是比较生硬地以阶级定性法去安排人物的角色，从而也就无法表现出人物性格及人物之间的相互关系的转化与变化。当黄河水冲毁了祖祖辈辈所生存的家园时，地主已不再成为地主，同样茫然和悲愤。突然一无所有的他们，与原先就一无所有的贫雇农，一时间不仅拉近了距离，而且会增多相同的语言。而所谓乡亲与同宗的关系，也并非只是在于穷人与穷人及富人与富人之间，亲不亲决不是只有阶级划分，否则也就看不到中国传统文化影响之强大与深远了。

简单的阶级定性，使得作品中人物关系的描写趋于呆板和简单，影响到更丰富内容的表现。世界上本来就难以从绝对出发去确定好人和坏人，而认定富裕的就是坏人，贫穷的就是好人，更是一种简单化和公式化的处理。而简单化和公式化的处理，使得《黄河东流去》难以比较深刻地表现出历史与文化的蕴涵，也表现不出抗战期间的复杂关系。虽然有权的与有钱的都比较怕死，历来对侵略者屈膝投降的也多是有权和有钱的人，但无可否认，面对民族的屈辱，同样不乏坚持民族气节而占有较高社会地位和较多物质财富的人。笼统地以偏概全，追求典型化却又缺乏更具艺术包容量的历史观点，基本是按一般的历史教科书去解释历史，看不到作者对历史的独到认识与评价，是《黄河东流去》明显的不足。因而，作品虽然不乏个别篇节、个别人物的精彩描述，如徐秋斋这个乡村文人的艺术形象就具有一定的性格内涵，老农民海老清对耕牛的感情及固执地认为唱戏人属于下九流，也都十分生动地表现出中国农民特有的心态与价值选择；但从整体上看，主题的简单及表现的生硬，都给人留下了"文化大革命"后期作品的强烈印象。

3

刘心武的《钟鼓楼》之所以获取第二届"茅盾文学奖"，大概是得力于两个方面。其一是在当时来说《钟鼓楼》是第一部不以重大矛盾冲突、激烈斗争为营构核心，而是反映城市普通市民生活的长篇小说。其二是在结构上围绕薛家办喜事只集中写了人们于一天中的活动。这两点就中国的长篇小说创作来说，都显得比较有新意，并为此而得到评委会的肯定亦是能够理解的。

不过，刘心武从来不是一个艺术感觉细腻的作家。他的创作历来都是侧重于社会学层面的反映，往往以提出问题的社会代言人为己任。这样，他的作品多是图解生活而不是表现生活，《钟鼓楼》同样如此。作品通过居住在大杂院七八户人家平凡而琐碎的生活，提出了多种多样的问题。像办喜事的薛家，就写到了婆媳关系，妯娌矛盾，而新郎薛纪跃除了厌恶吃鱼外，还有性冷淡的问题；他的大哥薛纪徽有工作上的烦累，也有必须调解母亲与妻子矛盾的苦恼；

当过右派的詹丽颖面临着解决不了与丈夫两地分居的烦闷；掌握了高级厨师手艺的路喜纯存在着父母亲出身于龟奴、妓女的自卑情结；戏剧演员澹台智珠不仅有醋坛子丈夫的干扰，而且事业上的竞争也使之身心疲惫；当上了外事翻译的荀磊虽然因有上进心与努力追求而博得邻居们的称赞，但自由恋爱不把父亲为他定下的娃娃亲当一回事，又使得父亲很不高兴；张奇林局长那条线写到了用人问题、干部制度，由他的部下庞其彬在外人面前、公众场合不敢讲话，又点到了心理障碍；而慕樱的出现及她单相思齐壮思副部长，又引出了婚姻、家庭及情感问题。即使是与世无争的老编辑韩一潭，亦遇到了刁顽作者的威胁。

无疑，作者是想通过这些描述去反映普通市民的生活及心态，并由办喜事和某些历史关系的追述，表现出一些北京市民文化的蕴涵。主观意图虽然不错，但由于缺乏艺术的提炼而成为一种素材的堆积。为此，作者除了罗列出一大堆平凡人生于现实社会难以避免的这样或那样的"问题"外，没能组织成比较精彩并具有一定艺术容量的情节，而是一种十分勉强的拼凑。此外，人物虽多，但没有一个可以称得上艺术形象的描写，而只是作者用之去提出某一个问题的角色。人物没有独立的意志，更谈不上性格的内涵。这样的作品，从严格意义上说，离真正的艺术创作还有一定的距离。而由于缺乏情节的营构及人物性格的绘雕，想表现出市民日常生活、心态及透示文化蕴涵的愿望，也就很难实现。

认识到真正的文学有时往往只是一些凡人小事的描述，刘心武于《钟鼓楼》转向普通市民生活的视域，确是表现出一定的创作新意。注意隐去"教师"面孔，不再自以为是地教导读者应该怎样，不该怎样，也在《钟鼓楼》中表现出更多一点的平常心。不过，侧重扫描社会现象而不重视深入人的灵魂之创作习惯，仍然制约着他。喜、怒、哀、乐、悲、欢、离、合，七情六欲，无疑是文学永久的艺术视域。而要文学化地表现人的七情六欲，又得通过人的行为际遇，由具体的细节去体现，只靠作者直接说出哪个人有什么样的烦恼，遇到什么样的困难，而没有人物于某种境况中的具体描述，不仅显得空泛，而且容易流之于图解生活的生硬。

《钟鼓楼》的最大不足正是在这。作者只是想告诉人们北京的一般市民存在着一些什么样的烦恼，而没能具体表现出北京市民是如何过日子的。这样，作品对北京市民生活的反映，也就是浮光掠影的平面化介绍。缺少深入与细致，不仅描述不出具体而富有生活质感的人物，而且对于生活的反映也是一些十分表层的东西。文化蕴涵也好，人生无奈亦罢，如果没有人物性格作为体现的依托，也就谈不上艺术的表现，而仅仅是一种主观的渴想而已。

《钟鼓楼》无疑是一部一般层面的创作，除了比较早就切入普通市民生活的表现而不乏一定的新意外，作品从人物到内容都没能给人们提供更多阅读上的艺术享受。至于命运感和历史感，更是与主观愿望存在着较大的距离，从作品本身是不大容易看到的。

4

80年代初，正面反映改革的长篇小说数量很多，这自然是我们的创作习惯于所谓照相式的反映生活，与生活同步前进所致。而在数量众多的同类创作中，张洁的《沉重的翅膀》确实是具有稍重一点的社会和政治的分量。起码，《沉重的翅膀》摆脱了一般描写改革的作品多是局限于路线斗争、方案冲突的狭隘格式，也不仅仅把希望寄托在所谓的"清官"身上，而比较清醒地认识到社会改革和发展的阻力十分强大，并不是某一些个别的人，因而要想起飞很不容易，相当沉重。

《沉重的翅膀》写到了部级干部的矛盾和斗争，这在以前的创作还是不大多见的。虽然一正一反的角色安排，依然是一种传统格式，但由高层次的冲突写来，就有利于反映社会改革牵涉面广泛，便于从更多的角度着墨。

《沉重的翅膀》主要价值，是从比较高的政治角度去反映改革，并提出了社会改革必须从政治体制改革入手，然后进入经济管理模式的改革。从社会学的角度看，作者的确不乏政治的敏感和识见，并提前反映出社会改革以后才迈出的步子。而由于历史及其他因素的限制，作者不可能看出或难以表现社会改革更深层的阻力。政治体制的改革，必然会迫使统治集团让出一部分权力，并无可奈何地要受到更多的监督，在意识形态上给以人民更多的自由。因而就东方文学来说是很难实现的。而一切的政治形态，又无不打上文化的烙印。《沉重的翅膀》着力于政治角度的描写，却没能深入到文学的内核，也就无法真正表现出中国政治的特色及内涵，而仍然只能是一种表层现象的扫描。

中国当代文学虽然和政治的关系十分密切，但文学毕竟不是政治学，也不是社会学。这样，从社会学的角度看，《沉重的翅膀》固然不乏一定的价值和意义，但用小说的标准去衡量时，却又让人觉得它过于粗糙，难以忍受阅读的痛苦。没有生动精彩的情节营构，也没有具备性格内蕴的艺术形象。因此，作品虽然提出了一些不乏价值的社会问题，如应该重视人的价值，改革家自身也需要改革，具有个性的人才很难得到赏识和任用，风派人物总能掌握实权等，但缺乏情节化的处理，给人以作者在直接宣讲的观感，不能说已经是一种艺术的表现。

工业题材一直没有产生比较优秀的创作，张洁的聪明之处是由部机关的决策冲突去反映工业战线改革的艰难。从而不仅摆脱了她所不十分熟悉的具体的生产领域，而且把企业改革和部机关的改革结合起来写，给人以社会容量似乎更加丰富的观感。不过，所存在的问题与绝大多数反映改革的创作一样，那就是创作的注意点从始至终一直是事而不是人。作者忙于告诉读者的只是"社会改革多么艰难啊"这么一句话。没能将艺术视点对准人，自然很难称得上是一种艺术化的创作。这样，也可以说《沉重的翅膀》是一部不乏某种程度的社会内容，表现出作者的政治敏感，但缺乏艺术的深入与表现的作品。

5

不好看是这三部作品的共同特点。不过，这样的特点也不仅仅是存在于这三位作家的创作之中。当代中国的文学创作，于90年代以前，从来就没有好看与不好看的考虑。作家们坚持不懈的是如何引导读者去认识我们现在能够允许人们去了解的历史和社会。

正是这种以教喻为目的，以认识为手段的创作，使得文学与社会政治学经常地混为一谈。为此，文学创作追求的往往不是美学本身的意义和价值，而是社会意识的敏感。这样，我们的作家更像社会素材、社会动向的记述者和追寻者，而不像探索人类灵魂和人生命运的创作者。

《黄河东流去》《钟鼓楼》《沉重的翅膀》就是这样的创作。作品所关心和表现的不是人的灵魂、人的精神和人的命运，而是生怕读者不明白，因此，十分通俗、十分直接地告诉读者某一时期或某一阶段，在我们这块土地上曾经发生过什么样的事情。为了达到这样的目的，一般都是以虚构的人物，成熟或不那么成熟的故事，按主观的意图，突出某种问题去解释生活。

解释生活而不是表现人生，一直十分普遍地存在于当代中国的文学创作之中。解释生活，表现人生，看似只是字眼、概念的区别，实际上却是能否迈入真正意义之文学创作门槛的一种鉴定。解释生活是从文学之门外写文学作品，表现人生才真正是遨游于文学的领域之中。绝对一点说，直到《白鹿原》的出现，我们才看到了表现人生的创作。这样说，无疑是带有一定程度的悲哀。可是，作为中国文学的最高奖，只能选择出《黄河东流去》《钟鼓楼》《沉重的翅膀》这样的作品。何况，这些作品比起第一届和第三届"茅盾文学奖"的不少作品都还稍强一些呢！近年，不少人说文学陷入了低谷，不过，于艺术的视角而不是社会学的层面去看，当代中国的文学什么时候曾经登上过高峰呢？

原载《当代作家评论》1995年第2期

第三届茅盾文学奖之我见

朱　晖

1

新时期以来，文学评奖活动频频；而获奖作品中，至今依然获得人们认可的，十不足一。茅盾文学奖，亦不例外。究其原因，一是新时期的文学本身是在废墟上重建的，并且有过十余年的超速发展阶段；而每次的评选，只能针对其中某一段时间的文学佳作，所有受奖者能否为后来的文学实绩所印证和文学鉴赏者所认可，便大可质疑。二是每一次评奖，都不可能不受到当时文坛内外诸多因素的影响，以至当这些因素不再制约着人们，那时的评选标准和评奖结果也再难被全盘认可。三是评选者与被评选者，都是活生生的并且有着许多人际纠葛的人，难免有文学以外的考虑直接或间接地介入最终的评选结果，何况，文学本身又是处处见出个性、人性的所在！以之为鉴，我以为，第三届茅盾文学奖，固然可资重叙却不必大惊小怪。

第三届茅盾文学奖与前两届相比，有许多不一样的地方。先是获奖篇目，包括路遥的《平凡的世界》（1—3部）、凌力的《少年天子》、孙力和余小惠的《都市风流》、刘白羽的《第二个太阳》、霍达的《穆斯林的葬礼》、萧克的《浴血罗霄》、徐兴业的《金瓯缺》（1—4册），多达七种计12册，比前两届获奖作品之和（共九种计10册）还多两册。其次，是首度设立了"荣誉奖"，并且一口气授出了两例（即萧克和徐兴业），让人大开眼界！而第三点不同，也即最堪玩味之处，是独独在评选活动的组织实施上，就有以下三种区别——窃以为正是它们，可以把我们的思路引向当时的社会背景、文坛态势，而正是这样一些基因，直接或间接地影响着本届评奖活动和参评人员以至最终的评选结果——

第一，前两届评选，有见诸报端的评委负责人，如：第一届由中国作家协会主席巴金先生担任主任委员，第二届仍由巴金先生任主任委员，中国作家协会的两位副主席张光年先生和冯牧先生任副主任委员；而独独第三届评选未设这样的职务，仍然是中国作家协会主席的巴金先生，也没有出现在正式公布的评委名单之中，以至我们无从揣测这位中国作家协会的主席，以及其他一些曾经在前两届评奖中起过显著作用的文坛中人，对于此次评奖过程和评选结果的参与程度和认可程度。

第二，第三届评委的"更新"范围约为四分之三，从上两届评委中仅保留了"三个半人"（即冯牧、陈荒煤、康濯及因作品参评不得不中途回避的刘白羽），而由玛拉沁夫、孟伟哉、李希凡、陈涌等人取代了唐达成、谢永旺、韶华、陆文夫诸位；如果说，在一、二届评选中，评委的人选虽有所调整，却更明显地表现出连续性与衔接性，那么，第三届评委"大换血"，则更明显地表现出它的调整性或转轨特征。

第三，第三届评奖过程长达两年余，相当于前两届评奖过程的两倍。例如，首届评奖，评选范围为1977至1981计五年，评选结果于1982年底公布；第二届评奖，评选范围为1982到1984，计三年，评选结果于1985年底公布。而第三届评奖的评选范围为1985至1988计四年，评选结果迟至1991年3月才公布。由此想见这一次评奖活动之艰辛曲折倒也不难。

显然，这三个方面的统计数字，所证实的当然不仅仅是数字。它们提示了第三届茅盾文学奖的特定背景，即1989年的"政治风波"，它所导致的茅盾文学奖评选活动的承办者——中国作家协会的颇具规模的人事调整，与中国文学在发展态势上出现的某种阶段性的变异；如是变化，不仅迟滞了第三届茅盾文学奖的评选过程，而且赋予了这次评奖活动更为错综复杂的思想的和人事的纠葛。无疑，这将使这次评奖活动在相当大的程度上疏离了前两届评奖所奠定的观念的和经验的前提，并且在一定程度上疏离了它的选评对象——1989年以前的四年长篇小说创作和文学创作格局。就此而言，第三届茅盾文学奖的评选过程和评选结果，所证实的是一个非常特殊的"调整文学期"，所隐喻的是："两极"的抵牾与不可能不出现的妥协。

从题材入手，评析一个时期的文学，至少在经验的意义上，在新时期的文学创作和理论批评实践中，独有其存在价值。同样，它也是我们重评第三届茅盾文学奖时有必要首先切入的一环。

在第三届茅盾文学奖获奖作品中，历史题材和革命历史题材创作成了重头戏，即有《金瓯缺》（1—4）、《少年天子》与《浴血罗霄》、《第二个太阳》四部一并入选，而通常所说的现实题材创作，仅有《平凡的世界》（1—3）和《都市风流》两部小说获奖，比例为2∶1；而在第一、二届茅盾文学奖评选结果中，历史题材、革命历史题材与现实题材的获奖比例则为1∶2。倘若仅仅着眼于这种对比性变化，我们似乎应该说，1985至1988年的长篇小说，现实题材创作在数量和质量上，大大逊色于历史题材和革命历史题材创作；或者说，在1977至1984年表现得不那么出色的历史题材和革命历史题材长篇创作，在1985至1988年间，有了一种戏剧性的突破与繁荣。然而这时期的长篇小说创作实态实绩又是如何呢？

让我们简略地回溯一下长篇创作在新时期的发展脉络：新时期长篇创作的时间起点是1976年，到1989年为止的十四年中，其发展大体上可分为三个阶段。第一阶段的时间下限为1981年，这期间长篇小说的年产量首次达到三位数，形成了一支以老、中年作家为主体的创作队伍，也产生了一批颇有口碑的代表作，如李準的《黄河东流去》（上）、张扬的《第二次握手》、莫应丰的《将军吟》、周克芹的《许茂和他的女儿们》、徐兴业的《金瓯缺》（1、2）、蒋和森的《风萧萧》、王莹的《宝姑》、张洁的《沉重的翅膀》、李国文的《冬天里的春天》等作品，即代表了这一个以承袭和完善"前十七年"长篇小说创作传统为基色的发展段落；在这一时期，创作模式更富有"传统"色彩却饱含了苍凉沉郁的悲剧意蕴和情感体验的作品占了绝大多数，而在长篇叙事艺术和结构形式等方面的出新与探索，事实上还没有来得及纳入小说家们的视界。尽管如此，由于现实题材小说创作的日益活跃与所谓"正宗历史文学观念"在长篇小说创作中孕育了代表作（如姚雪垠的《李自成》等），在审美意向方面更趋于抱残守缺、固守旧辙的革命历史题材长篇创作，彼时已有了难跨"五老峰"之讥。第二阶段的时间下限为1985年。在这一时期，长篇小说创作的宏观格局有了明显的改观："通俗文学"的崛起，派生了一批讲求娱乐效应的长篇小说；与此同时，又从称鼎文坛的中篇创作园地"溢"过来了一批"小长篇"或曰"浓缩型长篇"（如刘亚洲的《两代风流》、水运宪的《雷暴》、海波的《铁床》、矫健的《河魂》等作品）。这样两类新型长篇的出现，分别从创作旨趣和叙事模式两方面，打破了"史诗"在长篇小说创作和理论批评领域的一统天下；所谓"长篇即史诗"的传统模式和审美经验开始崩解，既是这一时期的发展特点，也是长篇创作有可能更自觉地扬弃传统、更彻底地建构未来的不可或缺的历史起点。应该说，在这一阶段，比较明显地吐露了这种创作主潮的，是业已挑起长篇创作"大梁"的中、青年作家队伍与他们创作的许多现实题材的长篇小说，以及像《少年天子》（凌力）、《苦海》（王伯阳）这样几部历史题材的长篇小说；而革命历史题材创作仍然处在数量的增长大于质量的提高、细微地改良甚至大胆地出新这样一种不尴不尬的局面；"五老峰"，依然是文学的理论批评家们谈及这一创作领域实绩时每每提到的顽症。

1986至1988年，长篇创作承应着前一阶段的气势，进入了所谓追新求异越发肆无忌惮的发展时期，相当一批作家作品对特定层面的追新求异达到了在程度的或成果的意义上的某种"极致"。这期间的主要代表作有：周梅森的《黑坟》、王蒙的《活动变人形》、莫应丰的《桃源梦》、柯云路的《京都三部曲》（1、2）和《嫉妒之研究》、张炜的《古船》、张抗抗的《隐形伴侣》、阮海彪的《死是容易的》、沈善增的《正常人》、马原的《上下都很平坦》、张承志的《金牧场》、袁和平的《蓝虎》、黄尧的《女山》、残雪的《突围表演》、忆汝的《遗弃》、李佩甫的《李氏家族第十七代玄孙》、莫言的《十三步》、张贤亮的《习惯死亡》、成一的《游戏》、贾平凹的《浮躁》、杨绛的《洗澡》、铁凝的《玫瑰门》、刘恒的《黑的雪》、范小青的《裤裆巷风流记》、邓刚的《曲里拐弯》、杨干华的《天堂众生录》、赵蔚的《长征风云》、黎汝清的《皖南事变》和《湘江之战》等等。这些作品，大多出自中、青年作家之手，而且是由现实题材的长篇创作担当了"重头戏"。尽管它们并不完美，却都能以自身的新意和质地，博得行家们的普遍关注与好评。当然，更重要的是，这样一批作家作品所喻示的合力、所烘托的整体态势和创作格局，代表着一种不甘抱残守缺、无意株守陈窠旧法、各种美学观念和形式因素争奇斗妍的历史景观，这才是这一阶段长篇创作的实态实绩，这才是新时期文学因而也是新时期长篇创作的发展所得。遗憾的是，革命历史题材的长篇创作，在这一时期不仅没有太大的改观，甚至少有引起关注之作，事实上处在创作队伍老化，青黄不接，创作态势趋于消解的困窘之中。

如果说，这样的文学景观和史的意蕴是通过相当一批作家作品的实践成果来印证的，那么，对这时期长篇园地任何作家作品的把握与评说，也就不能不参与这一阶段长篇园地的这样一种历史构成；否则，所谓把握，所谓评说，势必偏离文学的实况而拘于一己一孔之见。例如，谈到这一阶段的革命历史题材长篇小说创作，我们就不得不承认：就其思想容量、艺术探索和创作质量诸方面而言，不仅大大逊色于同期的现实题材创作和历史题材创作，而且，其主要成就和代表作，也基本上集中在纪实型创作（如《皖南事变》《湘江之战》《长征风云》等作品）的这一"偏师"之中，而不是在虚构型长篇创作领域。因此，要想真切地描述和界定1985至1989年的长篇创作乃至革命历史题材长篇创作，虚构型的革命历史题材长篇创作所能提供的参照，是相当模糊的；同样，历史题材的长篇小说创作，由于继续顽固地把主观上的"忠信史实"即客观上诱导出的纪实的创作模式引为"正宗"，依然试图在与文学保持某种距离而与史料学联姻的状态下规范和延伸自身的未来，以至在这一阶段越发明显和普遍地暴露了自身的局限：理论家们仍在喋喋不休地争论"历史小说"创作该怎样有限地使用作为文学本性的"艺术虚构"与"虚构技艺"、"虚"（即艺术想象之所得）与"实"（即史料学家对文学作品的考据性印证）又该保持什么样的配比；批评家们仍在为历史小说家的艺术创作成果居然可以"无一字无（史料学确认的）来历"而大唱赞歌；众多的作家作品，宁愿为着笔下一位无足轻重的太监是否留过胡子而煞费苦心地引经据典，也不肯在历史意识和审美底蕴上、在小说观念和文体结构上、在情节调度和性格开掘上、在形式技艺和叙事语言上，求取创作个性和艺术突破，以至相互的差异只在素材和题材一环，而冗赘芜杂、沉闷单调、叙述呆板、"人"浮于"事"、"人"浮于"史"、结构臃肿、体例庞大、不耐咀嚼、无由回味等等，则几近"公害"。也正是在这种背景下，像《少年天子》这样立足于写人写心写情而又写得细腻感人，写得映衬和凝聚了足够的审美底蕴的作品，是可以与同期长篇创作中的佳作相媲美的，并且由于是"历史小说"而势必博得更多掌声——当然，这并不足以消解一个事实：如果我们把历史题材和革命历史题材的长篇创作划定为长篇创作中的一个相对独立的阵营，而相应地把现实题材长篇创作视为另一阵营，那么，这两大阵营的质量的和发展态势的对比，既不是旗鼓相当，也更不可能存在2∶1的对局。"单兵操练"如此，"两军对阵"亦如此！

3

事实上，辨析和评价活生生的文学创作时，题材所能提供的东西是相当有限的。例如，通常所谓历史小说，表面看上去，似乎是指历史题材的小说，然而它不是！因为"历史小说"恪守"忠信史实"，反对把有案可查、有据可考的素材（历史人物、历史事件等等）"虚构"得经不起史料学家的挑拣，"虚构"即使不能不允许在文学创作活动中存在，也必须无碍史实的照实陈述。显然，如是宗旨及其导致的创作实践，客观上隶属于文学中的纪实一脉，像报告文学、纪实小说等等，便是文体学对纪实文学的几种分类。倘若我们把历史小说创作实践和理论批评置于这样的"文学系统"，那么关于新时期历史小说，我们就可以确立两条思路：一是历史题材的小说创作何必偏执纪实创作一隅，这种"传统"是否也该反省，也该突破？二是对一个时期的"历史小说"创作实绩的定位，不仅需要参看它的前一发展时期，更需参照同期的其他题材的纪实文学创作实绩，以及这时期人们在文学艺术规律方面业已普遍达到的认识水平。

又如，通常人们把"五老峰"的存在，视为所谓革命历史题材创作的一种顽症，由此造成的印象，是革命历史题材小说自成一类。然而细细想来，所谓老题材、老主题、老人物、老故事、老手法等等，至少在新时期文学的最初几年，在各类题材和各类体裁的文学创作中是普遍存在的，因而，与其说这几"老"是由特定的题材铸就的，毋宁说它们表明创作者对笔下的生活素材、对所欲驾驭的文体，无意或无能生成独特的和新鲜的审美眼力；在这一点上，革命历史题材创作与其他题材的创作相比，并没有多少差异。如果说有差异的话，那么所谓差异仅在于革命历史题材的长篇创作曾经在"前十七年"代表了文学的最高成就，因而在新时期的文学中，它的发展起点和它的发展速度，似该比其他题材的创作来得更有力才是。即使我们不用这样的高标准来要求它，对一个时期的或一位作家的革命历史题材创作进行评价，必需的参照系也该包括同时期其他题材创作以及前一时期同类题材创作的实绩。

由此，我们确立了评价作家作品的一种视域，即把一个时期的文学创作纳入文学的一段发展史之中，把具体的作家作品纳入这个纵向的和横向的"文学系统"，茅盾文学奖既然是面对一个时期全国的长篇小说创作成果，无疑，相应的"文学系统"及其代表作便由此决定。同样，评价第三届茅盾文学奖的得失功过，也首先需要对1985至1988年间，长篇小说创作的"系统"，即它的整体的审美格局作出界定。

我以为，看取这一时期长篇创作的整体的审美格局，至少应该注意到如下七个方面：

一、历史感和新型史诗的营造。所谓历史感，是随着新时期文学创作的发展而提出的一个术语，它通常意味着某种寄寓于并多多少少地超越于作品描写具象的历史意识与审美意蕴，因而相对区别于那种以执守直观的对比去鉴照"真"与"实"的思维定式。这一审美观念的确立，有益于作家应用各种创作方法求取超越题材的审美韵味，从而为新型史诗的营造辟出通道。在这一"谱系"中，我们至少应该提到此前产生的《黄河东流去》《钟鼓楼》与这时期出现的《古船》《平凡的世界》《金牧场》《女山》和《长征风云》。

二、纪实倾向和述史情结。这一"谱系"，在新时期长篇园地最早和最基本的存现，集中于历史题材创作领域，以后，又逐渐扩展至现当代题材的创作中。其代表作，有此前产生的《李自成》与这时期的《金瓯缺》、《少年天子》、《庄妃》（颜廷瑞）、《皖南事变》和《湘江之战》。

三、现实的鉴照意义和社会的政教效应。这是一种历史悠久的审美追求，其广义的理解和界定，足以囊括文学的全部创作活动和创作成果，因而这里仅限于指认其中的表现为作家的自觉追求与作品的突出特征的那一"谱系"，如此前产生的《改革者》（张锲）、《新星》（柯云路）与这时期出现的《商界》（钱石昌、欧伟雄）、《都市风流》（孙力、余小惠）、《大上海的沉没》（俞天白）。

四、地域风情和文化氛围。风情民俗和地域文化特征的描摹与渲染，几乎是长篇小说中必不可少的组成部分，这里仅限于指认被提升为一种相对独立的审美意识，并且表现为某些作家作品的显著特色的那一"谱系"，如：这时期出现的《商州》（贾平凹）、《雾都》（曾宪国）、《桑那高地的太阳》（陆天明）、《曲里拐弯》（邓刚）、《荒林野妹》（李宽定）、《裤裆巷风流记》（范小青）、《天堂众生录》（杨干华）与《穆斯林的葬礼》（霍达）。

五、拷问人性。这是新时期长篇创作领域的一种颇为惹眼的审美追求，如此前产生的《氛围》（俞天白）、《人啊，人！》（戴厚英），与这时期出现的《洗澡》、《玫瑰门》、《活动变人形》、《死是容易的》、《黑的雪》、《游戏》、《突围表演》、《浪荡子》（马昭）。

六、反讽。反省意识与批判态度，在新时期长篇创作中是贯穿始终的。这里所指认的是它的极致性"发挥"，即由一种极为冷峻、不动声色、淋漓尽致的审美态度撑起的讽喻意味。如这一时期产生的《玫瑰门》、《玩的就是心跳》（王朔）、《黑的雪》、《十三步》、《活动变人形》。

七、消闲性与通俗化。这一"谱系"主要见诸通常所谓的"通俗文学"之中，即以求取适销对路和一时的市场覆盖率为目的、着眼于公众消闲解颐之需的文学读物，就这一时期而言，它包括某些种类的纪实文学和武侠小说、侦破小说、言情小说等等，如权延赤所写的"红墙系列"便堪称这一时期这一"谱系"的代表作。

至此，我们已经很容易作出判断：第三届茅盾文学奖的评选结果，实际上回避了这一时期最有特征也最有活力的审美追求和创作趋向，它对于印证1985至1988年间长篇小说创作的实绩实态，是极其苍白无力的。

4

"重要的是过程，而不是目的"，这句名言所提示的思路，同样适用于我们对第三届茅盾文学奖的回顾。经得起检验的荣誉，势必在日后的文学中产生积极的影响，否则也只对荣誉的接受者具有"价值"。所以，第三届茅盾文学奖中，真正值得研究和记取的，还是评选过程本身。

首先是由谁来评。按照惯例，茅盾文学奖系由"有关部门"任命评委。似乎没有理由怀疑评委们的鉴赏能力，正像我们深信"有关部门"在选择评委的时候，并非把鉴赏力放在首先的和唯一的位置。看一看三届茅盾文学奖评委名单，我们就会明白资历职务有多么重要。既然评委不是以鉴赏力为标准、通过公平竞争或民主选举产生的，其权威和权力是以"有关部门"的权威和权力为基础的，因而所谓评奖结果也只能是"有关部门"意志与个人鉴赏力相嫁接、相妥协的产物。这就很容易理解，为什么第二、三届茅盾文学奖评委的调整，足以与中国作家协会领导机构组成人员的调整相印证，并且在评选的指导思想和最终的评选结果上获得如此明朗的验证？为什么第三届茅盾文学奖的评奖结果，与其说反映了1985至1988年间长篇创作的实态实绩，毋宁说映衬了"有关部门"对这一时期文学创作的基本估价和认可限度！由此可见：茅盾文学奖与自然科学领域的评奖不同，后者的评判标准及其权威性来自公认的学科标准和评委的学术水平，无论评委是否担任行政职务，都只能凭着他们的专业知识和学术素养，对评选对象作出判断，因而这样的评奖和选评结果，所面对的是科学及其发展水平，而不是"有关部门"及其评委对某一学科的政治性把握；茅盾文学奖不同于电影界的"百花奖"，后者是由愿意参加投票的观众决定评选结果；茅盾文学奖也不同于电影界的"政府奖"，后者索性由电影行业的主管部门直接出面裁定；茅盾文学奖与电影界的"金鸡奖"相仿："有关部门"将钦定的"专家""内行"推向评选的前台，至于社会公众和没有发言权的文学艺术家们则是地地道道的看客。就此而论，第三届茅盾文学奖评选结果，无非是以夸张的形态，暴露了这种评奖方式及其权威性所固有的败笔。

其次，是按着什么思路去评。文学界的领导者们有一句时常挂在嘴边的话："评奖即引导即提倡。"茅盾文学奖显然也不例外。问题在于：既然说到"引导"、说到"提倡"，我们就不能不讲清楚谁来充当"引导者"与"倡导者"，也就是说，究竟是来自哪一方位的"呼声"。比方说，有来自公众对"消闲解颐"需求的"引导"与"提倡"，以之为鉴，奖评作家作品的尺度和范围，就可以集注于可读性、故事性和畅销程度等等，而思想深度、艺术的独创性和创新程度便可以忽略不计；又譬如，有来自政治领域或社会公益眼光的"引导"与"提倡"，以之为鉴，奖评文学的尺度和范围，就更加注重于题材和内容是否有现时态的教喻意义、艺术上是否易读好懂，同时也就可以忽略文学自身的发展水准和艺术取向等等；此外，还有基于某一文学团体机构或流派的以至个人情趣、个人权益、个人情谊的"引导"与"提倡"等等，以之为鉴，甚至可以将一项文学评奖活动操办得令局外人瞠目结舌……由此可见：阐明或明辨所谓"引导"、所谓"提倡"的来路，对于操办或识别一项文学评选活动及其奖评结果是何等关键！正如我们所看到那样，第三届茅盾文学奖的评奖结果，全然回避了1985至1988年间长篇创作领域最富特点也最有艺术发展意蕴的实践成果，对那一时期许多很有艺术价值且艺术反响不凡的创作现象和作家作品，采取冷漠的和忽视的态度；甚至在其客观上标志的评选范围和价值取向上，所选择的个别作家作品，也不堪与同期同类作家作品作比照相抗衡；以至即使我们愿意认定第三届茅盾文学奖评选结果中寄寓的种种"所导""所倡"，具有永恒的和绝对的价值；参之以评选的结果，我们仍然有理由提出这样的问题：能不能为着表达"引导"而无视创作实践实绩，为着指认样板而在艺术标准上降格以求乃至指鹿为马，能不能借"引导"之名、行呼朋引友之实？据此，我们似乎可以就文学的评奖活动，归纳出一点结论：一旦评奖活动的真正的主持者和领导者所执守的种种"引导"与"提倡"，事实上是与作为评选对象的那一特定时期、那一特定范围的文学实践实态实绩相疏离的；那么，这一活动所由派定的视野与视线，就会变得极为偏狭；所能提取的评判标准，便会相当乏味，相当缺乏文学的"学科"意义上的和现时态创作状貌实绩方面的规定性；所能容纳的评选方式，便是"画地为牢"杂以"任人唯信"；所难避免的选评结果，便是鱼龙混杂乃至鱼目混珠。正如既定时期的全国的长篇创作状貌实绩，既然是茅盾文学奖的选评范围和评选对象，一切"引导"便理应由它来提供艺术规范和质量参照，一切"提倡"亦应由它确立艺术的基础和实践的范型。如果可资"引导"的范型和可供"倡导"的样板，被同期的创作实践映衬得苍白无力，那么，不仅所欲"引导"的东西成了空中楼阁，所欲"提倡"的东西势如一纸空文，而且"引导者"自身反倒事前事后地疏离了文学主潮，甚至……其对文学事业、对文学的实践运动、对文学的创作群体和社会鉴赏基础所施以的亵渎，所造成的损伤和危害，是远远超出"区区"一两度文学评奖活动的，更不是容易弥补的或可以弥补的。

第三，是按着什么标准去评。对一个时期的文学，可以有政治的质量认证，也应该有艺术的和审美的质量认证。认证的科学性和权威性，来源于且印证着特定专业的学术水平和实践技能。几十年间的经验教训告诉我们：几乎在每一时期，所谓政治的质量认证，标准的制定和运用，总是一目了然的，往往也是公之于众的且被不折不扣地执行的；而所谓艺术的和审美的认证，则不幸总是居于从属的和附加的地位；标准，也往往并不取自文学发展实践及其理论形态的最新的和最高的成果，而是见出了僵化的、"外行"的或者是以偏概全的、先入为主的眼光，因而不可能不是含混不清的和经不起辨析的，往往也只能是任由可以"说了算"的那一部分人"见仁见智"地制定和执行；以至在许多文学的评奖活动和评选结果中，所谓政治上合格而艺术上"过得去"的作家作品总是最容易被选中；而在艺术和审美上不同凡响、不拘格套的作家作品，即使侥幸不被忽略不计，充其量也不过是担当区区"点缀"罢了。所谓"政治标准第一，艺术标准第二"这种不合时宜的文学价值观和评判标准，事实上，在对文学作宏观的或微观的"评说"（其实更重要的并不在"说"上或者仅仅意味着一家一人之"说"）时，至今依然居统治地位，继续为某些部门和某些文学活动的组织领导者所坚持所沿用；而文学的创作家和理论批评家，对所谓"本行当"及其状貌实绩，究竟拥有多少发言权和自决权，我们只消看一看茅盾文学奖这样一种"纯粹的"文学的学术活动，居然历来是在不予公开候选范围和候选条件的情况下圈定评委，居然历来是在不予阐明评选的艺术标准的情况下展开工作并敲定评选结果，拿出了第三届评选活动的奖评结果，就足以明了！至于评奖及其选评结果，是否经得起时间的检验，能不能成功地"引导"文学提高专业水准，倒也毋庸赘述了！

1994年10月10日草就

原载《当代作家评论》1995年第2期

我看茅盾文学奖

张恒学

茅盾文学奖第四届评选结果于1998年初出台了。到此为止，它已走过了16年（1982年—1997年）的历程，其获奖作品则涵盖18年（1977年—1994年）。这应该是它的"童年期"。

茅盾文学奖被人们普遍看作是中国长篇小说的最高奖，甚或是中国当代文学界的最高奖。然而随着评选历史的延伸，这个"最高"被越来越多地投上了难以抹去的怀疑的目光。人们对它曾有过的热情、信赖和企盼仿佛也越来越淡薄了，尤其是后两届评选结果出台以后。

任何一种文学奖项都被看作是对其历史发展的肯定和引导，而到了现当代，长篇小说又往往被认定为一个民族、一个时代文学发展水平的重要标志，它的评奖更具有这样的性质。从这一角度观察，茅盾文学奖的偏颇则更突出。

我们且从科学性和权威性进行讨论。

我认为，所谓评奖的科学性首先是评选标准的明晰、确凿、崇高、一贯性及其艺术审美的前置性，文学发展的前瞻性；其次是评选程序的规范性。所谓的权威性则体现于评选的各个环节上：评选标准，评委的组成状况，评选的具体操作过程，最终落实在评奖的结果上。科学性是权威性的保证，没有科学性就不会有真正的权威性；权威性是科学性的目标，没有权威性，科学性就失去了意义。没有了科学性和权威性，任何评奖不过是一文不值的儿戏。

茅盾文学奖研究资料

关于科学性

　　首先是标准。标准即准则，它表明评奖的性质和基本特征，指导和制约着评奖的全过程，具有"法"的意义。严格科学的标准才能保证评奖的严肃性，这是走向目标的基本前提。对茅盾文学奖，局外人从未在报刊上或其他媒体得到它的明晰、确凿、一以贯之、具有"法"的意义的标准；局内人则透露说，该奖"居然历来是在不予阐明评选的艺术标准的情况下展开工作并敲定评选结果"①的。当然，我们不会认为每次评奖毫无标准可言，但是，显而易见的是，这种标准是临时性的，即每次开评前大致规定的，因此它不具备"章程"或"法"的意义。而且，这种临时性的标准在具体操作中也有很大的通融性和主观随意性。比如，第四届茅盾文学奖，"弘扬主旋律，鼓励贴近现实生活，体现时代精神的创作是评选的一个指导性原则"②。显然这只是针对该届的指导原则，即"标准"而"指导"的结果也只是选出一部《骚动之秋》这样的作品，占获奖作品的1/4，还是在"对这类题材作品无法要求太高"的情况下比较勉强评出的，可见其指导原则的脆弱性。

　　从上面的"指导性原则"也见出一个事实：作为一个标准，它主要的还是停留在"政治"对话的层面上，而小说作为一种语言艺术应予首先重视的艺术审美性则大大后置了。应该说这种倾向在历次评奖中是一贯的，第三届则最突出。这样说，并非是仅仅抓住某人透露出的只言片语（这当然也是重要的信息）而形成的片面结论，更主要的还是从评奖的实践结果去看。从历次公布评选结果对入选作品的评价中我们看到，其政治内涵是十分鲜明突出的，那就是所谓的"主流意识"，或曰"时代精神""主旋律"，而其艺术信息则是十分含糊、微弱的，且淹没在前者之中。如果人们认为"政治第一"甚至"唯一"仍然主导着茅盾文学奖的评奖活动，那么主办者将怎样去辩解或反驳呢？至于那些具有相当深厚社会内涵，并显出相当艺术功力，也产生了相当社会影响的作品却与此奖"失之交臂"又将作何解释呢？正因为如此，像《白鹿原》这样建国以来难得一见的厚重之作却成了第四届评奖"困难的症结"——不评吧，文坛内外都过不去，"1989年至1994年间，被公认为最厚重也最负盛名的作品首推《白鹿原》"；评吧，"《白鹿原》通向茅盾文学奖的道路上荆棘丛生、吉凶难卜"③。"症结"到底在哪里？明白人不言而喻：《白鹿原》的某些历史观念同现实的政治观念的龃龉。传统文化昭示聪明的国人以灵感：走"中庸"之路，评其"修订本"。阴霾消散，皆大欢喜。不过这却给中国文学历史留下一个大尴尬，一个使人无法发笑的笑话：所谓的"修订本"是一个子虚乌有的"存在"，接受殊荣的只是一个假想的经过"整容"后的"新生儿"！如果以评奖的时限1994年计，其时此"新生儿"的影子还不曾在作者的脑海里孕育。这一新版之"皇帝的新衣"只给历史留下悲剧性的思考。

文学属意识形态范畴，它无法摆脱社会时代及意识形态其他部门尤其哲学、政治的影响和制约。但另一方面，文学（包括小说）首先是一种艺术存在，是"艺术把握世界"的一种方式，是人们在艺术这一特殊的"自由王国"中的审美创造，所以，审美属性是其根本属性。文学作品中的社会思想内涵其实只是作者的情感价值的体现，其中包括认识价值和道德价值，而这种价值的真理性在其历史发展的过程中却表现为绝对的相当性。这只要是回顾一下文学历史，尤其当代中国文学的历史就再清楚不过了。作者的情感价值只有融入艺术的审美创造中才会造就真正的艺术，才能体现真正的艺术价值，反之，只能诞生低廉的宣传品或商业广告。表达理念是容易的，创造审美的艺术价值是困难的。作为文学奖，首先评的是"文学"，即对象的艺术属性和艺术品质、艺术成就，这其中就包容了作者的"情感价值"，即思想性。

其次是程序。十分明显，茅盾文学奖的评选程序很大程度上是非科学化、非规范的。

其一是评委的组成非规范化。历届的评委不是由文学界依其具有评奖操舵作用的学术水平、艺术观念及其他综合素质遴选产生的，而是由领导部门指定组成的，而且，这一组成从不具有相对稳定性，倒是常常投映着社会"气候"的色彩。应该说，每届实际参评的评委都是具有相当"资历"和"名气"的，但是"资历"和"名气"并不能完全决定参与的"资格"。如果这"资历"和"名气"同不被新时代认可的观念、情操相伴随的话，参与的结果更容易使评奖失去权威的分量。事实恰恰如此，尤其后两届评奖。

其二是每届获奖作品的时限非规范化。第一届五年（1977—1981），第二届三年（1982—1984），第三届四年（1985—1988），第四届六年（1989—1994）。第二届比较规范。第一届因为首评，把新时期以来的几年一并计入情有可原。第三、四届就使人摸不到头脑了。尤其第四届，它所涉及的作品的时限实际上还大大超过了六年（向前考虑到了1987年出版的《活动变人形》，向后则是尚未出世的《白鹿原》修订本）。为何如此？实在令人茫然。

其三是入选作品与奖项非规范化。第一届六部；第二届三部；第三届七部，而且特设了"荣誉奖"；第四届四部。为什么会如此？因时而定？因势而定？因人而定？尤其第三届那个"荣誉奖"更叫人莫名其妙。

至于评选过程，更难以谈得上规范化。尤其后两届，庞大的班子，断断续续工作两年左右（加上准备、推荐时间还远远不止如此），才勉强出台结果。在世界日新月异的今天，如此马拉松的过程人们何堪引颈以待？当我直书此话的时候只能向辛辛苦苦工作的参评的同志们深表歉意并乞理解，我只望我们的"大奖"能进入真正的科学化轨道，以慰茅盾先生的在天之灵。

鉴于上述，我认为，评奖的主办单位应在公开、民主的前提下选拔具有较高学术水平和文学声望、较开放的艺术观念的专家、学者、作家组成常任的（非专职）评选委员会，制定出相应的具有权威性的评选章程（包括标准），以此保证茅盾文学奖评的科学性，使之真正成为我国文坛具有较高声誉的大奖，也为中国文学走向世界创造更好的契机。

关于权威性

前面已有涉及，这里主要从评奖的结果上看。结果具有终极性。权威的结果首先应具有历史的公正性，即能真正反映一个历史阶段长篇创作的实绩及其发展方向，并能经受时间的考验。这样的结果才能使人信服，给人以鼓舞。但是，这是失去了科学性的评奖难以达到的。比如第三届茅盾文学奖的获奖作品，同主办者的高度评价④相反，在获奖结果公布四年以后有人撰文指出："第三届茅盾文学奖的评选结果，全然回避了1985年至1988年间长篇创作领域最富有特点也最有发展意蕴的实践成果，对那一时期许多很有艺术价值且艺术反响不凡的创作现象和作家作品，采取冷漠和忽视的态度；甚至在客观上标志的评选范围和价值走向上，所选择的个别作家作品，也不堪与同期同类作品比照相抗衡"⑤。实践证明，这样的意见更符合实际，它是历史检验的结果。今天，把这些话用在最近一次评选结果上也是完全合适的，虽然这一届有了一定的改善。我们不妨逆向推论，1989至1994年中，已问世的长篇小说至少在两千部以上，这次评奖进入初选圈的112部，进入表决圈的20部，最后入选4部。如果这四部作品能代表中国六年间两千余部长篇的最高成就及其发展方向的话，那么人们就会深感中国的长篇创作太寒酸了！更何况像《白鹿原》这样的作品还历经磨难，经过折中"处理"才名列其位的。（即使如此，也使贾平凹为之长出了一口气，从而感激这"上帝的微笑"。⑥）由此回顾，我们不难发现，历届入选作品中，艺术上真正有棱角的实在是凤毛麟角。《白鹿原》命运乖蹇的关键也在于此。虽然在裁判者眼中它只是个"擦边球"，但也必欲校入"规范"之中，否则，"吉凶难卜"……只是人们要问：公正在哪里？

为什么会这样？问题盖出于价值之取向。

首先，是思想内涵的价值取向。在这方面，茅盾文学奖的传统功利主义色彩是否太浓重了？不能否定功利性，任何作品都有社会功利性。但是，也不能把这种功利圈得太狭隘了。文学是人学，是人的灵魂、人的社会生活及其历史形象化、艺术化的审美表现和创造，它的内涵是极其复杂的。而我们强调的仅仅是"主旋律""时代精神"，并且这都是比较模糊的概念，这样在具体操作中既排斥了一批有高度艺术价值又无法进入"主旋律"的作品，同时也增加了评选的主观随意性，这不仅仅是"见仁见智"的问题。这种价值取向的结果是不言而喻的，它引导作品追求现实的时效性，停留在生活的表面真实上；它们的"主题"往往一两句话即可概括得十分彻底；公式化、概念化、传统化是其挥不走的影子。这样的作品入选，必然是以牺牲某些更优秀的作品为代价的，那些作品往往深层次、全方位表现人及社会生活的复杂性，以开放的艺术方式展示生活的本质真实，人的灵魂的本质真实，却不被评选的价值标准认可。

其次，艺术方向的价值的取向。前面说过，文学是"艺术把握世界"的一种方式，所以任何一种比较成熟的文学奖（比如诺贝尔文学奖）都十分注重作家作品在艺术上的独创性、开拓性及其在文学史上的贡献。只有这样，才有文学的真正发展。文学奖项应肯定和总结这种成果，以此展望更新的前景，推动一个民族，一个时代的文学走向新的艺术高峰。然而，在茅盾文学奖的历届获奖作品中，给人以艺术新鲜感的只有极少几部，不少作品给人的是强烈的艺术陈旧感，有的作品在接受过程中唤起接受者的那种沉闷感、疲劳感真使人难以卒读，这样的作品即使用传统的"五老峰"标准去衡量也算不得上乘之作，而它们却登上了今日长篇小说的"最高"领奖台！与此相反，众多在艺术上有较大突破、创新，在新时期以来的文学发展中起了相当大的推动作用，产生了广泛社会影响的作品却被无端"忽略"了，这不能不反映出茅盾文学奖艺术方向的价值取向上的保守性和滞后性。

有目共睹的事实是，八十年代初期开始的创作上的艺术"探索"到八十年代中期形成大潮，旧有的艺术樊篱几乎被彻底打破，标新立异、各领风骚、多元竞争一时成为文坛的炫目风景。西方艺术观念、艺术方式的引入和借鉴，使文学彻底失去主潮，"千条江河归大海"，文坛呈现着色彩纷繁、空前壮丽的景观。这其中虽然难免泥沙俱下，虽然充满形式主义乌托邦和语言魔术的恶作剧，虽然难免极端，难免"东施效颦"，虽然……，但是，这一潮流不论从艺术观念上还是艺术方式上打破一元独尊、一花独放的格局，冲破文学狭隘天地，走向广阔的艺术世界都具有历史性的功绩；而且这期间也确实产生了一批经得起历史筛选的作品。到了九十年代，这一潮流经过反省和沉淀，经过比较和淘汰，它的发展日趋走向健康和成熟，而且中西艺术观念、传统和新潮艺术方式互相供借鉴、融合，也产生出一批新质、具有较强生命力、开放性的艺术成果，为文学展示了一种可喜的前景。《白鹿原》就是其中的代表作品。然而，令人不解的是，茅盾文学奖对这一历史性变革表现得十分冷漠、麻木和无所作为。从第三、四届评奖中根本看不到对这种现实的真正正视和包容，虽然《白鹿原》最终还是入选。评选的结果使人觉得仿佛拿着长袍马褂，或者中山装的式样在眼花缭乱的服装市场上选择"时装"，其结果只能是力不从心、不伦不类，甚而啼笑皆非。任何比喻都是有缺陷的。现实的情况是，具有"现代"或"先锋"倾向的作品从不被评奖者青睐则是毋庸置疑的，其中包括被文坛看好的优秀作品。当然这里不是鼓吹唯"新"是求，唯"新"是崇，我们主张的是公平竞争，我们要的是公正的比较，虽然这一比较常常是困难的，难免失误的，但总不能有亲疏之分，总不能抱残守缺，总不能顾此失彼，总不能仅仅是"回头张望"，还要"放眼未来"吧？

第三，从题材的价值取向上我们还可以发现，茅盾文学奖对历史题材和革命历史题材有一种难以割舍的亲恋情结。从第一、二届的占1/3，到第三届占2/3，发展到第四届的畸形化程度3/4，与现实题材的比例形成了3：1的对局。应该承认，新时期以来，历史题材和革命历史题材的长篇创作有了长足的发展；尤其历史题材，自八十年代初期崛起之后，一直保持较旺盛的创作势头，并且佳作不断。但是，也应看到另一方面，自八十年代中期以来，现实题材逐渐开始占压倒优势；到九十年代中期，历史题材和革命历史题材不论在总的数量比重上，还是整体艺术水准上早已处于弱势，而且这一趋势还在继续发展。然而这种情势在第四届茅盾文学奖的评选结果上得到的却是完全相反的反映：现实题材只有一部《骚动之秋》独领风骚，"它的获奖使许多人感到惊讶"。对此我们能获得的唯一解释是，依前述"指导原则"衡量，"1989年至1994年间，在长篇小说创作范围里，正面反映改革现实的作品不多，质量好的更少"，因此像《骚动之秋》这样的作品，"也还说得过去"[⑦]。这里有些问题需要澄清。首先，"指导原则"中的"弘扬主旋律"，"体现时代精神"，必然"合乎逻辑"地把"贴近现实生活"仅仅定位于改革题材上，这种十分偏狭的政治化"原则"，也必然"合乎逻辑"地将一大批非改革内容的现实题材作品排斥在候选圈之外。其次说六年间"正面反映改革现实的作品不多，质量好的更少"也应有所分析。很清楚，自1989年以来，长篇创作出现了异乎寻常的势头，尤其1993年的"陕军东征"和1994年以后以"布老虎丛书"为先声的"集团冲锋"，使长篇创作在题材的取向上、艺术方式上更加开放，更加异彩纷呈。这种无序之"序"，甚至使批评界也"失去了方向"，"错位""失语"之类的惊呼声不绝于耳。长篇创作"热"首先体现在数量上，包括大量"改革现实作品"，因此言其"不多"显然不是事实。当然另一方面也很清楚，1989年以来的长篇创作由低谷到升温到"热"，数量在飞跃，而飞跃的主要是平庸之作，"精品""大气"之作微乎其微。但是，这种状况不独现实题材如此，历史题材、革命历史题材尤其如此，那么，第四届评奖的结果为什么唯独现实题材数量之少、品质之弱位居于"最"？问题的症结恐怕在操舵者的视野和早已凝固的"构思"。

这里仅就我个人有限的阅读范围举一个突出的例子。1990年人民文学出版社出版发行的熊尚志创作的《骚乱》就是一部反映改革初期社会现实的相当有分量的作品（应赶紧声明：我与作者、编辑从未谋面，纯为客观读者，绝无"唤朋呼友"之嫌）。只要稍有艺术鉴赏力的人都不能不承认，这部作品在表现"改革现实"的内容上，挖掘深度上，艺术开放性及其语言功力上，典型人物及典型环境的刻画上，乃至深厚的文化底蕴，浓郁的地方色彩方面都堪称新时期以来少有的佼佼者。我将其概括为：深刻、独特、美。其艺术成就并不在

《白鹿原》之下，其厚重度远在《骚动之秋》之上。（因篇幅有限，恕不在此作具体分析。）遗憾的是，这部作品问世以来，至今不见批评界的只言片语，我想，其原因除了作者与出版者都未进行时下流行的商业化炒作外，重要的在反映批评界的"失语"了。如果这样的作品在评奖者那里被"忽略"了或被淘汰了，那实在是一种悲哀了。类似的作品不会仅此一部，它们都是怎样被淘汰出局的？为什么只剩下一部孤独的《骚动之秋》？

《骚动之秋》也是一部较好的作品，它有相当的可读性和艺术感染力。但总体说它给人以单薄之感。它的主要成绩在于塑造了岳鹏程这一艺术形象。不过，这一形象也很难说是独特的。辽宁作家于德才发表于1986年的短篇小说《焦大轮子》与《丁大棍子》中的主人公，尤其"丁大棍子"同岳鹏程有惊人的相似之处；电影《被告山杠爷》中的山杠爷也与之有较大的思想共性；现实生活中的大邱庄庄主禹作敏更是其"模特儿"。这部作品在艺术表现上也说不上什么创新。它的获奖"使人感到惊讶"，主要在于它不足以代表1989年至1994年间现实题材长篇小说创作的实绩及其发展方向。如果说，"至今，改革题材小说在套路上相比《骚动之秋》等作品，还没有显著的突破，因此《骚动之秋》获奖也还说得过去"⑧，这只能是为评奖者作勉为其难的自圆其说。如果这种说法成立，那就是说，这部作品在"套路"上有"显著的突破"，然而，它的突破在哪里？相反，以它去对照一下《骚乱》的"套路"吧，后者才是一种自然、和谐又十分鲜明的"套路"！至于像梁晓声的《浮城》，王安忆的《纪实与虚构》，余华的《呼喊与细雨》等一大批作品又是怎样一种"套路"？（只是这些作品不符合直接表现"改革"的"原则"，而被置之不顾了；然而他们对国人灵魂的拷问却是与今日的"改革"息息相通的。）已有的文学现实被大量忽略或删除了，问题还出在价值取向上：偏狭后视的思路只能在有限的小圈子里打转转。话说回来，就改革题材小说而言，如果认为《骚动之秋》这样非常传统的"套路"仍是今日长篇创作最高水准或最高典范的话，那么其一，这就完全否定了八十年代以来文学创作多元竞争的事实及其成就，尤其否定了那些"实验"性、"探索"性的实践成果；其二，这就把新时期以来踏上文坛的一批又一批灿若群星的作家的艺术才华和审美创造一笔勾销了。如果已成的定局体现了一种历史公正的话，那真不知文坛中人（尤其作家）对我们的文学发展作何感想，遑论当从世界角度看中国文学发展现实的时候。值是庆幸的是，现实并不会使人如此悲观，也就是说，第四届茅盾文学奖所印证的1989年至1994年间长篇小说创作实绩实态同第三届一样，也是"极其苍白无力的"⑨。

中国应该，也有充分条件建设一个具有我们民族特色，具有高度科学性、权威性，具有国际影响的文学奖，一如其他民族的塞万提斯奖、但丁奖、龚古尔奖等文学奖那样。茅盾文学奖是最具有这样的基础和条件的。我们企盼经过反思、总结，走出"童年"的某种误区，把它建设得更好，更完善。这是中国文学发展的需要，是中国文学步入世界之巅的需要，是历史的需要，是人民的需要！在这方面，我们也不应辜负文学先辈茅盾先生的遗愿。

这正是本文的出发点。

注释：

①⑤⑧朱晖：《第三届茅盾文学奖之我见》，《当代作家评论》1995年第2期。

②③⑦⑨胡平：《我所经历的第四届茅盾文学奖评奖》，《小说评论》1998年第1期。

④参见《文艺报》1991年3月30日：《第三届茅盾文学奖颁奖大会在京举行》。

⑥贾平凹：《上帝的微笑》，《小说评论》1998年第1期。

原载《云梦学刊》1999年第2期

茅盾文学奖背后的矛盾

徐林正

三位得主的回答

近年茅盾文学奖遭遇的批评愈来愈大，不仅遭到了非茅盾文学奖得主的作家的批评，一些茅盾文学奖得主也并非对它完全赞同。4月6日，茅盾文学奖得主刘心武、刘白羽、陈忠实接受了笔者的采访，令人感到意外的是，他们用委婉的方式对茅盾文学奖表达了不满和异议。

笔者多次联系采访首届茅盾文学奖得主，均未果。叶蔚林在2000年第二期《文学自由谈》指出："实话实说，莫应丰的《将军吟》，当年获茅盾文学奖就有点勉强。尽管老莫写作勇气可嘉可佩，具有强烈的政治责任感。但读过《将军吟》的人，不得不承认这是一部粗糙之作，人物有概念化倾向，艺术性较差。只因当时胡乔木读了，大加赞赏，于是就获奖了。并不是因为老莫已不在人世，死无对证，便不负责任随意贬低他。好在老莫有自知之明，生前曾面对面地对我说过：'老子运气好，搭帮胡乔木，得了茅盾奖。'"

笔者：刘心武先生，你的小说《钟鼓楼》获得第二届茅盾文学奖，请你回答，你的《钟鼓楼》获茅盾文学奖够格吗?

刘心武：作家写作并不是为了获奖，我本人也没有争取。我的《钟鼓楼》是出版社推荐的，我是同意的，说明可以参加，当然我认为获奖是正常的。我没有办法左右各种奖项的贬值，我的那一届包括李準的、张洁的，我觉得很好。后来对茅盾文学奖的议论多了，我心里很难过，搞得我们得奖是很不光彩的事似的。我只能说，我们那一届是合理的。

笔者：刘白羽先生，请你谈谈茅盾文学奖。

刘白羽：别的可以谈，这个问题不好谈。

笔者：为什么？

刘白羽：不是有许多议论嘛，这个问题很复杂。

笔者：有人认为，你的《第二个太阳》没有资格获第三届茅盾文学奖，你对此怎么看？

刘白羽：我不谈，我不谈，我不谈……

笔者：陈忠实先生，我只想问一个问题，你的《白鹿原》（修订本）获得茅盾文学奖，但参评时修订本还没有出来。请问你究竟喜欢《白鹿原》修订本还是《白鹿原》？

陈忠实：这个问题我无法回答。

笔者：啊？

陈忠实：这个问题我无法回答。

重温茅盾遗愿

1896年12月10日，诺贝尔去世。他在遗嘱中对文学奖的要求是奖给"文学方面曾创作出有理想主义倾向的最佳作品的人"，尽管诺贝尔文学奖有遭人非议的地方，但评奖基本坚持诺贝尔的遗愿，即作品充满了理想主义色彩。而茅盾文学奖的评选结果与茅盾的遗愿有很大的距离，甚至违背了茅盾的遗愿。

1981年3月27日，著名作家茅盾逝世，留下了其于1981年3月14日致中国作家协会信中立下的遗嘱——

"为了繁荣长篇小说的创作，我将我的稿费25万元（一说30万元）捐献给作协，作为设立一个长篇小说文艺奖的基金，以奖励每年最优秀的长篇小说。我自知病将不起，我衷心祝愿我国社会主义文学事业繁荣昌盛！"

1981年10月，中国作家协会决定启动茅盾文学奖，然而随着时间的推移，茅盾文学奖越来越暴露出与茅盾遗愿矛盾的"矛盾"。其矛盾的焦点是，茅盾遗愿设立文学奖的目的是"以奖励每年最优秀的长篇小说"，但事实上，越到后来，一些也许是优秀的，但不是"最优秀的"作品进入了茅盾文学奖。

那么茅盾文学奖究竟如何产生的呢？

茅盾文学奖每一届的《评奖条例》都有变动，笔者所能够看到的第五届茅盾文学奖的评奖条例中，似乎并没有明确说明茅盾遗愿——奖励每年最优秀的长篇小说，繁荣长篇小说创作。而事实上，以往获奖的基本上是现实主义作品。茅盾文学奖成了茅盾现实主义文学奖。浙江（茅盾的故乡）文学院创作研究室主任洪治纲在《无边的质疑》中指出——

历届茅盾文学奖没能真正评选出"最优秀"的长篇小说，自然无法真正体现出茅盾先生的初始愿望。这种距离是不言自明的。问题是，这种距离不仅从评奖结果上来认识，它实质上也体现了这种评奖背后某些观念上的局限性，虽然他（指茅盾）自身的创作一直在遵循现实主义的审美原则，但他从来没有在任何文章中对其他创作原则进行过否定，而且他的《腐蚀》等作品还曾积极地尝试过一些现代叙事手法。他在要求设立文学奖的那封信中，最后一句是"我衷心地祝愿我国社会主义文学事业繁荣昌盛"，如果我的理解没错，这里的"繁荣昌盛"是指一种真正意义上的"百花齐放"、多元并存、相互融汇的创作格局。他老人家"衷心祝愿"就是这样一种繁荣，可我们的评奖离他的愿望究竟有多远不是显而易见的吗？——纵观18部获奖作品，我认为其局限性主要在于四个方面——对小说叙事性过于片面强调；对现实主义作品过分偏爱；对叙事文本的艺术价值失去必要的关注；对小说在人的精神内层上的探索，特别是在人性的卑微幽暗面上的揭示没有给予合理的承认。

老人评委"力不从心"

对比历届茅盾文学奖获奖名单和评委会成员的名单，就会发现，代表中国长篇小说最高荣誉的茅盾文学奖，原来是一群"老人"评选出来的。评委会成员基本特点是——

1. 评委普遍"老龄化"。

2. 大多数评委已经疏离文学工作，这些人是不折不扣的"前文学工作者"。

3. 就第四届来说，很少有活跃当时文坛的评论家参与其中，陈建功、雷达等少数几位除外。

4. 评委中有不少是各部门的官员。

5. 据了解，这些评委的产生，并不是民主推选出来。

6. 让人感到遗憾的是，这些力不从心的"老人评委"，还包括令人尊敬、德高望重的巴金。

既然如此，由这批"前文学工作者"评选出来的作品，自然带有"前文学"的气息，不那么令人满意了。作为第一、二、四、五届的评委会主任的巴金（第三届未设评委会主任），对评奖也同样力不从心。据了解，在首届茅盾文学奖评选时，作为评委会主任的巴金托人告诉评委们，茅盾文学奖应该"少而精""宁缺毋滥"，但当时似乎没有人理会，一下子评选出6部作品。接着巴金一直因为健康原因，没有办法过多地参加评奖。令人无奈的是，第五届茅盾文学奖的评委会主任依然是——巴金。

审读小组名实谈

按照评选条例，茅盾文学奖从来自全国各地的上百部作品中，由审读小组筛选出20—30部作为候选篇目，再交给评委会最后定夺。

从第四届茅盾文学奖评选审读小组成员来看，基本是属于资深出版家、资深编辑家、文学评论家，年富力强，主要从事当代文学的编辑、出版和研究，而且对整个文坛有比较深入的了解，且自身艺术素质较高。

但他们是个审读小组，他们说话算不了数，名不正言不顺，多多少少有点"陪太子读书"的味道。这表现在两个方面：在审读小组确定的20多部候选作品中，有的是比较靠前的，甚至全票通过的作品，却可能根本不会获奖；第二，没有列入审读小组推出的候选作品，评委会也可以经过3名以上评委的提议，在经过评委会以不记名投票方式表决取得不少于半数的票数后，可在审读小组推荐的书目以外，增添备选书目。有时，审读小组的意见和评委会的意见相差很大。据介绍，第三届、第四届茅盾文学奖的获奖作品都有没有进入审读小组推出的候选作品范围的，但也获了奖。

在第五届茅盾文学奖中，这批由优秀编辑家、评论家、出版家组成的审读小组，在138部参评作品中，推出了25部候选作品。 其中全票通过的是：《长恨歌》（王安忆）、《尘埃落定》（阿来）、《第二十幕》（周大新）。另外的得票居前的几部是《许三观卖血记》（余华）、《高老庄》（贾平凹）等。这个体现审读小组的意愿的名单肯定也会引起社会的争议，但基本会符合大多数读者的意愿。但评委会最后的评选结果如何？那只有走着瞧了。

　　1999年8月已经评选25部候选作品出来，但现在却没有了下文，呈现出一副"难产"迹象。一种说法是，有关方面因为对候选篇目不满意而暂停。另一种说法是，因为评委的名单难以确定而搁浅。

　　究竟是什么原因使本届茅盾文学奖出现"难产"呢？笔者专程赴茅盾文学奖评奖办公室采访。

评委调整三分之一

　　4月7日，在中国作家协会，笔者采访了茅盾文学奖评选办公室负责人、评论家牛玉秋女士，她向笔者提供了一份最新的《茅盾文学奖评奖条例》。

　　问：现在对茅盾文学奖批评得很多，你对此怎么看？

　　答：茅盾文学奖不是政府奖，政府奖有国家图书奖、"五个一工程"奖。茅盾文学奖每一届评出，很多人说三道四，说明大家对茅盾文学奖很关心，这是好事。假如一个奖评出来，没什么反应，就不正常了。实际上，虽然有各种各样的议论，但获得茅盾文学奖的作品一直是畅销的，说明读者还是欢迎的。这句话我不知对来采访者说过多少遍，但不知什么原因，没有一家媒体刊登出来。

　　问：为什么经常有人把茅盾文学奖误认为是政府奖呢？

　　答：这种误解是有理由的。在于它的全国性、作协主持、工作受中宣部领导等原因。严格地说，中国作协不是政府机构。

　　问：请问审读小组能够每人全部读完所有作品吗？

　　答：能够，因为这些人平时就在阅读。

　　问：评委会委员能够把25部作品全部读完吗？

　　答：这是个问题，有些评委年事已高，要他们全部读完有困难。但评委中有一半人参加了初选的审读小组，这一半人读完这25部作品没有困难，另外的人负担重。

问：在评奖过程中有没有出现托关系、走后门的现象呢？

答：文学评奖本身的标准不同。如果评选把一部明显的、不够水准的作品放上去，是毁自己的名誉。茅盾文学奖是要上文学史的，从目前来看，评委还是非常珍惜自己的名声的，因为这些人如果想通过茅盾文学奖的评选去获取利益，不如去搞影视，他们去搞影视没有什么困难。

问：请问第五届的评委名单出来了吗？

答：已经出来了。

问：评委中主要有哪些人？

答：换了三分之一，增加了不少年轻的评委。

问：我可以看名单吗？

答：我刚才请示了领导，现在还要请示上级，如果可以，马上给你发传真。

问：茅盾文学奖的评选有难言的苦衷吗？

答：没有。

牛玉秋还告诉笔者，茅盾文学奖的最后评选于今年5月份启动。对本届评委的班子有1/3的人进行调换。

改革才是出路

茅盾文学奖受到了圈内圈外的质疑，有人问王朔，你的作品是否有可能获茅盾文这奖？王朔说，你不要害我呀。而余华则表示，中国还有什么文学奖？事实证明，一些获奖作品已经被人遗忘。在采访中，大量的圈内圈外人士对茅盾文学奖的评选表示不满。4月9日，笔者在榕树下文学网站散发有关茅盾文学奖的帖子，但回应者寥寥无几。

茅盾文学奖越来越辜负茅盾的一番苦心，越来越辜负读者的信赖。洪治纲认为，必须对茅盾文学奖进行卓有成效的改革。他指出，首先确立明确而科学的评审标准，即坚持艺术原则立场；其次是强调对多元化小说审美理想的积极推崇，尤其是对一些具有探索意义的作品给予积极的重视，文学的先锋精神尤其值得关注；对于评委的组成，有必要进一步民主化、制度化，有效提高审读小组的预选权力。

著名评论家陈晓明指出，应当慎重对待第五届茅盾文学奖。茅盾文学奖的评选应当防止小圈子化。获茅盾文学奖的作品在高校的文学教材中很少被提到或根本不被提到，茅盾文学奖不能进入大学学术传播渠道，就有可能走向难以为文学界大多数人士及广大读者认同的小圈子。

多次参加茅盾文学奖审读小组的白烨则认为，茅盾文学奖的症结，问题出在评选，根子在于体制。把问题最终归于体制，是因为茅盾文学奖的评选过程的组织尤其是评委队伍的组建，都是中国作协考虑各种因素来具体操持的。既要考虑所谓的权威性，又要考虑所谓的平衡性，结果就不能不选聘年事已高的、各门各派的评委，至于这些人是否熟悉长篇创作和熟谙长篇艺术，至于评奖能否真实反映长篇小说创作的现状与已有水准，基本上管不了也顾不上。以这样一种机制去运作茅盾文学奖，前景很令人担忧。可行的办法是中国作协从评奖中淡出，代之以茅盾文学奖基金会作为主办单位，以民间的方式予以运作，以年富力强的评论家、研究家、编辑家组成主要评委会，这或可会给这一每况愈下的文学大奖带来些许起色。

原载《陕西日报》2000年6月23日

茅盾文学奖获奖作家访谈专辑

立场比获奖更重要
——访《抉择》作者张平

张平，1954年11月生于西安，1958年返回祖籍山西，1982年毕业于山西师大中文系。现为山西省文联副主席，中国作协全委会委员，民盟中央委员。1981年开始发表作品，迄今已发表各类作品400余万字。主要作品有《祭妻》《凶犯》《天网》《孤儿泪》《抉择》《十面埋伏》《对面的女孩》等。先后获各类奖项三十余次，连续五次获"五个一工程"奖。《抉择》为建国50周年重点献礼作品。

得知自己的小说《抉择》获第五届茅盾文学奖时，张平正出差在遥远而美丽的西双版纳。电话里，记者问张平：获奖后的心情是否起了些波澜？张平答：兴奋的背后，更多的是诚惶诚恐和忐忑不安。

他告诉记者一个往事：就在上一届"茅盾文学奖"评选时，他的另一部作品《天网》在最后五部的角逐中，因差一票而落选。当时听到这个消息，多多少少感到有些遗憾和失落——因为那时由于《天网》触及了现实生活中一些尖锐的矛盾，被人告上法庭，正打着官司，张平心里很想让这部作品得到更多人的承认。而现在，时间过去几年，张平的心情已变得平静。

虽说这一次获奖了，可张平却认为，他只是当代作家中幸运的一个。还有许许多多作家的作品，要更深刻、更优秀、更精致，也更有震撼力。而评委们之所以把选票投给了他，更多的是对他这种创作方式的关注和鼓励，是希望他能在这条创作路上写出更好一些的作品。所以张平觉得，获奖只是他的一个新起点，同获奖本身相比，固守一个作家的基本立场要更重要。

那么，是什么原因，使得《抉择》在社会上产生如此大的反响？

张平答：那是因为小说是在为大众代言，毫不回避社会的尖锐矛盾，在揭示腐败分子丑行的同时，对其加以无情的挞伐。

腐败，一个沉重而敏感的话题。改革开放20余年，中国社会发生了巨大变化，然而社会进步的同时也使一些必须面对的矛盾和问题日益突出：比如干群矛盾、比如国企改革、比如腐败。腐败问题，一直是中央在着手抓的大问题。可为什么，反腐这么多年，越反腐败问题似乎越严重？几年来，张平一直在思考这样一个问题。他知道，既然他选择了为大众代言，就应该直面这个敏感而沉重的话题。

促使张平写《抉择》的，正是他背后的这种激情与责任。写《抉择》之前，张平因另一部作品改编电视的需要，同太原电视台导演先后来到多家国有大中型企业采访。一听说要采访，工人们的反映异常热烈。当听说采访者要听实话时，他们竟蜂拥而至。

随着采访的深入，张平又一次觉得有话要说。他深深感到，改革的阵痛，绝不是把痛苦和磨难只留给广大的老百姓，而让那些少数改革的投机者和颠覆者变得更加富有和为所欲为。经过一段时间的构思，他一气完成了小说《抉择》。

因为连着写了几部这样的作品：从《天网》到《抉择》，从《法撼汾西》到《十面埋伏》，张平的名字越来越多地在百姓口中传播。他几乎每天都要收到各地读者的来信来电，有鼓励支持他的，有向他诉说委屈的，于是有人戏称他的家是山西省的"第二信访办"。有一个读者为了能亲眼见一见作家张平，竟千里迢迢找到山西来。终于见到了张平，为表示对作家的敬意，他郑重地从包里取出一只瓷做的马来要送给张平。可那匹马因主人路途奔波不小心把一只脚给折断了，看着他的懊悔样，张平感动了，他收下了那只断了脚的马。至今，它还躺在张平家的柜子里。

和他老老实实的写作方法一样，每写一部作品前，张平都要进行大量的采访和调查。不熟悉，不了解，感动不了自己的人和事，他根本无法落笔。《抉择》之后，他的一部描写公安战线和恶势力斗争的小说《十面埋伏》就是在大

中国当代文学史资料丛书

量的调查后写出的。为了体验那种惊心动魄的感觉，他曾跟着特警队，连夜长途奔袭数百公里，到邻省一个偏远乡镇去解救人质。回来后，竟昏睡两天两夜，上吐下泻，高烧不退，住院20余天。

也许有人问张平，难道没有想过尝试一种新的写作方式？张平答：试过。早在八十年代，他看了福克纳的《喧哗与骚动》、马尔克斯的《百年孤独》等作品后，便发表了一些中短篇，其中的一些作品还得到了人们的赞许。可渐渐地，张平还是放弃了这种尝试性的写作。因为他觉得自己不管怎么折腾，写出来的仍然还是一种表层的东西，而不是自己血液里流淌出来的。

人生的大半生，一步一步走得不容易。这就是融入自己血液中的叙事文本和思维模式。这已不是一种选择，而是出自内心的本能。那么，倘若让张平放弃这种本能，无异于割断他的血脉亲情。所以，他的写作注定了是关注现实、直面现实，为千千万万的普通民众代言。

本报记者　陆梅

丰富的感情　澎湃的激情
——与阿来笔谈《尘埃落定》

■阿来　▲脚印

阿来，藏族。1959年生于四川西北部藏区的马尔康县。

1976年在卓克基公社中学初中毕业。后回乡务农。

1977年到阿坝州水利建筑工程队当合同工，先后任拖拉机手与机修工。

高考恢复后进了马尔康师范学校。毕业后，做过将近五年乡村教师。后因写作转做文化工作。现在成都任《科幻世界》和《飞》杂志主编。

1982年开始诗歌创作。80年代中期以后，逐渐转向小说创作。主要作品都收在以下三本书里，即：

抒情诗集《梭磨河》和小说集《旧年的血迹》《月光下的银匠》。另有长篇散文《大地的阶梯》和长篇小说《尘埃落定》。

▲：《尘埃落定》出版后，引来人们惊异的眼光。这次获茅盾文学奖可说是众望所归。

■：也不是没有人怀疑吧。我知道至少有一个人是怀疑的。那个人就是我。当然，我的怀疑与别的人怀疑的内在因素不太一样。这本书从问世到现在，听到赞扬的话多一些，但批评的声音也是有的。尽管作品获奖了，是一件值得高兴的事情，但是，我永远也不会幻想所有人都对我的作品表示首肯。这本书刚在《小说选刊》上刊载时，我就写过一篇文章，其中有句话，大致意思是说我从来没有希望过自己的作品能够雅俗共赏。既然一本书从购买、阅读到评价都包含了很多的差异，对于评奖，我想也不会众口一词吧。

▲：由于你的小说情节、情景、人物，给人出人意表的震惊，人们对你的经历、身世便有了好奇心。

■：也许大家下意识中强调藏族文化的特殊性，因而总生出一些无端的神秘感，而我们与所有中国人一样经历与感受的共通性却往往被人忽略了。

我的经历，其实跟同时代的人没什么两样。一九七六年初中毕业，有城镇户口的人开大会戴红花拿国家补助上山下乡，乡下来的穷孩子自己卷了铺盖回乡，"尘归尘，土归土"罢了。当拖拉机手，就是在这期间。回乡一年后，大部分时间在山间牧场放牧，后来，当民工去了一个水电站工地，偶然地被一个有文化的干部发现并怜惜我那一点点文化，让去学点技术，结果当了拖拉机手，直到恢复考试升学制度，全中国的青年都在赶考那一年。后来，因为上师范学校而当教师，一九八四年，因为开始写作，调到阿坝州文化局所属的文学杂志《草地》当编辑。直到写完《尘埃落定》之后，才离开故乡。在一九九七年来到现在生活的成都。参军一事，也是这个时候，《尘》封笔于一九九四年冬天。自己感觉已经可以对生养自己的那片土地有一个交代了，再待在一个朝不保夕的小单位，实在看不到什么前途。更重要的是，经过十多年的努力，终于明白，在当地根本无法争取到一个更好的环境，便想离开。作家朋友裘山山帮忙向成都军区推荐，已经很有眉目的一件事情了，最后又卡了壳。于是，干脆辞职，跑到成都应聘于《科幻世界》杂志。从普通编辑干起，直到今天。

▲：你的作品我读过不少，诗、小说、散文。我认为你首先是个诗人，是诗的感觉引导你进入小说。

■：从诗歌转向小说时，我发现，自己诗中细节性的刻画越来越多，也越来越沉溺于这种刻画。后来，刻画之外又忍不住开始大段的叙述。这些刻画与描述，放在一首诗里，给诗歌结构造成了问题，但是，只看那些局部，却感到了一种超常的表现力，一种很新鲜很有穿透力的美感。于是，开始为那些漂亮的局部罗织一个可以将其串联起来的故事。于是，小说便开始了。我很高兴自己现在可以把故事本身讲得更好，同时把用诗歌手段进行叙述与刻画的那种表现力保持了下来。当然，说到诗意，我们很容易想到某种情感上的临界状态，但我不主张把"状态"说得过于玄妙，因为其中一些东西，通过训练，完全可以达到。我认为，感觉的敏锐与否，决定于情感的饱和程度，而不是无迹可求的东西。

▲：你说过写小说是件有魅力的事，作为编辑，我感觉让读者共享其魅力是件很难的事，也差不多是个度的问题。

■：确实，是个度的问题。讲故事有声有色和预留一定的想象空间要一个度；在作品中思考抒发而不影响叙事速度也是一个度；都是富有挑战性的游戏，写作的魅力正在于此。昆德拉有一句话，大致意思是说，小说除了是情感空间、命运空间、思想空间，也是一个游戏空间。我比较同意他这个聪明的说法。

我不想得罪轻慢读者，但对不起，我在写作的时候，往往过于沉溺其中，很难抽身出来想到他们多种多样，也可能是多变的阅读期待。很多文学实践也证明，在创作过程中过多地假想读者在期待着什么，反而会受到读者的冷遇。

▲：你现在做《科幻世界》的主编，组稿、发行、管理、应酬这些会消磨你的心力，你如何才能回到"状态"中？

■：在一个市场化的杂志任主编，时间分配的确是一个问题。所以，写作总只能是断断续续，见缝插针。在目前的状况下，百分之九十的精力都用在这个杂志的发展上了。

状态的保持和恢复在我不是一件很困难的事，我不想自诩有什么特别的才情，而是相信其中的相当一部分也是通过训练可以得到的。更重要的是，对于写作，我相信自己永远不会缺乏激情。只有等到我厌倦的那一天，激情消失，状态也就消失了。跟着感情跑掉了。状态的老家叫激情。

▲：听说《尘》已经有好几种文字的版本，明年春天英文版也会出版，它在世界的影响将会进一步显现。

■：英文版在美国的出版是明年，但别的文字版本，还要在英文版之后，目前，我已经给了美国的经纪人十四个语种的代理权。据她告诉我，一些主要语种的文本都要等到英文本出来，然后再从英文转译。说到影响，我觉得这本书从它出版那一天起，就已经脱离开我这个母体，开始了自己的命运。我真的感到那是另一个故事，另一个命运。其中有很多部分，是我无法再加以操控的。这跟母子关系还不相同。儿子大了，你至少可以建议他做点什么。但一本书就那样离你远去，虽然总在你视线之内，但它已经一句话听不进去了。我看到它做出那种特别随波逐流的样子，有点迷醉，也有点很美丽的伤感。让它自己决定自己的命运吧。如果它自己不能决定，那么，就让我们很难预想的因素与机缘来决定它的命运吧。

我眼中的历史是日常的

——与王安忆谈《长恨歌》

王安忆，1954年出生于南京，1955年随母到沪。1970年赴安徽插队落户，1972年考入徐州地区文工团，1978年调回上海，任《儿童时代》小说编辑，1987年进上海作家协会专业创作至今。

自1976年发表第一篇散文，至今出版发表有小说《雨，沙沙沙》《本次列车终点站》《流逝》《小鲍庄》《叔叔的故事》《69届初中生》《长恨歌》《富萍》等短、中、长篇，约500万字，以及若干散文、文学理论。其中一度获全国短篇小说奖，二度获全国中篇小说奖。其作品翻译为的外国文字有英、法、荷、德、日、捷、韩等。

《长恨歌》达到了某种极致

记者：首先祝贺你获得本届茅盾文学奖。《长恨歌》完成于1995年上半年，可以说是你在90年代的一部倾心之作。几年来，《长恨歌》接连获得殊荣。那么在完成创作5年之后，你本人如何评价这部作品，它在你的创作历程中有着什么样的意义？

王安忆：《长恨歌》确实写得很用心。当时作家出版社计划出我和贾平凹的自选集，要求其中有一部新长篇。在我开始考虑写什么时，这个题材就在脑海里出现了。应该说，它在我心里其实已沉淀很久了。我个人认为，《长恨歌》的走红带有很大的运气。譬如，当初张爱玲的去世引发了张爱玲热，许多人把我和她往一块儿比，可能因为我们写的都是上海故事，对上海的怀旧时尚客观上推动了读者关注写上海故事的小说。其实我在写作时根本没有什么怀旧感，因为我无"旧"可怀。

事实上，我写《长恨歌》时的心理状态相当清醒。我以前不少作品的写作带有强烈的情绪，但《长恨歌》的写作是一次冷静的操作：风格写实，人物和情节经过严密推理，笔触很细腻，就像国画里的"皴"。可以说，《长恨歌》的写作在我创作生涯中达到了某种极致的状态。

《长恨歌》的叙事方式包括语言都是那种密不透风的，而且要在长篇中把一种韵味自始至终贯穿下来，很难。因为你得把这口气一直坚持到最后，不能懈掉。写完后我确实有种成就感。《长恨歌》之后，我的写作就开始从这种极致的密渐渐转向疏朗，转向平白。这种演变我自己觉得挺好。

记者：刚才你提到了张爱玲。海外有学者认为，你是继她之后"海派小说的第一传人"，《长恨歌》填补了《传奇》之后数十年海派小说的空白。我知道，你认为自己和张爱玲有很大不同。那么你觉得你们笔下的上海故事最大的不同在何处？

王安忆：我觉得张爱玲是个徘徊在两端的人，她的世界很矛盾，要么是非常琐碎的一桌子麻将之类的场景，要么就是又虚又悠远的东西。虚无使她必须抓住生活中琐碎具体的细节，日常生活的点滴触动，但她忽略了现实生活和理想。张爱玲从感觉到虚无，没有现实的依据，而我和我的作品是脚踏在现实的土地上的，我的情感范围要比她大一些，我不能在她的作品中得到满足。人们把我和她往一块儿比，但我与她的经历、感受没有共通之处。

历史是日复一日的生活的演变

记者：你曾说写上海，最有代表的是上海的女性。《长恨歌》就写了一个四十年代"上海小姐"的一生命运。上海这座城市的社会是由无数个"声"与"色"作底子的，在王琦瑶的传奇故事中蕴含上海这座城市的记忆。《长恨歌》后，你还写了《妹头》以及《富萍》等。有评论家指出，你笔下上海的种种历史变迁都停留在日常状态，这一点你怎么看？

王安忆：上海是座有意思的城市。在这个舞台上上演着无数故事，我还没有写完。有人说我的小说"回避"了许多现实社会中的重大历史事件。我觉得我不是在回避。我个人认为，历史的面目不是由若干重大事件构成的，历史是日复一日、点点滴滴的生活的演变。譬如上海街头妇女着装从各色旗袍变成一式列宁装，我关注的是这样一种历史。因为我是个写小说的，不是历史学家也不是社会学家，我不想在小说里描绘重大历史事件。小说这种艺术形式就应该表现日常生活。我写《我爱彼尔》关心的是现实生活中东西方如何接触的问题，这也是改革开放后我们遇到的问题。我觉得无论多么大的问题，到小说中都应该是真实、具体的日常生活。这个观念我也是逐步形成的。以前写《叔叔的故事》时，我也是把主观想法端出来写的。

记者：你曾谈过关于小说的理想，所谓的"四不政策"：不要特殊环境特殊人物，不要材料太多，不要语言特殊化，不要独特性。这种想法到今天有什么变化？你觉得一部好小说的因素是什么？

王安忆：没有改变。说一部好小说应该直指人心，那是从灵魂的角度而言的。我比较关心技术的层面，小说还是要写故事，故事还是要在假定的前提下，做真实的推理。情节发展要合乎逻辑，人物要生动，也许现在的年轻人不爱听，觉得这些太老套了，太一般了，但这的确是小说最基本的东西，也是我们最难做好的。

生活经验对一个作家而言很重要。小说里的日常生活，不是直露露的描摹，而是展现一种日常的状态。写实是一种陷在许多规矩限制中的写作。许多经典小说在假定的前提下，按照逻辑精确设计人物和情节，这是作家创作中所获得快感之一，同时也是需要功力的一种劳作。我在年轻时候也容易喜欢一些情绪化、浪漫的东西，现在我真心赞叹那种上乘的写实功力。

我所有的变化都是循序渐进的

记者：在文坛你的作品一向是以变化而著称，可是这些变化跟文坛的变化似乎并不相干。这种总是要打破自己求新求变的动力是什么？是不是要寻找一种属于自己的成熟的风格？

王安忆：我是个否定风格的作家。评论家们说我总是在求新求变。其实我觉得我的作品是随着自己的成长而逐渐成熟，老老实实地一步步往前走。如果说有变化那就是逐渐长大逐渐成熟，循序渐进。我并没有像评论家说的那样戏剧性地变化。

记者：当代生活是如此复杂多变，这对作家而言，既是一种资源也是挑战。你怎么看？

王安忆：当代生活千变万化，给作家的写作提供了很多材料。但这仅仅是表面现象。在我看来，在表面五光十色的生活背后是单调、乏味、格式化。因为许多人没有内心生活。各种时尚、信息一大堆，在物质生活丰富的同时，精神世界被大大忽略了。大众永远是被现实生活所吸引的。问题在于知识分子包括作家，他们中不少人也忽略了自己的精神生活。

其实我们每个人所观察的生活是差不多的，而大家写出来的作品不一样，这要看你理性准备有多少。如果你的理性充分，你就深刻，就和别人不一样。

本报记者　徐春萍

谁谓荼苦　其甘如荠
——王旭烽的"茶人"世界

王旭烽，1955年生于杭州，1982年毕业于浙江大学历史系，分配至《浙江工人报》任编辑，后调至中国茶叶博物馆。1998年调入浙江省作家协会，专业写作。中国作家协会会员，中国国际茶文化研究会理事。

自1979年发表第一部独幕话剧《承认不承认》至今，已创作近400万字。主要作品有《春天系列》《西湖十景系列》《茶人三部曲》《饮茶说茶》《杭州史话》，大型电视片《浙江七千年》、《话说茶文化》（主撰稿）等。其中《南方有嘉木》曾获全国"五个一工程"奖。

见到王旭烽的时候，她正在浙江省女子监狱参加浙江作协举办的"警官三日"活动，一身警服，颇有几分英姿飒爽的感觉。说起她《茶人三部曲》中的前两部《南方有嘉木》和《不夜之侯》获茅盾文学奖的事，她平静地说："这次获奖是对我过去的肯定，但是我还是原来的我，老老实实地写作，像茶一样待人。"

茶，这个字眼平缓地从她的话语里流出来。对于一个喝了几十年的茶也爱了几十年的茶，又用了十几年的工夫去写茶人说茶事的女作家来说，茶究竟意味着什么呢？

王旭烽告诉记者，《茶人三部曲》（《南方有嘉木》《不夜之侯》《筑草为城》）的主题依次为：新生与灭亡、战争与和平、文明与野蛮。而茶，则象征着其中美好的一面：新生、和平、文明、进步、奉献……在她的心中，茶或许是这个世界上最好的物品了。茶的精神，在她看来，就是一种和平、坚韧、奉献的精神，这既是中华民族精神的组成部分，也是人类文明宝库的一部分，《茶人三部曲》所想表现和弘扬的正是这样一种精神。

《茶人三部曲》从1990年开始动笔，到1999年底改定，整整用了10年的工夫。全书以江南杭姓茶叶家族六代人的命运沉浮为主线，将中国茶文化史和中国近现代史有机地融合在一起，从1863年太平天国撤出杭州城写起，一直写到1998年由全世界茶人捐资修建的杭州国际和平馆揭幕为止，共130万字，写了60多个主要人物，堪称是中国第一部反映茶文化的长篇小说。小说出版后，得到了相当的好评，其中《南方有嘉木》已重印四次。

开始写这部"茶人"系列的时候，王旭烽刚刚到中国茶叶博物馆工作没多久，这是全世界唯一的一个茶文化博物馆，丰厚的馆藏里深深蕴蓄着的茶的气息、茶的故事、茶的精神让王旭烽无限迷恋，她决心开始写自己的第一部长篇小说，用小说的形式把中国茶文化、中国茶人的故事写出来、介绍出去。于是她拿起了笔，在其后的十年里深深陷入茶香缭绕里的喜乐悲愁。写《不夜之侯》的时候，她怀孕了，剧烈的妊娠反应下，她的脑海里固执地萦绕着那些茶人茶事，恍惚中她觉得，自己的孩子正在和自己一起思考、一起创作。写《筑草为城》的时候，她的美尼尔氏综合征犯了，在病痛的折磨里，她顽强地摊开稿纸，一个字一个字地写下去。就这样，她不仅写完了130万字的《茶人三部曲》，还写出了散文集《饮茶说茶》、20集电视解说词《话说茶文化》……茶，仿佛是她生命中永远无法斩断的前缘。

在王旭烽的案头，一直放着《水浒传》，从中可以折射出她对文学的理解。她告诉记者，她始终认为，中国古典文化和古典文学蕴藏着丰富的美学宝藏，值得我们去挖掘和继承，就她个人来说，她一直希望能用一种古典的方式来寄托某种现代的关怀，能够把中国的文气传承下来。以《茶人三部曲》为例，在语言上就吸收了不少文言文的滋养，运用了大量的成语和古诗词，虽然有人会认为这样显得书袋气太重，但她却并不以此为非。

谈到茅盾文学奖的时候，王旭烽表示，自己的创作一直得到浙江作协和许多朋友的关心和支持，正如小鸡破壳而出是需要一定的温度一样，好的创作也需要有好的氛围，这次能够得奖，很大程度上应该归功于他们的帮助，她为自己能属于这样一个大家庭而感到幸运。至于自己，这十多年来在茶的教育和磨炼下，心态已经比以前平和多了，更为看重的是写作的过程而非结果。她表示，自己最近正在为专题片《夏衍》撰稿，也正打算写一部关于篆刻的小说。

"王旭烽是十年心血一杯茶，果然是怀龙井极品。"一位评论家这样称赞王旭烽和她的《茶人三部曲》。《茶人三部曲》中杭氏忘忧茶楼上的那副出自《诗经》的对联倒似乎恰好可以做这句话、也做王旭烽和她的写作的注脚：

谁谓荼苦？其甘如荠。

本报记者　俞小石

原载《文学报》2000年10月26日

茅盾文学奖人文话题知多少

思　思

　　第五届茅盾文学奖最近揭晓，张平《抉择》、阿来《尘埃落定》、王安忆《长恨歌》、王旭烽《茶人三部曲》获得此项殊荣。此次评奖，不像前几届那么引起广泛关注，媒体的反应也很冷静。但此项大奖引出的话题，却颇值得回味。透过文学评奖，也可看到当下文学创作与文学理论的某种状态。

评奖的尺度

　　每一种评奖都有一个尺度问题，茅盾文学奖从第一届（1982年）起，就贯穿着一种现实关怀的精神。那时的《许茂和他的儿女们》《李自成》《芙蓉镇》等，就以现实性很强而引人注意。第二届的《沉重的翅膀》，第三届的《平凡的世界》，第四届的《白鹿原》，在生活上较有厚度，都是难得的佳作。此次获奖的《抉择》也是现实性题材，但《尘埃落定》《长恨歌》风格稍稍有变，则以文化上的隐喻而备受青睐。不过，历届评奖中，也有些艺术水准不高的作品登上大榜，至今已难能唤起重读的热情。看来，现实价值与审美价值，在此项评奖中存在冲突。在审美尺度日趋多元的今天，茅盾文学奖要做到人人满意，并不容易。

　　说到茅盾文学奖，首先让人想起茅盾自己的审美追求。他一生写过多部长篇，对其中甘苦自有心得。茅盾关注的常常是写实主义和典型化的原则，偏爱宏大叙事。后来的评奖者，大多延续了他的思路。那些以非宏大叙事笔法进行创作的人如杨绛、余华，就并未进入许多评奖者视野。明白了这一点，人们对此一奖项的定位，大概就清楚了。

中国当代文学史资料丛书

这五届评奖，共推出二十二部作品，人们为什么选择了它们而不是别的，可以看出文学批评标准在文坛上的一种确立。年轻的读者虽然多已不太关注它们，但对中国千百万的工农读者而言，这种评判标准，是有着一定权威性的。它一定程度，也影响了中国民众对长篇小说的兴趣选择。目前，某些茅盾文学奖的作品，依然畅销，像《平凡的世界》已再版多次，这确实说明了它的大众性效应。

不同的声音

对茅盾文学奖，历来有不同的声音。洪治纲曾著长文《无边的质疑》，对评委的观点提出不同看法。他的一个重要观点，是历届获奖作品的评选，与茅盾设立此奖的原始动机存在着一定距离。他认为造成了一种失误，"这种失误并非因为大量优秀的作品遭到了不公平的待遇，失去了一次次证明自身艺术价值的机会，而是评委们审美眼光的偏狭，缺乏对小说艺术中一些基本常识的维护"。其实，历届评委中，观点也都不太相同。这一次的评委李国文，就很推崇《日光流年》，但此书却未能入选；有评委很看重王蒙的《失恋的季节》，然而毕竟未能赢得多数票。有学者认为，评奖中，民众普遍接受的长篇，如《穆斯林的葬礼》《平凡的世界》都榜上有名了，漏掉的则是先锋性和十分个性化的写作者。像余华、莫言、刘恒等，似乎一直与此项大奖无缘。其实，像《许三观卖血记》《苍河白日梦》等，在精神的力度上，并不亚于获奖者，但是，中国普通的百姓，和现在的评委们，其审美的天平，并未倾向他们。

作家的态度

笔者询问了在京的几位青年作家，想让他们谈谈对茅盾文学奖的看法。一个有趣的现象是，普遍比较淡漠，认为对青年作家，没有感召力。但中老年作家，还是比较关注，觉得像《长恨歌》《茶人三部曲》是较为出色的，也受之无愧。其实，许多作家，嘴里不说，心里还是很关心的。从前几届作家的反应看，人们把能否获得茅盾奖、与荣誉和成就的认可联系起来。上一届的《白鹿原》获奖时，贾平凹就高兴地写道：

茅盾文学奖研究资料

"作品的意义并不在于获奖，就《白鹿原》而言，它的获奖重在给作家有限的生命中一次关于人格和文格的正名，从而使生存的空间得以扩大……上帝终于向忠实发出了微笑，我们全都有了如莲的喜悦。"

记得姚雪垠生前，也曾把自己赢得茅盾文学奖，看成终生荣誉，姚氏在出访外国时的简历上，曾郑重写上"获过茅盾文学奖"。这种荣誉感，在许多作家那里，多少也有过。我们看各省市一些作家获奖后，作协部门的热烈反应，当可见到此奖的分量。

不过，有一些得奖者，对此看得较为平淡。张洁在一篇文章中谈到自己的那本《沉重的翅膀》时，认为一部作品写完后，读者的看法怎样，和自己无关。刘心武在接受一位记者采访时说："我觉得这件事好像和我没有关系，也不大关心……至于上次获奖，那是某一天突然有人打电话来通知的，至于怎么评的，我不知道。我一个电话没打过，一个人也没问过。"作家的不同态度，透露出个性的差异和价值取向的差异。茅盾文学奖作为文坛一种大奖，像日本的芥川奖，法国的龚古尔奖一样，作家对它的看法的不同，已很自然了。

现实环境与评委视角

茅盾文学奖的特点之一，是注重文学与时代的关系。张平的《抉择》之所以得票第一，看来是反映了国人对反腐倡廉的精神需求，其作品被改成电影后，在社会引起较大轰动。茅盾先生生前就关注作品中的现实意义，此次评奖，可说也是茅盾文学观的一种延续。但是这类作品，在艺术上多可商榷之处，与未曾得奖的一些作品，审美上存在差异。茅盾文学奖定位在现实主义的传统上，现代主义和一些先锋写作自然不能进入其视界。参与评奖的许多作家、批评家，也均是主张文学是生活的反映，提倡有强烈时代精神的。这种主张是三十年代以来，左翼文学传统的延续。我们只要看评委的名单，便可知道其审美的基本定位。以第四届评委的名单为例，主任：巴金；副主任：刘白羽、陈昌本、朱寨、邓友梅；成员：丁宁、刘玉山、江晓天、陈涌、李希凡、陈建功、郑伯农、袁鹰、顾骧、唐达成、郭运德、谢永旺、韩瑞亭、曾镇南、雷达、雍文华、蔡葵、魏巍。这些人员，有的是著名作家，有的是批评家，还有文艺团体的负责人。刘白羽、邓友梅、陈建功诸人的创作经验，基本属于写实主义的；陈涌在50年代就以社会主义现实主义理论的阐述引人注意；李希凡关于《红楼梦》的评介曾走红一时，曾镇南在八十年代因对现实主义文学的评论而较有影响。在这些评委中，年轻一代的作家、评论家缺席，一些走红的作家如莫言、余华、格非等并未吸收进来，另一些颇有冲击力的学者王晓明、陈思和等也与此没有瓜葛。对茅盾文学奖的判断，看来只能从现实主义以及五十年代以来形成的文学传统来对待，超越这个标准，离茅盾文学奖就远了。

中国现在有许多文学评奖，像鲁迅文学奖、老舍文学奖等都有一定的影响力。这些奖，标准与茅盾文学奖，有着一些区别。难怪许多作家对评奖态度不一，本来，大家的创作动机、精神探索是不同的。读者对各类评奖的日趋平静的态度，似乎也表明着大家的成熟。

原载《北京日报》2000年10月25日

茅盾文学奖研究资料

茅盾奖：史诗情结的阴魂不散

王彬彬

茅盾文学奖无疑已成为今日中国最重大最受关注的文学奖。像没有得过诺贝尔文学奖的国家会有一种"诺贝尔奖焦虑症"一样，尚未得过茅盾文学奖的省份，也难免有一种"茅盾奖焦虑症"。但影响茅盾奖的正常和不正常、文学和非文学的因素，实在不少：关于这个奖的可说和不可说的话，也就实在太多。这里，只谈谈史诗情结对这个奖的影响。

从五十年代开始，史诗成为衡量长篇小说艺术价值的最高标准。是否具备了史诗的品格，是否符合了史诗的要求，是评论家观察一部长篇小说的最根本的视角，甚至是唯一的视角。读五六十年代评说长篇小说的文章，会发现"史诗"是使用率极高的两个字，是许多文章共有的"关键词"。说一部长篇小说是"史与诗的结合"，那是对它最大的肯定。认为一部长篇小说"尚未达到史诗的标准"，那也就等于说它的价值是可疑的。写作史诗的目的是要"揭示历史的本质"，但"历史的本质"是看不见摸不着的，只能通过看得见摸得着的东西来体现。"正确的历史观"，当然是"重中之重"；其次，便是"反映生活"的宽广度了。一个作家要以小说的方式"揭示历史的本质"从而光荣地抵达史诗的境界，就是要在"正确的历史观"的指导下，对一段时期的社会生活进行"全景式"的表现。这样，小说里时间的跨度和空间的广度，就成为一部长篇小说是否具备史诗品格的最外在也最起码的标志。当然，漫长的时间和广阔的空间，还只是保证了框架的巨大，倘若往这个框架里填充的东西太单一和太寻常，那仍然是不配称作史诗的。这段时期的重大的政治事件，必须得到正面的和尽可能充分的反映；这段时期的"时代风云"，必须得到正面的和尽可能细致的描绘；这段时期几大主要社会阶层的政治态度和现实行为，都要根据

"正确的理论"予以说明和解释；这段时期几类主要社会成员的形象，都要在矛盾冲突中加以塑造。总之是，要从城市写到农村，从工厂写到校园，从豪宅广厦写到草棚茅舍。举凡政界要人、商界巨子、社会名流、学者教授、工人农民、和尚道士、娼妓乞丐，各色人等，都要在小说中登场。

　　既然史诗是长篇小说所能达到的最高境界，它也就成为有雄心的小说家所能具有的最高追求了。在五六十年代，一个小说家要证明自己有一流的才华，一流的成就，唯一的办法，就是写出被认为是史诗的作品。不少作家都热衷于制订一个写作多卷本的、系列式长篇的计划，都热衷于对一个时代进行"全景式"的把握。史诗倒不一定非要写过去时代不可，对当代社会的反映，也可成为史诗。关键是要做到"全景"。但一个作家要做到对一个时代有"全景"式的深入了解，谈何容易。于是就只能依赖查资料或一段时间的"深入生活"，完成对那些自己所不熟悉的社会生活的"反映"。在五六十年代的长篇小说评论中，经常可以看到将某一部分的生活写得相对差些作为一种不足予以指出，批评家并且强调这是作者对这一部分的生活"不够熟悉"所致，如果有人问：既然作者对这一部分生活"不够熟悉"，为什么还要写它呢？为什么不明智地"藏拙"却反而去"硬写"呢？作家和批评家都会回答说：写这一部分生活是成为史诗所必需的，放弃对自己所不熟悉的生活的"反映"，就等于放弃对史诗的追求。

　　在五六十年代，作家和批评家都有着强烈的史诗情结。批评家一遍又一遍地呼唤着史诗，作家则一年又一年、搭积木般地拼凑着史诗。原本笼罩着文坛的这种史诗情结，在八九十年代，当然淡薄了许多。不少作家和批评家已不认可将是否达到所谓史诗境界作为衡量长篇小说的最高尺度。然而，在另一部分作家和批评家心中，史诗情结仍明显存在着。要在作家中举例的话，我觉得举陕西作家群为例，就很能说明问题。路遥、陈忠实，甚至包括贾平凹，都是有着史诗情结的。是从五十年代延续下来的那种史诗情结，使路遥写出了三卷本、"全景式"地表现十多年间城乡生活的《平凡的世界》（我甚至想说，某种意义上，也是这种对史诗的宏伟追求，使路遥英年早逝）；也是从五十年代延续下来的史诗情绪，使陈忠实写出了五十多万字、试图表现清末以降五十多年历史风云的《白鹿原》。路遥和陈忠实，都是有着明确的史诗追求的。至于陕西作家为何史诗情结特别强烈，我想，原因之一，是受了柳青的强大影响。柳青的《创业史》第一部（原计划写四部）在当年获得极高的评价，被认为是杰出的史诗，这使得陕西作家至今走不出柳青的阴影。陕西作家的史诗情结，某种意义上就体现为柳青情结。路遥为创作《平凡的世界》做准备时，列有一个庞大的读书计划，其中包括一百部长篇小说，在中国的长篇小说中，重点研读的是《红楼梦》和《创业史》，而这是他"第七次读《创业史》"——《创业史》这样一部令我根本无法卒读的书，路遥竟能读七遍之多，并且将其作为创作的范本，真让人感叹不已。《白鹿原》出版后，在评论界颇为轰动，获得许多人的热烈称颂。也有人很自然地由《白鹿原》而想到柳青，想到柳青的《创业史》。对《平凡的世界》，评论家也称其为"史与诗的恢宏画卷"，亦即达到了史诗的标准。而众多称颂《白鹿原》的文章，几乎都运用了史诗这个标准，少有例外。有的文章，对《白鹿原》与五十年代被称作史诗的《红旗谱》进行比较研究，也的确是看出了陈忠实对五十年代史诗观念的继承。

要在评论界举出史诗情结仍很浓重的例子，那就不妨以茅盾文学奖的评委为例了。从首届的《东方》，到《平凡的世界》，到《白鹿原》，再到最近一次的《尘埃落定》，这些作品之所以能获奖，可以说很大程度上就因为评委们的史诗情结在作怪。《东方》大约早已被人们忘记了，我相信一般读者中已很少有人知道《东方》是一部什么样的东西，所以不说也罢。《平凡的世界》好像也正从人们的记忆中淡出，也姑且不论。《白鹿原》的轰动效应还未完全退潮，不妨说说。这部作品，我以很大的耐性认真读到一半时，实在坚持不下去，后一半便一目十行，快速翻完。合上书，我总算明白了它为什么获茅盾奖了，就因为它合乎史诗的标准呀！《白鹿原》可谓是按照史诗的配方配制而成。宏观与微观、国事与家事、政治与文化、民族与阶级、革命与反革命，等等，都按一定的比例搭配。当《白鹿原》好评如潮时，朱伟发表过《史诗的空洞》（《文艺争鸣》1993年第6期）一文，对《白鹿原》有这样的评说："（陈忠实）在创作之前已经形成了史诗的姿态，创作就变成了对史诗的填空，而不是对史诗的创造"；"陈忠实其实在还没进入创造之前，就同时面临着成功与失败，对于一个构架的史诗而言，它一开始就预示着成功，因为这个宏伟的构架保证着其历史画卷的幅度、深度以及容量。而对于一个艺术品而言，它则一开始就预示着失败。因为这个宏大的已经确定好的构架，只可能装上别人的内容，靠陈忠实自身的能力并不能成功地驾驭它……"；"从阅读的角度，这部五十万字的作品，我只感到涩，因为它是一个一个局部形态的拼凑……有许多局部都是僵死状态"；"在《白鹿原》中，我们感觉到的是陈忠实的生命形态被他所要寻找的形式与框架不断的阻隔。这种阻隔的结果，使他的生命形态在其中越来越稀薄，最后就只剩下一大堆材料艰苦拼凑而成的那么一个'对一个历史时期社会风貌全面反映'的史诗框架，这个框架装潢了人物和故事，但并没有用鲜血打上的印记，在我看来，它是空洞的一个躯壳"。朱伟对《白鹿原》的评说，颇能引起我的共鸣。朱伟之所以能对《白鹿原》做出这种评价，是因为他忠实于自己的艺术感受。他非但没有依据五十年代确立的那种史诗标准，相反，倒是对那种标准发出了质疑。而茅盾奖的评委们之所以投《白鹿原》的票，就因为他们不是依据自己的内在感受，而是忠实于那种史诗标准。他们心中有着一张史诗的配方单。当他们在《白鹿原》中看到配方单所需要的东西应有尽有并且搭配合理时，他们兴奋不已。说他们不忠实于自己内在的艺术感受，其实也冤枉了他们。因为发现史诗的兴奋，实际上根本抑制了他们内在感受的萌生。说得直白些，史诗情结使得他们只会手持外在的史诗标准去衡量一部长篇，而不能够用自己的心灵去感受一部长篇。

可以说，也还是评委们的史诗情结，把阿来推上了这一次的领奖台。阿来的《尘埃落定》我是硬着头皮一字一句地读完了的。在这个过程中，我也曾被一个细节所感动。那是说一个领地的人要到另一个领地去偷罂粟种子，而那里防守极严，来者必死，且将头颅送还，以示警诫。在死了几批人后，偷盗者终于想出绝招，即一潜入罂粟地，便往两耳里塞种子，待头颅被送回时，种子也跟着过来了。而主人就将种子连着头颅种下，于是罂粟就从头颅里生长出来。这个细节真是很感人。但可惜书中这样感人的东西实在太少，少到我仅发现这一处。总体上，这部长篇给我的感觉是沉闷、生涩。而评委们之所以投它的票，我想，也可能是因为从它身上看到了史诗品格吧。

衡量长篇小说的那种史诗标准之所以在五十年代得以确立，自有复杂的原因，在此不做深究。我只想说，这样一种衡量长篇小说的标准，实在到了应该彻底抛弃的时候了。从五十年代开始，多少作家将自己的精力、才华，甚至生命，葬送在这种荒谬的史诗框架里，这种悲剧不应该再继续下去了。倘若五六十年代有茅盾文学奖，《红旗谱》《创业史》这类作品无疑会获奖。——这也提醒我们，写出真正的好作品，比获茅盾奖更重要。

茅盾文学奖评奖条例

（2015年3月13日修订）

茅盾文学奖是根据茅盾先生遗愿，为鼓励优秀长篇小说创作、推动中国社会主义文学的繁荣而设立的，是中国具有最高荣誉的文学奖项之一。

茅盾文学奖由中国作家协会主办。

一、指导思想

茅盾文学奖评奖工作以马列主义、毛泽东思想、邓小平理论、"三个代表"重要思想和科学发展观为指导，深入贯彻落实习近平总书记系列重要讲话精神，遵循文艺为人民服务、为社会主义服务的方向，贯彻百花齐放、百家争鸣的方针，弘扬主旋律，提倡多样化，鼓励深入生活、扎根人民，坚持导向性、权威性、公正性，褒奖体现中国当代长篇小说创作思想高度和艺术水准的优秀作品。

二、评奖范围

茅盾文学奖每四年评选一次。

参评作品须体现长篇小说体裁特征，版面字数13万字以上，于评奖年限内在中国大陆地区首次成书出版。

用少数民族文字创作的长篇小说，应以其汉语译本参评。

多卷本作品，应以全书参评。

三、评奖标准

茅盾文学奖评奖坚持思想性与艺术性有机统一的原则。获奖作品应具有深刻的思想内涵，有利于倡导爱国主义、集体主义、社会主义的思想和精神；有利于倡导改革开放和现代化建设的思想和精神；有利于倡导民族团结、社会进步、人民幸福的思想和精神；有利于倡导用诚实劳动争取美好生活的思想和精神。对于深刻反映现实生活和人民主体地位、体现中国精神、弘扬社会主义核心价值观、书写中华民族伟大复兴中国梦的作品，尤应予以关注。应重视作品的艺术品位，鼓励题材、主题、风格的多样化，鼓励在继承中国优秀传统文化和借鉴外国优秀文化成果基础上的探索和创新，鼓励具有中国作风和中国气派、为人民大众所喜闻乐见的作品。

四、评奖机构

茅盾文学奖评奖工作在中国作家协会书记处领导下，由茅盾文学奖评奖委员会负责。

评奖委员会成员应为关注和了解全国长篇小说创作情况的作家、评论家和文学组织工作者，均以个人身份参与评奖工作。年龄一般不超过 70 岁。

评奖委员会设委员若干名。由中国作家协会书记处聘请部分符合条件的人员；同时各省、自治区、直辖市作家协会和中国人民解放军总政治部宣传部艺术局各推荐一名符合条件的人选，由中国作家协会书记处审核聘请。

评奖委员会设主任、副主任，由中国作家协会书记处聘请。

评奖委员会下设评奖办公室，承担事务性工作。

五、评奖程序

1. 参评作品的征集与审核。

茅盾文学奖评奖办公室向中国作家协会团体会员单位、中国人民解放军总政治部宣传部艺术局、出版单位、大型文学期刊和持有互联网出版许可证的重点文学网站等征集参评作品。作品的参评条件以评奖办公室公告为准。

作者可向上述单位提出作品参评申请。评奖办公室不接受个人申报。评奖办公室依据参评条件对所征集的作品进行审核，参评作品目录经审核后向社会公示。如发现不符合参评条件的，评奖办公室有权取消其参评资格。

2. 评选和产生获奖作品。

茅盾文学奖评奖实行票决制，评奖细则由中国作家协会书记处制定。

评奖委员会在对参评作品阅读、讨论的基础上，选出不超过十部提名作品；在提名作品中选出不超过五部获奖作品。

提名作品向社会公示。

投票实行实名制。投票、计票在公证机构监督下进行。

评奖委员会主任主持评奖工作，不参与投票。

3. 评奖结果发布和颁奖。

评奖结果经中国作家协会书记处批准后发布。举行颁奖大会，公布授奖辞，向获奖作品的作者颁发证书、奖牌和奖金；向获奖作品的责任编辑颁发证书。

六、评奖纪律

1. 严禁行贿受贿等违纪违法行为和人情请托等不正之风。评奖委员会成员和评奖办公室工作人员，须自觉遵守本条例和评奖细则规定的评奖纪律，不得有任何可能影响评奖结果的不正当行为。如有违反，有关人员的工作资格和有关作品的参评资格均予取消。

2. 评奖委员会成员和评奖办公室工作人员中，如系参评作品的作者或责任编辑、参评作品作者或责任编辑的亲属、参评作品发表或出版单位的主要负责人、参评作品所属的文库或丛书的主编，应主动回避。相关人员可选择退出评委会，或作品退出评选。

3. 中国作家协会组成专门的纪律监察组监督评奖过程。

七、评奖经费

1. 茅盾文学奖创立经费由茅盾先生捐赠。

2. 茅盾文学奖评奖和奖励经费由中国作家协会书记处筹措。

八、本条例由中国作家协会书记处负责修订、解释。

原载《文艺报》2015年3月16日第1版

无边的质疑

—— 关于历届"茅盾文学奖"的二十二个设问和一个设想

洪治纲

必要的背景

著名作家茅盾先生于1981年3月27日在北京逝世。逝世前的两周，即3月14日，他躺在病榻上向儿子韦韬口授了如下遗嘱——

中国作家协会书记处：

　　亲爱的同志们，为了繁荣长篇小说的创作，我将我的稿费二十五万元捐献给作协，作为设立一个长篇小说文艺奖金的基金，以奖励每年最优秀的长篇小说。我自知病将不起，我衷心地祝愿我国社会主义文学事业繁荣昌盛！

　　致

　　最崇高的敬礼！

茅盾

一九八一年三月十四日

　　这封信是由韦韬记录，茅盾先生亲笔签名的。从这临终遗愿中，我们可以真正地感受到茅盾先生对小说艺术至死无悔的关爱，对繁荣我国长篇小说的热切企盼。

　　中国作家协会接到这份特别的请求后，立即给予了高度重视，并于同年10

月召开主席团会议，正式决定启动"茅盾文学奖"（为准确起见，中国作协将茅盾原信中的"文艺奖"改为"文学奖"①。

由于资料所限，我们无法确知"茅盾文学奖"完整的评奖条例（实际上每一届的条例都略有变动），但从有关介绍这一奖项的文章中，我们可以大体归纳出评选此奖的几个主要原则：

第一，茅盾文学奖一般为每三年一届。所评作品应是在这三年中发表或出版的长篇小说，如遇特殊情况，经中国作协书记处决定，可延长参评作品时间，但最长不超过五年。

第二，在本届评选中未能获奖，但经此后的实践证明确属优秀的长篇亦可继续参加下届评选，即参评作品的时间有下限无上限。

第三，多卷本长篇小说，一般应全书完成后参加评选，但个别艺术上已相对完整，能独立成篇的多卷本中之一卷，亦可单独进入评选。

第四，茅盾文学奖由中国作协创研部负责操办，前期进行作品征集工作，由各省市自治区作协、中直和国家系统文化部门、各地出版单位和大型刊物共同推荐初选篇目，然后在此基础上由各地专家临时组成的读书班进行认真审读，并筛选出一定数量的候选篇目，交评委会评选。

第五，评委们除对读书班提供的候选篇目进行评选外，必要时还可以由一名评委提议、两名评委附议，随时增加候选篇目，然后进行无记名投票，凡获得三分之二票数以上者即为获奖作品②。

迄今为止，"茅盾文学奖"已经历四届，累计评出十八部长篇小说（两部荣誉奖作品除外），其评奖情况及获奖作品如下：

届　次	作品发表时间	评选所用时间	获奖作品及作者
第一届	1977—1981	一年	1.《许茂和他的女儿们》周克芹
			2.《东方》魏巍
			3.《李自成》（第二部）姚雪垠
			4.《将军吟》莫应丰
			5.《冬天里的春天》李国文
			6.《芙蓉镇》古华
第二届	1982—1984	一年	1.《黄河东流去》李准

　　　　　　　　　　　　　　　　2.《沉重的翅膀》（修订本）张洁

　　　　　　　　　　　　　　　　3.《钟鼓楼》刘心武

　　第三届　1985—1988　两年半　1.《少年天子》凌力

　　　　　　　　　　　　　　　　2.《平凡的世界》路遥

　　　　　　　　　　　　　　　　3.《都市风流》孙力、余小惠

　　　　　　　　　　　　　　　　4.《第二个太阳》刘白羽

　　　　　　　　　　　　　　　　5.《穆斯林的葬礼》霍达

　　第四届　1989—1994　三年　　1.《白鹿原》（修订本）陈忠实

　　　　　　　　　　　　　　　　2.《战争和人》王火

　　　　　　　　　　　　　　　　3.《白门柳》刘斯奋

　　　　　　　　　　　　　　　　4.《骚动之秋》刘玉民

　　设问1：茅盾先生为什么投入二十五万元的巨资来设立全国长篇小说奖，这是否意味着他对长篇小说有着格外的偏爱？抑或他觉得当时的长篇小说与其他的文学门类相比更亟待提高？

茅盾文学奖研究资料

　　这是一个涉及茅盾先生设立此奖的动机问题，同时也关系到我们在具体实施这项大奖过程中是否真正理解并实现了他的真正动机。从1981年的生活水平来看，茅盾先生拿出二十五万元作为奖励基金，的确是个相当庞大的数目。他之所以在临终前要设立这样一个奖项，我认为这与他对长篇小说的偏爱关系并不是很大。纵观他的一生创作，无论长篇、中篇还是短篇，都取得了相当突出的成就，尤其是他的短篇"农村三部曲"和《林家铺子》等，至今仍可视为优秀之作。而且从他生前的一系列文论来看，亦没有任何理由证明他对长篇小说格外地钟情。他在临终前提出要设立这个全国性的奖项，这与建国以后长篇小说的发展态势有着紧密的关系。众所周知，从1949年到1979年这三十年时间里，只有《创业史》《林海雪原》《山乡巨变》《保卫延安》《红旗谱》《红岩》《青春之歌》以及《金光大道》等有限的几部长篇引起过反响。作为写过《子夜》这样作品的茅盾，深知上述这些长篇的艺术水平以及它们的局限性，这构成了他的一块心病。同时他自己建国后也一直在创作长篇《霜叶红似二月花》，但由于种种原因，历时数十年都未能完成，构成了他临终前的又一块心病。他实际上一直在两块心病中煎熬并等待着。当"四人帮"粉碎之后，随着思想上拨乱反正的完成和艺术创作上自由空气的复苏，他觉得是应该了结自己心病的时候了，虽然由于身体的关系，自己已难以完成《霜叶红似二月花》，但用重奖的方式，激活作家对长篇小说的创作热情，是他作为一个文学前辈、有良知的作家所力所能及的。

所以我们有理由认为，茅盾先生设立此奖，在本质上是为了表达自己对建国后长篇小说创作现状的忧思，是为了激励作家对长篇小说艺术的积极探索和追求，是为了倡导和繁荣一种具有历史厚度和生命深度、可以经受时代检阅的小说新格局。

设问2：茅盾先生在设立该奖的遗嘱中强调"以奖励每年最优秀的长篇小说"，对于"最优秀"这三个字，应如何理解？

茅盾先生虽然没有为"最优秀"三个字加上更为详细的特别注解，但他是一个深谙创作规律并有着丰富创作实践的优秀作家，而且他将这份遗嘱交给的是中国作家协会这样一个同样也是深谙创作规律的组织机构，所以他觉得没必要加上更特别的注解。这里的"最优秀"毫无疑问是针对艺术性而言的，即在长篇小说的叙事艺术上取得了突破性成就、创作出真正具有艺术深度并让人深受震撼的优秀之作。它不可能与"最积极""最及时""最宏大"之类等同，也与"最现实主义""最现代主义""最主流意识"等等无关。

如果我们进一步理解，这里的"最优秀"还应该体现出长篇创作的某种艺术制高点，即通过历届茅盾文学奖的获奖作品，我们可以看出长篇小说的艺术发展在一段时期内一个较为清晰的"高峰走线"。

设问3：从四届茅盾文学奖的十八部获奖作品来看，它们是否体现了我国新时期以来长篇小说创作在艺术上的"高峰走线"？为什么？

显然没有。如果仅仅从这些获奖作品来认定新时期以来长篇小说的艺术成就，那么我们只能用"贫乏"两个字来进行总结。因为除了《白鹿原》《白门柳》以及《少年天子》等极为有限的长篇有着一定的艺术深度之外，大多数获奖作品还处在平面化的叙事状态，无论是作家对生活的认知方式、对人性的体察深度，还是对叙事艺术的探索动向、对长篇小说审美内蕴丰繁性的开掘程度，都没有获得突破性进展。而相比之下，另有一些未能获奖的作品却以自身较高的艺术水准证明着新时期以来长篇小说所取得的成就。

为了便于说明这种情况，我们有必要对新时期以来的长篇小说整体走势进

中国当代文学史资料丛书

行一番粗略的考察（限于最后一届评奖时间截止于1994年，我们也只考察到此时间段）。

从审美格局上看，新时期以来的长篇小说基本上是沿着这样三种艺术程式在发展：传统现实主义，新历史主义，现代主义。但并不是所有的作家都只是严格遵照其中的一种审美原则进行叙事，很多人都积极采用多元融会的方法，试图将各种审美原则有机地结合在一起，追求多元互补的审美理想。

传统现实主义无疑是长篇小说创作的主流，尤其在作品的数量上占有绝对的优势。从早期的《第二次握手》开始，一直到《白门柳》，有三分之二以上的长篇都是现实主义的产物。它们在叙事中追求的是对生活本来面目的真实再现，强调典型人物、典型事件的塑造，力图通过对现实生活各种信息的及时把握和对历史事件的准确推衍来表现自己的审美理想。但是，由于我们的现实主义审美原则长期以来一直受到各种意识形态观念的不断篡改，在表现形态上常常成为一种庸俗社会学的创作方法，即以社会现实信息遮盖人物的生命情怀，以历史事件的宏阔性取代历史人物的命运悲剧，使创作主体的社会学观念上升为话语的核心，人物真实的生命状态、人性潜在的欲望动向、精神本源上的困顿与伤痛……常常被淡漠、忽视，成为屈从于表现各种社会表象的铺垫。在这种被异化了的现实主义原则驱动下，创作不可避免地出现艺术上的失误，典型人物常常隐含在典型环境里，人物自身的话语力量被创作主体的理性所钳制，作家的叙事无法激活人的生命特质，无法洞穿社会现实的本质，而只是对社会和历史面貌的某个方面的外在集纳。

就表现对象而言，这些现实主义作品基本上是针对当下的生存现实和真实的历史事件。在反映当下生活的作品中，又尤以表现社会发展动态性过程为主，强调对生活面貌的全景式概括、对各种生存观念的理性表达、对现实社会矛盾的及时披露，如《沉重的翅膀》《许茂和他的女儿们》《钟鼓楼》；在推衍真实历史事件的作品中，它们注重对历史宏大事件的捕捉，企图以事件本身的重要性和人物自身显赫的历史地位，获得艺术上的某种"史诗"品位，如《李自成》《皖南事变》《曾国藩》等。如果站在今天的时空境域中再来重新回顾这些作品，我们不难发现，绝大多数早已逃离了人们的记忆，无法再重新勾起人们的阅读欲望，其艺术生命力的孱弱令人震惊。倘若要真正地从艺术的"高峰走线"上看（这种"高峰走线"只是相对于此一阶段的现实主义创作实绩而言，并非具备经典意义），可能只有古华的《芙蓉镇》、张炜的《古船》、贾平凹的《浮躁》、杨绛的《洗澡》、路遥的《平凡的世界》、铁凝的《玫瑰门》、陈忠实的《白鹿原》、凌力的《少年天子》以及刘斯奋的《白门柳》可以权作代表。

作为一种对所谓的"真实历史观"的艺术反拨，新历史主义的崛起首先是从中短篇小说开始的。以莫言的"红高粱"系列、冯骥才的"怪世奇谈"系列等为标志的一批小说在将叙事指向以往的历史时空时，不再注重历史事实的可勘证性，也不讲究历史事件的宏大性，而只是借用过去的生活背景，来表达自己对传统文化制约下人的生命情态的认识。这种新历史主义艺术观，非常有效地排斥了一切先在的历史观念对叙事的干扰，使小说能够从容地向生活开放，向人的生命内层开放，向自由灵活的话语时空开放，能够充分地表达创作主体的种种审美理想。所以，它几乎一出现就赢得了大量作家的积极尝试，并在长篇创作中也形成了一种不可忽视的审美动向。刘震云的《故乡天下黄花》、格非的《敌人》和《边缘》、苏童的《我的帝王生涯》和《米》、陆天明的《泥日》等都是这种审美方式的代表性作品。

尽管现代主义被中国作家大面积地袭用是在八十年代中期以后，但是以王蒙、高行健等为代表的思想敏锐者早在七十年代末和八十年代初就已经对此表示了高度的热情，并以自身的创作实践进行了许多富有成效的努力。然而，由于左倾思想的长期影响以及意识形态领域的文化封闭所致，现代主义思潮一直像精神癌症一样在相当长的时间里让人谈之色变，直到改革开放全面深入之后，它才得以跟在外资的后面悄悄地来到中国大陆，并在一群具有前沿意识的作家心中找到了着陆地点。它不仅完成了文学在形式上的彻底革命，还对现实主义一统天下的创作思潮进行了合理的补充以及有效的反拨，使人们清楚地看到自身艺术思维的单一性、自身创作与世界文学发展总体水平的巨大失衡。更为重要的是，它还从根本上动摇并改变了我们的审美观念，为大量作家及时调整了艺术理想和创作目标。就长篇而言，它带来的直接影响便是作家对一些所谓"典型化"理论的自觉规避，使叙事彻底地从"五老峰"（老题材、老主题、老人物、老故事、老手法）和"三突出"（突出主题、突出人物、突出环境）的潜在阴影中解放出来，而在真正意义上开始直面人类鲜活的生命、人性的种种本质潜能以及人自身在存在境域中的种种困顿和忧思。虽然这种努力在具体的文本中还带有某些模仿的痕迹，但也产生了不少颇具审美价值且赢得广泛关注的作品，如王蒙的《活动变人形》、张承志的《金牧场》、残雪的《突围表演》、马原的《上下都很平坦》、张抗抗的《隐形伴侣》、张贤亮的《习惯死亡》以及余华的《在细雨中呼喊》、孙甘露的《呼吸》等。

从上述回顾中我们可以看出，四届茅盾文学奖的十余部获奖作品根本没能较为完整地体现1994年以前的新时期长篇小说创作在艺术上的"高峰走线"，它们充其量只是对现实主义这一种创作思潮的成果作了有限的总结。

设问4：从历届获奖作品来看，茅盾文学奖的评选与茅盾先生设立此奖的原始动机是否还存在着一定的距离？

没能真正地评选出"最优秀"的长篇小说，自然无法真正地体现茅盾先生的初始愿望。这种距离是不言自明的。问题是，这种距离不能仅从评奖结果上来认识，它实质上体现了这种评奖背后某些观念上的局限性。茅盾并没有要求评奖要限定在某种单一的创作方式中，虽然他自身的创作一直在遵循着现实主义审美原则，但他从来没有任何文章中对其他创作原则进行过否定，而且他的《腐蚀》等作品还曾积极地尝试过一些现代叙事手法。他在要求设立文学奖的那封信中，最后一句是"我衷心地祝愿我国社会主义文学事业繁荣昌盛"，如果我的理解没错，这里的"繁荣昌盛"实际上是指一种真正意义上的"百花齐放"、多元并存且相互融会的创作格局。他老人家"衷心祝愿"的就是这样一种繁荣，可我们的评奖离他的愿望究竟有多远不是显而易见吗？

设问5：也许任何一种评奖都不可能十全十美，也不可能反映出每一个人的审美愿望。茅盾文学奖当然也不例外。从历届评奖结果来看，其局限性何在？

纵观十八部获奖作品，我认为其局限性主要在于四个方面：对小说叙事的史诗性过于片面地强调；对现实主义作品过分地偏爱；对叙事文本的艺术价值失去必要的关注；对小说在人的精神内层上的探索，特别是在人性的卑微幽暗面上的揭示没有给予合理的承认。当然还有很多其他的局限，譬如对主流意识的过分迎合，对长篇小说审美特征缺乏科学的认知等，但这些局限都源于上述四个方面。所以，我觉得有必要对这四个局限作些细致的分析，以避免本人有"胡言乱语"之嫌。

对小说史诗品性的强调本身并没有错误，从雨果、巴尔扎克到托尔斯泰、马尔克斯等等许多世界一流的作家，都是以史诗性的长篇巨著而享誉文坛的。史诗虽不是长篇小说必不可少的艺术特质，但也是长篇走向经典的一种重要途径。庞大的叙事时空、丰繁的文本结构、深邃的艺术思想以及繁复的人物形象都为长篇向史诗品格靠拢提供了有利的客观条件。但是，并不是每一个作家都能写出史诗性的作品，也不是每一个事件都具有史诗意义。史诗在本质上体现为一种思想层面上的博大与精深，它是创作主体对某个历史过程中精神主流绵延性的精确把握和生动的艺术再现，是寄寓于庞大的形式结构之中同时又超越于形式之上、具有多方位隐喻功能的审美旨归。从叙事表层上看，一切重大的、影响人类生活和历史走向的事件都有可能成为长篇小说走向史诗的有力依托，但作家必须拥有洞穿这种历史深度的感知能力，要能够真正地沉入到这种历史本质之中，击穿它的种种表象，抓住它的主脉，找到作家自身独有的审美发现，并以高超的心智在叙事上驾驭它，使它在凝重的话语流程中展示出来，即"史"与"诗"的和谐结合。"史诗"是一个具有神性品质的艺术境界，是经典中的经典，它的产生必然决定了它的作者是一位不折不扣的大师。坦白地说，除了《白鹿原》具有一点史诗的迹象之外，所有获奖作品都毫无史诗气息。但是，我们注意到，很多人却非常轻率地使用"史诗"这个词来表达自己对某些作品的看法，譬如对《李自成》《东方》《黄河东流去》《第二个太阳》《战争和人》等作品。其实，这些作品只不过是在取材上选择了一些重大历史事件和人物，即具有"史"的意味或者说是占了一点"史"的便宜，而并没有完成"诗"的升华。它们的叙事仍带着明确的理性指使，有的甚至带着阶级论的偏狭观（如《李自成》），创作主体没有从根本上激活历史生活，也难以体会到对这种历史过程的深刻思考，充其量只是按照公众既定的历史观将历史事件进行了一些必要的艺术拼接而已，不少作品还明确地呈现出对主流意识的攀附姿态。它们看起来都"很厚重"，不少作品还是多部头的，但那仅仅是一种表象，而在审美内蕴上并没有丰富的意旨，无法负载史诗所应具备的广阔的阐释空间。不错，像《战争和人》《白门柳》等作品也具有一定的艺术成熟性，但我认为它还停留在对人性的复苏、对历史事件生活化的真实还原上，它们充其量还只是运用了一种史诗的写法，离真正的史诗品质还有相当的距离。而将这些作品冠之以"真正的史诗"在每一届茅盾文学奖中大力推举，显然是一种对史诗过于简单的理解而又片面追求的粗率行为。

现实主义审美原则在历届茅盾文学奖中占据着绝对垄断的地位，这已是一个不争的事实。所有获奖作品，除了极少数有一些零星的现代叙事手法介入（如《白鹿原》中使用了一些魔幻手法，《钟鼓楼》中运用了极少的变形手法），其余均为纯粹的现实主义之作。如果说这种评奖结果仅出现在前两届还可自圆其说——因为那时的确也没什么成熟的现代主义之作，但在后两届仍出现这种倾向，这在我看来无论如何都是一种失误。这种失误并非因为大量优秀的现代派作品遭到了不公正的待遇，失去了一次次证明自身艺术价值的机会，而是评委们审美眼光的偏狭，缺乏对小说艺术中一些基本常识的维护。其最根本的不幸，还是导致了人们对这项全国性大奖失去应有的敬重。我这样说，不是否认现实主义本身的价值，它作为长期承传下来的重要创作方法，曾产生过大量的经典之作并且还将产生大量的不朽之作。但是，过分地偏爱它，甚至独宠它而偏废其他创作方法，这无疑会使它在过度被溺爱的环境中走向变异，从而失去它自身应有的艺术力量。

也许正是对现实主义过分强调的缘故，重温历届茅盾文学奖的获奖作品，我们还深深地感受到，这一奖项对叙事文本自身的审美价值缺乏积极的关注。由于现实主义在本质上注重的只是"写什么"，强调的是对现实生活真实状态的临摹和再现，对生活本质的发掘与表达，所以评委们在这种现实主义审美定式的制约中，自然而然地更看重小说"写了什么"，即它的思想含量（而且这种思想含量还更多地归服在庸俗社会学的层面上，归服在主题的明确性、导向性上），而对长篇小说"怎么写"，即它在文本上的种种探索失去了兴趣。

的确，就叙事技巧的复杂性而言，长篇与中短篇相比要淡一些，因为庞大的时空构架、繁杂的事件组合以及众多的人物纠葛本身已给作家驾驭话语带来了巨大的挑战，也给读者的接受心理形成了一定的潜在压力，如果再在话语运作过程中像创作短篇小说那样大量地、频繁地使用一些不断颠覆人们阅读习惯的现代手法，势必会导致文本自身的艰涩，影响接受过程中的流畅性。但这并不意味着长篇创作对形式的要求就很简单。一部优秀的长篇总是要向人们提供多向性的审美意蕴，它应该拥有巨大的理解空间，可以让审美接受超越故事本体延展到社会、人生、历史和生命的各个领域，它的故事也许并不一定复杂，但它的审美触角利用长篇固有的多重结构和各种事件可以向不同方向延伸。要获得这种艺术境界，仅仅运用一般的客观性叙述显然是不够的。作家必须动用一切合理的叙述手段在时间、空间、结构、语言、视角等各个方面激活形式自身的审美功能，使之摆脱单一的意义传达，在"陌生化"过程中成为多种信息的承载体。犹如俄国形式主义理论家什克洛夫斯基所说，"艺术之所以存在，就是为使人恢复对生活的感觉，就是为使人感受事物，使石头显出石头的质感。艺术的目的是要使人感觉到事物，而不是仅仅知道事物。艺术的技巧就是使对象陌生，使形式变得困难，增加感觉的难度和时间的长度，因为感觉过程本身就是审美目的，必须设法延长"③。我们无意于对形式的重要性再作更多的阐释，历经了八十年代的文本革命，无论是理论界还是创作实践中对此都已有了清醒的认识。但茅盾文学奖并没有对这种文本自身的重要价值给予必要的重视，表明了评委们对叙事艺术的一些基本特质缺乏科学的体察。

撇开这种对小说叙事形态学上认识的局限性，如果仅仅从主题学角度来审度它的历次获奖作品，我们还惊人地看到，他们对人类内在精神的丰厚性也进行了刻意的回避，尤其是对那种向人性的困厄状态和丑陋状态、精神的伤痛状态和焦灼状态、生存的荒谬状态和虚无状态进行必要追问的回避。他们更多的关注主题的"积极性""健康性"，致使大量获奖作品的主旨仅仅停留在庸俗社会学层面上，停留在人的现实性状态上，像《李自成》之类所谓的"史诗性"作品。即使有些作品看似触及了人物内在的精神困顿，但这种困顿只是源于人物与社会之间的抵牾，是一种外在于生命的痛苦，是生活性的，不是存在性的，并不具备生命内在的原创性，像《沉重的翅膀》《钟鼓楼》等（只有《白鹿原》是个例外）。我始终认为，一部长篇小说如果要获得某种永恒性的审美价值，必须通过对生命的鲜活展示，表达出人类精神的原创性痛苦，表达出人在现实境域中所遭遇到的存在的不幸与尴尬，像《堂吉诃德》《局外人》《百年孤独》等等。只有鲜活的、具有难以言说的精神伤痛感的生命形象，才能构成长篇小说穿越时间的长久艺术基质。一个作家或者说一个优秀的作家，他的全部存在意义不是为了表达自己对于现实生活的某种认识，而必须通过有效的艺术手段、充满智性的话语方式在现实生存的内部，感受并表达出人在存在意义上的悲悯。它在塑造各种人物形象时，不是以作家的理念来安排人物的生命际遇，而是通过他们在生存的诸种冲突中自然而然地打开生命的风景。长篇小说由于拥有充足的文本空间和自由的叙事领域，在对人类精神痛苦性的探索上无疑可以更深入、更细腻、更全面。实际上，只要我们认真地回顾一下二十世纪中期以来世界上所有具有经典意义的长篇小说，都可以清楚地看到这一点。回避对人类生命中种种不幸、丑陋、悖谬状态的揭示，实际上是回避小说向精神深度挺进，回避作家对存在之域的严肃审视，它的结果是让作家永远驻足在对现实表层状态的抚摸上。

设问6：从当时的创作实际出发，有不少人认为第一届茅盾文学奖的评奖结果还是令人满意的，这种看法能否成立？

这种认识是对历史的不负责任，也包含着某种圆滑的献媚倾向。今天再审视这届评奖，至少有两点失败：一是获奖面过宽；二是过于追求"全景式"的史诗品格。在评奖的准备阶段，作为评委会主任的巴金就曾委托孔罗荪转述了自己的意见，要"少而精""宁缺毋滥"④。这不仅说明巴金对当时长篇小说创作的总体水平有着清醒的认识，还说明他对茅盾文学奖权威性的极为注重。他心里非常清楚，一旦获奖作品过多过滥，必然会导致人们对这一全国性大奖失去信心。但是，评委们对巴金这一重要意见却没有给予足够的重视，他们满怀激情、充满乐观地一下子评出了六部获奖作品。众所周知，从1977年到1981年，作为中国社会特定的历史转折时期，很多人的思想观念包括艺术观念根本还没有完全校正过来，长篇小说的整个创作数量也并不多，更何况在艺术上的成熟之作！实践证明，十多年后的今天，还有谁会愿意重读这些长篇？也许我们有理由认为，评委们是基于大力繁荣当时长篇小说创作的良好愿望，可是他们却让茅盾文学奖在权威性上作出了巨大的牺牲。如果要从艺术性上看，我觉得有《李自成》和《芙蓉镇》两部就足够了，这既体现了这一奖项的慎重性，也表明了它对叙事艺术品质的维护。

另外，本次获奖的六部作品，只有《芙蓉镇》反映的是普通人的普通生活，其余作品都是涉及宏大事件的历史叙事。《许茂和他的女儿们》是"反映了十年内乱带给农民的灾难，和农民热爱党的忠贞感情"；《东方》是"艺术地概括了抗美援朝的面貌"；《将军吟》是"通过三个将军不同命运的描述，反映了部队'文化大革命'的面貌"；《冬天里的春天》是"通过对历史的回溯和对现实的描写，把抗日战争、十七年的社会主义建设、十年内乱和当前现实这四个时期的社会生活融合起来，交叉、对比地加以描绘，表现了四十年的斗争生活"⑤。当然，我并非是在此否定长篇小说对宏大历史事件的关注姿态，我想说明的是，小说的艺术价值在本质上并不是以事件本身的重要性与否来决定的，我们可以从《静静的顿河》《古拉格群岛》中品味到艺术的丰厚性，也同样可以从《喧哗与骚动》《城堡》中感受到艺术的不朽，其中的关键在于作家是否穿透了这些事件的本质，是否对这些历史事件有着超越于一般史学定论的审美发现，是否把这种历史的宏大事件真正地化解到了人物的精神世界中，以生动而真实的生命形象来表现出来，就如劳伦斯所言："除了生命之外，没有任何重要的东西。至于我本人，除了在有生命的东西之内，我在其他任何地方根本看不到生命。用大写的字母L写的生命只表示活的有生命的人。甚至雨中的白菜也是活的有生命的白菜。一切有生命的活的东西都是令人惊异的。一切死亡了的东西都是为活的东西服务的。活狗胜过死狮，当然活狮比活狗更好。"⑥小说在本质上就是要作家动用自己的经验和想象塑造出种种鲜活的生命，作家只有把自己对历史事件的独到认识渗透到人物的精神深处，让他们以真实的生命活力折射出来，才能够获得深厚的艺术价值。但从这一届中的六部获奖作品来看，离这种要求显然相距较远，它们大多只是对那些历史定论进行了一些形象的注释而已。评委们对这些作品的重视，导致了此后类似作品不断进入获奖之列，严重曲解了有关"史诗"品格的科学内涵。

设问7：与第一届相比，第二届茅盾文学奖的获奖作品减少到三部，这是否意味着评委们对这一奖项的权威性开始有了较清醒的认识？或者说是更加关注作品的艺术质量？

我不这么认为。从客观上看，减少获奖作品的数量，可以有效地遏止一些平庸作品进入获奖行列，以确保某一奖项的权威性，这是当今世界上很多著名文学奖都采用的通常做法，即使诺贝尔文学奖也不例外。但是，某一奖项的权威性，并非仅靠限制获奖作品的数量就能实现，关键还在于获奖作品的艺术质量。即使只有一部作品获奖，如果它仍是一般的平庸之作，也不可能让人们对它的权威性感到有多少信服。只要我们认真地读一下本届的三部获奖作品，不难发现它们在总体艺术质量上同第一届相比并没有多少提高。《黄河东流去》明显地带着阶级定性在操纵叙事话语，使人物简单地被划分成好人与坏人。尤其是下半部，以物质财富的拥有量来决定人性的善恶，将富裕的认定为坏人，贫穷的认定为好人，这无疑是带着早期无产者的政治哲学来图解历史生活，不仅使得小说中的人物关系变得平面化、简单化，还使人物自身的个性欲望、价值观念都变得一元化。所以，尽管这部小说在对农民文化心理的描写上不时地露出精彩之处，但它总体叙事的平庸性不言而喻。

《沉重的翅膀》作为一个社会问题小说，明显地带着从政治体制的先在观念出发，用作家自己的政治敏感性和超前的社会体察，来虚构一种平面化的现实冲突。这种冲突仅仅驻足在生存经验上，无法进入精神存在的部位，即：它们还只是一种合理性与不合理性的简单冲突，未能深入到合理性与合理性之间的、超越逻辑理性的精神对垒。创作主体的艺术心灵无法彻底地放开，或者说被现实矛盾缠绕得无法走得更远，诚如林为进所说："《沉重的翅膀》着力于政治角度的描写，却没能深入到文学的内核，也就无法真正表现出中国政治的特色及内涵，而仍然只能是一种表层现象的扫描。……从社会学的角度看，《沉重的翅膀》固然不乏一定的价值和意义，但用小说的标准去衡量时，却又让人觉得它过于粗糙，难以忍受阅读的痛苦。没有生动精彩的情节营构，也没有具备性格内蕴的艺术形象。"[⑦]

《钟鼓楼》作为一部表现普通北京市民生活的小说，在文本结构上的确进行了一些颇有意义的尝试。作品围绕着薛家办喜事，写了各色人等在这一天中的活动轨迹，并以此辐射出各种生活矛盾。"不过，刘心武从来不是一个艺术感觉细腻的作家。他的创作历来都是侧重于社会学层面的反映，往往以提出问题的社会代言人为己任。这样，他的作品多是图解生活而不是表现生活，《钟鼓楼》同样如此。"[⑧]要准确地表现普通市民的生活质地，作家不能将自己定位在社会代言人的身份上，他必须也是生活的参与者，他的全部心智和情感都必须浸润在现实生活的角角落落，唯有如此，他才能获得极为细腻的语言感觉，才能发现极有韵致的情节演化，才能使叙事直逼生活的原相时，又以虚构的方式达到艺术的整合，像老舍写《四世同堂》那样，具有"在平凡中见不凡"的艺术效果。但《钟鼓楼》却始终停留在生活表象上，停留在现实矛盾的简单冲突上，没有捕捉到世俗生活的潜在质地，没有表达出在这种普通生活覆盖下各种人物的丰富性格以及这种性格中隐含的文化背景。

严格地说，这三部作品作为长篇小说在艺术上都不能称为成熟之作，不仅一些人物的言行都带着创作主体的理念色彩，主题都相对单一和明确，对生活的叙事处理也都处在平面化的思维程式上，而且在叙事技术上也没有取得什么成功的突破，其文本自身的丰润性、话语间的隐喻功能都没能全面打开。它们"所关心和表现的不是人的灵魂、人的精神和人的命运，而是生怕读者不明白，因此，十分通俗、十分直接地告诉读者某一时期或某一阶段，在我们这块土地上曾经发生过什么样的事情。为了达到这样的目的，一般都是以虚构的人物，成熟或不那么成熟的故事，按主观的意图，突出某种问题去解释生活"⑨。不过，话又说回来，如果重新审视这三年的长篇小说创作实绩，的确也没有什么更好的作品。因此，本届评奖多少也显示出"巧妇难为无米之炊"的尴尬。但是，倘使能真正从"宁缺毋滥"的角度来评选，再剔除一两部获奖作品也许更为明智。

设问8：第三届茅盾文学奖与前两届相比，有何不同？ 这种不同意味着什么？

第三届茅盾文学奖与前两届相比，的确出现了较大的不同：一是评选过程所费时间大大地延长了，花去了两年半；二是评委成员进行了大幅度的调整；三是在获奖作品之外，增设了"荣誉奖"。

第三届茅盾文学奖本应产生于1989年，由于当年的"政治风波"影响，使得它的评选过程不得不推迟。这是无法预料的客观事件所导致的。虽然"政治风波"在较短时间内得以平息，但随之而来的是有关思想界的清查清理和必然的人事调整，这些都使得这项大奖的组织机构——中国作家协会难以按既定程序进行评奖。所以，直到1991年下半年才重新进入评奖阶段，所费时间仍是一年左右。我个人认为，它并不存在什么更复杂、更特别的意味。

关于评委会成员的大调整，在本届中显得尤为突出。前两届一直都是由中国作家协会主席巴金先生任评委会主任，而第三届没有设主任一职，以至我们无法判断仍是中国作协主席的巴金先生是否参与过本届评奖，或者说对这次评奖结果持何种态度。在具体的评委成员中，只保留了冯牧、陈荒煤、康濯和刘白羽四人，其余由玛拉沁夫、孟伟哉、李希凡、陈涌等人取而代之。从被替换的人员看，相当一部分都是1989年之后被调整了相应职务的，如谢永旺、唐达成等，这说明了茅盾文学奖评委成员的组成，不只是注重评委自身的艺术素质和对作品艺术价值的判断能力，还应具备相应的职务和权力身份。众所周知，一项大奖的产生，最终取决于评委们的投票，而评委们的艺术眼光和思想倾向直接影响到评奖结果的公正与客观。第三届茅盾文学奖在评委成员上的这种调整，显然强化了评奖过程的政治要求，使本应超越于一切外在因素干扰、拥有相对独立自治空间的评奖，不可避免地带上了非文学因素的制约。从评奖结果来看，除了五部获奖作品之外，还评出了萧克的《浴血罗霄》和徐兴业的《金瓯缺》作为"荣誉奖"。对本届设立"荣誉奖"这一颇为例外的行为，我认为可能是基于评委们对某些情况的平衡，但这种平衡实际上是弄巧成拙。因为按照茅盾文学奖的有关条例，既没有对获奖作品的数量作过限制，也没有对参评时间的上限进行严格的界定，只规定了作品发表的下限时间，所有长篇小说虽然在本次评奖过程中没有中奖，但可以在此后的任何一届中继续参与角逐。这也就是说，完全可以在正常的程序中对这两部荣誉奖作品进行评审。现在破例地设立了这样一项没有奖金的"荣誉奖"，我觉得不仅不能对一些作家起到安慰作用，反而让获奖者有些尴尬。要知道，对于一个作家，以这样一种方式来慰藉意味着什么？

设问9：从第三届的五部获奖作品来看，评奖的价值取向似乎仍集中在对现实主义审美原则的维护和对"史诗性"审美品格的强调上，是不是这一阶段仍像前两届那样，并没有出现在审美价值上更为丰富、更为多元的优秀之作？

从第三届的评奖结果来看，评委们的价值取向并没有丝毫改进。但是，由于前两届的评选对象有一个客观条件的制约，即：确实没有什么审美价值上具有突破意义的作品，所以评选也只有"矮子中挑长个儿"。而在第三届茅盾文学奖评选所允许的时段内（1985—1988），正是各种审美观念的小说大会演的高峰期，并且产生了一系列相当优秀的长篇作品，如张炜的《古船》、贾平凹的《浮躁》、张承志的《金牧场》、杨绛的《洗澡》、王蒙的《活动变人形》、张抗抗的《隐形伴侣》、铁凝的《玫瑰门》等，评委们却没有给予应有的重视，这实在有点让人难以接受。只要稍稍具备一点小说审美能力的人都不难发现，如果将《都市风流》和《第二个太阳》与上述任何一部长篇进行比照，其艺术上的差距就可以清楚地判别出来。《古船》和《浮躁》在我看来是直到今天为止在反映乡村生活中仅次于《白鹿原》的长篇佳作，它们对中国乡土文化沉重性的深刻揭示、对普通人性的独到体察、对现代文明与封建文化冲撞的艺术传达，到现在仍具有一定的超前性。《金牧场》在叙事话语中所透示出来的那种高亢的民族主义激情、那种超越了庸常生活原相的英雄主义理想、那种对叙述语言诗意化的成功尝试、那种对现代都市文明与古老草原文化的双向梳理、那种使草原复活为艺术生命的叙事技能，都是一种极为难能可贵的探索。而《洗澡》对反右运动的深刻反思、对知识分子自身的独到反省，《隐形

茅盾文学奖研究资料

伴侣》对以往知青题材的明显超越、对心理叙事的熟练运用，都具有深远的意义。正是在这一点上，第三届评奖的平庸性暴露得最为彻底。

设问10：第三届获奖作品中，《第二个太阳》是在评选过程中由一名评委提议，两名评委附议的情况下进入评选程序的，并且顺利地获了奖。如果当时刘白羽不是评委成员之一，《第二个太阳》会有这种机遇吗？

这是一个涉及评奖公正和人事纠葛的问题，作为局外人无法进行判断。但有一点我比较相信，即如果作者不是评委成员之一，恐怕没有人会想起《第二个太阳》，就像我们现在也不会记得还有这么一部长篇一样。当然从有关文章中，我们知道作者本人在评选这部作品时还是采取了回避的方法[10]。

其实，人们之所以对这部作品的获奖表示质疑，关键不在于刘白羽是不是当时的评委，而在于这部小说在艺术上的确没什么独到的审美价值。从艺术构思上看，这部小说明显地带着"三突出"的思维痕迹：主题非常明确，正面展示我军在解放战争历史进程中的大无畏精神和锐不可当的气势；人物突出，着力表现我军高级将领秦震刚毅、沉着、果断的大将风度和超凡脱俗的英雄品格；环境鲜明，从解放战争拉开战幕、武汉战役开始直到彻底打败国民党反动派，获取全国解放的最后胜利。这种"三突出"的构思在很大程度上削平了作家对这段历史的多向度思考，将敌对双方的丰富冲突转变成我军单向的历史推进过程。

从叙事方式上看，这部小说带着创作主体自身强烈的情感宣泄倾向，这种倾向在表面上似乎是为了强化小说的诗性品质，渲染故事的叙事氛围，但从小说的叙事功能上说，它并没达到这种审美目标，反而使故事的正常节奏、人物的命运发展被人为地错断，话语的审美信息被作家的情感所覆盖，叙述者、人物以及作家之间的角色距离被严重混淆。小说最基本的叙事法则受到严重破坏，话语的统一性被肆意颠覆。而且更为严重的是，作家还在不少地方武断地插入自己的评说和议论，试图更明白地向读者交代故事的意义，实则使整个故事流程受到了人为的干涉。

从叙述语言上看，这部小说也存在着较为严重的缺陷。由于它过分强调作家自身在小说中的主导地位，不是让故事中的人物以自己的生命方式说话，而是让他们带着作家的情绪说话，所以它的语调始终处在一种高亢的抒情性上，无论情节的发展是在高潮阶段还是处于平缓时刻，它都没有必需的起伏性。通篇都是短句、诗化的语言，看似简洁、凝练，但细细读来又不时地发现叙述的失败。如第一章第四节的最后部分就有这样的叙述："冰冷的水泥地面上敲出清脆而有节奏的皮鞋声响，说明他的脚步是灵活而敏捷的"，显然这后半句是无须表述的废话；再如第二章的第一句："风雨不知何时已经停息，黎明晨光正在慢慢照亮人间"，将"黎明晨光"重叠在一起，无疑是犯了一个小学生式的语病。诸如此类的语言问题在这部小说中相当普遍。可是，就是这样一部小说，还被认为是"在解放战争的史诗性画廊里填补了一个空白"⑪，确实让人难以信服。从这里我们也可以看出本届茅盾文学奖在评审过程中的粗率性。

设问11：如果说第三届评奖是因为特殊的条件制约（即1989年的"政治风波"）从而延长了评奖时间，那么第四届评奖应该是在各方面条件都较为成熟的情况下进行的，可是竟花了三年时间才评选出来，这意味着什么？

一项评奖居然花了三年时间，说起来确实让人不可思议。遗憾的是，我们至今无法洞悉导致这种马拉松式评奖过程的真正原因。如果仅从外在条件来看，这个时期的长篇小说创作实绩是非常突出的，不存在"无米之炊"的情况；由于该奖是由茅盾先生提供的资金作为基金，因此也不存在奖金不能落实的尴尬；整个社会形势稳定团结，没有一切不可预料的其他事件会直接影响评奖。那么，究竟是什么导致了它历时三年才得出结果？说实在的，只能是组织者的主观原因。但是什么主观原因恐怕是任何旁观者都无从知晓的。同时我们还看到，由于评奖过程的延长，导致了参评作品的时间段也不得不延伸，从1989年到1994年，横跨了六年时间。这比茅盾文学奖最初规定的最长时间还超过了一年，破坏了评奖者自己设置的评奖条例。这无疑使这一奖项的严肃性和权威性都受到了消极影响。

设问12：有人认为："第四届茅盾文学奖无论如何是历届评奖中用时最长、波折最多、最富有戏剧性的一次，也是较为成功的一次评奖。其成功的主要意义在于它比较准确地反映了1989到1994年间中国长篇小说创作取得的成就，保持了迄今为止中国当代文学最高奖项——茅盾文学奖的荣誉。"⑫这种认识是否正确？

这种认识显然不够正确。说它是"用时最长"这谁都知道，既然费时三年才评出此奖，多波折、富戏剧性是必然的，只不过我们无缘知晓究竟是何波折和戏剧性罢了。然而要说本次评奖是历次评奖中较为成功的一次，让人难以信服。

众所周知，在这段时间内，长篇小说同其他文学形式一样，虽然经历了市场经济的巨大考验，但仍以多元化的审美格局保持着上升的姿态。不仅一些老年作家在继续创作长篇，一些中青年作家也在积极地从事长篇的写作，他们以其良好的艺术素养、敏锐的艺术感觉以及对各种现代叙事方法的合理借鉴，不断地推出各具特色的长篇力作，使长篇小说出现了一个相对繁荣的局面，并产生了一系列颇具影响的作品。

在以传统现实主义为主要价值取向的审美追求上，出现了陈忠实的《白鹿原》、朱苏进的《醉太平》、王安忆的《纪实与虚构》、刘恒的《逍遥颂》、贾平凹的《废都》、方方的《落日》、程海的《热爱生命》等代表性作品；在以传统历史主义叙事观念为基调的审美追求中，产生了王火的《战争和人》、唐浩明的《曾国藩》、二月河的《雍正皇帝》、刘斯奋的《白门柳》等广受读者关注的作品；在新历史主义的审美探索上，涌现了格非的《敌人》和《边缘》、苏童的《米》和《我的帝王生涯》、高建群的《最后一个匈奴》、李锐的《旧址》、刘震云的《故乡天下黄花》、须兰的《武则天》等优秀之作；在先锋叙事的积极实验中，出现了残雪的《突围表演》、孙甘露的《呼吸》、余华的《在细雨中呼喊》、张炜的《九月寓言》、北村的《施洗的河》、吕新的《抚摸》、洪峰的《东八时区》等相当成熟的作品。

但是，从第四届评奖结果来看，所有获奖作品都集中在传统现实主义和传统历史小说中，而新历史主义和先锋小说则全军覆没。这不能不让人对本届评奖的"成功性"表示怀疑。虽说新历史主义小说与传统历史小说相比，从所谓的"厚重性"上看似乎要单薄些，但它们对人物生命的真实展示、对人性本质的发掘以及给人们审美视角上的冲击都要强得多。而且从文本上看，大量的新历史小说都成功地运用了一系列现代叙事手法，使故事本身包蕴着颇为丰富的隐喻意旨，如格非的《敌人》等，在艺术性上显得更具灵性和智性。先锋小说更不例外。像《九月寓言》和《在细雨中呼喊》，无论在审美理想上还是在叙事话语的运作上，都对长篇小说发展的可能性进行了极为有效的探索。这些作品被评委们忽视，其实暴露了本届评奖同以往一样仍然存在着很大的局限性，即在审美观念上缺乏必要的艺术宽容，尤其是对各种新型审美范式没有给予公正的评定；在价值判断上缺乏对文本自身艺术质地的关注，尤其是对各种先锋文本的探索意义没有给予合理的认同；在审美内蕴上缺乏对人性阴暗面揭示的积极支持，尤其是对一些表现了人们在现代生活中种种丑陋性、绝望性和荒谬性的作品没有给予充分的重视。所以整个评奖在总体上是以守旧的姿态来进行的，无法保持真正的客观与公正。

设问13：如果纯粹地从长篇小说的艺术价值上来评判，本届获奖作品应该是哪几部才更为公正和客观？

这是一个真正的假设，虽说历史是不可重复的，但我们还是不妨以假设的方式来重构一下合理性的文学秩序，以便最大可能地还原历史自身的客观性。

从我个人的审美眼光来看，如果对这一时段的长篇进行纯艺术的评判，获奖的应该是《白鹿原》《九月寓言》《醉太平》和《白门柳》。其中《醉太平》作为一部现实主义的小说，对现实生活内在人际关系的揭示、对人性潜在欲望的展露、对既定生存秩序的反讽，都远比《骚动之秋》来得尖锐和深刻。但倘若要真正不折不扣地贯彻本届评委会主任巴金先生"宁缺毋滥""不照顾""不凑合"的意见[13]，只要评出《白鹿原》和《九月寓言》两部作品就足够了。我相信，用这样两部作品来维护茅盾文学奖的声誉比曾经评定的四部更有力量。其理由如下：

第一，《九月寓言》并不是一般意义上的先锋小说，其叙事话语完全摆脱了纯粹的文本实验性，在强大的隐喻功能中暗含了作家对整个人类文明进程的深刻反思。小说将故事时空定位在一种极不确定的背景中，尽管在空间环境上似乎是在表现一个小小村庄的历史，但它在现代时间与历史时间的往返穿梭中不断地改变着自身的地域文化质地，传统文明中的那些神秘性、宗教感和现代文明的物质技术同时交织在故事之中，使叙事不断地超越福斯特所说的"时间生活"而直入"价值生活"，折射出作家对古老生存秩序和现代物质欲望的双重质疑。而且，这种审美思考不是局限于某个固定的历史时段和某个独特的事件上，而是明显地带有人类共性倾向，是作家对整个人类社会发展命运的一种艺术探讨。张炜虽然没有在小说中对人类的前景作出明确的回答，但以话语自身的潜在意向表达了创作主体自身深远的艺术眼光。

第二，《九月寓言》在文本结构上彻底地颠覆了时间一维性所带来的故事走向上的平面化，并且将故事冲突有效地化为外在的社会背景冲突和潜在的细节对立。尽管这种努力使小说在审美接受上破坏了常规的阅读定式，但它加大了故事中"价值生活"的表现力度。历史、神话、现实从三种角度不断地冲击着小村庄中的生活秩序，不断地激化那里人们的生活信念。这里，历史代表着既定的生存逻辑，神话隐喻着人们对精神理想的寻求，现实涵纳了现代工业文明的强权姿态。它们一起进入叙事并负载在一个个人物的心灵中，让不同的人物之间以各种富有情趣的方式发生碰撞。但作者又有效地控制着这种碰撞程度，在一种优雅的节奏中保持着故事的内在张力，使小说摆脱了由于故事情节的大冲突、大起伏而有可能带来的理念操纵话语的尴尬。

第三，《九月寓言》在话语基调上保持了相当独特的叙述姿态——充满诗性的、平静温柔的语言质地。这种话语方式有效地激活了小说中的生存环境，使自然复活成一种极富生命质感的艺术载体，带着灵动的气息跳荡在读者的眼前，从中我们不仅可以深深地感受到作家对那种返璞归真式的田园生活充满了迷恋之情，还可以看到作家内心深处对现代文明的逃离愿望。同时，也正是这种诗性语言，将叙事上的经验与超验、现实与魔幻、事实与隐喻、纪实与象征和谐地组接在一起，获得了一种令人惊悸的审美效果。

同《九月寓言》相比，《战争和人》《白门柳》和《骚动之秋》在艺术上都要稍逊一筹，尤其是在叙事手法的灵活性、文本结构的丰富性和审美内蕴的多重指向上，都无法相提并论。《九月寓言》和《白鹿原》一样，实际上都是茅盾文学奖无法绕过去的作品，只不过《白鹿原》更注重现实主义叙事法则，容易被评委们接受，而《九月寓言》在叙事上更"现代派"，所以遭受了无端的排斥。

设问14：据有关文章透露，《骚动之秋》本来并未列入由读书班最后推荐的二十部作品之列⑭，它的获奖是否有何更深的意味？

几乎所有的局外人都对《骚动之秋》获茅盾文学奖感到意外。我也如此。这并非是因为这部作品从问世以来就没有引起什么阅读反响，更重要的是，它在艺术上确实较为平庸。

首先，就审美旨意而言，它还停留在对改革进程中一些外在矛盾的表述上。回顾有关改革题材的长篇，从张锲的《改革者》、张洁的《沉重的翅膀》到柯云路的《新星》、钱石昌和欧伟雄的《商界》等，它们虽曾轰动一时却又瞬间消失于人们的阅读记忆。造成如此短暂的艺术生命力，我想最主要的原因就在于这些作品都未能真正地沉入社会底部，未能发掘出那些改革矛盾中的深层冲突——观念冲突下所隐含的文化、人性以及精神本源上的缱绻与决绝的状态。《骚动之秋》虽然在这方面前进了一步，但它的基本冲突仍处在人物观念的表层，特别是主人公岳鹏程，他从一名退伍军人成了一个农民企业家，在这种漫长的社会角色转变过程中，作者试图将他放在各种矛盾的中心，让他与儿子冲突、与妻子冲突、与上级冲突、与群众冲突、与情人冲突，以一种全方位的冲突强化他的内心世界和生命个性。但是，所有这些冲突以各种方式煎熬着他的内心，却难以促动他作为一个"农民英雄"在某些精神本源上的撕裂与嬗变，他的痛苦始终是一种观念性的、道德化的，是社会理想与自身角色的不协和造成的，本质上是守旧与创新的冲突，包含着简单的合理与不合理性。这使他的悲剧仍停止在不同观念的自我对抗上，没能像《白鹿原》那样触及观念背后的文化和人性的深处，折射出作为社会的人、文化的人、历史的人和生命的人之间无法调和的伤痛。

其次，在文本结构上，它仅仅停留于对故事时空顺延性的机械维持上。《骚动之秋》作为一部长篇，它的所有叙事努力似乎就在于把故事说完整，让人物的"英雄形象"树立起来，使他们变得绝对地真实，而不是动用一些合理的文本技巧让叙事更充满审美内蕴。我们无意于否定小说在"真实性"上的力量，但站在二十世纪末的小说发展进程中，再来看这种对生活真实的还原目标，无论如何都不能说是一种叙事的进步。《骚动之秋》的平庸性主要就在于作者对整个故事的营构没什么创造性，一切都遵循着既定的时空顺序，完全为了交代人物命运的发展和事件的起落，没能在文本中构成应有的叙事张力，有限的话语紧张感都是来自各种冲突事件的安排。

第三，在叙事语言上仅仅满足于对故事的再现。《骚动之秋》的叙述虽也动用了一些方言，增加了叙事的民间性和故事的生活气息，但整个叙事语言显然不如《白鹿原》那样更具凝重感，它质朴但缺乏韵致，明净却缺少内涵，饱含生活的真实感却难以激起审美上的亲切感。

由于这些显在的艺术局限，导致了它只进入读书班最初选定的三十部小说之列，而在此后稍加精选的二十部长篇中，它即遭淘汰。但是，由于读书班不具备任何法定意义上的权威性，仅仅是给评委们做一些基础工作，评委的最终裁决可以全面自由地选择任何一部他们所注意的作品，所以《骚动之秋》还是侥幸地分享到了这份"迟来的爱"。如果要说它的获奖有什么更深的意味，那只能在文学之外，艺术之外。

设问15：《白鹿原》以"修订本"的方式在本届评奖中才得以通过，而它的"修订本"在评奖时还没有出现。这种评奖情况似乎在古今中外都还未听说过，这是不是茅盾文学奖的一个历史创举？

以"修订本"的方式来进行评奖，在张洁《沉重的翅膀》中曾出现过，不过那是以一本已经出现的"修订本"来进行的。而《白鹿原》的"修订本"还没有出现，却已经获奖了。这在我有限的阅读经验来看，的确是闻所未闻。广大读者对此也觉得非常难以理解。因为我们完全有理由设想：如果作者从自身的审美理想出发，坚持不愿意进行修订，那么《白鹿原》的奖项会不会因此取消呢？如果作家在修订过程中，并没有按照评委们的意见，而是进行了另一种审美倾向的修订呢？

当然这都是可能性之外的设想。事实是，我们终于看到了《白鹿原》的修订本，并且这个修订本是严格地按照评委们的意见进行删削的。所以一切可能会引起的尴尬得以安全地消解。但是，从中我们可以看到，对于第四届茅盾文学奖的全体评委们来说，《白鹿原》的确是一部绕不过去的作品。它的历史厚重性、内蕴丰繁性、审美的震撼性都已成为有目共睹的事实。它确实是新时期以来我国在长篇小说中出现的一部难得的精品。如果不评它，不仅有可能使人们对茅盾文学奖的权威性进一步地失去信心，还有可能导致大家对评委们最基本的审美判断力失去信任。所以评委们只好小心翼翼地走了一着不得不走的棋——让作者重新出版一本"修订本"，将小说中涉及的一些宿命性和政治倾向性的言语（主要是翻鳖子和国共之争无是非）删去，以消除有可能导致的误读和意识形态上的误解。虽然从修订本来看整个小说的艺术性并没有受到什么大的影响，不过，我们还是感受到了这个奖项对政治导向性的严格要求。

《白鹿原》获奖了，这是一个的确值得重视的事情。贾平凹为此还专门发表了一则颇有意思的短文，我觉得很能代表一部分人的心理，所以不妨在此全文"贩卖"一下——

> 当我听到《白鹿原》获奖的消息，我为之长长吁了一口气。我想，仰天浩叹的一定不仅我一人，在这个冬天里，很多很多的人是望着月亮，望着那夜之眼的。

其实，在读者如我的心中，《白鹿原》五年前就获奖了。现今的获奖，带给我们的只是悲怆之喜，无声之笑。

可以设想，假如这次还没有获奖，假如永远不能获奖，假如没有方方面面的恭喜祝贺，情况又会怎样呢？但陈忠实依然是作家陈忠实，他依然在写作，《白鹿原》依然是优秀著作，读者依然在阅读。污泥里生长着的莲花是圣洁的莲花。

作品的意义并不在于获奖，就《白鹿原》而言，它的获奖重在给作家有限的生命中一次关于人格和文格的正名，从而使生存的空间得以扩大。外部世界对作家有这样那样的需要，但作家需要什么呢？作家的灵魂往往是伟大的，躯体却卑微，他需要活着，活着就得吃喝拉撒睡，就得米面油茶酱，当然还需要一份尊严。

上帝终于向忠实发出了微笑，我们全都有了如莲的喜悦。⑮

设问16：《白鹿原》为什么是一部让评委们"绕不过去"的作品？它的艺术价值究竟在哪里？

实际上已经由很多重要的评论家和作家对此发表了极为深刻的见解。作为一部十分难得，也是人们期待已久的长篇佳作，我认为《白鹿原》的重要价值在于：

它成功地改变了中国传统家族小说的叙述模式，不仅将家族作为一种故事枢纽和文化载体，而且将它深植到人类自身固有的自缚性悲剧根源上，并以此作为审视的契口，辐射出作家对中华民族近现代史的全面思考。众所周知，家族小说是中国传统长篇小说中一个最通常的叙事模式，从《金瓶梅》《红楼梦》等古典小说到巴金的《家》《春》《秋》，老舍的《四世同堂》等现代小说，都是以家族结构为故事核心来进行审美的多向度表达，但它们大多侧重于某一两个方面，或家庭伦理，或权力纠葛，或社会沧桑，而《白鹿原》"把白鹿原作为近现代历史替嬗演变的一个舞台，以白、鹿两家人各自的命运发展和相互的人生纠葛，有声有色又有血有肉地揭示了蕴藏在'秘史'之中的悲怆国史、隐秘心史和畸恋性史"⑯。它改变了人们对"家族"这一中国传统文化结构形态的通常认识，将人物的生命际遇投置在无法把握的广阔空间进行全方位的探讨，使小说在现实、历史、文化和人性的多种层面上都有着深刻的思考。

在历史叙事的处理方法上，它既摆脱了传统历史小说对事件真实性过于依赖，又逃离了新历史小说对历史背景的纯虚构性。它注重大事件大背景的合理和真实，从清朝改民国、民国到解放的近四十年里一系列重大的政治斗争，都在白鹿原这块土地上有着真实的记录，督府的课税引起的"交农"事件、军阀与国民革命军的你争我夺、国共两党的合作与分裂，以及建国后的一连串政治运动，都具有历史的实证性；但在内部的情节和事件的处理上又动用了想象和虚拟，将这些历史风云化解到人物的具体言行之中，化解到他们的生存命运中。这样不仅确保了整个作品对历史进程的动态反思，还充分发挥了作家的想象与虚构的能力，使作品在叙事上获得了广泛的自由度，作家的审美理想得以全面地展示。

在叙事手法上，它灵活地容纳了传统现实主义和魔幻、隐喻等现代主义的表现手段，将这些叙事方法有机地交织起来，使整个叙事虚实相间，在一种看似混乱的、千头万绪的文本结构中将审美触角延伸到广阔的想象空间，给读者的解读和思考提供了多种向度、多种可能。从整个故事来看，它以时间的延伸为主轴，让不同的人物围绕着这根主轴不断地发生各种纠葛，没有彻底改变人们的阅读习惯。但在一些具体的细节上，它又动用了大量的虚幻手法，将宿命的、迷幻的、象征的话语引入叙述，使一些事件负载着非确定性的审美信息，给读者的审美再创造设置了大量的契口。法国作家布托尔曾说："所有的伟大作品，无论多么富有智慧，多么大胆和严峻，都会以这种或那种方式与这种无穷无尽的幻想，与这种含糊不清的神话，与这些无数的触点发生关系。但是这类作品也具有全然不同的、最为重要的作用：它们改变着我们对世界的看法，改变着我们关于世界的叙述，因而可以说它们在改变着世界。"[17]《白鹿原》在某种意义上就具备这种审美意图。

设问17：茅盾文学奖至今已进行了四届，从评奖过程来看，每一届在评奖之前都设有一个"读书班"，即由一些全国重要的中青年评论家和编辑组成的审读小组，对各个地方部门报上来的长篇小说进行初选，但他们的初选又没有任何决定性作用。这种"读书班"是否有存在的必要？

有关读书班的性质和地位，曾参加过数次茅盾文学奖的评委顾骧作了这样的说明："邀请若干评论工作者、编辑组成读书班，这些同志对长篇小说有比较专门的研究，做了十分重要的筛选工作，读书班是评奖活动中十分重要的一环。但是茅盾文学奖不是两级（初评、终评）评选。读书班是评委会的工作班子，任务是对各地推荐的大量作品进行筛选，提出供评委阅读的书目。读书班提出的阅读书目没有法的效力，没有荣誉意义。评奖办公室可以在读书班提出的阅读书目基础上增加书目供评委阅读（如第二届茅盾文学奖评奖活动），评委本身更可以建议增加阅读书目，只要经过评委一人提议、两人附议的程序即成（如第三届茅盾文学奖评奖活动）。"⑱从这里可以看出，读书班在整个评奖过程中的确没有什么决定性作用，第二届、第三届、第四届的获奖作品都不是全部产生于读书班最后推荐的篇目之中。他们只是评委会的一个助理班子，为评委会减少一些阅读工作量，对评委们的最终裁决没有任何影响。如果评委们早已在心中圈定了某部作品，可以轻松地超越读书班而直接将它推入终评。

但读书班又是重要的。仅从第四届茅盾文学奖的读书班组成成员来看，他们是：蔡葵、丁临一、李先锋、胡良桂、白烨、林建法、张未民、朱晖、陈美兰、朱向前、张德祥、王必胜、盛英、周介人、陈建功、雷达、胡平、林为进、潘学清、雍文华、吴秉杰、牛玉秋⑲。这些成员大多是资深的评论家和编辑家，年龄不高，其艺术活动的经历基本上与新时期的文学发展是同步的。他们不仅对整个文坛的态势了解全面，而且都具有良好的艺术素养和较准确的审美判断力。应该说，他们的参与，给茅盾文学奖的评选工作提供了一个重要的艺术保障，其存在的必要性是不言而喻的。从评奖结果来看也是如此。凡是超越了他们最后提供的评选篇目而获奖的作品，艺术上确确实实是较为平庸的作品，如第三届中的《第二个太阳》、第四届中的《骚动之秋》。这也反证了读书班的审美眼光。遗憾的是，由于读书班是处在一个"言不顺，名不正"的尴尬地位，"他们提出的阅读书目没有法的效力"，所以他们的存在价值就大打折扣了。

设问18：一项文学大奖的公正与否，关键取决于评委们的审美判断力以及对自身审美判断力的有效维护上，即：他们必须站在较为客观的文学立场上，以一种容纳的姿态和开阔的视野来全面衡量、比较不同审美类型的作品，不以个人的艺术偏爱来影响评审结果。从已经产生的四届茅盾文学奖来看，评委们是否做到了这点？

评奖的公正与否无疑来自评委们评审行为的公正与否，这种行为的公正合理不是指评委是否受到某些文学之外因素的左右，而是指他们是否能对新时期以来我国长篇小说的发展现状有着准确而清醒的把握，尤其是对多元化的艺术现实是否能够全面科学地理解。要回答他们是否做到此点，有必要看看评委们的组成情况：

第一届　主　任：巴　金

　　　　副主任：无

　　　　成　员：丁　玲　韦君宜　孔罗荪　冯　至　冯　牧
　　　　　　　　艾　青　刘白羽　张光年　陈企霞　陈荒煤
　　　　　　　　欧阳山　贺敬之　铁依甫江　谢永旺

　　　　总人数：15人

第二届　主　任：巴　金

　　　　副主任：张光年　冯　牧

　　　　成　员：丁　玲　乌热尔图　刘白羽　许觉民　朱　寨
　　　　　　　　陆文夫　陈荒煤　林默涵　胡　采　唐　因
　　　　　　　　顾　骧　黄秋耘　康　濯　谢永旺　韶　华

　　　　总人数：18人

第三届　主　任：无

　　　　副主任：无

　　　　成　员：丁　宁　马　烽　刘白羽　冯　牧　朱　寨
　　　　　　　　江晓天　李希凡　玛拉沁夫　孟伟哉　陈荒煤
　　　　　　　　陈　涌　胡石言　袁　鹰　康　濯　韩瑞亭
　　　　　　　　蔡　葵

　　　　总人数：16人

第四届　主　任：巴　金

　　　　副主任：刘白羽　陈昌本　朱　寨　邓友梅

　　　　成　员：丁　宁　刘玉山　江晓天　陈　涌　李希凡
　　　　　　　　陈建功　郑伯农　袁　鹰　顾　骧　唐达成
　　　　　　　　郭运德　谢永旺　韩瑞亭　曾镇南　雷　达
　　　　　　　　雍文华　蔡　葵　魏　巍

　　　　总人数：23人

从上述这些组成成员来看，有两点值得注意：一是普遍年龄较大，除了极少数中年评论家和作家加盟其中（如第四届中的雷达和陈建功），基本上都是老龄化的评委，说明茅盾文学奖不可避免地被资历所影响；二是大多身居文学工作部门的要职，或者说是政府部门的某种代表，这无疑意味着这个奖项必须对政府部门负责，对主流意识负责。这两种特定的现实情况实际上还暗含了更深的评奖局限。因为众所周知的原因，这些老一代专家大多是在现实主义传统艺术思维的长期熏陶下成长起来的，他们的审美观念基本上固定在现实主义一元化的艺术模式中，他们的艺术素养是从长期以来我国固有的、带有明显封闭性的文学形态中积淀而成的，缺乏与世界现代艺术范式融会的格局，这使他们无法与那些具有现代审美倾向的作品站在同一维度上进行对话，无法在审美价值上对它进行合理的评断，从而导致了他们在评审过程中对现代性叙事的本能抗拒。同时他们自身的权力身份，又规约着他们必须站在社会学的层面上，从文学的教化功能上考虑评奖结果。这种双重局限使他们无法保持纯粹的艺术原则立场，也无法全面地、多元化地审度各种不同艺术特质的作品。

此外我们还应该注意到，这些评委成员的产生不是民主选举的结果，而是直接由"有关部门"来任命的。诚如评论家朱晖所说："似乎没有理由怀疑评委们的鉴赏能力，正像我们深信'有关部门'在选择评委的时候，并非把鉴赏力放在首先的和唯一的位置。……'有关部门'将钦定的'专家'、'内行'推向评选的前台，至于社会公众和没有发言权的文学艺术家们则是地地道道的看客。就此而论，第三届茅盾文学奖评选结果，无非是以夸张的形态，暴露了这种评奖方式及其权威性所固有的败笔。"[20]朱晖在这里虽然说的是第三届评奖情况，其实也是历届茅盾文学奖所暴露出来的共同弱点。

在具体评选过程中，巴金作为其中三届评委会的主任，由于身体的原因一直没能真正地参与到评奖的全过程，这也是一个巨大的遗憾。否则，我们有理由相信，以他的艺术素养和威望，以他清醒的审美判断和每次所强调的"宁缺毋滥"的评奖主张，茅盾文学奖的评选结果一定会有所不同。

设问19：评奖标准是维持一项文学大奖的重要依据。从历届茅盾文学奖的评选结果来看，他们的标准如何？

这是一个令所有人至今仍迷惑不解的问题。现在，我们无法从相关的材料上找到相对具体的评奖标准。在那些较为详细的评奖条例中，只强调了评奖的程序和方法，唯独没有突出评奖标准。但是，按照我们通常的文艺评奖思路，对一切文艺作品的审定基本上是沿着两种标准来进行的：一是政治标准第一，艺术标准第二。只有作品主题符合主流意识的要求，符合一定时期内的思想倾向，具有积极的、明确的导向意味，才能进一步审度它的艺术性是否成熟、是否生动、是否完美。一是坚持艺术原则立场，兼及政治导向性。这种情况并不普及，仅在一些小范围的评奖中还有所坚持。它强调艺术作品自身的审美价值，注重它们在艺术的创造性上是否有着成功的突破，是否潜示着某种新的审美动向，是否向人们提供了新的思想信息和艺术信息。毫无疑问，用这种标准去审度作品更合理、更科学、更权威些，因为无论如何，任何一部经典的作品都是以它艺术上的审美价值而获得不朽的。

　　回顾历届茅盾文学奖，虽然我们无法准确地判断他们在具体执行标准中更强调哪一种规则，但从评委成员和评奖结果来看，政治的质量认证明显大于艺术的审美认证。诚如有人所言："几十年间的经验教训告诉我们：几乎在每一个时期，所谓的政治的质量认证，标准的制定和运用，总是一目了然的，往往也是公之于众的且被不折不扣地执行的；而所谓的艺术的和审美的认证，则不幸总是居于从属的和附加的地位；标准，也往往并不取自文学发展实践及其理论形态的最新的和最高的成果，而是见出了僵化的、'外行'的或者是以偏概全的、先入为主的眼光，因而不可能不是含混不清和经不起辨析的，往往也只能是任由可以'说了算'的那一部分人'见仁见智'地制定和执行；以至在许多文学的评奖活动和评选结果中，所谓的政治上合格而艺术上'过得去'的作家作品总是最容易被选中；而在艺术和审美上不同凡响、不拘格套的作家作品，即使侥幸不被忽略不计，充其量也不过是担当'点缀'罢了。"[21]茅盾文学奖的标准实际上仍是局限在这种思维定式中，这不仅影响了评委们以自身的审美眼光和艺术标准来评选作品的独立裁决空间，还使大量的远离政治意识的小说失去了公平的竞争机会，在本质上，也使该奖的科学性受到了动摇。

　　设问20：有人认为，"评奖即引导即提倡"，如果从创作自身的艺术规律角度来说，这种提法是否科学？茅盾文学奖进行到今天，是否对我国长篇小说的发展真正起到了"引导"和"提倡"的作用？

　　所谓的"评奖即引导即提倡"，只是评奖者一厢情愿的良好愿望或者迫切要求而已，并不符合文学创作自身的发展规律。纵观古今中外的所有经典之作，我们至今还无法确认有哪部不朽之作是在"引导"和"提倡"下产生出来的。文学创作作为作家生命律动的一种特殊形式，是一个独立的个体精神劳动行为，它是直接受制于作家自身审美表达的需要，是作家将自己的全部艺术感觉投放到社会生活、历史文化中，吸纳、咀嚼、思考后的一种自然结果。对于任何一个成熟的作家来说，他对自身精神独立性的要求是极为苛刻的，他的全部创作都只针对自己的心灵空间、针对自己的审美理想、针对自己的叙事欲望。只有拥有这种绝对独立的人格立场和绝对自由的精神空间，才有可能确保他的创作全面体现自身的艺术目标。

我这样说，并不是强调作家可以逃避自己作为一个社会的人、文化的人在群体意识上所必须履行的职责，而是他的内心深处必须与生俱来地拥有这种使命意识和良知情怀。没有崇高的艺术良知和人文品质，他不可能站在人类精神的制高点上，不可能洞悉现实表象背后的深远意义，不可能触及人类生命的某些存在本质，更不可能对人们期待已久的困顿作出独到的回答。任何一个优秀的作家，其实都必须具备这样三重素质：对人类永无止境的博大之爱，对自我精神独立性的严格恪守，与生俱来的良好的艺术感觉。这三重素质都不是"引导"和"提倡"所能达到的。相反，对于提倡某种意识导向，反而会使作家失去自身的艺术个性，失去对社会、现实以及人生的独立思考能力，其结果不是出现精品，而只能产生平庸的应时之作。这样的教训，在"文化大革命"时期已有太多的例证。

回顾茅盾文学奖评选以来的创作情况，我们可以看到，长篇小说的整体创作格局也并没有受到这项大奖的多少影响。这在那些具有先锋意识的作家作品中可以更清楚地得到证明。至今为止，还没有一部严格意义上的先锋小说获得过此奖，但这方面的探索却从未停止，而且不断地有一代代文学新军加盟其中。譬如像一些六十年代出生的作家，他们在首次尝试长篇写作时，都在自觉地袭用种种现代叙事法则，进行完全属于自己审美追求的艺术实践，产生了诸如曾维浩的《弑父》、东西的《耳光响亮》、王彪的《身体里的声音》、林白的《一个人的战争》等等大量的具有全新审美倾向的长篇小说。

所以说，想用评奖的方式达到"引导"和"提倡"的目的，是有违创作规律的。这种愿望是美好的，而事实是不可能的。科学的说法应该是：评奖即鼓励即关怀。

设问21：能否用一句简单、直率的话来总结历届茅盾文学奖的评选情况？

公正性受到怀疑，科学性值得思考，权威性难以首肯。

设问22：第五届茅盾文学奖的评选即将进行，如果从长篇小说自身的艺术性来看，这次评选有望获奖的作品有哪些？

这是一个绝对虚妄的假设。在第五届茅盾文学奖参评作品的发表时段内，长篇小说的整体水平无疑有了明显提高。作家们经过了市场经济秩序的荡涤和艺术积累的加强，无论是创作心态还是艺术水平都获得了进一步的提升，并且出现了不少不同审美特质、不同叙事风格、不同思考向度的优秀长篇。如果以我个人的审美眼光来看，我觉得能够代表这一时间段里长篇小说艺术成就的作品是：余华的《许三观卖血记》、阿来的《尘埃落定》、王安忆的《长恨歌》、刘震云的《故乡面和花朵》、贾平凹的《高老庄》、张宇的《痛疼与抚摸》、徐小斌的《羽蛇》等。其中《许三观卖血记》是一部无法绕过去的长篇精品。但是，鉴于上述的大量考察，如果本届的评奖在各个方面没有更多的改变，那我们还是不要对第五届茅盾文学奖寄寓太多的希望。

一种设想

当我对茅盾文学奖进行了长达二十二个设问之后，我感到我的回答充满了苦涩和复杂。作为迄今为止我国长篇小说中唯一一项大奖，从茅盾先生到巴金先生等老一辈作家都倾注了自己的大量心血，它理应在一次次评比中向更科学、更公正，理应全面地展示出新时期二十多年来长篇小说的最佳成果，理应在中国当代的每一个作家心目中构成一种艺术的权威性，但我们伤心地看到，它却没能做到这点。

这无论如何都是一个让人难以接受的事实。

的确，从客观上说，任何一项文学奖都不可能像科学奖那样做到绝对的公正和合理，因为它无法具备科学奖在评审过程中所拥有的明确的量化标准。文学作为一种精神性产品，它的价值时常会见仁见智，但这并不意味着"茅盾文学奖"的评比结果就有其合理性，因为我们完全有理由、也有办法改变它的现有局限，更有效地增加其权威性和公正性。

正是基于这种维护艺术良知的愿望，也是基于对茅盾先生等老一代作家良苦用心的积极回应，我觉得，在世纪末的钟声即将敲响的时刻，应该全面地反思这一奖项的评审情况了，应该重新考虑它的科学性和合理性了。我们无法对既往的历史作出补救，但我们可以在经验的积累和教训的自省中使明天做得更好。以我个人的看法，要彻底扭转这一被动局面，必须对评奖过程中一些关键性问题进行卓有成效的改革。

首先是确立明确而科学的评审标准，即坚持艺术原则立场。茅盾文学奖不同于政府奖，它是一项旨在提高当代长篇小说艺术水平的大奖，是为了忠实准确地记录长篇小说在艺术上的"高峰轨迹"。它的评审必须将长篇小说的艺术价值放在首位。这种艺术价值包括了长篇小说在审美内蕴上的深厚性、文本结构上的丰繁性、话语运作上的独创性，不能只强调一种而偏废其他。在通常意义上，人们总是将长篇小说作为一个时期和一个民族小说发展的制高点来看，这不只是因为它像巴尔扎克所说的那样具有"百科全书"的性质，还由于它拥有虚构艺术所具备的一切有利条件，可以全面地、不留余地地表现作家的叙事理想和精神深度。它在叙事上的自由组接功能十分巨大，可以同时集纳多种叙事手法的交换演绎，使作家的艺术探索能够从容地、淋漓尽致地发挥出来。只有将评审标准定位在长篇小说的这种艺术质地上，才能使评委时刻保持艺术价值的警惕性，注重小说对人的精神空间的开发，注重人物心灵的深度以及作家对存在的深度发掘，注重文本在审美表达上的独特"意味"，而不只是局限在对现实生活的表层观照上。

其次是强调对多元化小说审美理想的积极推崇，尤其是对一些具有探索意义的作品给予积极的重视。任何一种真正意义上的艺术繁荣，都不是某一种审美风格的独霸天下，而是"百花齐放"、多元相融的审美格局。文学的发展同其他事物一样，都离不开对新的叙事模式的探索、对新的文本形式的实验。没有新的审美追求，就意味着文学发展的僵化和终结。正是从这个意义上说，文学的先锋精神尤其值得关注。因此我们的评奖过程尤其要对这种多元格局进行合理的维护，对那些具有先锋品质的作品进行合理的鼓励，并根据各种审美倾向的作品所应有的艺术价值进行全面比较，以一种宽广的艺术视野审视所有作品。

对于评委成员的组成，有必要进一步民主化、制度化。由于他们直接掌握着评审大权，所以他们自身的艺术素养、审美眼光都必须适应现代文学发展状况，必须能对所有形式的长篇小说进行准确的艺术质量认证。而要使每一位评委都具备这种能力，仅靠"有关部门"来圈定显然难以做到，所以一个有效的办法就是采用候选人制，有关部门可以圈定数十个目前在全国颇有影响的专家，然后交给中国作家协会全体会员，由他们进行民主推选，产生出一定数量的评委会成员。

有效地提高读书班的预选权力，使它的预选具备法的效力，也是不可忽视的一个环节。这不仅能对终评委的行动进行有效的制约，还可以使更多的评论家、作家和编辑加入到评审活动中，让每一部优秀的作品都能更大范围地接受检视。

当然，这些仅仅是一种民间的期待。虽然他的心灵是诚挚的，但他的声音是非常孱弱的。

1999年4月4日于杭州

注释：

①④⑩⑱参见顾骧《我所知道的中国茅盾文学奖》，《中华读书报》1997年8月20日。

②此点归纳参见顾骧《我所知道的中国茅盾文学奖》与胡平《我所经历的第四届茅盾文学奖评奖》（《小说评论》1998年第1期）两文中的有关介绍。

③转引自张隆溪《二十世纪西方文论述评》，北京三联书店，1986年。

⑤《首届"茅盾文学奖"获奖的六部长篇小说及其作者简介》，《人民日报》1982年12月16日。

⑥《英国作家论文学》第509页，北京三联书店，1985年。

⑦⑧⑨林为进：《历史的限制与现实的选择》，《当代作家评论》1995年2期。

⑪《第三届茅盾文学奖获奖作品简介》，《人民日报》1991年4月5日。

⑫⑬⑭⑲胡平：《我所经历的第四届茅盾文学奖评奖》，《小说评论》1998年第1期。

⑮贾平凹：《上帝的微笑》，《小说评论》1998年第1期。

⑯白烨：《观潮手记》，河北教育出版社，1998年。

⑰《"冰山"理论：对话与潜对话》，工人出版社，1987年。

⑳㉑朱晖：《第三届茅盾文学奖之我见》，《当代作家评论》1995年第2期。

原载《当代作家评论》1999年第5期

茅盾文学奖：风向何方吹？

——兼论现实主义文学的创作困境

邵燕君

第六届茅盾文学奖的评选工作可以说是在传媒高度的关注下进行的。推荐作品甫一决出，立刻受到传媒围追堵截式的追踪报道。新浪网不但抢先公布"入围名单"，还在读书频道特辟"第六届茅盾文学奖专题"，连载入围作品，吸引网友展开讨论，所讨论的热点问题也立刻被《北京青年报》等流行报刊转引报道。看来，新一届茅盾文学奖再起波澜是在所难免的。所不同的是，此番的波澜不但由大众传媒率先挑起，并且几乎垄断性地操控——新浪网的专题由中国作协独家授权，对比一下中国作家网常规报道的冷冷清清和新浪网专题策划的紧张热闹，就可以看出，谁将是争论的"主战场"。随着"主战场"的转移，话语的主导权也发生转移。网民不但人多势众，众声喧哗中的"强音"经网络、传媒的反复挑选、复制还可以无数倍地放大，形成足以与专家抗衡的"群众的呼声"。与此同时，评判的主导原则也发生变迁，现实主义——这一在前两届茅盾文学奖的争论中被一些代表新潮的文学评论家极力突破超越的原则，重新被置于不言而喻的基本原则的地位。然而，此现实主义已非彼现实主义。现实主义问题再度成为焦点及其出现的错位，不但使茅盾文学奖的矛盾再次走向新的层面，也更加走向了问题的核心。

一

从新浪网提供的"完全名单"来看，此次审读组推荐的"入围作品"的艺术水准，在历届茅盾文学奖的评选中，如果不是最高的，至少也可说是最整齐的。从"全票通过"、高居榜首的莫言的《檀香刑》，到"殿后"的李洱的《花腔》，绝大多数作品是著名作家的力作，其中一些已是近年来接连涌现的几个纯文学意味颇浓的"民间"文学大奖的得主。①

然而，此名单一被披露，立刻受到网友们的围攻。其指责不但猛烈，而且，相当义正词严。这些指责主要集中于两点：入围作品在题材上回避当下现实生活矛盾，在艺术上脱离大众阅读趣味。

新浪网的一位网友称："从入围的23部作品来看，竟然没有一部直面当今现实生活的作品，而是一些离奇的妖妖邪邪的甚至展览民族落后面的令人厌恶的作品。那么茅盾文学奖的主旨还要不要？茅盾文学奖的意义和价值在哪里？创作上提倡的贴近群众、贴近生活、贴近时代的'三贴近'，岂不是成了脱离群众、脱离时代、脱离生活的'三脱离'？提倡的人民群众的喜闻乐见的艺术风格不见了。如此这般，不是愚弄读者，误导创作吗？"②《北京青年报》在有关报道③中，直接以"莫言作品全票入选直面现实之作落选备受争议"为副题，汇集网友们的尖锐批评："像《沧浪之水》《梅次故事》《桃李》等有社会意义和艺术水准，大众爱读的现实作品却榜上无名，所以这个评委会是令人质疑的。中国的文学之路该怎样走，作为中国文学最高水准奖项的评委们，难道就没有这种历史责任感吗？"

将这些网友的"自由发言"与作协领导的"官方讲话"对照起来阅读，实在是颇有意味。审读工作启动的次日，身为中国作协副主席、党组成员、书记处书记的陈建功在审读组工作会议上，在要求评选者坚持"二为方向""双百方针""四个提倡"等基本原则的同时，也特别强调，要坚持"三贴近"，"对于深刻反映现实生活，较好地体现时代精神和历史发展趋势，塑造社会主义新人形象的作品，尤应重点关注"。在评奖的艺术原则上，则要求"鼓励在继承我国优秀传统文化和借鉴外国优秀文化基础上的探索和创新，鼓励那些具有中国作风和中国气派，为人民大众所喜闻乐见，具有艺术感染力的佳作"。这些话也基本上是对茅盾文学奖评奖条例的重申。

在茅盾文学奖的评选中，具有"推荐权"的审读小组（由熟悉长篇小说创作的评论家、作家和编辑家组成）一向被认为比真正握有"评选权"的"评委会"具有更高的艺术鉴赏水平，也更侧重艺术原则。不过，审读小组成员的聘请仍需要经过中国作协书记处的批准，其审读推荐工作也是在作协的直接领导下进行的。耐人寻味的是，审读小组推荐的23部作品中，确实没有一部严格意义上"三贴近"的作品，而对此提出责难的并不是直接领导其工作的作协组织，而是无官无职的网民。网民们在"三贴近"等评奖原则上，几乎与官方口径一致，然而，他们心目中真正体现"三贴近"原则的好作品，基本属于"官场小说"一类。这类作品明显是不被官方提倡的，有的甚至是被禁止发行的。于是，在茅盾文学奖的评选中，我们可以看到代表"官方原则"的作协系统、代表艺术原则的审读小组和代表大众阅读原则的网民读者之间，形成了三足鼎立式的循环错综的分合对抗关系，其纠缠不清之处正与现实主义的深层困境有本质关系。为了解读这一困境，我们需要对茅盾文学奖这些年来所引发的矛盾做一番重新的审视和分析。

二

茅盾文学奖引发广泛争议是从第四届开始的。批评者主要是文艺界持新潮理论观点的评论家，其中以洪治纲的长文《无边的质疑——关于历届"茅盾文学奖"的二十二个设问和一个设想》④为代表。这类批评的一个基本前提是，将茅盾文学奖视为一个纯艺术的文学大奖，对其权威性的质疑和批评是以纯粹的审美原则为出发点的。

洪治纲正是从这一角度来解读茅盾文学奖和茅盾先生的遗嘱⑤的。他认为，茅盾先生遗嘱中强调奖金用以奖励"每年最优秀的长篇小说"，这里的"最优秀"毫无疑问是针对艺术性而言的，它不可能与"最积极""最及时""最宏大"之类等同，也与"最现实主义""最现代主义""最主流意识"等等无关，而是应该体现出长篇创作的某种艺术制高点，"即通过历届茅盾文学奖的获奖作品，我们可以看出长篇小说的艺术发展在一段时期内一个较为清晰的'高峰走线'"。在他看来，茅盾先生之所以没有为"最优秀"三个字加上更为详细的特别注解，是因为他是一个"深谙创作规律并有着丰富创作实践的优秀作家"，而中国作家协会同样也是一个"深谙创作规律的组织机构"，"所以他觉得没必要加上更特别的注解"。在此前发表的一篇关于全国短篇小说评奖的分析文章⑥里，洪治纲也曾指出，这样一项由"文学创作的最高组织机构"——中国作协执行，由全国专家予以审定的大奖，应该是一项"严格的不带任何附加条件的纯艺术奖"。他认为，导致茅盾文学奖"权威倾斜"的根源是，在现代主义已经在我国获得相当发展并产生一些成熟作品之后，现实主义审美原则依然在茅盾文学奖中占据着绝对垄断的地位。

洪治纲的观点虽然在文学界引起强烈反响和共鸣，但如果从单纯的学理角度分析，这样的解读无论是对于中国作协的性质职能，对于茅盾先生的遗愿，还是对于现实主义创作原则在中国当代文学中的特殊地位和作用，都存在着严重的"误读"。

先说中国作协。它既是应"深谙创作规律"的中国最高级别作家的协会组织，更是由中宣部直接领导的"官方机构"，代表政府对文学进行管理和协调。由于其在整个文学生产系统内所处的特殊的"中介位置"——处于自上而下的主导文艺方针、正统的官方趣味和自下而上的作家创作要求和"文学圈"的审美趣味这两种不同的话语系统之间，作协的任务是进行"上情下达"和"下情上达"，以促成流通理解和妥协统一。同样，由作协系统主办的文学奖项也具有"官方奖"和"专家奖"两种属性，按照这两种要求，评奖既要具备政策导向性，又要具备艺术权威性。茅盾文学奖和鲁迅文学奖等所有作协主办的文学奖项，都并非洪治纲所理解的纯粹的艺术奖，在它们的评奖条例中明确规定着必须贯彻"二为方向""双百方针"等"主旋律"原则，它们与政府"三大奖"的不同之处在于更"尊重艺术规律"，但前提是"思想性与艺术性的完美统一"。洪治纲却只强调了中国作协及其主办大奖的"专业性"职能。

再说茅盾先生的遗愿。茅盾先生不但是一位"深谙创作规律"的优秀作家，同时也是一位深谙中国特殊的文艺创作规律的领导者。作为中国共产党的第一批党员、"为人生"的文学研究会的创始人之一、解放后长期担任作协主席等职务的文艺领导者和著名的作家、理论家，茅盾的文学生命、政治生命与现实主义在中国的命运是紧密联系在一起的，他是现实主义在中国最早的接受者和传播者之一，也是社会主义现实主义原则最重要的理论建设者之一。茅盾在弥留之际的遗嘱中虽然没有为"最优秀"三个字加上更为详细的特别注解，但却明确表示："我衷心地祝愿我国社会主义文学事业繁荣昌盛！"只要对中国当代文学史有所了解的人都会知道，所谓社会主义文学事业就是现实主义的文学事业，它们之间之所以可以画一个等号，是由现实主义创作方法的根本属性及其在中国当代文学中具有特殊的地位和作用决定的。

作为一种文艺思潮的现实主义是五四"新文化"运动以后从西方引进而来的。无论是"新文化"运动先驱所借鉴的欧俄批判现实主义，还是20世纪30—40年代由"左翼"文学人士引进、新中国成立后全面移植的苏联社会主义现实主义，都强调人生观的决定性作用。所谓创造"典型环境下的典型人物"，正是需要在先进、正确的人生观的指导下才能完成。在无产阶级文艺理论家看来，社会主义现实主义之所以优于批判现实主义，根本点即在于，后者只是基于人道主义立场，深刻地揭露了资本主义社会的黑暗和没落，前者则是在揭露批判的同时为读者指出了社会必然的发展方向，从而达到教育人民、鼓舞人民的作用。正因为现实主义不仅是一种创作方法，更是一种立场、态度，一种世界观倾向，所以，在社会主义的文艺体系中，它不仅具有主导性，更具有排他性，是指导整个文艺创作和批评活动的普遍原则。这样一种独尊的地位是通过对其他创作方法无情的批判建立起来的，其中，重要的理论建设著作之一，正是茅盾写于1957年的《夜读偶记——关于社会主义现实主义及其它》。

在这部论著中，茅盾以现实主义和反现实主义的斗争为线索重新梳理了古今中外的文学史，并把创作方法与阶级立场直接联系起来：现实主义是属于被剥削阶级的，反现实主义是属于剥削阶级的。他严肃地指出，今天的作家能否正确地运用现实主义的创作方法取决于他是否拥有正确的世界观。站在阶级立场和世界观的高度，茅盾对各种反现实主义的创作方法进行了严厉的批判。其中，现代派是其重点批判的对象。他指出，现代派的创作方法是形式主义的，它的思想根源是主观唯心主义中最反动的流派——非理性，它"反映了没落中的资产阶级的狂乱精神状态和不敢面对现实的主观心理"。因此，现代派虽是在现实主义之后兴起的文艺思潮，但它对现实主义并不具有后浪推前浪式的超越、反拨的作用，"它是不能否定现实主义的，它是只能造成文艺的衰落、退化而已！"并警告，认为现实主义已经过时，而"现代派"是探讨新艺术的先驱者的人们，是"自己成为资产阶级唯心主义的俘虏而不自知"[⑦]。

《夜读偶记》虽然写作于1957年反右的特殊时期，其顺应的理论倾向也使现实主义原则越来越趋向于浪漫化、狭隘化和僵硬化，乃至出现"高大全"式的怪胎——"新时期"文学的"解冻"正是从突破这一僵化原则开始的。从某种意义说，茅盾先生临终前捐出稿费设立文学奖项也可以视为他本人也怀有着强烈的突破愿望。随着社会转型的发生，为了适应时代变化的需要，近年来，

茅盾文学奖研究资料

"主旋律"也在不断拓展其内涵。但突破拓展并不意味着改弦更张，将文艺创作与世界观密切相连始终是社会主义文艺"主旋律"的核心，茅盾生前如此，茅盾身后至今仍是如此。也就是说，按照正统的文艺原则，只要茅盾文学奖是社会主义中国官方主办的文学大奖，现实主义原则就必须占据着绝对垄断地位，对现代主义等其他风格的文艺作品，只可能提高包容程度，不可能平等对待，更不可能予以鼓励。这不是宽容不宽容的问题，也不是"年事已高"的评委文学素养高低的问题，而是基本的立场原则问题。

然而，尽管存在着如此明显的"误读"，洪治纲等人的批评却在文艺界赢得广泛的赞同和支持。与其说这是一种误读（不管是有意还是无意），不如说是一种拒绝认可，一种要求中国最具权威性的文学大奖中剔除意识形态因素、树立纯艺术权威的愿望。这样的要求在文艺界成为主导声音⑧，并对茅盾文学奖的改革形成了切实的压力，其背后的原因是，经过多年来的文学变革，在现代主义等新潮艺术的挑战下，传统现实主义的"审美领导权"已经出现严重的危机。当官方意识形态所推崇的文艺原则不再具有实际的"审美领导权"时，"官方专家奖"在思想权威性和艺术权威性上就必然会出现矛盾。彻底解决矛盾的方法无非两种：一种是如有的批评者所建议的，淡化中国作协的作用，以民间的方式运作，使其成为纯粹的文学大奖⑨。另一种是在改革僵化弊病的同时，更加自信地坚持现实主义原则，使其成为宗旨鲜明的现实主义文学的权威大奖。

从第五届的评选结果来看，茅盾文学奖的改革走的是"中间路线"。一方面，强调坚持中国作协的绝对领导，坚持正确的思想导向；另一方面，在艺术标准上，尽量向纯文学标准倾斜。4部获奖作品中，至少有两部（《尘埃落定》和《长恨歌》）在艺术上受到普遍肯定。其中，全票当选的《尘埃落定》在被出版界"隆重推出"的过程中，是以"纯文学"为卖点的。它虽被定义为现实主义，但吸收了一定的现代主义和拉美魔幻现实主义的技巧。不过，这样的倾斜仍是有限度的，那些在写法上更接近现代主义风格的作品（如《马桥词典》《九月寓言》《务虚笔记》）和致力于揭示人性"卑微幽暗面"（洪治纲语）的作品（如《许三观卖血记》）仍被拒绝在外。比较一下茅盾文学奖第四届、第五届获奖名单和大体与其同期的"90年代最有影响的10部作品"名单⑩，就可以看到所谓"官方专家奖"和"民间专家奖"在审美原则之间的差距。可以设想，如果纯文学的审美原则继续保持强势，这中间的差距很可能是下一届茅盾文学奖的改革推进空间。

但事实却非如此。第六届茅盾文学奖的推荐作品虽然总体文学水准较高，但在对非现实主义作品的包容性上，并没有拓展，相反，绝大多数是老老实实的现实主义作品。然而，它引起批评的非但不是"不够艺术"，反而是"不够现实"——这其中风向转变的背后仍是文艺思潮的暗中流转。

按规定，茅盾文学奖的评选是四年一度，第六届参评作品的起始发表年度是1999年，长篇小说的创作出版还有一个较长的滞后期，此届参评作品大部分创作于"先锋文学运动"彻底退潮以后。近年来，随着"市场化"转型程度的持续加深，"文学精英"的影响力逐渐减弱，普通读者的"消费权力"不断提升，现实主义作为大众喜闻乐见的艺术形式受到普遍欢迎，现代主义以及一切挑战读者阅读习惯的创新性作品都因为大众"读不懂"而受到冷遇排斥。读者的阅读口味不但深度影响了文学期刊的发表原则、出版社的出版原则，也必然影响到作家的创作倾向。写作手法一向偏于传统的现实主义作家（经常被称为"实力派"作家）的日益走红与先锋作家（或更广义的新潮作家）的纷纷转向成为一种"相映成趣"的潮流。在市场机制的运作下，读者力量的加入使现实主义与现代主义争夺"审美领导权"的斗争出现了新的倾斜。

其实，这样的倾斜已明确体现在颇受关注的茅盾文学奖最新修正条例中——原条例中的"坚持导向性、权威性、公正性"修改为"坚持导向性、公正性、群众性"。以"群众性"取代"权威性"（这里完全可以理解为艺术权威性），就是以大众标准取代专家标准。这是对"文学精英"裁决权力的根本性取消——这样关乎原则的重要修正并没有引起文艺界应有的反响，相反，关注的热点几乎全部集中在诸如"京外评委比例不低于三分之一"等与现实权力有关的"体制问题"上。这说明"文学精英"的地位已经何等式微，艺术原则在"文学精英"们心目中的地位，也是何等地时过境迁。茅盾文学奖最新条例做出这样的公开修正其实并不奇怪。事实上，一些曾以对抗茅盾文学奖"不纯性"姿态出现的"民间纯文学大奖"早已不约而同地向"市场化"自动靠拢，其"市场化"也是以"贴近读者"为"说法"的。以"群众性"为旗帜，现实主义可谓不战而胜。

无论如何，对于茅盾文学奖来说，现实主义重新回归为主潮理应是福音。

137

茅盾文学奖研究资料

然而，事实却是使其凸显了更内在的矛盾。作为一个以现实主义为根本原则的文学大奖，有什么比"不够现实"的批评更切中命脉？"回归"前后的现实主义发生了怎样的错位？

三

茅盾文学奖的命运一直与"新时期"以来现实主义文学发展的命运紧密联系在一起。在伤痕文学、反思文学、改革文学的阶段，当代文学的发展就表现为现实主义的回归，回归的方式是淡化现实主义原则中的政治性、阶级性，代之以一般的人道主义精神，回复批判现实主义传统。由于批判的锋芒指向的是"四人帮"留在人们心中的"过去的伤痕"，也正符合当时思想解放运动的主流意识形态。这一时期，政府的文艺方针、作家的创作追求和读者的认同标准非常和谐地融合在一起。与之相对应的第一、二届茅盾文学奖，虽然获奖作品在今天看来艺术水准不高，但却最少争议。

不过，最能代表现实主义创作方法与作家世界观以及主流意识形态完美融合的作品还应首推获得第三届茅盾文学奖的《平凡的世界》。这是一部典型的继承欧俄现实主义传统的史诗性作品，又因它描写的是中国改革开放最初10年农民生活的变迁史，具有切中社会主要矛盾的当下性。尤为难得的是，作家路遥是在深切地感受到"新潮迭起"的挑战和压力下，毅然选择坚持走现实主义道路的。他以充满理想主义的献身精神，以自己的生命之作，将中国当代文学继续向回归批判现实主义传统的方向顽强推进。这部作品的成功之处在于，它不但以扎实可信的笔法创作了孙少安、孙少平这样的"典型环境下的典型人物"，更以强大的人道主义精神建构了一套光明的"黄金信仰"：虽然现实社会存在着无数的残酷和不公正，但真正勤劳善良的好人经过不屈不挠的努力，终能获得成功和幸福。这样的"黄金信仰"照亮了主人公充满苦难的奋斗历程，给予了读者极大的快慰和温暖。这套信仰是建立在"普通的人性"基础上的，因而，它有很广的适用性，既是中国民间土生土长，又暗合西方资本主义个人奋斗的精神；既被老百姓深切认同，又与后来提出的以"四个提倡"为代表的"宽泛的主旋律"的精神内核十分契合。所以，这部作品虽然由于被认为"手法陈旧"在文学界长期受到贬抑，但出版十余年来，在读者间成为"默默流传"的长销书，并不断获得政府大奖的表彰，在茅盾文学奖引发广泛争议的时候，也成为有关组织者引征说明获奖作品一向深受读者欢迎的反驳证据之一。

但是，路遥的道路在他身后并没有被继续下去（第四届茅盾文学奖中，代表现实主义深化的获奖作品《白鹿原》应算是80年代的"遗产"）。这一方面是由于"新潮迭起"带来的现代主义的艺术压力，另一方面，从现实主义自身发展的角度上看，更主要的原因是，进入90年代以后，知识分子的精神立场发生了巨大变化，这在文学上表现为"新写实主义"的兴起。"新写实主义"的"原生态"写作、"零度情感介入"叙事虽被一些评论者认为是从现代主义的角度对现实主义的自信乐观和理性原则进行质疑、反拨，但在更大程度上，则反映了知识分子精神幻灭后的"放弃"心态。站在今天，我们可以清楚地看到，无论从艺术手段上还是从思想深度上，"新写实主义"都没有积蓄起向"现代现实主义"发展的力量。相反，随着"市场化"转型的深入，对"烦恼人生""一地鸡毛"式的描写，很快与影视剧结合，向畅销书方向发展。

"新写实"以后，继续担当现实主义"大统"的是以"三驾马车"为代表的"现实主义冲击波"。这类作品无论在题材上还是在手法上都可称与《平凡的世界》一脉相承。但以现实主义的标准来衡量，这类作品最大的问题在于平面描摹社会现象，但对种种"怪状"背后隐含的生活的本质问题缺乏理性的认识和批判性的揭示，以至使"典型人物"成为"类型人物"，"人道关怀"成为"道德同情"，"现实主义"成为"现时主义"。这固然与作家个人能力素质有关，但更主要的原因是，面对经济发展与道德完善明显相悖的社会现实，他们无法像路遥那样形成历史理性与人道关怀和谐一致的"黄金信仰"。而现实主义作品失掉了内在坚实的价值系统，其结果只能向两个方向发展：一个方向是平面展现、罗列现象，成为新的"问题小说"，如果所写问题有新闻性，加之商业炒作，可能成为"黑幕小说"一类的畅销书。另一个方向是在价值立场上完全与官方政策保持一致，重新扮演"政治宣传工具"的角色。

在"现实主义冲击波"之后出现的以王跃文作品为代表的"官场小说"和以周梅森作品为代表的"主旋律"小说从某种程度上就反映了上述两种倾向。素有"现实主义重镇"之称的《当代》杂志在1999年第1期发表王跃文的《国画》时，曾在"编者按"中不无遗憾地指出，无论是王跃文塑造的"真实得让人叫绝"的"官仆"形象，还是周梅森在《人间正道》（发表于《当代》1996年第6期）中所唱的"正气歌"，都是一种"片面的真实"。编者提出希望作家能够实现人们"对于全面真实的理想"。这样的"全面真实"不应只是简单的"众多的优秀片面"的组合，"我们确实不能机械地要求作者在描绘猥琐的官仆的同时，一定要描绘相同比例甚至更大比例的光辉的公仆"。这里提倡的是为读者提供更丰富的官仆形象，其"丰富"建立在这样复杂的现实基础上："的确有民间口碑极差的官仆奋不顾身地战斗在抗洪第一线，的确有臭名昭著的贪官同时也是功劳卓著的改革功臣，的确社会（包括官场，也包括民间）产生最严重腐败的二十年，同时也是改革开放取得最伟大成就的二十年。"

被《当代》所不满的按照简单的"忠奸模式""正反比例"机械地组合起来的"片面的真实"正是"主旋律"作品的最基本模式，其中结合得最好的作品当属获得第五届茅盾文学奖的《抉择》。《抉择》在大胆揭露腐败现象的同时，塑造了一个光辉的共产党人的形象，从而获得了读者的广泛共鸣和主旋律的接纳。然而，其"真实性"和"思想性"是通过两个"片面"完成的，《当代》提倡的"全面的真实"则是要通过"丰富的官仆"这样的"典型环境下的典型人物"来体现，这也就是要求现实主义原则在新的历史环境下获得新的发展。但是，这样的"典型人物"背后体现的是什么样的世界观？它能否被"主旋律"包容？两者之间是否存在着难以整合的冲突？

在第六届茅盾文学奖初评中，最引人注目的落选之作《沧浪之水》正体现了这样的冲突。《沧浪之水》不是一部普通的官场小说，而是一部知识分子的精神蜕变史。作品突出了"官仆"奉行的"操作主义"和知识分子奉行的人道主义的对立，并沉痛无奈地写出知识分子放弃、屈服的必然性。一向以君子自命的主人公池大为不但在日常生活中日益被琐碎而残酷的现实问题所困窘、逼迫，更重要的是，他所坚守的价值系统不断遭到外界的嘲笑和内在的质疑。最后，已为"人上人"的池大为在父亲坟前烧毁了曾经支撑他们父子精神世界的书卷——从孔子到谭嗣同12位中国各个历史时期最有代表性的志士仁人的传记画册，象征着数千年来中国知识分子"富贵不淫、贫贱不移、威武不屈"的精神传统，在当代社会权力金钱的逼诱下，自行灰飞烟灭。

池大为与《平凡的世界》中孙少平两个人物形象本来有很大的共同之处，他们都是本质上正直、善良，从底层走出、凭一己之力个人奋斗的英雄，他们所面对的也同样是充满困苦和不公正的现实，所不同的是，他们缔造了不同的神话。孙少平创造的是好人必有好报的神话，池大为相反，他创造的是好人只有变成坏人才能飞黄腾达，而且必然能飞黄腾达的神话。有人认为，官场小说只是平面的展露现实，属于自然主义的一路。其实不然，广受欢迎的官场小说无不在生动地描摹现实的同时创作神话。为什么池大为一旦从"君子"变成"小人"，立刻好运不断，平步青云，把一直兢兢业业做"小人"的丁小槐之流远远抛在后头？这和"文革"时期作品中落后青年一旦思想转变很快就能成为英雄有什么本质区别？这背后是对操作主义的信服和肯定，是对权力的绝对崇拜。这样的神话不但给读者带来极大的阅读快感，也导引性地向他们传达了一套以权力为终极价值的世界观：世界本来如此，只能如此，也应该如此。《沧浪之水》受到以"网民"为代表的广大普通读者的喜爱和特别推崇，说明这套世界观是被他们深切认同的。在一个社会里，一套被居于"主流"的"成功人士"在生活中实际奉行、同时又被广大未能跻身"主流"的"不成功人士"由衷信服的世界观，就是在这个社会中真正有效运转的主流意识形态——只是，它是"潜规则"，与从"无产阶级世界观"延续下来的"主旋律"南辕北辙（尽管近年来"主旋律"不断拓宽其内涵，但其拓宽的方向是回复到人道主义、中华民族传统美德和人性善），而后者是明文写在包括茅盾文学奖在内的所有国家级权威大奖的评奖条例上的。所以，《沧浪之水》的落选是必然的。

　　作为一部近年来少有的勇于"直面现实"并在思想深刻性上和艺术圆熟性上都达到相当高度的力作，《沧浪之水》带给当代文学的启示并不止于能否入选茅盾文学奖，更重要的是，它显示了现实主义创作的困境：作品在暴露揭示社会病痛的同时，认同了制造病痛的社会法则，这就使其缺乏了现实主义文学的必备要素之一——超越性。但不同于一般自然主义创作的是，作者并非缺乏超越的意识和愿望，他只是缺乏超越的能力，以往各个时期现实主义作家赖以批判、超越现实的价值系统，无论是无产阶级世界观、西方的人道主义还是中国传统的君子气节，在这里不是虚无缥缈的，就是虚弱无力的，在以"操作主义"为代表的现实法则面前，它们显得那么苍白迂腐，可怜可笑。作者以痛心疾首却又无可奈何的笔调细致地书写了我们这个时代最后的一批坚守良心和气节的知识分子的投降过程，这也是全书最震动人心之处，唯其沉痛无奈，更反

141

茅盾文学奖研究资料

证了现实法则的不可反抗。说到底，现实主义的困境显示的是站在20世纪末中国知识分子的精神困境。

四

　　尽管存在着这样的困境，但茅盾文学奖并非没有逃逸之途。最体面的道路有两条，一条是逃向艺术，一条是逃向过去。研究一下第六届茅盾文学奖的"入围名单"，尤其是名列前茅的几部作品，就可以看到这两种趋向。莫言的《檀香刑》借用一种名为"猫腔"的民间小戏的曲调，鲜活淋漓地描写了骇人听闻的酷刑——檀香刑的全过程，并"对魔幻现实主义和西方现代派小说的反动"的方式，进行挖掘本土艺术资源的形式探索，同时又收到了雅俗共赏的效果。居于次位的是《东藏记》，宗璞女士以浓郁的书卷气优雅地记叙了西南联大时期的一段往事。接下来，熊召政的《张居正》属于历史小说，贾平凹的《怀念狼》风格上与《檀香刑》有类似之处。《无字》称得上是一部"直面惨淡的人生"的力作，但是老作家张洁以血泪泣书的更是一个个人的故事，一个追述几代人爱恨恩怨的过去的故事。此次评选还有一项特殊的修正条例，即"评选年度以前发表或出版的、经过时间考验的优秀之作"，经过慎重的推荐和读书小组半数以上成员同意，也可以参加评选。23部推荐作品中有3部（王蒙的《活动变人形》、周大新的《第二十幕》、阎连科的《日光流年》）属于这类作品，这些"遗珠"确实是"经过时间考验的优秀之作"，也是典型的现实主义创作，但更是作家在过去的时代写下的过去的故事。

　　无论如何，在拥有了这么多有分量的备选作品之后，第六届茅盾文学奖"体面过关"应该是不成问题的——如果不是半路杀出了"网民"。"网民"不是抽象的"人民"，他们不再以集体的形象出现，按可以预见的方式呼应"主旋律"，而是以"个体"的身份出现，并能在一定程度上，自由地发出声音。如果说，有什么力量可以在暗中影响、挑选、整合这些"自由的声音"的话，那就是与新浪网这样的主流商业媒体配合的、在"以经济建设为中心"的当下社会中居于实际主流的意识形态。茅盾文学奖是中国作协主办的奖项，中国作协有自己的网站和报刊，为什么独家授权新浪网报道评奖情况，而且使之成为实际的报道、评论"主渠道"？我们不得不惊叹商业媒体强大的渗透力和不断提升的影响力。

　　大多数"网民"都不是"专业读者"，他们自然更关心"写什么"而不是"怎么写"。没有了"怎样写"的遮拦，"写什么"以及"为什么写"层面的冲突会直接暴露出来。其实，自"新时期"以来，在各阶段与"正统文艺政策"直接对抗的都是典型的现实主义作品（如出版后很长一段时间内"不许宣传"，最后以当时尚未存在的"修订本"形式入选第四届茅盾文学奖的《白鹿原》），而偏于"纯文学"的作品一向在政治上比较安全，如果是一部"雅俗共赏"的"纯文学"作品，它就更兼具了艺术性、群众性和政治安全性，这也就无怪乎接连两届"高中"的都是《尘埃落定》《檀香刑》这样的作品。如果说，在现实主义的"审美领导权"受到挑战的时候，借助"群众性"的力量，艺术权威性被消解于无形，那么，当"主旋律"与"潜规则"难以调和的时候，艺术性会不会被重新抬出来作为优雅"调停"？茅盾文学奖的风究竟会向哪一个方向吹，就取决于几种原则背后的力量经过复杂微妙的"合纵连横"，最终取得一个什么样的平衡。

　　只不过，不管得出一个怎样体面的平衡，都不能解决真正的问题。真正的问题是，只要现实主义不能走出困境，无论哪一种风向都不代表方向。

茅盾文学奖研究资料

注释：

①如《檀香刑》《花腔》2003年1月获得首届"21世纪鼎钧双年文学奖"，《檀香刑》还入选中国小说学会评选的"2001年中国小说排行榜"；《远去的驿站》《张居正》2003年1月获首届"九头鸟长篇小说奖"；《无字》2002年10月获老舍文学奖首度优秀长篇小说奖；此外，《无字》和《远去的驿站》还于2003年12月获得第六届国家图书奖。

②http://comment2.sina.com.cn/cgi-bin/comment/comment.cgi?channel=dushu&newsid=112_3_22533&style=1

③《茅盾文学奖挑起矛盾》，《北京青年报》2003年11月17日。

④《当代作家评论》1999年第5期。

⑤1981年3月14日茅盾先生在临终前向儿子韦韬口授了如下遗嘱："中国作家协会书记处：亲爱的同志们，为了繁荣长篇小说的创作，我将我的稿费二十五万元捐献给作协，作为设立一个长篇小说文艺奖金的基金，以奖励每年最优秀的长篇小说。我自知病将不起，我衷心地祝愿我国社会主义文学事业繁荣昌盛！"

⑥《权威的倾斜——对新时期以来历届全国短篇小说奖的回巡与思考》，《永远的质

疑》，洪治纲著，人民文学出版社2000年9月版。

⑦茅盾：《夜读偶记——关于社会主义现实主义及其它》，《茅盾全集》第25卷第123—124页，人民文学出版社，1996年版。

⑧一些较早向茅盾奖发难的重头文章集中发表在《当代作家评论》和《小说评论》。洪治纲于2000年获得首届冯牧奖的"青年批评家"奖，他"对于新时期以来全国性文学评奖的得失与教训以及由此反映出来的审美观念和价值趋向等问题"所进行"勇敢而锐利"的批评是其获奖的重要原因（见冯牧文学奖授奖辞）。这说明对茅盾文学奖所代表的主流审美原则的挑战不但已非常公开化，而且在"文学圈"内已经成为受到广泛支持的主导性声音。

⑨提出这一建议的是文学批评家、曾参加茅盾文学奖"读书班"审读工作的白烨。见白烨：《评文学评选与评奖》，《2000年中国年度文坛纪事》，白烨选编，漓江出版社，2001年5月版。

⑩该评选活动于2000年举办，主办单位虽以上海市作协的名义，但操作方式则较民间化，10部作品由全国上百名评论家投票选出，依次为《长恨歌》《白鹿原》《马桥词典》《许三观卖血记》《九月寓言》《心灵史》《文化苦旅》《活着》《我与地坛》《务虚笔记》。

原载《粤海风》2004年第2期

第八届茅盾文学奖：为什么是"50后"

孟繁华

第八届茅盾文学奖已经尘埃落定，但是，对这届获奖作品的议论，就像历届评奖一样远远没有结束。不同的是，这次茅盾文学奖评选规则的变化以及"纯文学"的"低迷"处境而使其更加引人注目。评选的"大评委制"和实名投票，不仅对参评的评委是一个挑战，同时公开发表的多轮投票的"不确定性"构成的"悬念"，这也使评奖多少带有"娱乐"性质，就像"超女""选秀"一样；"纯文学"近年来的"低迷"处境似乎已成共识，在媒体和各种话语形式的讲述中，这个历尽百年的文学形式似乎日薄西山气息奄奄即将"寿终正寝"，而茅盾文学奖的评选使公众有机会重新认识这一文学形式，也有机会公开参与议论。应该说，这是多年来"纯文学"并不多见地走进了公众视野。这也像诺贝尔文学奖一样："在评奖问题上无论怎样评总会有不同意见的，但这恰是设奖的一大好处，它有助于世界都来关注这项成就……"①

事实上，任何文学奖项都隐含着自己的评价尺度，都是一种意识形态和价值观在文学观上的体现。诺贝尔文学奖的一个评委也说过，在诺贝尔文学奖的上空，有一层挥之不去的政治阴云。诺贝尔文学奖也有自己的评价标准，像左拉、托尔斯泰、勃兰兑斯等都没有获奖。有资料说：1901年瑞典文学院首次颁发文学奖，众望所归的是，此奖非托尔斯泰莫属，可是评委会却把第一项桂冠戴在了法国诗人苏利·普吕多姆头上。舆论大哗，首先抗议的倒不是俄国人，而是来自评委们的故乡——瑞典四十二位声名卓著的文艺界人士联名给托翁写了一封情真意切的安慰信，说"此奖本应是您的"。但是托翁终身没有得到这一荣誉。瑞典文学院对于一切评论历来不予回答，不过私下也承认："以往出现的偏差我们是非常清楚的，我们从不说谁得了奖谁就是世界上最佳作家，不

过你得承认，我们是经过了一年的调查研究才慎重选出获奖人的，我们对每个候选人都有广泛的研究。"②确实，尽管偏差难免，但是历年文学奖获得者毕竟都是令人瞩目的文坛巨匠，决非滥竽充数之辈。

我国的评奖制度"文革"前不多，大概只有电影的"百花奖""全国少年儿童文艺创作奖"等少数几个奖项。1978年以后，"全国优秀短篇小说奖""全国优秀中篇小说、报告文学、新诗评选"等奖项陆续设立。然后有茅盾文学奖、鲁迅文学奖、老舍文学奖以及民间设立的各种奖项。然而，没有任何一种文学奖项是没有异议或令每一个人都满意的。茅盾文学奖当然也有它的尺度和标准。尽管我们会对一些入选或落选的作品有意见或遗憾，但又完全可以理解。

谁设立的奖项，就会授予奖项需要和理想的人。文学奖就是对一种文学意识形态的认同或彰显，就是对一种文学方向的倡导，这就是查尔斯·泰勒所说的"承认的政治"。对意识形态的认同，是一个人进入社会的"准入证"，对文学意识形态的认同程度，也决定了一个作家在多大程度上得到承认，所以"承认"是一种"政治"，如果道理是这样的话，我们就会理解，为什么有些作品会获奖，而有些作品会落选。可以肯定的是，获奖作品的艺术方法、政治倾向以及思想内容，都会对一个时期的文艺生产产生影响，特别是那些被普遍关注、影响广泛的奖项。③

一个值得注意的现象是，第八届茅盾文学奖的获奖者，除毕飞宇外，全是20世纪50年代出生的作家。如果从文学观念的角度理解，毕飞宇的文学观念与50年代出生的作家非常接近。问题是，获得这届茅盾文学奖的为什么基本上是"50后"？是"30后""40后"谢幕了，后来出生的作家脱颖而出的不多，还是别的什么原因？当然，这种情况并不是第一次发生，2000年第五届茅盾文学奖，就曾悉数为"50后"获得：张平的《抉择》、阿来的《尘埃落定》、王安忆的《长恨歌》、王旭烽的《茶人三部曲》。第七届获奖作家中，除迟子建、麦家出生于60年代外，贾平凹、周大新也是"50后"作家，可见，50年代出生的作家占据了近几届茅盾文学奖的主要份额。这个情况已经表明，在文学观念、文学格局发生剧烈变化的今天，"50后"作家的文学观念和文学成就。如果说茅盾文学奖也是一种"承认的政治"的话，那么，"50后"作家已经成为当下文学的主流。

这个"主流"，当然是在文学价值观的意义上指认而不是拥有读者的数量。站在这个立场上看，获奖与读者数量不构成直接关系。如果说，90年代以前的获奖作品与大众阅读还能够建立联系（比如古华的《芙蓉镇》、周克芹《许茂和他的女儿们》、路遥的《平凡的世界》等都拥有大量的读者）的话，那么，近几届获奖作品的受众范围显然缩小了许多——纸媒的"青春文学"或网络文学有大量读者，但这些作品的价值尚没有得到主流文学价值观的认同，尽管他们可以参评，但他们还没有获得进入主流社会的"通行证"，因此还难以获奖。

读者数量并不是衡量作品优劣的尺度或标准，这就像电影艺术的高低并非等同"票房"是一个道理。另一方面，现在我们理解的文学，一定是越来越小众化的，这一文学形式的读者已经相对固定，用约定俗成的话说，就是一个"小圈子"。"小圈子"是一个范围，或者说，80年代的文学受众在今天已经被多次"分流"。如果说那个时代公众情感流通的方式只有文学的话，那么，到了今天，公众的文化消费已经分流于影视、读图、DVD、卡拉OK、酒吧、美容院、健身房、桑拿浴甚至是星巴克、超市或者远足、听音乐乃至独处。日常生活在商业霸权的宰制下也为人们提供了多种文化消费的可能。这就是文化权力支配性的分离。在这一处境下"纯文学"还为多少人关心，不应该成为一个问题；或者说，这一文学形式终于回到了它应有的位置。因此，现代传媒的发展和多元文化，特别是与科技手段相关的消费文化的兴起，是"纯文学"不断走向式微的内外部原因和条件，也是文学"圈子"逐渐缩小并相对固定的原因，不仅传统的文学形式如此，即便是新兴起的文化消费，也有"圈子"，比如音乐"发烧友"、LV的拥戴者、美容美体会员等。当这些小圈子已经形成的时候，再诟病文学的"小圈子"是没有道理的。

第八届茅盾文学奖获奖名单公布之后，国务院新闻办公室8月26日上午10时在国务院新闻办新闻发布厅举行了第八届茅盾文学奖获奖作家媒体见面会，请第八届茅盾文学奖获奖作家张炜、刘醒龙、莫言、刘震云介绍创作经历和获奖作品情况，并答记者问。这是获奖作家第一次享受这样规格的见面会，可见国家和社会对这次茅盾文学奖的重视程度。除毕飞宇在国外未能参加，其他获奖者都参加了见面会。四位作家在回答记者提问的同时，也表达了他们的文学价值观。他们的文学观，既不同于80年代的"作家谈创作"，也不同于"70

后""80后"对文学的理解。莫言的《蛙》,在形式上是全新的探索。五封信和一部九幕话剧构成了小说别具一格的讲述方式:"我姑姑"万心从一个接生成果辉煌的乡村医生,到一个"被戳着脊梁骨骂"的计划生育工作者的身份变化,深刻地喻示了计划生育在中国实践的具体过程。更重要的是,当资本成为社会宰制力量之后,小说深刻地表达了生育、繁衍以及欲望等丑恶的人性和奇观。小说实现了社会和自我的双重批判。莫言说:几十年来,我们一直关注社会,关注他人,批判现实,我们一直在拿着放大镜寻找别人身上的罪恶,但很少把审视的目光投向自己,所以我提出了一个观念,要把自己当成罪人来写,他们有罪,我也有罪。当某种社会灾难或浩劫出现的时候,不能把所有责任都推到别人身上,必须检讨一下自己是不是做了什么值得批评的事情。《蛙》就是一部把自己当罪人写的实践,从这些方面来讲,我认为《蛙》在我十一部长篇小说里面是非常重要的。④莫言的这些说法,应该是鲁迅先生某些思想在21世纪的回响。

刘醒龙的《天行者》延续了他的著名中篇小说《凤凰琴》的题材,但它并不是《凤凰琴》的加长版。让我们感动的是刘醒龙对乡村教师准确地说是乡村代课教师的情感。他说:我在山里长大,从一岁到山里去,等我回到城里来已经36岁了,我的教育都是由看上去不起眼的乡村知识分子,或者是最底层的知识分子来完成的。前天的见面会上,他们之前告诉我说今天来了两位民办教师,我一进去就说:"你们二位是民办教师。"大家很奇怪,问我是怎么认出来的。因为但凡是民办教师,只要在乡村行走,一眼就能看出来。他们的眼神经常会散发出卑微或者是卑谦,这种眼神和乡村干部绝对是不一样的。他们有一种孤傲,但是这种孤傲背后可以看出他们的卑微。他们两位是经过几百位民办教师推选出来的,他们背后是湖北省几十万民办教师。可能在座的记者不太知道民办教师,所以《天行者》这部小说,就是为这群人树碑立传的,可以说我全部的身心都献给了他们。在20世纪60年代到90年代,中国乡村的思想启蒙、文化启蒙几乎都是由这些民办教师完成的,我经常在想,如果在中国的乡村,没有出现过这样庞大的四百多万民办教师的群体,那中国的乡村会不会更荒芜?当改革的春风吹起来的时候,我们要付出的代价会更大,因为他们是有知识、有文化的,和在一个欠缺文化、欠缺知识的基础上发展代价是完全不一样的。⑤

张炜的《你在高原》的出版，是当代长篇小说的一大事件。在当下这个浮躁、焦虑和没有方向感的时代，张炜能够潜心二十年去完成它，这本身就是一个巨大的挑战和奇迹。这个选择原本也是一种拒绝，它与艳俗的世界划开了一条界限。450万字这个长度非常重要：与其说这是张炜的耐心，毋宁说这是张炜坚韧的文学精神。因此这个长度从某种意义上也是一种高度。许多年以来，张炜一直坚持理想主义的文学精神，在毁誉参半褒贬不一中安之若素。不然我们就不能看到《你在高原》中张炜疾步而从容的脚步。对张炜而言，这既是一个夙愿也是一种文学实践。

用二十年的时间去完成一个夙愿或文学实践，几乎是一种"赌博"，他要同许多方面博弈，包括他自己。如果没有一般"狠劲"，这个博弈是难以完成的。这部长卷有强烈的抒情性和诗意，它给人以飞翔的冲动，我们时常读到类似的句子：

我抬头遥望北方，平原的方向，小茅屋的方向。

你千里迢迢为谁而来？
为你而来。
你历尽艰辛寻找什么？
寻找你这样的人。

它具体而抽象，形上又形象。一切仿佛都只在冥冥之中，在召唤与祈祷之中。许多人都担心读者是否有足够的耐心读完。我想那倒大可不必。古往今来，"高山流水觅知音"者大有人在。张炜大概也没有指望让《你在高原》一头扎在红尘滚滚的人群中。通过《你在高原》，我觉得张炜的文化信念和精神谱系特别值得我们注意：张炜的文化信念是理想主义。他的理想主义与传统有关又有区别。他坚信一些东西，同时也批判一些东西。他坚持和肯定的是理想、诗意和批判性。这些概念是这个时代很少提及的概念。我们不能因此理解张炜与这个时代隔膜，事实上，正是他对这个时代生活的洞若观火，才使得他坚持或选择了那些被抛弃的文化精神。在这一点上，张炜值得我们学习。张炜的精神谱系和他的情感方式就是与生活在一起，特别是对底层生活的关注。他的足迹遍布《你在高原》的每个角落。他可以不这样做也能够写出小说。他坚持这样做的道理，是使他的写作更自信，更有内容。张炜坚持的道路是我们尊敬的道路，他的选择为当下文学提供了一种重要的参照，那些已经成为遗产的文化精神，在今天该怎样对待，这似乎是一个老生常谈的问题，但也是一个没有很好地解决的问题。过去并没有死去，我们只有认真对待和识别过去，才能走好现在和未来的道路。在这个意义上张炜对过去的坚持和修正同样值得我们珍惜和尊重。张炜说：我个人觉得，网络也好，纸质印刷的文学作品也好，主要在于艺术性，不能因为载体的改变而改变了几千年来形成的文学标准。它要靠近一个标准，而不是因为形势的区别改变了评价标准。至于说反映现实，我觉得写幻想、科幻、怪异的，依然要以个人现实生活的经验为基础，这是一个根本的出发点，他可以用不同的形式表达自己、表达人性、表达个人的艺术内容，但是对现实的理解深度不可以改变，那是基本的、根本的，也是一个原点、艺术的出发点。⑥显然，张炜诚实地践行了他的文艺观。

在当下的中国作家中，刘震云无疑是最有"想法"的作家之一。"有想法"不是一个简单的事情，"想法"包含着追求、目标、方向，对文学的理解和自我要求，当然也包含着他理解生活和处理小说的能力和方法。这是一个作家的"内功"，这种内功的拥有，是刘震云多年潜心修炼的结果，当然也是他个人才华的一部分。所谓的"想法"就是寻找，就是寻找有力量的话。他说有四种话最有力量，就是：朴实的话，真实的话，知心的话和不同的话。如果说朴实、真实、知心的话与一个人说话的姿态、方式以及对象有关的话，那么"不同的话"则与一个人的修养、见识和思想的深刻性有关。因此，说"不同的话"是最难的。多年来，我以为刘震云更多的是寻找说出不同的话。这个"不同的话"，就是寻找小说新的讲述对象和方式。

大概从《我叫刘跃进》开始，刘震云已经隐约找到了小说讲述的新路径。这个路径不是西方的，当然也不完全是传统的，它应该是本土的和现代的。他从传统小说那里找到了叙事的"外壳"，在市井百姓、引车卖浆者流那里，在寻常人家的日常生活中，找到了小说叙事的另一个源泉。多年来，当代小说创作一直在向西方小说学习，从现代派文学开始，加缪、卡夫卡、马尔克斯、罗伯·格里耶、博尔赫斯、卡尔维诺等，是中国当代作家的导师或楷模。这种学习当然很重要，特别是在过去的时代，中国文学一直在试图证明自己，这种证明是在缩小与发达国家文学差距的努力中实现的。许多年过去之后，这种努力确实开拓了中国作家的视野，深化了作家对文学的理解，特别是在文学观念和表现技法方面，我们拥有了空前的文学知识资本。但是，就在我们将要兑现期待的时候，另一种焦虑，或者称为"文化身份"的焦虑也不期而至扑面而来。于是，重返传统，重新在本土传统文学和文化中寻找资源的努力悄然展开。刘震云是其中最自觉的作家之一。《我叫刘跃进》的人物、场景、流淌在小说中的气息和它的"民间性"一目了然。但因过于戏剧化，更多关注外部世界或表面生活的情节而淹没了人的内心活动，好看有余而韵味不足。这部《一句顶一万句》就完全不同了。他告知我们的是，除了突发事件如战争、灾害等不可抗拒因素外，普通人的生活就是平淡无奇的。在平淡无奇的生活中发现小说的元素这是刘震云的能力；但刘震云的小说又不是传统的明清白话小说，叙述上是"花开两朵各表一枝"，功能上是"扬善惩恶宿命轮回"。他小说的核心部分，是对现代人内心秘密的揭示。这个内心秘密，就是关于孤独、隐痛、不安、焦虑、无处诉说的秘密，就是人与人的"说话"意味着什么的秘密。在《一句顶一万句》中，说话是小说的核心内容。这个我们每天实践、亲历和不断延续的最平常的行为，被刘震云演绎成惊心动魄的将近百年的难解之谜。百年是一个时间概念，大多是国家民族或是家族叙事的历史依托。但在刘震云这里，只是一个关于人的内心秘密的历史延宕，只是一个关于人和人说话的体认。对"说话"如此历尽百年地坚韧追寻，在小说史上还没有第二人。

刘震云说：我觉得文学不管是作者还是读者，在很多常识的问题上，确实需要进行纠正。对于幻想、想象力的认识，我们有时候会发生非常大的偏差，好像写现实生活的就很现实，写穿越的和幻想的题材就很幻想，就很浪漫、很有想象力，其实不是这样的。有很多写幻想的、写穿越的，特别现实。什么现实？就是思想和认识，对于生活的态度，特别现实。也可能他写的是现实的生活，但是他的想象力在现实的角落和现实的细节里。比如今年得奖的这五个人，他们是写现实生活，但他们的想象力非常不一样，不管是《你在高原》《蛙》或者《天行者》，我觉得他们的思想都在向不同的方向飞翔，这不能用现实的或者是用其他的文学形式来归类，比如新写实，如果一个作品再写实的话，这个作品是不能看的，干脆看生活就完了，所以我的《一地鸡毛》是最不现实的，可能情节和细节是现实的，但是里面的认识和现实生活中的认识是不同的，现实中的人认为八国首脑会议是重要的，我家的豆腐馊了比八国首脑会议重要得多，我觉得这是一种偏差的思想。⑦

这些表达，既承接了"五四"以来文学对社会责任的担当，有家国关怀，也发展或更深入地理解了文学自身的内在要求。他们走过的文学道路并不相同，在不同的文学路向上都有过程度不同的探讨甚至引领过潮流，比如先锋文学、新写实文学、现实主义道路等。但是，经过不同的文学风尚的洗礼沐浴后，他们不是变得更激进、更新潮，而是更趋于"保守"或守成。他们更多讲述的是常识。这一点非常重要：时尚的文学引领着新的阅读趣味，展示了新的文学经验，这是文学向新的方向发展的必要条件。但是，正像"五四"时代激进主义成为主流的时候，《学衡》《甲寅》等保守主义的思想也起到了某种"纠偏"或制衡作用。今天看来，那个时代的保守主义并非一无是处。在我看来，"50后"的守成姿态已逐渐形成了这个时代的思想潜流。第八届茅盾文学奖选择了他们，当然也选择了他们的文学观。这就是"为什么是'50后'"的原因。

注释：

①②缪培松：《诺贝尔文学奖纵横谈》，《读者文摘》1985年第8期。

③孟繁华：《怎样评价这个时代的文艺批评》，《文艺研究》2008年第2期。

④⑤⑥⑦见《第八届茅盾文学奖获奖作家媒体见面会实录》，中国作家网，2011年8月26日。

原载《文学与文化》2011年第4期

不同寻常的第八届茅盾文学奖

胡 平

茅盾文学奖评奖历史上有两次是不同寻常的，一次是第四届，评选1989至1994年的作品，到1997年底才评出来，拖了两年多；一次就是刚评过的第八届，评选2007至2010年的作品，以其空前的改革和引起全社会关注闻名。两次我都参加了办公室工作，前一次写了回顾文章，这次也写一篇，留些历史资料。

一、评奖是重大的引导

2011年，八届茅奖的评奖之年，党的十七届六中全会召开，提出了建设社会主义文化强国的战略任务，这个会议指出，目前有影响的精品力作还不够多，文化产品创作生产引导力度需要加大。那么，如何实现这种引导呢？具体方式有多种，其中，通过评奖，特别是全国性评奖促进精品力作的生产是重大的引导。

茅盾文学奖四年评选一次，按目前平均年产长篇小说2000部计，要在8000部左右作品中奖励5部作品，是一种非常大的具体引导。它的作用之大是普通评选、评论等其他引导方式所不能比拟的。

这种引导的效果主要在两方面：一方面，以获奖作品本身体现的思想性艺术性标准引导长篇小说创作，使广大作家看到当前创作最高水平，努力赶超这个水平。当然，这只是相对而言，文学上任何评奖都有眼光问题，都可能有遗珠之憾，少数情况下甚至有鱼目混珠的事情。作家不应该把获奖视为最高成就。由于特殊原因未获奖的作品可以口碑流传，同样能够成为经典。另一方面，是以评奖本身的权威性公正性引导创作。这种引导也许更为重要，由于茅奖是对长篇小说创作的最大奖励，评得是否公正，会直接影响创作的面貌。

现在看来，第八届茅盾文学奖的评选基本是成功的，实现了李冰同志代表中国作协党组提出的要求，就是突出对创作的引导，加强和改进文学评奖，建立健全科学的评价机制，提高评奖的导向性、权威性和影响力，坚持公开、公平、公正的原则。它成功的最大意义，在于向文学界传达出一个明确的信息，即只要把功夫真正用在创作上，写出最优秀的作品，就完全可能得到应有的承认和荣誉，就像李敬泽所说："这次评奖，最基本要做到，不要让踏实、本分写作的作家们伤心、寒心，不要让他们感觉到在文学这件事上都没有公道。我想这太重要了，一个写作者应该相信我不凭着我的关系，凭着我的创造就能够得到肯定，我想这个信念是激励着每一个写作者的重要力量。"所以，此届评奖起码对以后四年的长篇小说创作产生直接的促进，会有更多的作家在这四年乃至更长时间里专心致力于精品力作的打磨。

二、评奖需要应对新形势

八届茅奖面临的形势其实是严峻的，形势与以往相比有较大变化，也使评奖组织方要考虑两个基本问题：

（一）如何评出好的社会影响。评奖是一件必然带来社会影响的事，但是，在今天的环境下，带来好的社会影响却不容易。茅奖是唯一的国家级长篇小说大奖，在设立之初就备受社会关注，1982年12月15日，第一届茅盾文学奖颁奖大会在人民大会堂的小礼堂举行，此后，所有获奖作品销量大增，许多高校把获奖作品列为必读书目。以后长时期里，茅奖享有较高的社会声誉。《白鹿原》获奖前发行45万册，获奖后大幅增加，据说至今发行120万册；《尘埃落定》获奖前发行20万册，获奖后增加了七八十万册，至今销量还在攀升。《平凡的世界》的销量可能达到200万册以上，至今长销不衰。当然，茅奖获奖作品中也有鱼目混珠者，得奖后也既无口碑又无销量，但好作品靠茅奖声名大振却是事实。

但近年来，文学评奖的社会影响力正在下降。随着社会文化生活的日益多样，公众对文学，包括文学评奖的关注度的确减弱不少。在文学中，根基雄厚的传统文学，其影响力相对于新兴的网络文学也开始不占上风。这些情况表明，八届茅奖开评，需要适应新形势采取新措施重新吸引公众的注意力，扩大茅奖的社会影响。如果评完了社会上反响平淡，就意味着茅奖的无足轻重，对文学并非幸事。

另一方面，扩大社会关注，又意味着带来更多的质疑和抨击。因为今天社会中确实存在一些假的恶的丑的现象，如李刚事件、郭美美事件、瘦肉精事件等等，引起部分社会成员强烈的不信任情绪。同时，公众的监督意识日益觉醒，要求对公众事务有知情权的呼声日益高涨，网络成为迅速集散社会舆论的重要平台。这时，越吸引人们对评奖的关注，越可能带来攻击和质疑。我们看到，在这一形势下，许多评奖都采取悄悄评悄悄结束的策略，避免无事生非，但也带来了这些奖项的无人问津。

（二）如何评得更公正，这是更核心的问题。它与前一个问题相联系，评得公正还是不公正，是造成社会影响的主要方面。

评奖的公正性有多种因素，如是否制定有合理的评奖条例和评奖程序，是否避免了人情因素的渗透，是否公平对待了不同身份作者和不同类型作品，评选的尺度是否公允，等等。实现公正性并不容易，它意味着起码要得罪人，中国是个人情社会，得罪人总是不好，所以评奖也意味着牺牲，需要下决心。

这个决心当然是由领导来下。中国作协领导对第八届茅盾文学奖评奖非常重视，而且，决心要正面应对这两方面问题，向历史负责，当然这也是贯彻中央精神。对于第一个问题，李冰书记的意思是：不怕。即评奖一定要公开化、透明化，避免冷冷清清地关门评奖，不怕有人说三道四。对于第二个问题，他的意思是一定要尽量做到公正，可以采取各种新的措施实现这个目的。铁主席的意见也很明确，她有一句名言，叫作"我们在裁判作品，社会在裁判我们"，也表示了公正评奖、面向社会的决心。她亲自担任了评委会主任，是评委会的主心骨，在此次评委会工作中发挥的作用十分特殊。

实际上，这种工作思路开端于2010年进行的第五届鲁迅文学奖，或者说，客观上第五届鲁奖的改革已经为第八届茅奖的改革探索了道路，奠定了一定基础，需要在这里提几句。

第五届鲁奖带来的变化主要体现为：

（一）根据文学发展形势调整评奖范围，更公平地对待所有文学作者和作品。第五届鲁奖努力使所有评奖年限内在中国大陆公开发表的文学作品都享有参加全国性文学评奖的平等机会。其中包括首次将网络文学、小小说、旧体诗词和港澳台、海外华文作家作品纳入评奖范围，较大地鼓励了这几方面作家的创作积极性，吸纳网络文学参评成为一次破冰之旅。众所周知，中国的网络文学带来了全民写作的热潮，规模之大世界少有，尽管其艺术质量总体上还难与传统文学相比，但吸纳网络文学参评，从各方面看都是有利的，也成为一大新闻点。

（二）采取了公开化和扩大社会参与的评奖策略。第五届鲁奖是一次很有响动的评奖，对于公开化，我们提出过很多顾虑，但李书记都不怕，李书记搞外宣出身，见过世面，公开化尝试有几项措施。一是参评作品和备选作品两次公示，广泛听取社会意见，接受对其中不符合参评条件、有抄袭剽窃之嫌等情况的举报。二是备选作品确定后，请中国作家协会会员每人一票发表推荐意见，推荐意见供评委参考。三是通过网络和手机举办竞猜活动，了解网民的评价和反映，供评委参考。网上有奖竞猜活动历时一个月，中国作家网、新浪网、TOM网通过网络和手机举办竞猜活动。新浪网竞猜专题流量超过1300万次点击，共51万名网友参与投票，7.8万人次参与新闻评论，11.8万条微博讨论鲁奖。TOM网竞猜活动页面流量平均每天26万，活动页面访问用户数平均每天16万。网友通过手机投票、留言评论等方式评论本届鲁迅文学奖各类作品，超过484万人次参与投票。评奖第一次做到专家意见和群众意见相结合。在广泛收集群众意见的基础上，由评委专家行使投票权。这些措施，有力地扩大了鲁奖的社会影响。

与此同时，中国作协新闻发言人陈崎嵘等先后召开了三次新闻发布会，及时向媒体公布评奖工作进展情况，解答媒体提问，力求使评奖全过程公开、透明，令人眼前一亮，受到文学界和社会各界的普遍肯定与欢迎。

当然，扩大社会参与的策略必然带来"拍砖"，如带来"羊羔体"一类新闻。但国家总理都不怕拍砖，一个文学奖也不应该怕拍砖。对拍砖也要分析，"羊羔体"话题源于仇官心理，倒使车延高一夜成名，成为全国最有名的纪委书记，还经住了人肉搜索。

现在，全国都知道有个鲁迅文学奖了，是国家最高奖项。

（三）进一步严密评奖规程。根据铁凝主席的建议，此次评奖开创了设立纪律监察组的先河，对评奖实行全过程监督。评委回避制度较以前更加严格。初评时，宣布纪律后，有一位外地来的初评委提出疑问：他是某参评作品的特邀编辑，是否不涉及评奖条例规定的有关"责任编辑"的回避条款，办公室经研究，认为仍以回避为好，这位初评委很痛快地立刻订机票返回了外地。终评时，一位在丛书上挂名总编的终评委，也因丛书中有一本参评，在报到的当日退出了评委会。

一些初次参加评奖工作的评委对鲁奖的认真感到惊讶，实际上，中国作协的评奖肯定是最认真的一种评奖。例如，全部参评作品都经过评奖办公室同志逐一查对CIP数据和其他资质，投入了很大工作量。又如，初评第一轮要面对1009篇（部）作品，这一轮的淘汰很容易草率，但按照新规程，这一轮保证了每篇（部）作品都经6名以上评委重点阅读，并经全体评委会议评议，才进入筛选。再如，过去终评委增补备选作品的程序有点简单，使有的作品比较容易越过初评直接进入终评。按照新规则，终评委提出增补作品后，须在全体终评委审读过拟增补作品后投票决定增补，最后，7个门类中只有3个门类增补了共5篇（部）作品，避免了滥竽充数，使最终备选作品篇目质量比较整齐。当然，鲁奖涉及7个门类，情况比茅奖复杂得多，遗珠之憾更难于避免，对鲁奖的改革还需扩大。

这样，到了八届茅奖，要在五届鲁奖经验的基础上实行更彻底一些的改革，也就势在必行了。

中国作协党组专门指定了两位党组成员具体负责评奖工作，即高洪波同志和李敬泽同志。他们要为整个工作负责，在工作中为评奖的公正性发挥了重要作用，甚至做出一些牺牲。

此届评奖经过了非常周密的策划筹备。从前一年第五届鲁奖工作完成后，就开始酝酿茅奖的改革，其间长达数月时间，许多想法的形成都经过多次调查研究、讨论和磨合。不仅在修改评奖条例上数易其稿，还初次制定了十分详尽的评奖细则和日程表。细则细到什么程度呢？如对投票表决获奖作品的方式包括这样的规定："如获半数以上票数作品不足5部，在所余作品中，以得票多少为序，取空额数加一的数量，进行两轮以内附加投票。在获半数以上票数作品中，以得票多少为序，取前列作品为获奖作品"，所以，在62人的评委会上，没有人对程序本身再提出疑问。

经过详细准备，2011年2月25日，《茅盾文学奖评奖条例》修订稿通过，3月2日开始征集参评作品，5月16日评委开始分散阅读参评作品。8月1日起，评委会在北京举行全体会议，开始进行补充阅读、分组讨论和大会交流，8月6日投票产生第一轮81部备选作品，8月10日投票产生第二轮第一阶段42部备选作品，8月13日投票产生第二轮第二阶段30部备选作品，8月14日投票产生第三轮20部提名作品，8月17日投票产生10部备选作品，8月20日最终投票产生5部获奖作品。9月19日，颁奖典礼在国家大剧院隆重举行。中共中央政治局常委李长春同志发来贺信。中共中央政治局委员、中央书记处书记、中宣部部长刘云山同志会见历届茅盾文学奖获奖作家并合影留念，第八届茅盾文学奖获得成功。

三、茅奖的重要改革

茅奖新的评奖条例公布后，立刻引起媒体和社会舆论的广泛关注，表现出很大的兴趣。有报纸以《茅奖的九大看点》为题进行评论，这说明，媒体是看得出来你有没有改革和有没有改革的诚意的。这次，喜欢挑刺的媒体态度变了，变得很抱期待。《新京报》发表一篇题为《捍卫"最大个儿文学奖"的公信力》的文章评论道："作为中国文坛'尚且保有口碑和影响力'的奖项，茅盾文学奖最需要在哪个方面进行改革？自然还是'公信力'。说白了，一要扩大影响，让人知道你，二要增加'公正'的含量，别让人知道你之后却开始质疑你——粉丝多点儿，猫腻少点儿，就这么简单。而反观第八届茅盾文学奖'评奖规则'的变化，似乎可以看到中国作协在这方面的努力。"这个评论还是说到点子上了，当然，外界看中国作协的努力是"似乎"，而内部知道中国作协确实是努力了。

这些改革的努力主要体现在以下一些方面：

（一）实名投票和即时公开制

这是最大胆的一项改革。其实，评奖投票记名制和不记名制各有各的好处，也各有各的不好，在目前国情下，对茅奖这样的大奖来说，记名制更有利于增加评委的责任感、取得社会公信。

实名投票和即时公开，无疑给评委带来压力，因为中国是个人情社会，不投谁都可能得罪人。所以，我记得，第一次公开投票前，大家都显得神色凝重，有人忧心忡忡，也有人对这一方式提出了质疑。会上也做了思想工作，说明出于公心得罪人比较轻，出于私心得罪人比较重，大家都郑重地进行了投票。万事开头难，到第二次、第三次公开投票后，我又发现大家都有说有笑了，释然了许多。仅仅在几天之内，大家就适应了这种民主方式。八届茅奖前，尽管也有地方奖项实行过实名制，但远不及茅奖公开。茅奖的实名制不是只公布每部作品有哪些评委投赞成票，而是公布每个评委都投了哪些作品的赞成票，没投哪些作品的赞成票，相当彻底。第一次向社会公布投票情况时，由于是61名评委面对30部作品投票，统计表上设有1830个空格，公布时遇到前所未有的技术难题，所有制表软件都不能适应，电脑显示器上也无法显示出来，最后采取了把表格拆分为二，印为两张A4纸，再拼在一起照相制版的方法，《文艺报》也被迫推迟一天刊登。应该说，这种实名投票的公开化程度是世界首创的。以后，每一轮投票的数据次第减少，但一轮轮下来，像超女，像过山车一样，排名顺序不断变化，悬念迭出。这一过程展示了每位评委的眼光，也展示了每部作品的人气，一切清清楚楚，极大地吸引了公众。

在这种投票方式下，鱼目是难以混珠的，不发短信也是可能获奖的。当然，仍然有遗珠之憾，但业内人心里有数，获奖作品和提名作品阵容在整体上是无可厚非的，这个结果令人欣慰。

新华网在新修订的《茅盾文学奖评奖条例》刚公布后就发表评论说："增加并突出'投票实行实名制'、'投票、计票在公证机构的监督下进行'、'各轮获选作品篇目向社会公布'这样的内容，无疑是个巨大进步。这充分体现出茅盾文学奖主办方在评选上的公开、透明。"

（二）大评委制

大评委制的提出，主要是为了克服"小圈子"评奖带来的局限。

根据新的评奖条例，第八届茅奖评委会的组成结构是：由中国作家协会书记处聘请30名符合条件的人员；同时各省、自治区、直辖市作家协会和总政宣传部各推荐一名符合条件的人选，由中国作家协会书记处审核聘请。这样，评委的代表性就十分广泛了。

有人提出疑问，认为由各地选派的评委会天然倾向本地区作品，带来不公正因素。但实际上，茅奖评委会历来缺少不了地方评委，以往只有少数地区有人员担任评委，更不容易摆平。现在按照新办法，各地都有机会通过本地评委介绍本地优秀作品，而本地评委又只占评委总量的1/60左右，所以是更公正的。在实名公开投票情况下，地方评委会更加出以公心从事评选。

62人大评委会较之过去23人评委会提高了门槛，显然，62人认为一部作品好，比23人认为一部作品好更容易接近公正；一部质量不够过硬的作品，想赢得62人的支持也比赢得23人的支持难得多。

我们从来没有召开过这样大规模的评委会，北京八大处中宣部培训中心的会场也是够规模的。当62名评委和纪律监察组成员整整齐齐坐满会场时，每个人都感到自己的不足以左右形势，这正预示着艺术民主的进一步扩大。

这么大的评委会，谁都没有组织经验，但情况比想象的顺利得多。无论老评委还是新评委，都非常配合工作，长达二十天里，全体大会上从未有评委缺席，很少有评委迟到。有一位评委的父亲在外地病重，大家都劝他回家看看，他也一直没有请假。61人投票，投了多轮，没出现过一张废票，也没有一位评委在评奖结束前违反规定向社会上透露消息。对于具体作品的看法，则始终存在争论，越是被认为重要的作品，争论越多，也体现出互相信任。大评委会能做到这样的精诚合作，是很不容易的。

为什么能够做到这样？我想，主要原因是，从一开始，评委会就充满着正气，每位评委来到会上，都能够意识到会议的氛围。如铁主席所说："在整个评奖过程中，62位评委会成员，心中燃烧着理想主义激情，大家深信文学在人类生活中的重要价值，深知投下的每一张票的重量，大家的工作是在守护文学的尊严，也关乎每一个评委的尊严。"这一氛围是使大家团结起来的最大基础。

（三）初终评一贯制

实行初终评一贯制是对茅奖评奖规律的进一步探索。

以往把茅奖评奖机构分为初评机构和终评机构两部分。初评量大，审读工作由青年人组成的读书班或初评委员会承担，减少了终评委的工作量，使终评委能集中力量审读重点作品，这一方式也是科学的，至今是最普遍采用的评奖方式。

不过初终评分开更适合一般奖项，在茅奖这样竞争激烈的大奖上，初终评分开容易产生两个矛盾。一是，由于终评委员会是更高一级的评选机构，势必赋予它补充初评产生的入围篇目的权力，但终评委们没有审阅过全部初选作品，也就难以在比较中准确地提出入围新篇目；二是，换了一批人，眼光不同，容易造成两级评选机构间的某些不信任。为了解决这两个矛盾，中国作协领导决定试行初终评连续进行的方式，由高级委员会完成全部任务。评选分两阶段进行，第一阶段为分散阅读阶段，数月时间里评委在各地分别读书；第二阶段为集中阅读和评选阶段，时间为20天。评选过程中，外界有怀疑评委能不能读完作品的议论，譬如，有记者发短信直接问高洪波同志读完450万字的《你在高原》没有，洪波回复两个字："当然。"记者会后，有记者在洪波的办公室里看到洪波的好几本茅奖参评作品读书笔记，信服了，还摘抄了一篇刊登在报纸上。他们还不知道，洪波为读茅奖的书读出了急性结膜炎，用了好几瓶眼药水。评委会召开后，评奖办公室也为每位评委提供了眼药水。所以，这次当评委是很辛苦的，洪波表示，以后再也不想当茅奖评委。

初终评一贯制相当于终评委完成了初评委的工作量，但能够使终评委在确实掌握了所有参评作品情况的前提下评选，显然是更科学也更容易做到公平的。

（四）评委名单和评选日期提前公布

提前公布评委名单和评选日期，也是此次评奖率先做到的，增加了评奖的透明度。

提前公布评委名单，也是公示评委，使文学界和公众有权利监督评委资格，公示之后，未出现有效举报，评委会才进入正常工作。公示评委，让所有评委在开评前亮相，有益于增加评委的荣誉感和责任感。报端对此举称为"茅奖首晒评委名单"，给予了积极肯定。

（五）设置提名作品

第八届茅奖仍然有初终评之分，初评阶段以产生20部提名作品结束，并进行公示。提名作品就是过去的"备选作品"，但增加了荣誉度。获提名作品的作者，今后可以在简历上注明曾获某届茅奖提名作品。

提名作品不是奖，但世界上有些著名奖项，如奥斯卡奖的提名作品，含金量已经比较高了。

设置茅奖提名作品有两个前提：一是长篇小说创作发展到一定水平，确保20部作品有相应的质量；二是评奖必须严格规范，确保二十部作品阵容整齐。

前一方面的条件是达到了。新时期以来，中国的长篇小说创作越来越成熟，特别是80年代、90年代的中短篇小说作家，今日大多在攻长篇，已颇有心得。目前的长篇创作热方兴未艾，一浪高过一浪，达到年产3000部左右的产量，网络长篇小说更无以数计，好作品不断涌现。在四年8000部左右作品中，挑选20部作品作为代表，完全应该。特别是，目前长篇小说创作崛起一片高原，找出几十部质量相差无几的作品，是很容易的，这样情况下，通过茅奖的检阅表彰一批作品适逢其时。

所以，开评前，组织方担心的不仅是能不能评好5部获奖作品，也担心能不能评好20部提名作品。由于评得很正规，这个担心最终被消除了。虽然仍有遗珠之憾，但总体上，20部作品是比较整齐的，也体现出题材、主题、风格上的多元化。

5部获奖作品，张炜《你在高原》、刘醒龙《天行者》、莫言《蛙》、毕飞宇《推拿》、刘震云《一句顶一万句》，大家都很熟悉了，不用再多说。另外15部作品，也很优秀，都可圈可点。

进入10强的另外5部作品，虽败犹荣，其中有两部作品分别在第二轮第一阶段和第二阶段投票中荣登榜首。关仁山《麦河》是最贴近农村现实的作品，以中国正在实行的土地流转政策为题材，围绕土地流转表现麦河两岸发生的众多事件，借此描绘了北中国乡村的风情画或浮世绘。蒋子龙《农民帝国》堪称厚重，以十分宏阔的艺术视野，对半个多世纪以来中国农村风云变幻的历史场景以史诗性叙述。另外三部作品，郭文斌《农历》构思独特，以农历节气为序，以农家姐弟在"农历"中的人格养成为主线，将自然时序的周而复始与社会人生的伦理生成巧妙融通，通过日常生活从容而艺术地描摹了传统农耕文化。刘庆邦《遍地月光》为一些评委热情支持，它通过对特定时代里某一类家庭命运的揭示，从一个独特的角度对人性做出复杂的开掘，对变异人性的环境做出深刻的剖析。邓一光《我是我的神》大气磅礴，在对从解放战争末期到上世纪末近五十年波澜壮阔的社会进程的个性化描述中，构筑了一条直抵灵魂深处，也直抵历史深处的"生命通道"，重新定义了革命人生的含义。

另外10部作品中，方方《水在时间之下》曾在第一轮投票中荣登榜首，作品叙写一位汉剧名角历经苦难奋斗成名到告别辉煌归于冷寂的传奇人生故事，写出了人世的复杂、人生的曲折和人心的幽微。红柯《生命树》是表现边地男孩渴望漂泊与强大的成长小说，以蓬勃的青春气息、浓郁的远方愁绪和顽强的生命力，直抵世道人心。苏童《河岸》虚构了一个发生在上个世纪70年代的小镇故事，以父与子的光荣血缘遭受怀疑为契机，展开了获罪、被放逐、救赎和寻找的过程，对一个时代作了个人化的书写。宁肯《天·藏》是一部精神自传，一部因发现藏地、被西藏照亮而进行自我省思的作品，充满了思想上和艺术上的探索。赵本夫《无土时代》面对土地由根脉异化为资本的现实，刻画了现时代社会发展中的痛点，以奇特的想象力结构出剧变的世道与恒常的人心。范稳《大地雅歌》表现藏地神秘奇诡而深厚的人文历史，营造了一个浓墨重彩渲染勾画的风云激荡的世界，凸显了人性的纠缠与超越。张者《老风口》书写了新疆建设兵团屯垦戍边的创业史、奋斗史，呈现出艰苦卓绝的生命奇景，完成了一次充满感情的双重想象的历史记忆。歌兑《坼裂》是十分特殊的抗震题材作品，在真切描绘汶川大地震中人类抗击与补救大地坼裂的同时，又烛幽探微地展示与弥合了人性与人心的"坼裂"。范小青《赤脚医生万泉和》通过一个江南小村展示了当代中国乡村的世态风情，尤其是农村几十年的医疗状况。用非常中国经验的日常生活构建了强大的精神世界，在深切关注中国农民生存状态的同时体现出悲悯的独特力量。叶广芩《青木川》成功地塑造了一位性格复杂、善恶参半的历史人物，对于半个多世纪前的那段堪称纷纭复杂的历史进行了一种可贵的理性的艺术反思。应该说，这些作品和5部获奖作品一道，构成了强盛的阵容，能够反映出当前长篇小说创作的基本面貌。

茅盾文学奖研究资料

（六）网络文学参评

继鲁奖开先河之后，茅奖吸纳网络文学参评成为顺理成章。这一举措受到社会的普遍肯定。

社会上关于茅奖的新闻，始终离不开网络文学，记者也专爱提这方面问题。为什么呢？因为网络文学一定程度上代表了草根文化，或许有点像文学界的"超女"，人气大于专业演出。如何对待网络文学，实际上是一个如何对待大众文学的问题，也包含有群众观点问题，问题就变得重要了。大众文学也是文学，也能出优秀作品，不能被排除在中国作协的工作范围之外，所以，一些专家认为，传统文学和网络文学的区别主要在媒介，参评上应该"不问出处"，也有人反对茅奖接纳网络文学，认为传统文学和网络文学"就不是一种东西"，"茅奖应该维持它的品质与个性，不应该承载太多，它不可能，也没必要把所有的长篇小说创作都囊括在自己的麾下"。这些说法各有各的道理，其实，只有组织方心里明白，问题的关键在于国家级长篇小说大奖只有茅奖一家，目前不可能另设奖项，吸纳网络文学参评也就成为必要，而且，越早吸纳越主动。

按《评奖条例》规定，网络文学参评要落地成书，要和传统文学一样以完成本参评，对于这样的规定，部分网友表示失望，认为"这实际是中国主流文坛对网络文学采取了明迎暗拒的策略"。这种意见在第五届鲁奖时有过，鲁奖规定中篇小说字数不超过13万字，引起一些意见，因为网络中篇常常以60万字以下为限。显然，最后只能按鲁奖标准来。网络文学须落地成书，在目前也是必要的，因为网络文学一般在字数、内容、发表时间上都可以随时更改，而茅奖是图书大奖，参评作品必须有确定的版本。此外，经过出书本身是经过一道筛选，在这一点上应该和传统文学取得一致。其实，受欢迎的网络文学，也很少有不出书的。所以，目前的规定是比较稳妥的，也不排除将来条件成熟时电子版作品直接参评的可能。

网络作品卖得好，常常要续写新篇扩大战果，一时拿不出完成版的作品参评，这才是影响网络作品参评的重要原因。例如，较有影响的网络长篇《盗墓笔记》是很愿意参评的，但终因不能放弃写续篇而退出角逐。这里面有一个选择，选择市场，还是选择参评，很难两全。以完成版参评，对于传统文学和网络文学是统一要求，是为了保证作品的完整质量和奖项的严肃性。

文学上向来有纯文学与大众文学之分或严肃文学与通俗文学之分，两者性质不同，评价标准有异，放在一起评确实存在一些障碍，将来理想的格局是像电影界那样金鸡百花奖分设分评，目前还只能一起设在茅奖里。中国作协也在进一步研究，考虑在茅奖中分设网络文学作品奖的办法。

此届茅奖中无网络文学入选提名作品和获奖作品，并不是出现评价标准不同的问题，而是缺乏合适的作品。评委会中专门邀请有网络文学研究专家，专门细读网络文学作品，另外，文学就是文学，普通评委也不存在懂不懂或能不能评价网络文学的问题。网络文学获奖还有待来日。

盛大文学网站CEO侯小强的表态也许更能代表网络文学界的看法，他认为，茅奖吸纳网络文学"是件好事，也是大事，这对发展了12年的中国网络文学，具有里程碑的意义，我们一定会积极参评。作为中国最高文学奖，茅盾文学奖有自己的规范，网络作家最后能否登顶并不重要，它们彼此能相互走进就已经意义非凡，也许还会擦肩而过，但总有相遇的一天，网络文学的井喷时代即将到来"。

（七）设置纪律监察组和进行公证

根据第五届鲁奖经验，第八届茅奖也设置了纪律监察组，组长为中国作协党组副书记张健同志，另外两名同志是中宣部文艺局的梁鸿鹰同志和国家新闻出版署的白兰香同志。设置纪监组不是做样子的，而是完善评奖规程的重要一环。由于有了专门的纪监机构，任何人反映违纪违规问题都有了出口，减少了顾虑。实际上，无论第五届鲁奖还是第八届茅奖的纪监组，都收到了一些来自外界或评委会内部的反映，纪监组都及时做了处理，发挥了重要作用，保证了评奖工作的顺利进行。张健同志也亲自参加计票唱票的监督工作。

聘请公证处进行公证则是第八届茅奖首创。此次评奖聘请的公证单位为北京市方圆公证处，即原来的北京市公证处，创建于1950年，是北京地区成立最早、规模最大的国家司法证明机构，其工作程序十分严格。公证员旁听了评委会全部大会讨论，监督了全部投票过程。她们要根据每位评委的身份证验明正身、清点人数，和纪监组一起监督投票、计票、唱票和宣布投票结果各环节，并将选票封存保管在公证处待查。公证人员在现场对评委、投票、监督计票、选票交接等各环节都进行了拍照，各环节取得的相关书证都有责任人的签名。这也是北京市公证处成立60年来第一次为文学评奖进行公证，公证员对此有新鲜感，并对于文学评奖的严肃认真表示了赞赏。公证员王京在《第八届茅盾文学奖评奖公证承办心得》中写道："正是因为有了主办方严密的组织，公证法律意见和证据指导的前置，现场12人团队的精诚协作，公证监督才能从法律的角度，形成铁证如山的证据材料，让责任到位，确保了第八届茅盾文学奖评奖结果的真实、有效。而我本人因为能够有机缘承办'茅奖'的评选监督公证工作，更是感到十分荣幸。"

（八）积极适应公共舆论环境

在现代资讯十分发达的条件下，主动适应公共舆论，在公共舆论的监督和促进下评奖，是此届茅奖采取的基本姿态之一，主要表现为，尽可能多地向公众发布消息并尽量及时回答公众提出的疑问。

在评奖过程中，评奖办公室发布了8次公告，召开了3次新闻发布会，包括在国新办召开新闻发布会，向媒体和公众通报和介绍了评奖的每一步进展。同时，评委会和评奖办负责人随时就群众提出的问题答记者问，形成了此次评奖的一种制度，也收到了良好的效果。事实证明，奖项越是重大，越需要多采取这些方式增加透明度，增加社会参与度，提高公信力。文学评奖本身就是公共事务，公众有权利了解真实情况，评奖组织方也有义务向文学界、广大作家、广大读者、广大群众说明一切。

对于社会上提出来的一些代表性的疑问，评奖组织方都一一作了回答。产生这些疑问是正常的，因为外界并不了解评奖的全部细节，经过解释，他们认为说得有道理，是实事求是的，也就感到清楚了。例如，第一轮投票结果公布后，有人发现前10名作者中省级的作协主席、副主席占到了8位，这引起了许多人的质疑，怀疑是否涉及权力运作。中华网论坛有网友很激动，愤怒地说："第8届茅盾文学奖，当官的全包了。"其实这个问题我们也从来没有想到过，但是做了回答和说明。何建明同志也主动答记者问说："作协主席、副主席与地方上的官员不同，他们中的很多作家也是中国文坛具有影响的实力派人物，这些著名作家的作品比其他作家的强势属于正常。"解释后，舆论就下去了。第一视频新闻网等以《茅盾文学奖评奖，权钱交易"子虚乌有"》为题为茅奖辩护——能打出这样的标题，就已经说明为作协说话是可以挺直腰板了。一向以言辞尖锐著称的孔庆东站出来说："我要代替茅奖说几句公道话。首先，我们网友的质疑是习惯性的，说明网友有正义感。但是对这些质疑的网友，我想反问一句，你们关心文学吗？你们读过多少文学界的作品，你们知道文学界的情况吗？你们看到人家是主席，你们就想到权钱交易，就像胡平所讲的，这些人是不是主席？谁知道呢？再说各省主席是个官吗？那主席是个虚职。你说他们是怎么当上主席的？还不是因为他们写作了有实力的作品。"另外，关于网络文学为什么没评上茅奖等问题，组织方也都做了细致的回答。事实说明，只要把事情尽量做好，我们完全可以坦然面对社会。

透明化显然带来了对茅奖的更大关注和期待，评奖结果揭晓后，话题并未结束。《西安晚报》连续十几天组织"为下届茅奖建言"活动，热情的读者们纷纷提出新的设想，如下属能不能专设茅盾文学奖网络作品奖、能不能引入大众评选机制等，寄语第九届茅奖。报社记者专门赴京，希望茅奖组织方对西安读者说些什么，组织方也对西安读者表示了衷心感谢，回答了他们的问题。晚报在综述文章中感慨地说，读者的热情使我们更深刻地体会到，就像陈忠实所说，"文学依然神圣"。

距去年底统计，中国互联网的普及率已达到40%，微博客账户已增长到3.2亿。80%以上的中国网民主要依靠互联网获取新闻信息，超过66%的中国网民经常在互联网上发表言论。中国官方发言人也公开表示，活跃的网上交流和意见表达促进了中国社会的公开透明。这一形势充分说明：公开化透明化的确成为公共事务的一个大趋势，重大评奖工作主动适应这一趋势是正确的。

某种意义上，第八届茅奖是一次反潮流的评奖，反世俗之风的评奖，这是它的不同寻常之处。毫无疑问，第八届茅奖的工作中还存在一些缺点和不足，评奖的改革还只是尝试，有些东西可能改错了，以后可以纠正过来。评奖评得怎么样，归根结底还是要由历史回答。当然，评奖也只是促进创作，不能代替创作本身，评奖可以掀动社会浪潮，但它必须以辉煌的创作为背景，才能带来节日的盛典，所以，我们仍寄希望于广大作家，寄希望于中国当代文学创作的新的高峰。

原载《小说评论》2012年第3期

从"茅盾文学奖"反思文学

张颐武

第八届"茅盾文学奖"甫一公布,立即引起了媒体和公众的高度关切和热烈讨论。这其实是已经退居文化边缘的"纯文学"几乎唯一地成为公众议题的机会,也是公众期望通过这个奖来接触和了解"纯文学"的愿望的表现,也凸显了长篇小说在今天"纯文学"领域的关键性位置。作为文学界的同人,其实应该珍惜这个与公众交流和沟通的机会,也珍视公众的讨论所表现出的关切和抬爱,因为文学不可能仅仅是一个封闭的小圈子里自娱自乐的事情,而是当下的文化的一个部分。"茅盾文学奖"其实是"纯文学"和公众可以交汇和沟通的一个重要的"节点"。没有这个"节点",公众的阅读和"纯文学"之间早已存在的隔阂会进一步加深。我们应该以坦诚和谦逊来接受公众的批评,其实对于"纯文学"有批评总比漠视好得多。这其实从多个方面喻示了当下文学生态的复杂性。

实际上,当下的公众和文学之间的关系已经远比十年前复杂得多,如何理解这种关系,如何了解公众对于文学的理解和想象,是一个颇值得深入探究的话题。

一、从"茅奖"的历史看文学之变

从1982年设立以来的八届"茅盾文学奖",其实见证了三十年来中国文学发展的状况,也提供了一个对于文学进行观察和思考的角度。我们可以看到的一个明显的事实是,这个奖已经从一个以整个文学为对象的奖项,逐步转化为以文学的一个特殊分支——"纯文学"为对象的奖项。所谓"纯文学"指的是一种以"小众"为受众，以"高雅"的定位为诉求的文学类型。我们在八十年代所理解的"文学"经过了多年的变化，已经变成了一个由一些对于文学有相当兴趣和爱好、有所谓"高雅"趣味的中等收入者的"小众"所构成的稳定但相对较小的市场，这个市场其实早已走出了前些年的困境，运作相当成熟和有序，这一部分的文学需求相当固定。这个"小众"市场其实就是我们经常说的"纯文学"市场。这个市场能够有效地运作，是文学出版的重要的方面，它既是传统的文学爱好者形成的稳定的空间，也是今天较高收入的都市白领所形成的。在这个市场中有号召力和市场影响力的作家也不超过十个人。在"纯文学"的空间中引起关切的一些热点问题，如对于"底层"的关切、由海外学者引发的关于中国文学的价值问题的讨论以及对于"新文学"和"新世纪文学"的讨论等，一直是文学话语的中心。这说明纯文学虽然影响力已经变小，但在文学议题的设定等方面一直是社会所认定的主流。

由此反观"茅盾文学奖"，我们可以发现历史变化的复杂轨迹。从早期的"茅盾文学奖"，我们可以窥见当时文学发展的一般趋势。可以说，当时的文学的全部代表性作品都在这一奖项的视野之中。而在当时长篇小说并没有形成一枝独秀的局面，所以"茅盾文学奖"还仅仅是几个都具有影响力的全国文学评奖中的一个，当时的全国中篇、短篇小说奖也极具影响力。当时的大众阅读和小众阅读也还没有分化，"茅奖"反映了整个长篇小说的走向。但到了今天，文学的格局发生了剧烈的变化。以青春文学为代表的类型文学已经成为纸面阅读的重要部分，网络文学的崛起带来了新的阅读方式。当年我们理解的文学，现在就是文学的一个特殊的分支"纯文学"。而"茅奖"所反映的正是"纯文学"的现状和对于优秀作品的判断。当年的文学作品能够获得相当多的公众的阅读，"茅奖"只是对于这种阅读的肯定，而当今公众和"纯文学"的脱节十分明显，公众已经完全不熟悉"纯文学"作品，今天"茅奖"是向公众推荐作品。这里有三个方面的根本性的变化：首先，它从反映文学的"全部"转化为反映文学的"局部"。其次，从反映文学的总体走向到反映"纯文学"的特定趣味。第三，从汇聚公众的阅读倾向到向公众推介作品。虽然这些年"茅奖"也力图扩大自己的领域，试图将网络文学、类型文学纳入其范围，但显然没有现实的可操作性。本届有7部网络作品送选，其中的《遍地狼烟》进入第三轮，其他的第一轮就已经出局。据媒体报道，《遍地狼烟》作者李晓敏点出："不论创作者还是题材内容与写法，网络文学与传统文学本就是两条道路，而现行茅奖评奖标准并没有因为接纳网络文学做过任何改变，想获奖比创造世界奇迹还难。"这些说法客观地呈现了茅奖是"纯文学"的专有奖项的现实状况。

从这个角度回溯历史，我们可以发现文学格局这些年的深刻的和剧烈的变化。在"新时期"还出现了以类型小说为中心的"通俗文学"的写作，这是由王朔和海岩为代表的一批作家打开的新领域。它指的是自"新时期"以来所形成的与社会的市场化紧密相关的、更加面向市场的新文学。这也就是我们往往称为"通俗文学"的部分，这部分的作者、出版者和读者主要是在"新时期"以来的文学阅读市场中发展起来的。王朔和海岩的写作及其所产生的重要影响就是新时期以来所形成的市场中的现象。它包括一部分面对市场的作家，也有一部分在市场化中以市场导向运作的国有出版机构和八十年代后期开始崛起的民营出版业，也包括在七十年代后期以来诸如金庸、三毛等港台作家的流行。这一部分的写作和阅读是八十年代从传统的"文学界"中分离出去的。其运作方式是极为市场化的，是作用于一个八十年代以来构成的"大众"的市场的。这种文学在现在也形成了有较为固定的大众读者的稳定文学类型，如职场小说、官场小说、商战小说等等。像在文学界之外出现的，却在近年持续畅销，对于人们的文化经验有很大影响的姜戎的《狼图腾》就是一部跨越传统的通俗与纯文学的边界的作品。而像麦家这样以惊险悬疑的样态来观察复杂人性的作品也引起了人们的关切，而且还获得了上届的茅盾文学奖。而真正从其中分离出来的，成为一种独特的文学类型的是"青春文学"。

从21世纪初以郭敬明和韩寒等人为代表的"80后"作家出现到现在，"青春文学"在传统纸面出版业的市场中已经显示出了自己的重要影响力，"青春文学"已经逐渐成为文学中的重要力量，也已经成为文化创意产业的一个相当重要的分支。如"第一届 The Next 文学之新新人选拔赛"就是由在传统的出版业界已经建立了声誉的长江出版集团的北京图书中心和以郭敬明为中心的柯艾公司共同组织的。这种传统的出版机构和郭敬明的团队的深度合作无疑显示了"80后"的市场影响力，并已经成为文学的新的增长点。郭敬明本人创作的《悲伤逆流成河》《小时代》及其团队所打造的文学杂志《最小说》一直在市场中有极好的反应。韩寒的小说创作虽然也在延续，但其风格已经和早期创作有了相当的差异，同时他也以网络博客的政论成为风靡一时的重要的言论作者。从总体上看，"80后"作家的青春是在中国市场经济高速发展的时代中度过的，他们经历的是中国历史上最富裕和最活跃的时期。社会生活的发展让他们更有条件去表现从个人的日常生活出发到一种"普遍性"的人类的体验的可能。20世纪中国特有的经验现在逐渐被这些年轻人关切的人生具有普遍性的问题所充实和转换。他们的作品当然还有青少年的稚嫩，但其实已经有了一种新的世界和人类的意识，也表现出注重个体生命的意义，人和自然和谐等等新的主题。这些和我们当年的创作有了相当的不同。这些变化往往并不为成年读者所熟悉，但其所具有的影响力也不能低估，也是新兴的文化思潮的萌芽，自有其独特的不可替代的意义。青春文学现在已经形成了一个广泛而庞大的作者群，他们的作品的特点就是青少年写，青少年读，正是由于"80后""90后"的消费能力的逐渐展开而不断扩大其影响。这种"青春化写作"的发展乃是青少年文化的独特性的产物。这种写作具有非常明确的电子游戏和网络时代青少年的文化特征。

网络写作为中国方兴未艾的"类型"化的文学提供了广阔的园地，网络中诸如玄幻、穿越、盗墓等"架空"类型的小说给了许多青少年读者新的想象力的展现的可能，同时也获得了许多忠实的读者。与此同时，如表现年轻读者在人生中所遇到的个人问题和挑战的小说，如感情、职场等小说也受到了欢迎。这些小说"类型"在现代中国由于社会的现实问题的紧迫性而一直处于受压抑的状态，没有发展的机会，而且在传统的文学评价系统中也地位不高，处于边缘。因为，中国文学的现代传统所具有的"感时忧国"的特点，对于这些或者"架空"的想象，或者回到个体所遇到的具体现实问题的文学类型往往并不注重。而网络的崛起，其实正是和中国的高速发展时期同步的，这就为这样一些小说类型在传统的纸面出版业尚未意识到其新的趋势的空间中有了重要的作为。网络文学和青少年读者之间的紧密联系其实会对未来文学的发展形态产生重要的影响。网络文学的另外一个重要的特色是其长度完全超出了纸面文学的限度，动辄以几百万字的篇幅出现，故事本身也有相当浩瀚的规模。这当然是网络的无限的容量和读者在网上阅读的状况所决定的。网络文学所走的路向，并不是许多人在当年所构想的实验性的路子，而是一种以浩瀚的篇幅和超越的想象力为中心的独特的写作。而"盛大文学"的出现，则努力统合华语网络写作，将主要的文学创作网站收入旗下，形成了具有巨大影响的新的网络文学服务平台，其所制作的电子书也已经在新的阅读方式方面做出了重要的尝试。

客观地说，传统文学中的"通俗文学"、网络文学和青春文学实际上仅仅是一个国内市场的现象，而"纯文学"具有的"跨国性"的影响力其实是一个重要的因素。目前看来，所谓中国文学的"世界性"主要体现为"纯文学"。而在中国内部的读者中"通俗文学"依然保持了其本身的影响力，青春文学和网络文学的影响力也正在前所未有地扩大。这样，五四以来形成的"新文学"模式已经被超越了，中国文学传统的现代框架已经被替代了。

二、"茅奖"是纯文学的晴雨表

从今年的"茅奖"看，五部作品其实集中地投射了"纯文学"的现状，既投射了它的优势和长处，也投射了它的局限和困难。五位作家都是多年来从事创作的文坛知名作家，他们获奖都不出乎人们的意料。莫言是中国文学界不多见的具有相当国际影响力的作家。《蛙》通过一个中国本土的年轻作者和一位日本名作家的通信的方式，透过主观的折射穿透了中国社会和人性的复杂，其中的独特的想象力和冷静的观察都有形式实验的支撑，附在后面的剧本也是小说的有机组成部分，这是莫言保持其一贯水准的作品。刘震云也是代表性的作家，《一句顶一万句》通过对漫长历史中个体之间的交流和沟通经验的观察和思考，穿透了人类交流的复杂性，很值得一读。刘醒龙的《天行者》则以写实的方式，真切地描述了乡村民办教师的生活，延续和扩展了他的早期名作《凤凰琴》的主题，对于乡村社会的当下风貌有生动的刻画。毕飞宇的《推拿》通过写盲人来探究人类的感觉和生命的感受，也有其独到之处。这些作品都反映了"纯文学"对于阅读的丰富性的贡献，体现了"纯文学"的价值。

由这些作品，我们也可以看到今天"纯文学"的基本形态，也就是八十年代以来的"形式"探索、"心理"描写和写实主义的结构所形成的一种"混合"风格才是"纯文学"的主流。"纯文学"受到赞赏和好评大多是定型在这样的表现方式上的作品，这几部获奖作品都体现了这样的风格。这其实是今天市场环境下"纯文学"的自身定位所决定的。八十年代以来的形式实验和心理描写的"现代主义"是技巧，是"纯文学"区别于通俗文学和网络文学的"标记", 是"纯文学"可以识别的基本特征。而写实主义的结构, 又会使小说不会因形式的激进探索而失掉和自己的"小众"读者接触的基本条件。因此这种"混合"风格已经是"纯文学"的主流。

这次评奖引发争议最多的是张炜的《你在高原》, 这部作品长达450万字, 可以说是中国新文学史上最长的长篇小说之一, 已经完全超出了当下读者可能阅读的长度。其中也混入了已经出版过的旧作, 和新出版部分组合成一部小说, 说明了作者强烈的企图心。那些哲理的议论看不出什么深意, 似乎是文学的一个分支的"纯文学"用来彰显自己存在的表演, 这么长, 你们怎么比得了, 其实网络文学里的长篇比比皆是。《你在高原》之平庸在于哲理思考其实撑不住, 是些泛泛议论, 人物如牵线木偶, 在那里自怨自艾, 不知所云。想写成哲人小说, 却变成了高中生卖弄一点牵强至极的感想, 一股酸腐又寡淡的气息, 但和高中生不同的是卖弄得理直气壮。驾驭不了这么大的篇幅不是错, 但偏要这么干就是错。为《你在高原》辩护的有些理由实在牵强, 如说作家写了二十年, 很艰苦。但艰苦写出的作品一定要有价值, 否则就是浪费生命。另外说长不应该被指责。长不是罪过, 但长得冗长就是问题。这部作品其实就是一个"纯文学"的泡沫, 关键在于讲哲理和人生的书, 其哲理陈旧芜杂, 思考空洞单调, 语言啰唆枯涩。这其实反映了"纯文学"在今天市场环境下的某种更深层次的浮躁, 就是急于通过特殊的长度彰显自身的存在, 用劳作的艰苦来标定自身的价值。就我的理解, 这部以长见长作品的获奖所反映的是"纯文学"急切地希望得到社会认可的状况, 也投射了一些从事写作者的复杂心态。缺少人阅读, 连一些评委也未能读完的作品获奖, 加重了人们对于"茅奖"的困惑, 也阻碍了公众进入"纯文学"的意愿。当然, 这其实也是"纯文学"面临的困难的一部分。

由此观察, 莫言、贾平凹、刘震云、王蒙等作家都是在这个"小众"市场中具有广泛影响力的作家, 其中如莫言在全球华文的文学读者中也有相当广泛的影响。这样的新的内部格局和外部格局之间的越来越深入的互动和互相影响, 形成了中国大陆文学的重要的新的形态。我们只能从这里切入对于"新世纪文学"的理解和分析。这些年来, 如莫言的《生死疲劳》《蛙》, 贾平凹的《高兴》《秦腔》, 刘震云的《我叫刘跃进》《一句顶一万句》, 余华的《兄弟》等等都有相当的影响。而王蒙的三卷本自传也是一个在当代文学史上有其重要地位的作家的人生历程的写照，自有其独特的价值。从"纯文学"写作的总体上看，它仍然有一个非常完整和有序的文学系统，其运作已经摆脱了九十年代时的转型期的诸多不适和困窘而归于正常。国家的支持使得原有的创作机制和通过期刊发表以及较小规模的出版运作都能够有序进行。这样一个机制使得"纯文学"写作能够保持一个较大规模的作家队伍和较为稳定的组织和出版架构，这些都是在计划经济的原有的写作传统和新的市场结构之间协调的结果。"纯文学"作家的风格虽然各有不同，也受到不同的影响，但像八十年代那样较为激进的文体试验已经较少见到，写作趋于"常规化"，代表性作家的风格也趋于稳定，也就是在写实的基础上也容纳各种可能性的"混合"风格现在较为常见。有几个特色是值得注意的：一是对于中国近现代历史的发掘和想象始终是其中心，如莫言、刘震云、贾平凹等人多专注中国历史和当下的扣连。二是对于特异的少数民族文化的发掘，如阿来、范稳、马丽华等人的作品在这方面用力甚勤。三是对于当下社会剧烈变化中的阶层分化、女性问题等社会问题的关切，这在中短篇小说中居多，如具有左翼激情的曹征路的《那儿》等。在广东等地出现的"打工文学"也引起了一定的关注。当然，像诗歌这样的文类，现在已经成为一个更为专业和较小的领域，一定程度上退出了公众阅读的领域，只能在一些新闻事件出现时进入人们的视野，如"梨花体"和"羊羔体"引起的讨论等。

但"纯文学"的国际性也是一个重要的现象，如这次获奖的莫言在很大程度上代表了"纯文学"的国际性的一面。华语写作的影响力其实已经是相当稳定的存在，这往往并不为中国国内的读者所充分了解。我们所知道的全球"纯文学"的空间实际上就是相当小众的，而在这个小众的圈子之中，中国文学其实已经被视为华语文学的主流。中国现有的"纯文学"的翻译和出版已经成为一个相对稳定的小众化的国际阅读文化的组成部分。像莫言等人的小说其实已经建立了一个虽然"小众"但具有国际影响力的市场，而莫言这样的作家其实已经跻身于国际性的"纯文学"的重要作家的行列，具有相当的影响力，这种影响力其实已经是海外华语文学和台港澳文学难以具备的。他们的新作出版后很快就会有不同语言的翻译，也由各个不同语言的"纯文学"的出版机构出版，而且经过了多年的培育已有了一个虽相对很小但相当稳定的读者群。在英语、法语、日语、德语等语种都形成了相对稳定的出版和阅读机制。虽然这些作品的翻译文本的影响还有限度，但显然已经有了一个固定的文学空间。中国文学的国际性已经变成了一个现实的存在，也已经是"世界文学"的一个构成性要素。当然，中国文学的"纯文学"和通俗文学的市场也已经是一个全球性的文学出版业的重要部分。许多重要的国际性作家在中国都有稳定的市场。这种中国文学和世界文学的深入联系实际上已经很大程度上化解了我们原有的焦虑。

同时，我们可以发现，中国大陆已经成为全球华语写作的最重要、最关键的空间，是全球华语文学的中心。像王蒙、莫言、刘震云、苏童等作家都已经是全球华语文学的最重要的作家，他们在海外华语文学的读者中的影响力也是非常巨大的。同样，我们可以从无论港台作家还是海外华文作家的中文出版作品在大陆市场的行销中看出。大陆的虽然从内部看相对较小，但从外部看极为庞大的"纯文学"市场，在开放的环境下其魅力远远超过了其他地域的华语文学空间。因此我们可以看到港台的重要作家如张大春、朱天文等在大陆的文学市场中的影响已经相当大。同时，像虹影、严歌苓等从大陆移民海外，并在海外出版作品获得声誉的华语作家，在新世纪之后纷纷回归大陆，在大陆的文学出版中寻求发展，这其实也显示了中国大陆在文学方面的中心位置。像严歌苓的《小姨多鹤》、虹影的《好儿女花》、张翎的《金山》等等作品，都是这些曾经或者当下生活在海外的作家华语文学的"跨区域""跨国"写作，这些作品都以内地作为主要的出版地。值得一提的是，20世纪中国写作中最重要的女性作家之一张爱玲的未发表过的作品《小团圆》《寻乡记》等陆续出版，也在全球华人文学空间中激起了巨大的反响，这也说明华语文学的融合的意义。

因此，从"世界文学"和全球华语文学的角度看，中国大陆的文学本身已经是其中的有机部分，已经不再是在边缘充满焦虑和困惑的文学。中国文学已经无可争议地处于世界文学和全球华语文学的新的平台之上。它的形象和形态已经发生了独特的变化。这些变化其实说明了我们今天对于它的评价和价值方面的困惑其实来自这个新的空间的新的要求。可以说，现在中国文学已经是世界文学的一个重要的构成要素，而不是一个孤立发展的独特形态。正是在这个平台上我们才会感受到新的压力和新的挑战。

三、"茅奖"与纯文学的未来

从总体上看，这次评奖大体反映了"纯文学"的现状。透过这些现状，我们可以看到一些值得思考的问题。首先，获奖作家大多是上世纪五六十年代出生的，而"纯文学"为公众所熟知的代表性作家也屈指可数。从"70后"开始，除了葛亮等少数作者，纯文学尚未出现具有分量的代表性作家。"80后"的作者或在青春文学领域，或进入网络文学，与纯文学的整个机制相脱节。后继乏人成了一个严重的问题。其次，这些获奖作品仍然是延续了传统的"新文学"写农村的长处，说明"纯文学"在表现不同的生活方面的困难。连当年《钟鼓楼》这样以城市为题材的作品也已经难以见到。这说明"纯文学"的表达仍然难以有更加深广的表现力和想象力。第三，"纯文学"如何在它的相对稳定的"小众"读者之外，能够让更多的读者了解也是一个现实的问题。当然不可能要求它像类型文学一样有相对"大众"的读者，但也需要更多的人了解和阅读，才可能永续发展。第四，如何从"国际性"的角度去处理和思考中国"纯文学"的问题。

评奖当然各有选择，但这次的"茅奖"所激起的讨论，无疑会引发人们关于"纯文学"的新一轮的思考和探究。

原载《艺术评论》2011年第10期

重审第八届"茅奖"及其争议

——对网络浏览时代阅读问题的思考

郭宝亮

2011年8月20日，第八届茅盾文学奖揭晓，有五部作品最终蟾宫折桂。作为这届茅盾文学奖的评委，我亲历了这次具有历史意义的评奖改革：施行大评委制，初、终评一贯制，评委投票实名制。正是这些改革，保证了"茅奖"的文学水准，我们也可以理直气壮地说，五部获奖作品，基本上代表了四年来我国长篇小说的最高成就，从而使这届"茅奖"成为迄今为止含金量最高的一届。

然而由于媒介的高度参与，也使这届"茅奖"成为社会关注度最高的一届。正像刘震云所说的，这届"茅奖""像翻过山车，像超女PK"："翻滚过山车的过程，像超女一样PK的过程，确实使它的影响跟前些年的茅盾文学奖是非常不一样的。可能过去评奖只是文学事件，现在成了一个社会事件。"[1]事实正是如此，"茅奖"还未出结果，网上的争议就开始了，结果一出，争议更是铺天盖地、骂声不断。质疑的声音首先来自程永新，他在微博上有言："张炜要得奖就滑稽了，因为全中国看过这部400多万字书的只一个人：责编。"结果公布后，程永新再度质疑：《你在高原》只有十几个评委通读过，却得到58票（评委共61人），"这是褒奖作家的过往还是在评具体的作品？这是严肃的评奖吗？"[2]阎延文、肖鹰也在博客里提出同样的质疑："没有通读作品就参与评奖，评委不看作品，看什么呢？一天半通读450万字的十分之四，就是说在36小时即至少要阅读一百万字，这是阅读还是翻书？在评委会公布的终选投票细目中，麦家和盛子潮均投了《你在高原》评奖的赞成票。在如此仓促草率的'通读'后，就投赞成票，《你在高原》的58/61的高票当选的有效性和公正性何在？"[3]

平心而论，这些质疑也并非没有道理。没有阅读就没有发言权，如果评委不认真阅读作品就投票，显然是不严肃的。这样的评委有没有，我不敢保证，但据我所知，大部分评委都是专门从事当代文学研究和评论的，对长篇小说的关注绝不仅仅只是这一个半月，而是长期跟踪随时关注的。实际上，从5月中旬开始的阅读（至少也有3个多月）主要是补充阅读，说评委不读作品也未免武断。当然，争议，甚至是谩骂（萧夏林的博客最突出）也是正常的，问题在于这种纠缠在枝节问题上的争议有意义吗？我注意到，以上激烈质疑这届"茅奖"的人，基本上也没有读过这些作品，阎延文在博客连续发布6篇质疑"茅奖"的文章，肖鹰也在博客上连篇累牍地发布22篇质疑性的文章，通读这些质疑文章，没有一篇是在认真阅读作品的基础上深入分析其获奖正当性的文章，我甚至有理由质疑：肖鹰教授是否真的在关注当代文学，究竟读过多少当代文学的作品，他把自己变成一个职业"网络达人"和博客写手，还有时间读书吗？是不是故意地哗众取宠、吸引眼球，也未可知。因此，这些质疑"茅奖"的人也很不严肃，起码也是用自己的矛攻了自己的盾，这也充分说明，我们这个网络浏览时代的集体过于浮躁。实际上正确的做法还是要回到文本上来，看看这些获奖作品是否当得起"茅奖"的称号。当然这些质疑也使得第八届"茅奖"评奖成为一种现象，我将其称为网络浏览时代的"茅奖"现象。而这一现象的核心问题是网络浏览时代的阅读问题，因此本文试图通过对第八届茅盾文学奖获奖作品的重审，来思考这一问题。

一、关于《你在高原》

在这五部获奖作品中，张炜的《你在高原》被质疑的最多。对此洋洋450万言，10部、39卷的鸿篇巨制，在这样一个只有网络浏览而愈来愈没有耐心进行深度阅读的时代，这种质疑顺理成章。但是当我们真的沉下心来，认真阅读这部大书的时候，我们会感到无比地激动和欣喜。这是一部真正意义上的纯文学作品，作者倾20多年的心血，全力打造，全方位地表现了知识分子特别是50年代出生的知识分子的处世方式、生存境况、心路历程。

作品通过50年代生人宁伽的大地行吟诗人般的无边游走，把历史与现实、理想与世俗、清洁与龌龊、守望与逃离、城市与野地等等复杂对立的多组意象勾连起来，以地质学、文化人类学的多学科缝缀，试图构筑现代浪漫理想主义思想体系的大厦。还乡冲动与流浪情结的悖谬式纠结，坚守善的清洁精神与不得不步步逃离污秽的伦理缠绕，生活中"父"的缺失与屈辱带来的弑父隐衷与乞灵于历史理性的对家族根脉的追寻，对城市现代性进程中的道义失落和欲望泛滥的厌恶与反向式回归野地的悲壮式仪式的践行，都使张炜显得不合时宜。也许哈姆雷特那忧郁的迟疑徘徊与堂吉诃德天真执着的浪漫理想主义始终并未远去，成为我们人类本身普遍的一种宿命。正如学者丁帆所言："在这个物欲横流的消费文化时代，一个执著着用古典主义和浪漫主义的手法去构建一个近乎于古典人文主义的精神大厦的作家，往往会使我们想起了堂吉诃德，在嘲笑之后我们为之深深感动。我们会像桑丘那样，和张炜一起重新踏上为理想而奋斗的荆棘之路吗？"[4]

这一诘问何等地好啊！我们可以嘲笑张炜的"愚鲁"和不会讨巧，但我们不能不为张炜的虔诚与执着而感佩万分。张炜是有思想的作家，也许张炜的思想算不上太深刻，但却是我们时代血淋淋的现实经验的充满个性化的回声。他对历史与现实的思考，他对存在意义的独特的勘探，都是这个时代作家里的佼佼者。作家铁凝对张炜的评价说得好："正是由于有了像张炜这样的一批优秀作家，中国的当代文学才真正显示出它的厚重与分量；正是由于有了像《你在高原》这样的力作，我们才能不断地为广大读者提供有价值、有营养的精神食粮。"[5]

同时，《你在高原》在艺术上的追求和探索，在长篇小说文体上的贡献也是令人欣慰的。张炜在古典浪漫主义的诗意化叙述中，糅合了现代主义的诸多元素，古典人文主义情怀与现代存在之思的完美结合，第一人称叙述的大开大阖，将历史的追忆与现实的游走并置在一起的对话式时空处理，都显示了长篇小说结构的宏阔与收放自由，语言的空灵与劲道，实现了小说与散文的跨文体缝合。

二、关于《天行者》

　　刘醒龙的《天行者》是在作者1992年创作的中篇小说《凤凰琴》的基础上续写改写而成。小说围绕着偏僻山村界岭小学以余校长为核心的几个民办教师三次转正的悲欢故事，"为这些'在二十世纪后半叶中国大地上默默苦行的民间英雄'献上感天动地的悲壮之歌"。

　　小说随着高考落榜生张英才加入界岭小学担任民办教师开始，以一个"外来者"的视角，次第塑造了艰难办学、照顾瘫妻同时还要承担寄宿在家里的十几个乡村孩子生活管理的老好人余校长；有点自私但心眼不坏的时时为自己转正做着准备的副校长邓有米；孤傲、清高、神秘、忧郁，与有夫之妇赵小兰苦恋多年的教导主任孙四海这几个人物形象，展现出他们在民办教师岗位上，卑微、平凡、困窘而又坚韧、执着、崇高的人生境界和灵魂挣扎。

　　民办教师是中国大地上特有的担任教学工作的专业人员，这些乡村中的农民知识分子，地位低下、所得甚少，有时还要忍受像余实那样的"村阀"的欺压，但他们却坚守着自己的良心，为国家担负着向偏远乡村成千上亿的义务教育阶段的中小学生传播现代文明知识的重任。他们像泥土一样默默无闻，大地不言般地感染呵护着农村的后学才俊。在如此艰苦卓绝的办学条件下，在如此窘促的荒山野岭之上，那每天在悠扬而单调的笛音伴奏下的升降国旗仪式，显得无比庄严和神圣。

　　小说重点写了三次转正。第一次转正，是因张英才写给省报的文章发表，引起上面重视，破例给了界岭小学一个转正指标，虽然人人对转正都梦寐以求，但在这关键时刻，却没有人争抢这个指标，而是把它给了为转正导致瘫病在床多年的余校长的爱人明爱芬。当明爱芬洗净了手，庄严地颤颤悠悠地在转正表格上填上自己名字的时候，她却满足地溘然长逝了。这一既荒诞又悲壮的结局，实在令人唏嘘！转正成为一种魔咒，转正不仅仅是一种待遇，还是这些卑微者被认可的一种标志，是实现生命意义的一次证明。第二次转正，指标是给学校负责人余校长的，但由于余校长到省城培优，担任校长助理的蓝飞便利用掌管公章的机会，私自挪用给自己，引发了邓有米、孙四海的强烈不满。知道真相的余校长，谎称是自己主动放弃指标，让给年轻人蓝飞的。余校长的这一善意的谎言，倒不是他真的愿意把这个指标让给蓝飞，而是他无法处理，他

当代中国文学史资料丛书

不能心安理得地撇下邓有米和孙四海，他的良心不安，而邓有米与孙四海其实也一样，除非他们一块转正。界岭小学的"刘关张"，患难与共的精神境界，如一丝暖流，氤氲在白雪皑皑的界岭的寒冬里……第三次转正，写的是国发红头文件终于下发，允许民办教师全部转正。但荒唐的是，他们还需为买工龄花上上万元的巨款，为筹措这笔钱款，邓有米不惜收受建筑队的贿赂为余校长和孙四海垫支，最终酿成新盖教学楼坍塌的事故……

《天行者》是一部"底层写作"的典型作品，它的题材意义非常重要，民办教师，底层弱势群体，富有暖色的感动与反省……都使它无懈可击且魅力长存。毫无疑问，刘醒龙是一位写实能力很强的作家，他历来关注现实，瞩目底层，对题材非常的敏感，但《天行者》虽得益于题材，却又超越了题材，它的重点不仅仅在于对教育现状的揭示，而是侧重于人性在艰苦卓绝之境中的挣扎与升华，生命在平凡卑微之时的迸发与扬厉，以及命运在历史荒诞苍凉之流中的无奈与决绝的喟叹与参悟。试想一下界岭小学民办教师的三次转正，哪一次不是像《第二十二条军规》那样，伴随着荒诞促狭的历史轨迹以及命运的吊诡而来，现实性、历史感与命运感，使得《天行者》的意蕴更加凝重而旷远。

《天行者》在艺术上也颇有讲究。语言清丽简约而又不乏诗意的空灵，情感内敛克制而又不失刻骨铭心的尖厉与刺痛。行文自然，针脚绵密，特别注意富有诗意的细节的渲染，比如凤凰琴、笛音的穿插，叶碧秋母亲女莟读书的几次呈现，支教老师夏雪与神秘的宝马车的闪回等等，都充分显示了刘醒龙既有扎实的写实功力，又有把历史与现实诗意衔接，进而超越具象之上而抵达生命本真的能力。

三、关于《蛙》

莫言的《蛙》以计划生育这一敏感题材为背景，塑造了乡村妇产科医生、计划生育干部姑姑这一典型形象。

在姑姑身上，既有圣母般的光环，又有地煞般的狰狞，是亦神亦魔的合体人格。她是烈士后代，父亲曾是白求恩的弟子，是八路军西海地下医院的创始人。姑姑很小的时候就经受了日本人的严刑拷打、威逼利诱，但坚决不动摇。新中国成立后，姑姑成为新法接生的积极实践者，她一生接生近万人，晚年被高密东北乡人民称为送子观音、活菩萨。但她也是计划生育战线的党的好干部，她对党忠诚，铁面无私，为了计划生育工作，她扒房拆屋，对孕妇围追堵截，死在她手上的孕妇和小生命也不在少数……姑姑"手上沾着两种血，一种是芳香的，一种是腥臭的"。对姑姑晚年生活在地洞中，以捏泥娃娃表达忏悔的心理的叙写，是莫言对人在历史场域中的自我担当自我忏悔意识的呼唤。莫言曾说，《蛙》在他自己的写作历史上占有重要位置，是他自己比较满意的一部作品，"因为这是一部开始执行自我批判的作品，是我提出的'把自己当罪人写'的文学理念的实践"。

因此，我们不能相信一班浅薄之辈把莫言的《蛙》看作只是写了敏感题材或是向西方诺贝尔奖的谄媚与迎合的论断，那样实在是小看了莫言。《蛙》借计划生育题材和姑姑的形象，实际上写出了一部民族生育史，或者说是借生育写出民族的现代化进程的历史。生育之于民族是最能体现文化伦理意义的，它绝不是简单的添丁进口，而是一个民族兴旺发达与否的大事，它既是政治经济的，又是文化心理的，甚至可以说与民族的集体无意识密切相关。古代原始部落的生殖崇拜，至今在一些少数民族中，仍可见出端倪。莫言把小说命名为"蛙"，乃是取"娃""娲"同音之意，其图腾的意味十分明显。新中国成立伊始，万象更新，姑姑作为新法接生的新人是共和国新生事物的代表，她击退"老娘婆"，用科学方法接生，接生的第一个孩子是陈鼻。陈鼻是地主的后代，又是混血儿，那个硕大无比的大鼻子，难道没有一点隐喻的意味吗？新法接生既是科学现代性的指征，同时也体现国家意志对传统生育观的控制的开始。从此传宗接代的自然行为让位于民族国家现代化进程的一部分。当计划生育成为基本国策，极端化的乃至非理性的计划生育行为，就成为历史合理性的正义之举。姑姑作为执行者，无须替历史承担责任。改革开放以来，随着富人阶层的出现，许多大款、达官贵人开始包二奶、泡小三，袁腮的以牛蛙公司名义经营"代孕"的公司应运而生，生育与金钱密切联系，新的生育上的不平等又呈现出来，资本以金钱换算的方式剥夺了人之为人的基本权利，以工具合理性掩盖了价值的非理性本质。对蝌蚪以陈眉代孕的方式夺人之子，致使陈眉精神失常的描写，就说明了人是如何为以历史合理性的方式满足自己的贪欲而狡辩的。

《蛙》的重要价值就在于，莫言一方面承认现代化历史进程的合理性，承认个体在这一进程中的无能为力与无辜性，另一方面，莫言又感到个体不能以历史进程的合理性来开脱个人行为的罪感，忏悔与赎罪是十分必要的。这就是为什么莫言要以给日本友人杉谷义人写信的方式进行叙事的缘故。杉谷义人正是侵华日军司令杉谷的后人，这位日本先生同样有着需要替历史忏悔和担当的意识。这也就是童庆炳先生所提倡的"历史—人文"双重价值取向的写作范式。童庆炳先生认为："我们提出的这一范式的特点在于困境的'还原'，既不放弃历史理性，又呼唤人文精神，以历史理性和人文精神的双重光束烛照现实，批判现实，使现实在这双重光束中还原为本真的状态。"[6]这一范式，实质上与马克斯·韦伯所说的资本主义的工具合理性与价值非理性的悖论是基本相同的意思。在这一悖论中，作家的立场是站在两者之间，结结实实地表达出这一张力。

很显然，莫言的《蛙》具备了在历史理性与人文关怀之间的叙述张力，这种张力的获得，使得《蛙》拥有复杂浑厚的艺术魅力。

四、关于《推拿》

就其文学品质而言，对《推拿》的获奖一点也不感意外，轻灵而凝重的语言，温暖而平实的色调，是《推拿》最突出的特点。

小说讲述了推拿店里的一群盲人的日常生活，写出了他们内心深处的光明与黑暗，忧伤与欢乐，尊严与尴尬，塑造了王大夫、沙复明、小孔、小马、金嫣、徐泰来、都红等众多的盲人普通人形象。小说的基调是温暖的，但在温暖中又流露出淡淡的忧伤，王大夫与小孔的爱，沙复明对都红美的幻想，金嫣对徐泰来的痴……作者娓娓道来，沉静从容中万马奔腾，细腻琐碎中见出大度。

把盲人当正常人来写，而且要写出他们的细腻的内心，这的确是个不好处理的题材，但毕飞宇却把它写得惊心动魄、荡气回肠。这与他对人物心理的细腻的刻画以及飞扬的语言风格不无关系。评论家王春林把毕飞宇的写作称为"法心灵"的现实主义写作[7]，我觉得有道理。将现实心灵化，以轻写重、以细腻写辽远，以实写虚，本来就是毕飞宇一贯的美学追求。

毕飞宇是一个语感非常强的作家，读他的小说，我们可以深切体会到小说是语言艺术这一特点。比如《推拿》中写小马对时间的理解：

……九岁的小马一直以为时间是一个囚徒，被关在一块圆形玻璃的背后。九岁的小马同样错误地以为时间是一个红色的指针，每隔一秒钟就"咔嚓"一小步。大概有一年多的时间，小马整天抱着这台老式的时钟，分分秒秒都和它为伍。他把时钟抱在怀里，和"咔嚓"玩起来了。"咔嚓"去了，"咔嚓"又来了。可是，不管是去了还是来了，不管"咔嚓"是多么的纷繁、复杂，它显示出了它的节奏，这才是最要紧的。咔嚓。咔嚓。咔嚓。咔嚓。咔嚓。咔嚓。它不快，不慢。它是固定的，等距的，恒久的，耐心的，永无止境的。

如此灵动的语言满书全是，读来实在不忍释卷。

五、关于《一句顶一万句》

我想在本文重点谈一下刘震云的《一句顶一万句》这部作品。

刘震云是一个最具探索精神的作家，此前他已经完成了三次叙述转向：新写实转向，新历史转向，新媒体批判转向。《一句顶一万句》可以看作是刘震云的第四次转向，我姑且称其为"日常叙事"的转向。它标志着刘震云基本完成了对此前叙事的由繁到简、由张扬到内敛、由奢侈到朴实的转变。实际上，刘震云一直在寻找着对思想的最完美的表达方式。早在《故乡面和花朵》这部四卷本的洋洋大作中，刘震云在最后一章即"第十章插页，四部总附录"中就以"日常生活的魅力"为题，模仿了《水浒传》《三国演义》，还有白居易的《琵琶行》，这说明，即便在如此飞扬繁复的叙事时期，刘震云对具有鲜明民族风格的叙事作品也情有独钟。终于在《一句顶一万句》中，刘震云找到了属于自己也属于本土的叙事方式。在该作中，我们的确可以感受到《水浒传》等传统叙事的影子，甚至也有赵树理的口吻："沁源县有个牛家庄。牛家庄有个卖盐的叫老丁，有个种地的叫老韩。"如此返璞归真的叙述语言，洗尽铅华，饱经沧桑，筋道耐嚼，它是知天命的刘震云长期摸索的结晶。这部小说我曾仔细地读过三遍，读完之后，心中百感交集，可又不知从何说起，它就像这土地本身，你抓一把它是土，扔下去还是土，泥土般的叙述，泥土般的人物，没有时代风云际会，也没有百年历史传奇，波澜不惊、从容淡定、老老实实、细细道来，把最底层、最本色、最民间的五行八作、三教九流的贱民百姓的日常生活叙写得有声有色、魅力无穷。如果说《水浒传》主要叙写的是江湖的英雄传奇，赵树理叙写的是解放区农民的翻身道情，那么，刘震云则主要叙写的是底层百姓日常生活的琐碎庸常状态。把这种日常的琐碎庸常状态如实细致地叙写出来，语言的功力是可想而知的。我觉得，《一句顶一万句》的叙事语言是刘震云继赵树理、孙犁、汪曾祺之后，对现代汉语文学的又一贡献。

　　与这种本色、素朴、凝练的叙事相对应的是作品所表现出来的深刻繁复的思想。小说延续了刘震云自《一腔废话》《手机》开始的一贯对"说话"的哲思。"说话"实际上是十分困难的，这其中具有两层含义，一是人和人沟通的困难，知心话难说，知心朋友难找，这是人的孤独的处境。然而刘震云所写的孤独并不是知识分子的孤独，而是百姓日常生活的孤独。正如评论家雷达所说的："它首先并不认为孤独只是知识者、精英者的专有，而是认为三教九流、五行八作、引车卖浆者们，同样在心灵深处存在着孤独，甚至'民工比知识分子更孤独'，而这种作为中国经验的中国农民式的孤独感，几乎还没有在文学中得到过认真的表现。"[8]写孤独、写人的隔膜，是刘震云一贯的主题，所谓的"面和心不合"，人与人的不可沟通，早在"新写实"阶段就开始写了。[9]到了《手机》，刘震云进一步强化了这一主题。《一句顶一万句》把这种孤独、隔膜推广到底层百姓的日常生活，写百姓日常生活的孤独，是人类共同面对的本源性孤独。这种孤独与生俱来，是人的生存的一部分，是不可克服、不可更易的。传教士老詹40年传教，只在延津发展了八个信徒，第九个"信徒"杨百顺，其实也不是真信主，"话同意不同"，杨百顺稀里糊涂地变成杨摩西，进而又成为吴摩西，但他并没有如老詹希望的，像摩西带领以色列人出埃及那样，把深渊中的延津人带出苦海，而是在孤独的苦海中，自我挣扎，这种挣扎没有任何自觉的理性意识，完全出自一种生存的本能。对女儿巧玲的寻找，使他走出延津，"你从哪里来，你到哪里去"这句充满玄机的话语，在吴摩西那里，具有实实在在的生存论意义。多年以后，巧玲（曹青娥）的儿子牛爱国，遇到的仍是同样的问题：同样的孤独、同样的生存困境、同样的人生遭遇。为克服这孤独，他东奔西走，最终踏上回延津的道路，一出一回，恰恰是一种"轮回"。刘震云在此要揭示的，正是对人类生存的根本处境的洞透与了悟。孤独只是这根本处境的伴生物而已。

"说话"的困难的另一层含义则是"言说的困境"，当我们试图言说世界的时候，这个世界其实是很难说清楚的。一句话顶着一万句话，为了讲清这一句话，你必须用另一句话解释这一句话，而这一句话又需要解释，以此类推，以至于无穷，最终，人的言说只能是一腔废话。刘震云在这部小说的叙述中，枝杈蔓生，一件事能扯出十件事，一个人物后面又套着几个人物的这种文体形态，正是言说困境的体现。世界的繁复和不可穷尽，不是语言能够说清楚的。然而，人类又有着强烈的言说世界的欲望，我们固执地相信肯定有一句可以揭示世界真相的"话"的存在，于是，寻找几乎是人的与生俱来的本能。"出延津记"的杨百顺—杨摩西—吴摩西要寻找的是这一句话，"回延津记"的牛爱国要寻找的也是这一句话，但最终，还得找——在路上，这是人类命定的渊薮。这也正如罗兰·巴尔特（Roland Barthes，1915—1980年）"洋葱头"理论所认为的：世界不是一种有核的水果，它就是一种洋葱头，"它的体内没有中心，没有果核，没有秘密，也没有不可简化的原则。除去它层层包裹的无限性，此外一无所有。而这一层层绵延不绝的包裹除去构成洋葱自身的外观之外，也不包含任何其他内容"[10]。杨百顺—杨摩西—吴摩西—罗长礼的名字的变迁，是否象征性地预示了人类寻找的无望，最终只能给自己"喊丧"来结束这孤独的命运呢？至此，刘震云以最朴实的叙述言说了最形而上的命题，小说真正达到了"状难写之景如在目前，含不尽之义见于言外"的最高审美境界。因此，我完全赞成把《一句顶一万句》看作是迄今为止"刘震云最成熟最大气"的作品的评判。

六、从"茅奖"争议看网络阅读

作为这届"茅奖"的评委，我在评奖现场感受到每个评委的严肃认真的态度，高洪波说他用了四瓶眼药水也并非是夸张之语。大家每天都在紧张的阅读中度过，只有晚饭后才到八大处公园去爬爬山，放松一下。小组会上，大家畅所欲言，不断进行着激烈争论。我印象最深的争论，一是关于主旋律的争论，二是对茅盾文学奖评奖标准以及对茅盾先生文学观的理解。对于第一个问题，一些评委认为，主旋律作品就是那些紧贴当下现实，反映当前现实生活的作品；大部分评委认为，主旋律不应该狭隘化地去理解，凡是表现人类共有的美好情感，弘扬真善美的作品都应该看作是主旋律作品。关于第二个问题，一些评委认为：不应该机械地理解茅盾文学奖的评奖标准，茅盾文学奖应该坚持文学性与经典性原则，把那些公认的思想性与艺术性俱佳的作品评出来。茅盾先生的文学观不是单一的，而是丰富的。这一观点普遍为评委们所接受。我觉得这些争论的结果，最终都体现在这届获奖作品中了。这届评奖尽管也有不完善的地方，但起码避免了前几届评奖的许多弊病，可以说是迄今为止含金量最高的一届。

相比这下，那些激烈指责第八届"茅奖"，不在阅读作品基础上加以批评的人，显然是不严肃的。没有阅读就没有发言权，这不仅应该针对"茅奖"评委，也应该针对每一个人，尤其是那些常常骂人的网络达人们。这种现象也使我们不得不思考网络时代的阅读问题。网络时代的大众阅读已然变成普遍的网络浏览，而真正有深度的阅读早已荡然无存。我在河北师范大学文学院对一部分现当代文学和文艺学专业的研究生进行调查，在36人中，阅读过本届"茅奖"五部作品中一部的仅有5人，占13.8%；阅读过2部和3部的各有1人，占1.2%。在为本科生3—4年级开设《新时期小说研究》选修课的82人的随堂问卷的调查中，《你在高原》有2人阅读过，占2.97%；《天行者》有2人阅读过，占2.97%；《蛙》有28人，占34%；《推拿》有7人，占8.5%；《一句顶一万句》有13人，占15.9%。当然，这些作品出版的时间还不够长，还有一个过程。但对韩寒《三重门》、郭敬明《幻城》、宁财神《武林外传》等的阅读分别为50%、52.4%、30%（且主要是从网上阅读），远远超过了这些获奖作品。在调查中，每天上网1小时的占32.9%，2小时的占39%，3小时的占13.4%，4小时以上的占10.9%。上网阅读博客和微博的占36.6%，游戏和聊天的各占7.3%和14.6%。这只是对中文专业部分学生的一个局部调查，全国的情况更能说明问题："据2010年公布的《第26次中国互联网络发展状况统计报告》，中国网民数量4.2亿人，互联网普及率31.8%；其中文学网民有1.88亿人，应用率达44.8%；手机网民更倾向于娱乐终端，规模达2.77亿人；博客、微博、MSN、QQ等已经成为青年人信息传播和审美趣味表达的主要方式。"[11]由此可见，网络时代的阅读方式已经发生了改变，网络阅读逐渐超过了纸质阅读。然而网上的阅读只能是一种浏览式的阅读，这种阅读只适于那些阅读难度

茅盾文学奖研究资料

不大的、新奇刺激的作品，因而属于浅阅读。

浅阅读是相对于深度阅读而言的，深度阅读是一种产生深度思考的阅读，也是有思想含量的一种有难度的阅读。1980年代是深度阅读的黄金时代，那时候，大家读《走向未来丛书》，读李泽厚，读各种西方哲学、美学、社会学、文艺学等方面著作，阅读带来了思考，也活跃了思想。1990年代后期以来，网络浏览的浅阅读代替了深度阅读，浅阅读是一种快速浏览的阅读，它多获得信息而难产生思考，猎奇化、娱乐化、浅俗化成为这种阅读的突出特征。在一定程度上说，这种阅读也决定了网络时代的写作姿态。是的，有什么样的阅读就应该有什么样的写作，阅读与写作是联结在一起的，这一方面是说写作者的阅读的深浅程度决定着写作者的写作的深浅程度，另一方面是说大众的阅读趣味也决定着写作者的写作姿态。我常常思考，"先锋小说"作家们，在20多岁的时候，就写出了具有相当深度的文学作品，而"80后""90后"们写出的作品，至今仍觉着浅淡，其中的原因何在？原因当然是复杂的，但主要还是与这种浅阅读下的写作姿态有关。这种写作姿态实际上已不仅限于"80后""90后"的写作，而且业已成为网络时代网络写作的共有姿态。许多文化名人加盟网络博客（微博）写作，进一步推动和加速了网络浏览时代的浅阅读的快餐化进程。

网络浏览时代的大众阅读从BBS过渡到博客和微博时代之后，曾经历了两次大的事件：一是2003年6—11月的"木子美"事件。广州网名为"木子美"的女青年因在博客发表空前大胆的性爱日记，而吸引了众多网民的眼球，11月11日，百度"木子美"的搜索量当天达到117 318次，"博客中国"也因访问量过大导致服务器瘫痪。[12]"木子美"事件奠定了博客阅读—写作的"情色窥私"模式。2006年3月2日，韩寒在博客发表《文坛是个屁，谁都别装逼》的讨伐评论家白烨的文章，导致了所谓的"韩白之争"，后来导演陆川、音乐人高晓松的加入，造成一个多月的网络混战。[13]"韩白之争"事件奠定了博客阅读—写作的"大话攻击"模式。这种模式的写作又可分为"粗口回击型"和"没事找事型"两种类型。但共同的特征都往往故作惊人之语，以"刻薄"和"激进"的绝对化的方式发言，"无实事求是之意，有哗众取宠之心。华而不实，脆而不坚。自以为是，老子天下第一，'钦差大臣'满天飞。"[14]这样的写作，不是经过深度阅读、深度思考之后，以摆事实讲道理的方式写作，

188

而是以猎奇化的姿态和通过寻找新闻看点来故意制造事端的"寻衅滋事"的写作，这种写作使本来失去判断力的网络读者误以为是一种有思想的写作。在一个思想苍白的时代，人们很容易把"激进"和"刻薄"当成思想本身。显然，肖鹰、阎延文等的博客写作，就属于这种写作。因此，我们看到的他们的博客虽然说的是茅盾文学奖，但实质上与茅盾文学奖没有多少关系。他们关心的不是茅盾文学奖作品本身，而是"茅奖"这件事，他们要把"茅奖"变成一种具有新闻效应的吸引眼球的"事件"，只有这种不需要思考、不需要深究的"事件"才可能迎合取悦于自己的"粉丝"。"粉丝就是生产力"，"粉丝们"的"点击率"才是最大的秘密。如此一来，以文化明星自居的展示价值和以"眼球经济"为目的的商业价值的高度统一，恐怕才是肖鹰们"大话攻击"第八届"茅奖"的良苦用心之所在吧。

当然，我不是说"茅奖"不能"攻击"，不能批评，这种"攻击"客观上也显示了网络时代的"民主"形式，尽管这种"民主"有时候又会演化为一种话语暴力（网络暴力），但它无形中也扩大了"茅奖"对大众的影响力度。我所担忧的主要在于大家对没有按照网络浏览时代网络写作"潜规则"行事的"纯文学"作品，也采取"浅阅读"的方式把它变成一种新闻化、猎奇化、娱乐化事件。我觉得，在一个普遍浅俗化的时代，我们的确应当呼唤一种真正建立在深度阅读基础上的有思想、有担当的批评！

参考文献：

[1] 实录：刘震云携《一句顶一万句》谈茅盾文学奖 [OL]. http://book.sina.com.cn/news/a/2011-08-23/1140290183. shtml.

[2] 第八届茅盾文学奖《你在高原》票数最多引争议 [OL]. http://www.chinanews.com/cul/2011/08-21/3272095. shtml.

[3] 肖鹰. "贰时代"的茅盾文学奖"实属正常" [OL]. http://blog.sina.com.cn/xying1962, 2011-08-20.

[4] 评论家点评《你在高原》[N]. 文学报, 2010-05-13 (03).

[5] 铁凝. 凝视并仰望高原——评《你在高原》[J]. 法制资讯, 2010 (2): 100-102.

[6] 童庆炳. 童庆炳文学五说 [M]. 长春：时代文艺出版社, 2001: 356.

[7] 王春林. "法心灵"的日常化叙事——读《推拿》兼及毕飞宇小说的文体特征 [J]. 扬子江评论, 2008 (6): 46-53.

[8]雷达.《一句顶一万句》到底要表达什么[N].天津日报,2009-06-10.

[9]郭宝亮.洞透人生与历史的迷雾——刘震云的小说世界[M].北京:华夏出版社,2000:42-56.

[10]赵一凡.欧美新学赏析[M].北京:中央编译出版社,1996:142.

[11]田忠辉."80"后与"90"后:网络一代审美趣味的流变与生成[J].文艺争鸣,2011(16):94-97.

[12]"木子美"冲击波[OL].http://tech.sina.com.cn/other/2004-01-14/1832282413.shtml.

[13]张英.傲慢与偏见——清点"韩白之争"[N].南方周末,2006-04-06.

[14]毛泽东.改造我们的学习[M]//毛泽东选集.一卷本.北京:人民出版社,1968:758.

原载《山西大学学报(哲学社会科学版)》2012年第4期

"明迎暗拒"——论茅盾文学奖对于网络文学的姿态

禹建湘

2011年第八届茅盾文学奖出台了两个新的规则引人关注：一是"推行评奖实名制投票"，二是"向持有互联网出版许可证的重点文学网站征集参评作品"。第一个变化推行实名制，促使评委对手中投票负责，是个好的设想，但中国作协似乎忘了要制定回避制，以至于有三部获奖作品的相关利益人参与了评奖过程，评奖的公正性受到怀疑。第二个变化是继2010年鲁迅文学奖之后，茅盾文学奖也向网络文学敞开了怀抱。当然结局和鲁迅文学奖一样，茅盾文学奖拉来网络文学作陪练后，让网络文学"打酱油"走了。茅盾文学奖最终获奖的作品包括张炜的《你在高原》、刘醒龙的《天行者》、莫言的《蛙》、毕飞宇的《推拿》、刘震云的《一句顶一万句》，都是体制内的传统作家作品。网络文学阵营推出的《遍地狼烟》《青果》《成长》《从呼吸到呻吟》《国家脊梁》《办公室风声》《刀子嘴与金凤凰》等作品，无一幸免地落选。中国作协一方面要表明对当前文学"兼容并包"的广阔胸怀，另一方面，又要维护体制内的权威不被侵袭，因而对网络文学采取了"明迎暗拒"的姿态，这充分体现了当前中国体制内文学圈对体制外文学圈的态度，是两个文学圈关系的真实写照。

一、茅盾文学奖招安网络小说是"平衡"策略

茅盾文学奖从1982年开始，每四年评选一次，是我国最高荣誉的文学奖之一。其宗旨是要贯彻"百花齐放，百家争鸣"的方针，遴选的作品要求弘扬主旋律，提倡多样化，鼓励关注现实生活、体现时代精神。但每次评奖之后，总

会引起各种非议，除了极少数的经典力作外，大多数获奖作品都会遭到公众的质疑与诟病。其主要原因在于一些不如人意的作品，无论是社会影响力还是艺术质量都不能够代表中国每一时期的最高文学水平状况。这导致了公众对茅盾文学奖获奖作品的满意度每况愈下——茅盾文学奖不仅未能实现国家最高文学奖的价值，而且丧失了对社会和文学的引导作用，茅盾文学奖也由是远离了大众视野。正是基于这种尴尬现状，中国作协试图改革茅盾文学奖的评选办法，以使茅盾文学奖重新得到大众认同。2011年接纳网络小说参评，就是其迎合大众的一种努力与尝试。

网络文学从草根荒野进入文学殿堂只用了短短十年时间，在传统文学不断滑落到社会边缘的情境之下，网络文学在不经意间异军突起。进入到21世纪，传统文学、市场文学和网络文学三分天下的格局基本形成并日益稳固。在作品数量上，网络文学远远超过了当代文学纸质作品半个世纪的总和，在文学图书市场，网络文学的销售也经常位居排行榜前列。网络文学正在掀起强烈、持久、普遍的社会阅读需求，并深刻地影响和改变着中国文学的格局，网络文学以铺天盖地的姿势席卷而来，在中国文坛创造了一个个热点和传奇。在这种情形下，如果再公开对网络文学表示不屑或者视而不见，无疑会遭到公众的口诛笔伐。正是基于这一点，茅盾文学奖要想得到大众尤其是年轻文学爱好者的认可，就必须要改变策略，放下身段，把那些符合大众品位的作品纳入到自己的势力范围之内来，这既可以扩大自己的权威地盘，又可以借此拉拢大批文学写手和文学读者。这是体制内文学圈的自觉调整行为，是体制内传统文学对大众的示好与妥协的艺术，是一种平衡策略。

其实，这种妥协与平衡艺术在2008年的第七届茅盾文学奖上就上演了一场。这一届的茅盾文学奖授给了畅销小说《暗算》，一时成为大众议论的焦点。《暗算》当时凭借同名电视剧的巨大影响力，有着广泛的读者群。《暗算》申报茅盾文学奖，被视为担当一种"搅局者"角色，这是茅盾文学奖首次放下身价、迎合市场趣味而展现的一种新姿态。而《暗算》的最终获奖，则明确无误地表达了茅盾文学奖力图收编大众文化、贴近大众的信号，这是茅盾文学奖对大众文化的第一次明确妥协。

从这个意义上来说，网络文学受到茅盾文学奖的青睐，是时代发展的必然趋势。茅盾文学奖一直倡导要客观反映社会现实生活，较好地体现时代精神和历史发展趋势。茅盾文学奖能与时俱进地把网络文学纳入到评奖范畴，为自己融入了新的介质，拓展了新的领域，增添了新的血液。茅盾文学奖"招安"网络文学，向大众释放了一个"善意"的信号，证明了自己的包容性和当下性。同时，还潜藏着另一个深层的意思，那就是传统文学界对网络文学的一次大胆试探，传统文学希望通过这种方式，来摸清网络文学的底细，看看网络文学究竟有多大的读者群，究竟有多大的影响力，接纳与拒绝到底能激起多大波涛，能引起多大反响。茅盾文学奖用这样一种手段，轻而易举地把网络文学一览无余了。我们相信，将来传统文学对网络文学的态度将以这次试探为基准，为拿捏底线。

但不管怎么说，茅盾文学奖能够接纳网络文学，至少说明中国作协试图在精英化与大众化、体制内与体制外之间寻求一种平衡。熟知中国当前文学现状的中国作协，自然知道，在21世纪的文学版图中，网络文学是绕不过去的一支重要力量。如果传统文学界依然无视网络文学，"终将把自己变成小众"①。2010年的鲁迅文学奖和2011年的茅盾文学奖，都向网络文学抛出了"橄榄枝"，这不但是网络文学实现了从草根庶出到主流认可的转变，也是体制内传统文学不想被大众抛弃的一种自我救赎。

二、网络文学的折戟是体制内文学圈"自我娱乐"的折射

2010年的鲁迅文学奖，只有一篇网络小说《网逝》入围，并最终与奖项失之交臂。无独有偶，2011年的茅盾文学奖，仅有少数几部网络小说能得以申报成功，而经过首轮投票之后，前80部作品的榜单上就仅留下李晓敏（菜刀姓李）的《遍地狼烟》了，并且排名在75位，另一部靠前的网络文学作品是顾坚的《青果》，第81位。网络小说在一开始，就注定了充当"打酱油的"看客角色。在"起点中文网"上，有网民情绪悲壮地表示，菜刀姓李和他的《遍地狼烟》，是在"为捍卫网络小说的尊严而孤独应战"。参评的网络小说全部出局，当然可以从很多方面加以评析，但其折射出的茅盾文学奖已沦为体制内"圈子文化"自娱自乐的这一事实难以被否认。

2011年的茅盾文学奖对评奖工作进行了较大修改，首次实行评委实名投票，组成了有史以来最大的评委会。评委由62位专家组成，这些评委一部分是

由中国作协直接聘请的，一部分则由各省作协推荐，此外，解放军政治总部也推荐了一名。评委在5月份就被确定下来，8月份在北京香山八大处进行封闭式的评选工作。按照官方的说法，为了加强评选的连续性，或者说为了体现评奖的公正性和透明性，这些评委承担了由初评到终评的全部工作。

从评委的选拔与组成就可以看出，茅盾文学奖是体制内的文学奖项，没有引入独立的第三方来进行评选。其评委全部来自体制内成员，这样，作为体制内作家在获奖方面占有绝对优势就不足为奇了，体制外的网络文学"陪太子读书"的命运也就顺理成章了。

正因为茅盾文学奖是体制内的国家级文学奖，茅盾文学奖很大程度上异化为一些地方官员、出版社领导的政绩考核标准，争夺茅盾文学奖成为一些人晋升的手段，很多地方把获奖当成了政治任务，以期用茅盾文学奖来增添政治资本的筹码。另外，获得茅盾文学奖可以带动图书的销量，每次茅盾文学奖名单公布后，新华书店就会出现码垛的现象，作家个人和出版社除了提高知名度外，还能带来更大的经济利益，这样就导致茅盾文学奖的争夺"不是一个人在战斗"了。可以说，早期的茅盾文学奖的争夺，主要还是个人，这些作家希望通过获奖在文学史上能留下一笔。而现在，茅盾文学奖的争夺，则是各种利益集团在博弈，出现各种运作活动，也就是理所当然的事了。本届茅盾文学奖首次实行"投票实名制"，但问题的关键在于，实名制是否真的抑制了"跑奖""贿奖"？在这么多利益集团的挤压下，这些评委长期被封闭在一个宾馆里，抬头不见低头见，即使在排除各种暗箱操作的前提下，他们在某种氛围、某种暗示、某种示范等有形无形的引导下，其评选工作是否会受到影响，是很难说清楚的。从这个意义上来说，茅盾文学奖获奖作品是体制内各方势力互相妥协的结果。

而令人不安的是，茅盾文学奖某些制度设置的不合理或不健全，导致了获奖作品难以服众的现象。应该说，本届茅盾文学奖获奖作品，都体现了一定实力，基本上杜绝了"烂泥扶上墙"的现象。但依然引起很大争议，这一方面是对文学"仁者见仁、智者见智"的不同看法引起的，另一方面，不能否认的是由茅盾文学奖在评选过程中本身的一些"硬伤"造成的。比如最终获奖的5部作品中，有3部作品的公正性受到了怀疑，就是由于评奖没有很好地实行回避制度而引起的。由作家出版社出版的获奖作品《你在高原》，其总策划和出版人是中国作家协会副主席、中国作协书记处书记何建明，而何建明在评奖过程中公开的活动表明，他在一定程度介入了评奖工作。另外获奖的由《人民文学》杂志发表的《推拿》和《一句顶一万句》，李敬泽是当期杂志的主编，而他作为中国作协书记处在任书记，担任第八届茅盾文学奖评委会副主任，以此双重身份直接参与了茅盾文学奖的领导工作。清华大学教授肖鹰指出："在本届茅盾文学奖总计五部获奖作品中，中国作家出版集团发表和出版的作品占据三部，而且这三部作品均涉嫌违纪参评。"②茅盾文学奖没有有效地采取回避制度，这种与"瓜田不纳履，李下不整冠"背道而驰的事情，势必要引起公众无限的猜想与合理的怀疑，公众指责茅盾文学奖已蜕变成为"圈内娱乐"也就情有可原了。

茅盾文学奖如果不全面敞开大门、强化评奖透明度及公众参与度，茅盾文学奖就只能在体制圈子里越来越"小众化"，最后成为体制内成员自娱自乐的"官本位"游戏。如果茅盾文学奖一味漠视体制外波涛汹涌的文学事实，只在评奖小细节上加以修订，而不从根本上进行改革，依然采取"以不变应万变"的策略来对待当前中国文学界的发展态势，茅盾文学奖的价值终有一天会消失。茅盾文学奖只有从体制入手，打破官方垄断规则，引入第三方力量，把"关门评奖"变为"开门评奖"，真正有诚意吸引体制外的作品来公平竞争，其权威性才能在大众心中得以确立。

三、拒奖网络文学是传统文学界展示权威的方式

2011年第八届茅盾文学奖向网络文学张开了怀抱，但一细究，就会发现这种张开双臂欢迎是有条件的。这些破门而入的网络小说，无论是主题还是形式更靠近传统文学。也正是这个原因，对于这一届到底有多少部网络小说申报成功，众说纷纭。如《遍地狼烟》作为军事题材与传统文学很接近，并且早就出版了纸质书。《成长》的作者王海鸰是传统作家，该书只是新浪享有电子版权，不是严格意义上的网络文学。郑彦英的《从呼吸到呻吟》参加了"30省作协主席小说巡展"并获得二等奖，这部小说不是在网络上率先发表，作者本人也是河南作协副主席，属传统作家。《青果》的作者顾坚也是地地道道的传统作家，网络写作只是一种尝试，其创作风格依然是传统路线。这些作品与网络

写手在网络上的"更新"写作存在很大区别，其网络文学特有的气质不明显。这说明，茅盾文学奖在接纳网络文学时，就事先设了一些门槛，这些门槛的设置，是传统文学界权威确证的方式。

本届茅盾文学奖对于网络文学作品有两点要求，一是必须由正式的、有出版许可证的网站推荐，二是必须已在线下出版，并且是截止在2010年底。这种规定表面上是对传统文学与网络文学一视同仁，其实质是漠视了网络文学存在的特性。印刷出版对于传统文学来说，是其存在的一种证明，而对于网络文学来说，网上点击则是其存在的证明。按照道理，如果把茅盾文学奖定位于"文学"奖，而不是"出版"奖，那么一部作品是否优秀，是否能得奖，就不必拘泥于其存在形式，而只要看其本身文学质量。网络文学的创作与发表是同时进行的，网络写手在网络上进行作品"更新"，读者在网上通过点击阅读，只要是"完结本"，它就是一部实实在在的作品。它与传统文学的区别只是在于载体不同，一个是以网络为载体，一个是以纸质为载体。载体的不同，并不能断定作品本身的优劣。茅盾文学奖非要网络文学印刷出版才有资格申报，与其说是"体现了和传统文学作品的平等竞争"，不如说是借助这个门槛，宣告传统文学界对于"文学江湖"的把持地位不可动摇。尤其是茅盾文学奖把网络文学出版的时间节点卡得如此死板，这不是因为其僵化，而是"精明"的权术手段的表现。第一部申报茅盾文学奖的网络小说《橙红年代》，因为出版时间是在2011年4月，被取消了申报资格，这就是对网络文学的当头棒喝，言下之意就是标准在我手里，谁也别想调皮。试想，以后网络文学要想跻身茅盾文学奖，就必须为了出版而削足适履，那对于网络文学来说就是一个灾难性的引诱。

本届茅盾文学奖还有一条规则制约着一些具有极高人气的网络文学的入围，那就是要"完成稿"。此规则一出，就将一大批呼声很高的网络文学作品"拒之门外"了。如知名网络小说《盗墓笔记》《杜拉拉升职记》等有着很高的名气，但因为"还未完结"而"被下马"。茅盾文学奖规定参评作品如果为系列作品，该系列必须完成才能参评。但什么是"系列"，茅盾文学奖却没有明确界定，如《盗墓笔记》已出版的纸质书每本都有单独的书号，是独立成册的，每本书可以各自成篇，不必"系列"。就算这些网络文学真是"未完结"，其实也不能作为被下马的理由，因为，在茅盾文学奖的评奖历史上，不乏未完结的小说最终获奖的先例。如第一届茅盾文学奖，姚雪垠的长篇历史小说《李自成》第二卷就获奖了，而从姚雪垠1957年10月动笔算起，到1999年4月第4卷定稿，整整花了42年。即使从1963年7月《李自成》第一卷出版到1999年8月第五卷全书出齐，也前后经历了36年，是典型的未完结而获奖的作品。还比如，在第六届茅盾文学奖中大放异彩的《茶人三部曲》，在获奖时也只出版了第一部和第二部，也是未完结而获奖。这种对传统文学作品网开一面，而对网络文学严厉有加的做法，除了表明了以中国作协为代表的传统文学界的权势之外，不说明任何问题，这表明茅盾文学奖并不真打算向网络文学敞开心扉。

更重要的是，根据茅盾文学奖的规定，由重点文学网站推荐的作品，应为四年内在本网站发表并由出版单位出版的作品，这样一来，当《盗墓笔记》《杜拉拉升职记》等作品完结时，肯定已超过参赛年限了。茅盾文学其实就是试图用规则来引导网络文学的发展方向，其种种规定，就是变相地限制了网络文学超长篇小说的发展，这将对网络文学产生严重的负面效应。因为当前网络文学是按产业化模式来发展的，其最基本的盈利模式就是收费阅读，这种模式造就了网络文学超长篇小说的形成。文学网站和网络写手要想在长时间内把读者"套住"，就必须想办法持续地吸引住他们的阅读兴趣，这就要持续地更新一年两年时间，甚至更长时间，由此维系稳定的读者群。而超长篇小说经过长时间的持续发酵，影响力愈来愈大，吸引出版商进行实体出版和数字化出版，吸引游戏运营商和影视制作商买断版权进行游戏改编或影视改编，从而实现持续的盈利链，这是网络文学创作与传统文学创作理念的最大区别所在。网络文学的吸引力从目前来说，就是超长篇小说的连载更新，其庞大的故事架构、极富挑战的想象力、高潮迭起的情节设置，无一不代表着网络文学的生命力。而茅盾文学奖对网络文学的诸多限制，就是要抹杀这些生命力，当网络文学为了出版而放弃汪洋恣肆的叙事风格时，网络文学的故事架构就被拆散了，想象力就被磨没了，情节就变得单调了，最终，网络文学也就"死"了。茅盾文学奖通过规则来收编网络文学，其用意是深远的，其拒绝那些所谓不合规矩的网络文学作品，就旨在表明其对文学界绝对的支配地位。

四、网络文学出局是传统文学界不兼容的结果

茅盾文学奖设奖的初衷是鼓励优秀长篇小说的创作，推动我国文学繁荣。茅盾文学奖的评选旨在倡导四种思想和精神：一为爱国主义、集体主义、社会主义，二为改革开放和现代化建设，三为民族团结、社会进步、人民幸福，四为用诚实劳动争取美好生活。在长期的评选过程中，茅盾文学奖形成某种审美定式，如强调"正面价值"的取向，爱好现实主义题材，偏重宏大的史诗叙事风格等，"这些审美特征上的要求，最后实际上都成为了评奖中的无形制约和意识形态限定"。③再加上作为官方的文学大奖，茅盾文学奖还得兼顾各地域、各民族的作家作品，有一个政策性的权衡考量，在这种情况下，网络文学的草根性就显得不兼容，评奖作品舍弃网络文学是"选择性"的结果。

正是网络文学的不兼容，评委的文学欣赏趣味与网络文学有太多的隔膜。这一届的评委与往届大体相同，基本上来自精英的文学评论家、传统作家以及国家体制内的工作人员，很难确定他们是否有网上阅读文学作品的兴趣，也很难了解到他们是否对网络文学有深刻的认识与领悟。这些评委用精英文学的评价标准和评价体系，以精英文学的思维方式来看待网络文学，就有隔靴搔痒之嫌，无法把握当今网络文学的内在品质。这样一来，他们就只好摒弃对网络文学的把握，避免对网络文学作出评价，以免贻笑大方。当然，由于这届茅盾文学招安了网络文学，中国作协在遴选评委时，也考虑到了这一点，邀请了极少数网络文学研究专家入盟。但在庞大的体制内队伍中，这些极少数的网络文学研究专家究竟能发出多大声音，他们的声音能否被其他评委所接受，就很难说了。至少从评选的结果来看，体制强大的同化力，使网络文学研究专家的声音被淹没了，网络文学由是也铩羽而归。

网络文学之所以在文学普遍不景气的当下异军突起，就在于网络文学的创作走上了与传统文学不同的道路，其叙事题材与叙事风格都有着自身特有的气质。网络文学的题材比起传统文学来说，尤其比起茅盾文学奖所青睐的题材来说，显得更加细化，出现了大量的传统文学不曾有或不常有的玄幻、奇幻、武侠、仙侠、都市、言情、历史、军事、游戏、竞技、科幻、灵异、美文、同人、剧本等，这些新颖而独特的题材创新，体现了网络文学新的生命力和重大变革性。而在这些题材中，最突出的是幻想类小说，它涵括了盗墓、穿越、修

真、科幻、恐怖等小说，这些小说是文学网站作品最多、排行最靠前、最受网民欢迎的作品。这种小说突破了传统文学中的神话、童话、民间故事以及现实主义、浪漫主义写作等局限，对作家的写作能力有很高的要求，因为幻想类小说远非天马行空、随意抒写那么简单，它对于写手的想象力、长篇巨制的掌控能力、综合知识的提炼和融合能力都是一个巨大的考验和突破。而这些作品，在传统的精英文学评论家或作家看来，是"臆想"之作，认为这种作品没有体现时代精神和历史发展趋势，没有反映社会现实生活。他们的评判标准对于网络文学来说，是道不同，不相与谋，是没有交集的一种"拉郎配"，要他们正确地对网络文学作出恰当的评析，是勉为其难了，网络文学不入评委的法眼也就能理解了。

本届茅盾文学奖虽然接纳了网络文学的申报，但中国作协没有准备一套与网络文学相对应的评奖标准，没有专门的、系统的网络文学评价体系与评价方法。生硬地要求那些平时不怎么接触网络文学的评委，在短时间内翻阅几部网络文学，就要从中窥一斑见全豹，即时掌握网络文学审美规律，只能说是中国作协只在表面顺应大众潮流，骨子里还是唯我独尊的姿态，其象征意义大于实际意义。传统文学与网络文学虽然都是"文学"，但其写作范式与写作理念是有巨大差异的，将两种不同的文学作品，用一把尺子，并且是一把老尺子来衡量，得出的结论就只能是网络文学的"质量低下"的诳语了。传统文学对网络文学的不兼容，使得网络文学对茅盾文学奖只能远观，不能近玩焉。

茅盾文学奖对网络文学"明迎暗拒"的姿态，并不表明网络文学没有机会问鼎大奖。2011年的试探，也许是一个机缘，当面对汹涌民意时，中国作协是否会在下届做出更高姿态，谁也说不准。有人提出要单设茅盾文学奖的网络文学奖，尽管此种提议在很大程度上是一种妄想，因为假设单独设立网络文学奖，其在传统文学界的心目中，这种奖项无疑就是"庶出"，网络文学依然是被歧视的。况且怎么设、设多少部作品也是问题，是另设一部网络文学作品，包含在五部作品内，还是再搞五部网络文学作品来，这是说不清的问题。但我们不排除中国作协真的会设个茅盾网络文学奖来，在"有聊胜于无"的思想支配下，什么事情都能发生。或者，茅盾文学奖会更进一步，在某一届评奖中，破天荒让网络文学得到大奖。即使这成为事实，这也不能从根本上改变茅盾文学奖对网络文学的真实态度，这种安抚性的手段，也是权衡之策的行为艺术。

如果到那一天，人们真的认为网络文学能在体制内与传统文学平起平坐，一起排座吃果果，只能说明一个事实，那就是网络文学的归顺已完成。

注释：

①滕畅：《茅盾文学奖首次向网络作品敞开大门》，《青年时报》2011年4月20日B9版。

②肖鹰：《茅盾文学奖"评奖纪律"如何解释》，《东方早报》2011年8月25日A23版。

③任美衡：《近三十年茅盾文学奖审美经验反思》，《小说评论》2011年第3期。

原载《学术评论》2012年第1期

茅盾文学奖：当"史诗叙事"遭遇快速刷新的时代

日前，第九届茅盾文学奖启动了作品评选征集，这将读者的目光再次引向该项长篇小说的专属表彰。作为中国最具影响力、存在时间最长久的文学类奖项，茅盾文学奖由茅盾先生遗嘱捐赠的25万元作为启动基金，由中国作家协会组织评奖。它一方面被誉为国内至高无上的"文学皇冠"，另一方面它也在前8届、长达33年的历程中经受过许多质疑，以至于今天的读者在回首历届茅奖获奖作品时，常常会自行割裂出两种态度，泾渭分明——部分茅奖获奖作品已成经典，反映了我国一段时期内文学发展的最高成就；茅奖是限定时间、空间范围的评选，除部分已成经典之外，更多的已被时代淘洗出局。

作为历史的文学摘要、时代的文学剪影，长篇小说就如同记忆的储存器，能将一个时代的社会生活情状、时代风貌，特定氛围中人们的追求、欲望以及爱恨情仇，都在其中加以保存。于是，在这个庞大的记忆器中，刻录进了无数与时代生活同步的思想高度、情感热度与价值取向。而作为中国长篇小说的最高奖项，茅盾文学奖自然被寄予厚望，读者既渴望从中领略美学向度里的文学，同样希冀找到历史流行的痕迹。因而，那些作品中的思想高度是否被拔高，文学情感是否趋向零度化，价值取向是否为当下认同，从某种程度而言，或许都成了茅盾文学奖"矛盾"重重的发端。

平心而论，为竭尽所能承续茅盾先生的遗志，繁荣中国的文学创作，前8届茅盾文学奖也经历过评审的改革与创新。比如由过去的两轮评选（阅读班—终评委）演变为现在的一轮投票制，以避免个别佳作过早出局。又如从第八届开始，茅奖评委采取实名制投票，并向大众文学、网络文学敞开大门。及至此次第九届，评委会还明确将反腐与评选制度挂钩，以确保评选的公开、公平与

201

茅盾文学奖研究资料

公正。

　　然而，翻看资料不难发现，除了少数几位，茅奖的作家基本都超过50岁，至少积累了二三十年的写作经验和文学能量。一方面，他们的能量一旦被大奖催化爆发，威力自然惊人。另一方面，经典的意义却正在被资本有意无意地消解，正如乔治·斯坦纳在分析我们这个时代为何阅读日渐式微时，提及的一个观点，"书籍的终点是个体的收藏室，而非公共图书馆，严肃文学因此常常将人们分为沉默的孤岛，彼此间因年代、地位、阅历、审美的不同而难以像通俗音乐那般形成一个虚幻共同体"，茅盾文学奖注定只能是最大程度里的求同存异。但是，文学本身却很难成为一种审美的最大公约数。

　　今天，我们应理性看待加诸茅盾文学奖的差异化评价。与此同时，文学评论家告诉我们——与其把茅盾文学奖多年来生发的争议视为值得细究深挖的质疑，毋宁翻开茅奖评选的文学背景，看看这30多年的时代变革里，我们的阅读、纯文学阅读、经典阅读都发生了怎样的迁徙。

　　嘉宾：杨　扬　华东师范大学中文系教授，前茅盾文学奖评委
　　　　　郜元宝　复旦大学中文系教授，文学评论家
　　采访：王　彦　本报首席记者

　　记者：最近，一部电视剧的热播提醒人们重温茅盾文学奖作品的同时，也带出一个问题：像上世纪80年代那样全民同读一本书的潮流似乎一去不复返了。这是为什么？是因为当代的中国文学创作很难再有一部严格意义上的经典之作，抑或对于"经典"二字，我们的理解已经发生了转变？

　　郜元宝：阅读语境与读者的转变造成对于经典的理解发生迁移

　　不可否认，中国当代文学阅读，尤其是经典文学阅读，正在发生变化。这是由中国幅员辽阔以及读者水准参差不齐所造成的。即便是在专业的文学圈内，人们有时对一部作品的评价也是见仁见智的。因此，像上世纪80年代那样一部作品被普遍认可，一时间洛阳纸贵，进而还被中央人民广播电台以小说连播的形式来广泛传播，如此景象的确一去难再返了。但这未必是悲观的，因为差异化阅读的成因源自大众阅读的自主性与理智性。

　　另外从文学创作的角度探讨，30年前的中国只有一个文学界，那时的作家、出版家、批评家和读者几乎是一体的。他们为了纯文学的理想，共同追

求、共同关注，几乎有种亲密无间的默契。但现在的中国，文学是分层的，现实主义与怪力乱神，乃至各类型小说，都完全分属不同语系；而阅读链上的作家、出版家、批评家、读者之间也是分散且各有立场的。所以，经典仍存在于每个读者心中，只是现在的读者无法以30年前的目光来判断。

杨扬：文学对经典的定义未有定规，且慢谈当代哪位作家可登经典殿堂

对"经典"二字作何定义，尤其是一部作品需要经历多久才能堪当"经典"，文学评论界从未有过定论。上世纪30年代，彼时上海的文学期刊有过一场大讨论，主题即"这个时代有没有经典作家"。当时，鲁迅、茅盾、郭沫若这些今日听来举足轻重的名字，全盘被否定了。那场激辩的结论是，1930年代没有所谓经典大家。但以今天的评判标准，那个年代分明是文学的黄金一代。

有经典、有变迁、有淘洗，这是文学发展最真实的规律。再往前回溯，仅以《全唐诗》为例，其中记载过唐代诗人多达2500余人，但我们今天仍常谈论的名家，我想不会超过20个名字。李白、白居易、杜甫、李商隐、杜牧、王维、孟浩然，如此而已。中国文学有史书记载的2000多年历程中，文学评论始终有上下浮动的过程。

依理可推，我们现在急于为莫言、贾平凹、余华或者路遥等作家寻求一个是否经典的判定，为时尚早。

记者：在探讨一部作品能否成为经典时，有哪些因素会被考量？是否万众瞩目，是否被一个重要的文学奖项认可，是其成为经典的充分条件吗？如果是的话，为什么有些读者心目中的经典无法与奖项合拍，反而是个别所谓茅奖"遗珠"长久地留在读者心中？

杨扬：能经受住时间与读者的考验，便具备了成为经典的可能

文学评奖的悖论在于，万众瞩目脱颖而出的作品既有可能被证明为最好的作品，但也许只是人人能够接受的平庸之作。这样的悖论，不仅中国的茅盾文学奖有，它还存在于诺贝尔文学奖这爿百年老店里。比方我们现在普遍认为，当年的赛珍珠就不该被授予诺奖荣誉。而一旦我们把茅盾文学奖如今的8届30余年时间拉长到百年的跨度中再看，想必也有作家、作品会被读者剔除。

任何具有主观意识的奖项评选都是个复杂的历程。就文学奖项而言，市场、意识形态、舆论、组织架构，甚至地域性都能在不同程度上对评选过程产生微妙的影响。新世纪初，上海作协搞过一次活动，组织了国内百名作家与批

评家推选1990年代10位中国最优秀的作家、10部那个年代最优秀的作品。结果，10位作家位列榜首的是王安忆，10部作品排名第一的是《长恨歌》。这表明，评选的主体是谁，组织方面何属，都会影响到文学奖项评选的细枝末节。

又比如第八届茅奖获奖作品《你在高原》，从奖项揭晓那天起，这部作品就深陷舆论旋涡。甚至当时就有人预言，它很快就会被掩埋在时光机之中。我这么说，不是想抹杀作家的才华，恰恰相反，《你在高原》能够获奖，很重要一部分原因就是，作家在此前的创作中，尤其是在《古船》这部小说里迸发出震慑时代的艺术灵感。从这个层面上讲，茅盾文学奖，有时并不能百分百剥离作家与作品，而是会让作品因作家而得奖。这就导致，有作家没能在年华大好时收获志在必得的颁奖，却可以在相对庸碌时得到一次意料之外的"安慰奖"。

因此，不必过分在意奖项的结果，因为它在某种程度而言，是各方博弈的体现。作家更该关注的，是有效读者对于作品的真实反馈。对创作者来说，被奖项遗漏的未必不是佳作，但被读者彻底遗忘的注定无法成为经典。

郜元宝：经典与阅读量休戚相关

衡量一部作品的价值，奖项不是唯一平台，相反，最简单粗暴，却也不乏说服力的量化标杆就是阅读量。《平凡的世界》已经被反复验证是经典。其他茅奖作品中，《许茂和他的女儿们》《芙蓉镇》《白鹿原》也都被一致推举为具有里程碑意义的经典著作。放眼更广阔的创作舞台，也许不少具有相当艺术价值的作品成为茅奖的遗珠。

记者：在对于茅盾文学奖的那些质疑中，年轻一代的不满似乎尤为集中。他们经常指摘的不外乎两点，一是认为茅奖评判过于老旧化，跟不上文学创作潮流的变迁步伐。以《平凡的世界》为例，最普遍的评价就是它是一部被当时的批评界忽视，却在民间被爱戴的作品。即使它最终捧回了茅盾文学奖，但在之后的中国文学史中被一笔带过甚至完全忽略。二来，年轻人有时把茅奖看成是少部分评委的"圈子内"评选，入选作品缺少创新性等。这两点真实存在于茅奖的评选过程中吗？

郜元宝：评奖与创作潮流的时间差由来已久

从《平凡的世界》开始，茅奖与文学创作潮流的博弈就未有停歇。一直以来，路遥作品被评论界忽略，这与作家过早去世有关，也跟文学潮流的递迁相关。

创作《平凡的世界》，路遥是在1982年《人生》搁笔后开始酝酿的，然后于1985年落笔，3年后完稿。这期间走过的7年，正是中国文学发生巨大转身的时刻——传统的现实主义写作方式正在呼唤回归。在那之前，整个19世纪的世界文坛是中意现实主义写作的，而中国文学也在"五四"前后迎来过现实主义与后现代主义的写作浪潮。但在一段特定时期内，走了段弯路。

当路遥等人艰难返回现实主义道路时，一些新的文学潮流汹涌而来，先锋派、文化寻根、新写实、新写作、现实主义冲击波等等全部裹挟其中。那时的中国文学，仿佛等不及现实主义这艘大船慢慢开、慢慢转舵，便叫嚣着要独辟蹊径了。造成的事实是，这些异军突起的文学新浪潮轻而易举地就把正在缓慢回归的现实主义追求给掩埋了。这是路遥之命，一部分也是中国长篇小说之命。

而命运的整蛊还在于，当现今的人们认识到路遥与现实主义的重要价值，世间已经恍若隔世，文学界对于文学形式的新探索也开始陷入新一轮思考与自省。可此时，路遥偏偏不在人间了。

杨扬：个人认为《檀香刑》的落选是评委意识的差异使然

第六届茅奖评选时，莫言的《檀香刑》曾在23名初评委推荐列表中高居首位。但艺术趣味、评价尺度的显著差异，令这部作品没能在终评时跻身前五。当时一个普遍看法是，茅盾文学奖中，现实主义才是主调。而《檀香刑》一路狂欢的叙述语态，以及通篇的惨烈之气，与茅奖的审美意识相距甚远。

记者：从近两届茅盾文学奖来看，得奖作品中开始有了类型小说的身影，比如麦家的《暗算》。而且从第八届起，网络文学也被纳入到评审范围。这是我们文学潮流变迁所造就的必然趋势吗？网络文学与纯文学已经有可能被摆到同一个平台上来评判了吗？

郜元宝：文学应当淡化与市场的关系

2007年，西方文学界关注过一本书叫《十佳：作家选好书》。其中，125位英美名作家评出有史以来最伟大的书。结果显示，托尔斯泰的《安娜·卡列尼娜》荣登作品类榜首，另一部托翁著作《战争与和平》位居第三。其他上榜的还有陀思妥耶夫斯基的《罪与罚》和契诃夫的短篇小说。一时间，俄罗斯国内为此欢呼，盛赞俄语经典文学的影响力不仅深远，且绵延不绝。由此可见，一位有责任感的作家，一位想要在文学史上谋求地位的作家，一般而言，只有两条出路——要么去写类型小说，比如麦家这样；要么就潜心创作一部拥有悠长生命、厚重质感的作品。就像陈忠实当年所言："我为什么写《白鹿原》？因为想在离开人世时拥有一本能随身置入棺材的作品。"

俄罗斯经典文学也好，陈忠实创作《白鹿原》也罢，文学理应是寂寞而远离市场喧嚣的。如此说来，文学应当淡化与市场的关系，它不该滋生于市场，更无法安顿于市场。相反，恰是因为市场汹涌，我们才需要文学。现在茅盾文学奖对网络文学轻启一扇门，尽管还只是小门，但网络与市场的如影随形，文学准备好了吗？

杨扬：网络文学与经典阅读依然处于两种语境

对于网络文学进入茅奖的评审，我个人保留意见。网络文学与经典阅读依然处于两种语境。就以第八届评选而论，网络文学有6部作品入围，但其集体水准与其他作品在文字功力上不可同日而语。硬要让两者同居一个平台，也许对双方都是伤害。对茅盾文学奖，网络的掺杂不利于其文学的纯粹性。而于网络文学，完全有能力独立一支，设置其自成一体的评选规则。如此才够公平。

是的，作为一个全国性文学评选机构，茅盾文学奖评委会一直被寄予期望，希望他们能以尽可能包容的态度来对待其管辖范围内的作品与作家。但作为一个文学奖项，茅奖本身却应当坚守其纯粹性。就像诺贝尔文学奖，我们难以想象诺奖的世界里有朝一日会进入网络文学。也许哪怕有一天，有通俗文本进入诺奖的评审范畴，这也足以掀起一场轩然大波了吧。我想，正如哈利·波特系列小说再有影响，也不可能参加诺贝尔文学奖评审，我们的茅盾文学奖也应该有一个清晰的面目。

原载《文汇报》2015年4月9日第11版

各有所长 各有缺憾

——第九届茅盾文学奖评奖札记

刘川鄂

第九届茅盾文学奖已尘埃落定，获奖作品在线上线下的销量可观，甚至还出现了断货情况。作家获奖赢得荣耀，社会热度自然会随之升温。中国是一个人口大国，人口基数很大，相对而言，文学爱好者也比较多。大多数读者偏好阅读长篇小说，因为长篇小说是一种综合性的重文体，其内容的丰富、人物的饱满、语言的张力以及思想情感的喷发，都是其他文体所难以匹敌的。对于那些真正爱好文学、理解文学的读者而言，长篇小说也比任何一种其他文体更能满足他们对于情节、文字、社会历史环境等全方位的阅读诉求。当下长篇小说作品数量繁多，质量参差不齐，文学爱好者该如何从中择优阅读，他们也希望有更权威的指导。评论家和媒体的推介有指导之意义，评奖也是一种重要的引导方式。如果一部作品被类似茅奖这样有口碑的文学机制所认可，必然会在读者中得到更多青睐，这也可以说类似某种意义上的"明星效应"。虽说作家创作文学作品、进行审美创造、参与文化构建、浸润社会生活是一个长期的实践过程，但在这个过程中，评奖会带来明显的重要的刺激、激励作用。

一个作家、一部作品最佳的社会效应，我认为是影响世道人心、提高国民的文学素养与文明程度。通过名家名作让读者感受到文学是通达美丽人生的重要桥梁，感受到一个人的生命中有没有文学相伴其生命质量不一样。如果每次评奖，都能使文学在人们心目中的分量有所提升，这就是茅奖及茅奖获奖作品的最可贵之处。

这次正式入会当评委之前，我提前做了点功课，查阅了百余篇入围本届茅奖的知名作家的相关评论文章。我注意到，大多数评论都是阐释性的，重在阐释作品内容和社会影响，很少对作品的审美价值作出充分地分析评判，更鲜有评论家指出作家作品的不足之处。在我看来，文学批评仅仅停留在对作品思想内涵的描述上是不够的，应该理直气壮、旗帜鲜明地对其审美价值高低作出评判。所以，我欣赏李建军、王彬彬、朱大可、张柠、毛尖等的文学、文化批评，他们能够直言那些名家名作的不足之处。这样的批评家在中国凤毛麟角，确实难得。

有感于此，我愿把阅读参评作品时的一些思考、一些批评意见，在此以札记的方式呈现出来，虽然匆忙肤浅，但求抛砖引玉。

一

从二百五十二部入围作品到十部提名之作到最终的五部获奖，获奖名单在读者中基本获得认可。可以说，获奖作品代表了近四年来中国长篇小说的较高成就，个人认为，评委对申报作品的综合考量大体是合格的。

从每一轮的票决来看，大多数评委一直看好格非的《江南三部曲》，差不多一路顺利通关，没有太多异议。在展现宏大叙事、百年历史方面，当代作家大都习惯于从伦理的、社会的、外部的大型历史事件来展开，而《江南三部曲》则更侧重于从人的精神世界、内心深处来表现现代中国的历史，包括革命史、知识分子心灵的历史。小说大跨度地跳跃性地塑造了陆氏家族三代人中的理想主义者形象，他们在长达百年的历史中，致力于乌托邦式的理想与实践，丰富了中国当代文学人物形象画廊。作家对平等、自由、社会幸福、人性都有现代性的审视，这是一种更诗性的因而也是更文学的观照角度，在当代长篇小说创作中也有特别的意义。

王蒙的《这边风景》写于20世纪70年代，2011年才出版，拿四十年前创作的作品参评，是它吸引众多读者兴趣的一个新闻点。作家下了很多修订的功夫，主要表现在两方面：一是力图减弱、淡化70年代的文学思维及表达方式的印记，二是在每章结尾增加了"小说人语"的部分，即对当年的写作做出今天的评判，有明显的"间离效果"。作品在表现多民族生活的丰富性、真实性、鲜活性方面极为突出，这也是它对于当代中国文学做出的特殊贡献。

李佩甫的《生命册》，以一个从乡村走出的都市人为纽带展开对近三十年的中国社会的描写，单章写都市，双章写乡村，在结构上有新意，也增强了表现时代的力度和厚度。中国作家普遍擅长写乡村，而不太擅长写都市，而这部作品在描写人物的都市生存状态、精神状态变化方面，同样极具分量。

金宇澄的《繁花》，可能是在评论家及读者当中，认知度最高的一部作品，被称之为最好的上海小说之一及最好的城市小说之一。它既写吴地，又写历史现实，着重描述了"红色时代"20世纪60年代和纷繁复杂的90年代。两种时空交替十分自然，精细展现了上海市井生活面貌。一代人的成长记忆，一座城的历史变迁。娓娓道来，平淡而近自然，应该说得到了《红楼梦》的精髓，提升了当代海派文学的表现力。

苏童的《黄雀记》给我印象最深的是其出色的语言能力。通过三个关联性强的主人公的故事，展开了对20世纪80年代生活的审视，对中国人的人性探寻。苏童在柔润、温婉的语言风格基础上又显现了戏谑和调侃的意味，叙事繁丽、考究、别致、有诗意，情韵绵绵，值得反复回味。在我个人看来，就语言功力而言，《黄雀记》应该是五部作品中最突出的一部。苏童充分彰显了现代汉语的魔力，在汉文学史上值得特别重视。

进入提名但最终未获奖的另五部作品，也是各具特色，各有千秋。阎真世纪初推出的《沧浪之水》好评如潮，影响很大，他本届的参评作品《活着之上》展现在当今教育体制和学术体制之下高校教师的生态和心态，物质地活着很艰难，精神地活着很煎熬，双重生存窘况，写得非常真切细致，可引发读者对体制与人性的多维思考，令人警醒。范稳的《吾血吾土》，讲述西南联大学生赵广陵和其他同学于国家危亡之际投笔从戎、参与抗战，在此后的历史中命运沉浮的故事，表现知识精英的家国情怀与多舛命运。通过层层剥茧的结构，将中国远征军老兵与现代知识分子的命运相融合，切入了历史的正面与背面，以过去与现在的反差对照，揭示了时代的荒谬、历史的纠葛、命运的悲壮。自可归属于抗战题材，但又超越了战争进入到政治审视历史反思层面，视角新颖，立意高远，在同类战争题材作品中是一大突破。红柯的《喀拉布风暴》是一部浪漫的、有血性的、有灵性的作品，延续了他探寻新疆地域风貌与男人的野性和激情关系，以强悍的自然意象显现生命活力的惯常风格，表现了爱情至上的游牧民族的精神气质。对汉民族家国天下的文化而言，这是一种异质性的个人幸福价值观，对当代文学中的某些柔弱的、世俗的、功利化的描写，是一种否定。在如今写实为主导、先锋退隐的文坛风向之下，他的浪漫主义冲动尤其值得褒扬。林白是个非常勤奋有创造性的作家，写作的路数很宽，从女性主义的个人化写作到底层写作，都体现了她的文学追求，在世纪转型期的每个文学段落上都有自己的贡献。在我的印象中，她总是默默写作，不太理会写作之外的人和事。她的《北去来辞》写转型期中国女性从乡村到都市的生存状况，通过小人物来写大时代，通过一些相关人物生活、命运的变迁，反映人们心灵的变化，很有深度。徐则臣的《耶路撒冷》以几个70后的逃离与重返故乡之路为核心，表现当下繁忙繁杂繁乱的生活场景和忐忑暧昧纠结的精神状态，非常丰富充沛，人物很鲜活，细节很有吸引力。可以说，这是我目力所及的关于这一代人的最出色的心灵史。

除了这十部提名作品，我还认为以下几部也与它们不相上下，在伯仲之间。韩少功的《日夜书》应该是他写知青生活的集大成作品，体现了作家反省记忆与遗忘、重构历史、连续历史与现实的雄心壮志，超越了知青文学的政治叙事和伦理叙事的常态。笛安的《南方有令秧》通过四百年前的几个女性的悲剧，贞节牌坊下的悲剧荒诞剧、节妇的凄苦和苦中作乐、缠足的陋习，揭示了传统中国野蛮、落后的文化的残忍和反人性，绵实细致、触目惊心，有一定的历史感和精神厚度。反映传统中国文化的如此重要的题材，一直为中国文学之空白，本不正常，现出自一个80后女作家之手，更令人称奇。宁肯的《三个三重奏》题材和处理题材的方式也很别致，两个腐败分子，所谓反面人物成了作品的主角。其人性下滑的轨迹清晰完整，人性的挣扎和亮点也处处闪现。人物鲜活生动，语言有抓人心魂、欲罢不能的魔力。采用正文加某些注释的方式，效仿学术著作的真实性，又不妨碍整体的艺术表达，结构上也有创新。

茅奖到底是中国作家奖，还是汉语文学奖？这里牵扯到一个重量级作家：严歌苓。她的《陆犯焉识》在历史审视和人性拷问方面异常出色，叙述语言简约洁净、充满张力。遗憾的是，因为国籍问题她没有被推到最后一步，但也确实引发评委在这个问题上的考量。

二

抛开前几届已获茅奖的王安忆、刘醒龙、贾平凹等人的本届入围之作不论，上述这些作品都是近年来的优秀之作。上文对这些作品各自的优长作了简要的评价，有的看法也与既有评价相近。所谓"英雄所见略同"，正好说明了它们的优点不仅是确实存在的，而且是十分明显的。

但是，我更想指出的是，本届茅奖参评作品无论获奖与否，无论在该否获奖及排名顺序上有无歧见，在我看来，没有完美之作，它们都或多或少，或轻或重地存在缺憾，或在认知社会探寻人性上力有不逮，或在审美表达上有所欠缺，并非无懈可击。

先从最终获奖的作品说起。《江南三部曲》中，人物的年龄、身份、性格都有较大差异，但他们的对话语言却存在雷同。从经典现实主义的一般理解而言，人物语言的个性化是人物性格刻画的必然要求。《江南三部曲》的人物语言雷同化，不是一个可以忽略的问题。此外，三部作品的质量也不完全整齐，尤其是描写当下的第三部《春尽江南》，要相对弱于前两部。这也是包括莫言、余华在内许多当代作家的一个通病，写过去文采飞扬，写现在则笔力混乱，价值游离。

尽管《这边风景》力图简化70年代的文学印记，但其中仍有大量"文革"思维的"残留物"。依王蒙的文学储备和思想储备，要他对旧作"清污消毒""美容瘦身"，几乎是一个不可能完成的任务。这也是文化界和某些评论家对这部作品有所诟病的原因。

我和几个评委都注意到，李佩甫的《生命册》中关于大学体制、关于90年代商海的某些细节，不够考究，缺乏推敲，不合情理。如此缺点，对于一部写实性长篇小说而言，称之为瑕疵末节似嫌太轻。需知小说大厦正是靠一个个精妙的细节支撑的。如果一个几十万字的长篇小说偶有细节失误，恐无伤大局。但如果失真不止一处两处，读者自然会对作家反映对象的熟悉程度和描绘场景的可信度产生怀疑。如果好几处细节失真，则是致命弱点，虚构的文字大厦就会有倾坍之虞。

与《生命册》某几处细节失察相较，《黄雀记》存在核心情节处理不当的问题。贯穿小说三大章始终、决定能否支撑起整部作品的关键情节，是一桩事关一个女主人公两个男主人公的强奸案。被冤枉的案情并不复杂，在20世纪80年代的背景下，被冤枉者完全有申诉、复审的可能性，受害人岂会轻易放弃？岂会甘受十余年牢狱之苦？岂会忍看由之导致的家破人亡的惨剧发生？这恰恰是作品的核心情节，是一系列与三人命攸关的后续故事的起点、转折点。作品对这一情节轻描淡写，铺垫不足，使得后续故事的发展有过于人为支撑起来的痕迹，显得生硬牵强，缺乏充分的说服力。

金宇澄的《繁花》，其功力之深厚，描写之从容，确属不可多得之作。但也有不少读者认为内容过于琐碎，且缺乏高潮。有评论家将之与《红楼梦》相提并论，但《红楼梦》不厌其烦地开菜谱、描绘房屋构造，也未必是人物性格塑造之必需，也未必适应所有读者的阅读习惯。进而，由于它由吴方言创作而成，也可能会使其流失掉一些对这种方言不熟悉、不习惯的读者。诚然，让一部作品讨好所有读者不仅是苛求也未必能真正讨好，但评论家至少不必对这种写法毫无保留地赞美，你总得尊重某些不能对吴语写作产生审美快感的读者的喜好。最近十几年来，方言写作成为热点，与今天的文化语境密切相关。传统在今天受到空前重视，而重视传统就必然会重视形成传统的地域文化，这在很大程度上影响文学趣味与文学表达，以方言表达地域文化更便利、更贴切，是方言写作者的逻辑。况且对于许多作家而言，不管日常交际是否使用普通话，在他们成长的过程中，起支配作用的仍然是方言，这必然会对其思维及写作产生影响。有的作家在创作过程中，使用普通话会有隔阂感，而方言有利于更直观地更无难度地表达。虽然金宇澄的《繁花》在重现吴语魅力方面很成功，也在表现上海这一地域对象方面有高度吻合性，但我认为仍然不宜提倡作家一窝蜂式的方言写作。过分展示方言，有可能会强化作家的狭隘的地域性文学思维，影响关于人类共同性命题的表达，也与五四新文学开创的白话文学传统相悖离。

获奖作品之外，在我心目中分量较重的一些作品，也不无缺憾。韩少功的《日夜书》，或许可看作是他写知青生活的又一部优秀之作，但确实不是他最好的作品。结构上有所游离，笔力不够集中，叙述语言远不及《爸爸爸》和《马桥词典》考究有韵味。阎真的《活着之上》大都在就事写事的层面上铺陈，写得过实过干，诗意和文采还稍嫌不足。《喀拉布风暴》粗犷却也粗陋，叙述语言主观性过强而不够精致精确，某些细节描写也显得粗糙。《北去来辞》刚开始结构比较散，人物次第出场，互相牵连，读下去会发现她是有意为之，但这确实过于考验读者的耐心。《三个三重奏》着力描写有贪腐行为的男主人公，人物缺少忏悔意识姑且不论，作者缺乏应有的谴责批判却是个不小的硬伤。《南方有令秧》表现的是传统中国性爱与道德极端冲突的主题，女主人公的性爱经历和性心理描写是题中应有之义，但性心理描写过于克制简省，妨碍了人性刻画的深度和文化批判的力度。

这当然不是说评委看走了眼（也可能是我的批评意见走了眼），我的用意是在提醒评论家和读者：这些作品都存在明显的不足之处。其中的优秀之作，铺筑了一片文学的高原，但是，没有高峰。

三

九届茅奖已评出了四十余部获奖作品，其中大部分可视为80年代以来中国当代长篇小说中的优秀之作。它们各有特色、各有贡献，但是，跟世界文学经典相较，我以为还有差距。

长篇小说是一种最自由最有深度最显出当代小说水准的文体，诺贝尔文学奖得主一大半是长篇小说作家，可见这种文体的特殊重要性。驾驭长篇小说这种"重文体""大文体"，需要丰厚的生活积累，需要对社会人生诸多重大问题的深刻认知，需要对故事、人物、语言等要素的全面把握，需要感性、理性思维的双重能力。经验对于作家来说无疑重要，它是作家创作的前提条件。但文学不只是对生活经历人生经验的平面展示，更不只是对生活细节的无休止再现。一个作家的小说，哪怕他把生活的流程描写得十分细致，如果没有价值判断，如果没有审美精神的提升，其文学价值就必然是有限的。优秀作家不应沉溺于一己的生活经验，而要超越个人的人生体验，提炼出具有时代内涵的、具有普遍意义的思想精华。源于经验，高于经验，自觉地以独异的思想烛照经验世界，这才是优秀作家必须具备的素质。文学用形象说话，但形象的生动程度、深刻程度和动人程度是靠作家强大的主体人格和独特思想支撑的。理性对长篇小说艺术家是不可或缺的能力，甚至可以说理性的强弱是衡量长篇小说艺术家高低的重要标尺，是决定长篇小说创作水准的主要因素。伟大的作家同时也是一个出色的思想者，对他所处的时代思想有着非常深刻的理解，他能超越个人一己之经验，站在时代的高度，通过虚构一个文字世界来审视时代拷问人性。世界一流长篇小说作家的创作往往代表了所处时代对人性认知的最高水平。卡夫卡的关注异化，萨特关注存在之谜，托尔斯泰的道德审视，陀思妥耶夫斯基的灵魂撕咬，博尔赫斯的智性洞察，马尔克斯的民族画像，乔治·奥威尔的揭示极权，米兰·昆德拉的反思媚俗，略萨的"反独裁"主题……他们决非仅仅是一个个看起来复杂的故事的简单编造者，而是社会人生的深刻洞察者。

正是在这一点上，中国长篇小说家普遍不足。不少作家自以为自己有丰厚的生活积累就写长篇，但没有对时代人生的独到把握，也就缺乏对生活积累进行必要提炼的能力，因而在把握时代臧否人物上或浮浅或偏狭，因而在情节结构上或累赘或生硬，因而在细节描写上或粗略或失真。相较于中短篇小说，长篇小说最难的是结构，从立意构思到情节铺排到人物关系，要有非凡的理性掌控能力才能掌控完整而丰富的感性表达。结构问题、细节问题都不是纯粹的技术层面的问题，是作家艺术创造综合能力的集中体现。上一节所论入围作品包括获奖作品某些描写内容、情节结构、细节处理方面的种种不足，都与作家的文学准备首先是理性认知不足密切关联。

获茅奖的作品尽管优秀，但也有缺憾，所以当下中国长篇小说仍然有较大的提升空间。这话可能说得太大太空，易遭诟病。但如果以中外经典文学作参照、以伟大作家为标高，对中国作家应有更高更严的要求。本人不揣冒昧、略陈己见，是因为郁积在心，不吐不快。恳望商榷，欢迎批评。

原载《南方文坛》2016年第1期

中国当代文学评奖的制度性之辨

——关于茅盾文学奖、鲁迅文学奖之类"国家文学"评奖

吴 俊

今夏"文娱界"的热点还真是不少。以其眼球效应的程度而论，先是连环出丑并不断被揭出案底直至最后又被冠以"十宗罪"的故宫大丑闻，仿俗例可称之为当代中国文化界的"故宫门"。几乎同时，"锋芝婚案"则以狗血之极的电视剧情节，嘲笑了所有编剧的想象力，娱人耳目到夸张的程度，难怪郭美美在网上炫富后说动机是要进娱乐圈——立即娱乐圈里传出消息"我们也是有底线的"。但这话在我听来倒是十分地惊奇且意外了：娱乐界的"底线说"也该是在娱乐吧？看来娱乐界的底线和慈善界的底线到底有得一拼——视听陷在文娱新闻中太过频繁了，害处也或好处就是连"七·二三"动车血案也被冲淡了不少。在被迅速冲洗或掩埋掉的血痕中，不知是否会有人联想到鲁迅在"民国以来最黑暗的一天"所写的文字。

令人不能不提到的，当然还有茅盾文学奖的评选。只是相比之下，茅奖的"娱乐性"似乎正在逐年下降，文学毕竟只属于小众范围，虽也泛过一点波澜，但并未掀起大风浪，最后不出意外，都平安地偃旗息鼓了。不过文学中人还是可以习惯性地，或者也是有理由地将这个"国家级"大奖及其引发的话题持续放大——关于茅盾文学奖，连同鲁迅文学奖之类，不仅属于当代中国文学中的某种特定现象，而且也是这个时代的文学性质，文学生态和文学宏观面貌、特征等大问题的表现，有必要在颁奖热度消退之后进行一点冷思考。

国家文学奖的特殊政治性：
茅盾文学奖体现的权力意志和制度设计特点

如何看待茅奖？连同如何看待几个所谓国家级文学奖项？须先认清另一个更加基本的问题，即如何看待当代中国文学的基本性质。

从宏观角度看，我把当代中国文学的基本特点和性质界定为是国家性，当代文学首先即为国家文学。何谓国家文学？最简洁的释义就是，（受制于）国家权力支配的文学就是国家文学；国家文学就是国家权力意志的代言或表达。这里的国家，指的是国家政治权力（国家政权）①。

对此，或有两个基本质疑：一、当代中国文学中是否存在着国家文学之外的文学？即国家文学是否能够涵括全部的当代中国文学？二、国家文学是否能够解释全部的当代中国文学历史？如果"十七年""文革"时期的文学在某种程度上可以称之为国家文学的话，新时期、改革开放以来的文学还是否可被认作是国家文学呢？

释疑一，国家文学当然不能够涵括全部的当代中国文学；任何一种概括性的文学（特点），即便在宏观面上，也都不可能囊括尽一个时代文学的全部（特性）。但是，这并不能构成对一种历史宏观特点进行概括观点的关键性质疑；最重要的应该是，这样一种宏观判断能否担当解释历史的基本使命，即是否可能为历史研究提供一种有效的学术阐释观念、方法或视角。国家文学之于当代文学，或是一种意识形态的自觉主导——这是当然的，或是一种政治手段或策略——文学生存必须获得政治正确的前提，这两种现象无疑构成了当代文学历史中的基本主流；否则，当代中国文学的政治性质就会被质疑。所以，宏观或主流之外的文学（现象）存在，并不能构成对此宏观或主流文学特征的否定。能由此得到一个判断，在国家文学以外，当代中国文学生态仍有其相当的丰富性乃至一定程度上的多元性（丰富性并非定然关涉价值观，但多元性则是对多种价值观取向存在的一种表达）。国家文学概念所要解释的就是当代中国文学的基本性质、历史走向、生态格局等宏观问题。它不仅较为明显地涉及"十七年"到"文革"的文学史，而且也贯穿到当下的文学现状。这就与第二个质疑，连同本文的写作旨趣相关了。

释疑二，"文革"后迄今的文学历史仍然未改当代中国文学主流的基本性格，即国家文学仍然是新时期以来文学主流的宏观政治特征。从表面上看，好像有诸多现象和事实可以证明近三十年来中国文学"多元"发展的历史现状。但从根本上看，文学的"多元"生态所依赖的还是权力（政治）的策略默许。不一定是文学变了，恐怕是政治本身有了变化。所谓当代文学，自始至今，真有偌大改变吗？称得上大改变的关键只能是中国政治，或文学与权力的关系。文学有底线，国家政治即底线。从来都是政治改变了文学，文学只因政治之变而变。曾经有过文学对政治的挑战，但这种现象从未发生在当代中国文学的宏观生态中。不仅文学从未真正颠覆过政治，而且批判政治的文学也几乎无一例外地只能成为个例。这些个例直到现在也还不足以成为可与国家文学相提并论的对于文学宏观政治特性的一种概括或描述。有限的量变或数量意义还远不足以构成对于文学宏观性质的有效判断依据。

当代中国文学的宏观政治特点何以至此不变？原因无他，即从国家层面看，中国文学的存在生态首先是一种制度安排或政治设计，文学按其政治意识形态的功利性程度而获得国家资源的分配——许多人看到了中国体育举国体制的问题，却一直没有发现或重视举国体制之大者，实则莫过于当代中国文学制度：它保障了参与者既获得了国家资源的配给和分享，同时又还名正言顺地是文学商品市场的获利者。只要国家层面的文学制度观念不做根本改变，国家文学的特性就永远会是中国文学的一种基本生态政治现实。认识和理解茅盾文学奖应该也可由此路径进入。

如果说宏观上看当代文学的生态格局是中国政治的一种制度设计，那么茅奖就是这种制度设计系统中的一个具体环节或构成部分。在特定的历史阶段，相似功能的策略环节或手段，当然非止茅奖一种或一类。之所以这样说，主要就是因为茅奖之类设计的地位、权利（权威、权力和利益）及有关特殊性是由国家权力所保障和保证的，当然它们同时也就是国家权力的意识形态或文学的特定表达。前者关乎茅奖或国家文学的权利地位，后者则体现茅奖或国家文学的责任和义务。

茅奖的这种国家权力和国家政治性——在文学上就是我所谓的国家文学性质，可以说是彰明昭著、一目了然的。迄今为止，在国家层面的文学制度或规定上，合法的、被政府允许且认可的，也就是受到国家权力保障的可称作"全国性"的文学奖项，只有四种，即茅盾文学奖、鲁迅文学奖、少数民族文学

"骏马奖"、全国优秀儿童文学奖。也就是说，只有这四种文学奖项才能称为当代中国的国家文学奖（或称当代中国文学的政府奖）。再稍加释义，茅奖之类既是彰显政治性导向的文学奖，又是文学专业领域中的一种政治权利待遇。而且，这种政治和文学的双重奖励经由国家最高权力的认可与颁布，成为国家制度意义上的最高即国家文学的代表或典范。

有关"全国性"奖项的这种制度性规定，同时也就意味着凡是未经政府批准的其他文学奖项，在制度上都不具有全国性或者说"国家级别"的资格；最高文学奖项的正统性和合法性，须获得国家权力的授权或任命。这种制度规定或者说文学评奖的政治性，也保证了能够从反面阻止国家文学奖的地位不会受到意外的挑战。从权利资源和等级政治的角度看，这项规定也杜绝了，或不允许国家文学利益及资源的分散或"滥用"。形象点说，文学领域中的多头政治、政出多门的弊端由此得以遏制——这在宏观政治上，文学评奖实质上就成为中国当代文学活动中的一种集权政治现象。

但是说来也非常奇怪，行使国家最高文学权力的机构并非国家政府部门，而是一个"人民团体""社会力量"，即中国作家协会。中国作协"章程"开宗明义即其自身定位是"人民团体"。而茅盾文学奖评奖条例则明确中国作协为其主办者，且自称"是中国具有最高荣誉的文学奖项之一"。这里就有两点可以商榷：一个人民团体何以能够行使国家权力（即代行政府职能）？一个人民团体何以能够将自己主办的奖项命名为国家最高奖（或即茅盾文学奖自命为国家最高文学奖的依据何在）？

对此的法理探讨留待他人，仅就政治方面来说，唯一的理解——也是必需的理解——只能是中国作协获得了国家权力的授权，也就是说，中国作协在现实的政治操作和制度实践中，不仅是一个专业人民团体，而更符合一个"文学政府"（国家机构）的特点和性质。简言之，中国作协也就是我所谓的国家文学的专业行政领导机构。

这本来并非秘密或需讳言的话。之所以强调这些"秃子头上明摆着"的话，主要就在彰明现在讨论茅奖之类话题的一个症结所在：所有关于茅奖、鲁奖等的质疑和批评（包括误解），均须从制度设计、制度实践方面才能得到合理解释；换言之，无法解释的部分也不只是技术问题或程序问题，而是根本的制度问题。

问题症结："国家文学"评奖的制度瓶颈

每届茅奖、鲁奖评选下来，几乎都有争议。争议现象本身并不必然构成质疑奖项的问题，诺贝尔奖结果出炉也会有歧见和争议，甚至有人弃奖不要的。不过，以我有限的见闻，好像没有过质疑诺奖程序性问题或评奖过程的技术性问题的；人们争议的主要是评奖结果，即得奖者是否名副其实，是否足堪最优秀者。这样一比较就看出问题来了，历来争论茅奖、鲁奖的问题，多不在或基本无涉作者、作品的优秀性方面，而几乎都在评奖的程序性问题或其他技术性问题上。与此相应，相关奖项的评奖条例的多次修改，也都在程序性和技术性方面。比如最新一届茅奖评选所采用的实名制和大评委制等，也是如此。

这说明了什么呢？从批评者角度看，至少是很在乎，甚至看重茅奖之类的国家文学大奖，同时却又对其评选方式、评选过程、评选标准不予信任[②]。而从评选者，主要是主办方来看，正因其政治责任重大，同时又要取信于人（社会），所以才不厌其烦，长期、持续地修改、完善评奖条例。就此而言，对主办方的"主观恶意"的批评显然难以成立。那么，在这种明显的努力之下，有关茅奖之类的社会争议何以仍主要围绕着程序、技术问题呢？

双方都无法解决的其实是同一个问题，就是国家文学的制度问题。表面上争议的是技术、程序问题，其实不仅于此，争议的关键其实应该是制度或制度实践问题；或者说，技术、程序问题体现的实质上就是制度、制度实践问题。技术、程序问题归根结底是制度和制度实践问题，制度实践——而非理论上的明文制度——才是制度性质的最重要、最主要的判断依据。

关于制度实践问题，或者说关于国家文学奖项如茅奖、鲁奖之类中的根本问题，也或可称瓶颈性的问题，可以择要做些具体讨论。

根据中国作家协会所属的"中国作家网"资料介绍，中国作协现有团体会员四十四个，个人会员九千三百零一人（这是二〇〇九年的数据，二〇一一年已逾万人）。团体会员囊括了全国各省、直辖市和自治区的地方作协，还包括了国家水、电、煤、石油、国土和新疆生产建设兵团各系统的作协。除直属会员以外，各地方和系统的作协会员人数当更庞大；此外，许多省辖市还各有其所属的作协（文联）组织——究其覆盖全国的各级作协机构及其成员的庞大数量而言，中国的作协组织可谓典型的"全民作协"。可以领导全民作协的只能是具备政府功能的一种"文学政府"机构。这从中国作协的组织机构设置中可以看得很清楚，基本仿照政府机构的行政构架。除了基本的政府机构行政构架外，同时还设有众多、庞大的专业部门或单位，分为直属单位、主管社团、专业委员会等，其中包括了中央级、全国性的制度等级最高的报刊出版社等传媒单位，各门类文学学会或研究会，各门类领域的专门委员会等③。可以这样说，凡国家权力所及之处的文学存在、文学事务、文学活动，中国作协都有可能、有理由，特别是有（政治）责任介入和领导。全民作协、文学政府，此之谓也。

不过也有一点不同，或者说是特定的模糊。虽然作协组织机构介绍中有中国作协党组，但在"中国作家协会组织机构图"中，却并无作协党组的具体位置。而且，在中国作协的章程中，也没有关于作协党组的说明，甚至都没提到"党组"字样④。作为实际领导组织的作协党组何在呢？党组的明文定位为何如此暧昧？这种制度设计或者就是体现中国作协能够自如游移在"人民团体"和"政府机构"之间的政治智慧？不管你信不信，反正我是信了：将中国作协完全理解为政府机构恐怕未必十分恰当，而将中国作协仅视为人民团体，则显然是太天真了。

有关制度设计的政治智慧的核心或目标是什么？都一样，就是最大限度地保证设计者对最高权力的拥有权和支配权——区别或主要只在对"最高权力"的解释、理解和界定，由此也直接决定了制度实践的方式、过程和特点。因此，凡属技术、程序的或大或小的任何改变，其真实目的都不会，也不可能是对既有权力的削弱甚或放弃，而是相反，只能是基于对权力的更充分使用的动机，或更加机智、有效使用权力的策略手段。换言之，只是这种主要停留在技术层面的改变或改进，无助于关键问题或根本问题的解决，即无助于解决制度难题和制度瓶颈衍生出来的一系列问题，并且，结果招来的往往又会是对易见的技术程序问题的批评和责难——制度问题只能从制度层面上才能获得有效解决。制度解决的方案也只能在制度实践中才能获得真正落实。但这在现在显然还做不到。

一旦想通了这些，也就应该明白：主要在技术层面讨论、批评、责难茅奖的评选程序或其他相关问题，其实没有实际意义；一切意见只能是隔靴搔痒，没抓住关键。对于评奖相关的技术、程序等问题，必须费心设计、专门负责的，只有，也只能是主办方，主办方是唯一的责任者。原因无他，因为只有它才是"文学政府"，并且，还是一个"无限责任政府"。

这个"政府"的负担和困境——也就是制度瓶颈——在哪里？它一方面，也是最主要的方面是要为国家权力负政治责任，这是它的存在，也包括茅奖、鲁奖之类评奖意义和价值的首要（政治）前提。另一方面它必须履行作为"全民作协"，特别是"文学政府"的社会义务（包括服务功能），在最广泛的范围中确立政府为社会服务的公信力，具体之一即为文学评奖的公信力。这就需要调和"政府"利益（国家权利）与社会权利之间的关系，最低限度是不能使"政府"行为（主要即评奖的技术和程序过程）因严重伤害社会利益而导致两者的对立（至少会因之产生或加剧社会情绪对"文学政府"的严重不信任）；最高理想则是能够引导社会利益接受、认同"政府"利益（国家权利），甚至能够将之同时也作为自身的利益——达到这种政治目标的难度可想而知，在当今（文学）社会基本无此可能。这个"文学政府"的困难还不尽如此，除了政治责任、社会责任外，它理所当然还须承担中国文学现状发展的专业责任。从最低限度言，政治责任是底线，社会责任是形式，专业责任则是其基础（也或基本特征）。也就是说"文学政府"的理想目标应该是最大程度地兼顾甚或完成政治、社会和专业的三重责任。而其基础也即特殊性或基本特征，则应该是对于当代中国文学的专业责任；"文学政府"在此应又可称作"文学专业政府"。如果说政治责任和社会责任还是一种更显普遍性的广义范畴，非独文学政府为然，那么文学的专业责任就应该是"文学政府"担当其政治责任和社会责任的一种特定必备条件或规定途径。应该或必须通过文学责任的完成而达到政治和社会责任的担当——"无限责任政府"的有限性，也就是制度瓶颈，就此便暴露无遗了：在意识形态领域，政治正确、政治责任、政治利益永远凌驾于任何专业标准、专业责任、专业利益之上；在国家文学评奖中，文学质量是否属于首要考虑和评价的对象其实并不肯定。换言之，这样的"文学政府"事实上不可能兼顾、完成它的无限责任使命，它只能有所放弃；在放弃和坚持中，可以认识它的真面目。当然同时，当今的中国文学其实也早已不可能受其制约或支配了。扩大一点观察面，在国家政治层面上，当代中国的政治实践也已经对"无限责任政府"模式的失败有过历史证明。只是意识形态系统的制度革新步骤还是远落在中国当代制度改革潮流之后。

如果制度性质或系统不可能改变，那只有局部改进制度策略或手段了。于是，国家文学奖的意义和价值就在此特别重要地体现出来了：作为一种由国家权力树立、确认和保障的最高文学标杆，茅奖、鲁奖的评选就是一种主要从事并彰显政治、社会、文学专业三者统一的文学典范的生产机制。为了确立、达到这个目标，评奖的文学价值观当然重要，技术程序也同样重要——否则这一制度设计就会因公信力问题而变得没有价值，完全违背了设计目标和宗旨。所谓程序正义的意义在此。这同时也就是茅奖之类评选技术程序一再修改的深层原因。

但也就是在这种程序正义的意义上，对茅奖、鲁奖的任何重大质疑，都足以威胁奖项的正当性和公信力，而其累积效应都有可能成为压垮奖项主办方的政治责任、社会责任和文学专业责任的最后那根稻草，即技术程序也都会是致命的。可以再次重申前文旧话，所有的技术和程序问题到底都是制度问题。技术程序可以从正面改进制度，也能从反面彻底瓦解制度本身。

最明显的一个问题就是，茅奖属中国作协主办，中国作协既是评奖领导（"文学政府"），又是评奖者（评委会的组织者），同时还是参评者（被评者与中国作协有直接隶属关系）——这就构成了直接的利益相关方。也就是说，从制度实践上看，这个"文学政府"实际主办的是一个自我评选、自行分配利益的奖项，既如政府公务员同时担任商业公司首脑谋取红利，也有点像是上市公司内部利益输送的关联交易，所有参与方之间都存在着明显直接的利益关联。这种利益分配的（政治）伦理如果成立的话，就需要一种前提，即其中无关、无涉任何社会利益（包括文学利益）。否则，就涉嫌滥用政府权力而侵害社会利益。国家文学在履行其政治责任的时候，是否涉嫌侵害了当代中国文学的社会利益？这是应当可以检讨的一个问题。"全民作协"的组织构架和政治权力是真实的，但同样确凿的是，即便是全民作协也并不能取代、代替或代表全社会的文学利益。犹如政府以外还有社会的存在。这就是问题的关键。要不然就可干脆将"中国作协文学"代替"中国当代文学"算了。

但这是个制度瓶颈问题。国家文学制度决定了文学政府不可能改变甚至退出对于整个社会文学利益的最大程度的占有、支配和利用——这在评奖技术程序上，就使得最能体现程序正义的所谓回避制度形同虚设。为什么需要回避？最基本的一点就是为了保证评奖的公正和公平，必须回避利益相关方介入评选权力。但现在的茅奖评选制度设计，回避的只是旁枝末节，最需要回避的直接利益相关方却非但无需回避，甚至还直接同时成为评奖的主办方/领导者、评委会主要构成者、直接参评的候选者/机构——在强调个人利益关系回避的同时，机构组织的利益权力介入则毫无回避。这样的回避制度有什么意义呢？程序公平、公正的正义又如何体现呢？无须个人担责的貌似公正的回避制度，掩护的是制度不公。这也就是国家文学评奖的制度脆弱性。它不是技术程序的改进所能改变和完善的。

再说实名制和大评委会制度。这是这届茅奖评选的制度程序"亮点"，但这两个"亮点"非但无法改进、遮掩茅奖的制度问题，反而再次将制度问题凸显出来。先说实名制。循世界各国成例，评奖实名与否，皆各有其例，本无涉程序正义因素。茅奖的实名制也一样无须非议，尽可视为用公开化的方式监督评委行为的措施。但是，实名制的一个最大弊端却也不能不指出，任何个人意志会因此受到集体/社会意志的最大可能的干扰。就评委的个人意志自由而言，匿名制显然胜于实名制。如果说匿名制会使得评委更方便"行私"投票，那么谁又能说实名制就是公正的保证呢？如果实名制更能体现程序正义，世界各国成例何不一律采用实名制呢？实名、匿名，其实是个无须费心的随机采用形式罢了，真不是个能够体现程序正义的必然要素。

再说大评委制。据说这是为防止有人"行贿""搞定"评委而采取的手段。大评委制显然增加了"有人"行贿、搞定的难度和成本，甚至使之变得不可能。不过假如真没有人有能力、有可能搞定评委的话，程序公平公正的正义不就在眼前看着实现了吗？可惜在集权者看来这却是危险的——自己的权力不也同时被剥夺了吗？别人搞不定，"我"还能搞定吗？于是，结果就是只有"我"才能搞定了。现行的策略就是除保证中国作协直接聘请的评委人选外，大评委会里增加的人选主要采用了组织推荐制——就是由各省级作协"推荐"一名评委；此外是所谓"专家库"抽选人选（形式上也由中国作协书记处聘请）。试问，这样的大评委制有程序公正意义吗？别人的行私固然由此可能杜绝，但主办者的权利却变相得到了更大的保障——因其同时部分地直接介入了参评候选。这种制度设计和制度策略难道不是对制度程序正义和制度权力诚信价值观的最大颠覆和瓦解么？！这种制度不公难道不正是给制度腐败开启了极大的方便之门吗？！

因此，从大评委制的这种构成角度看，与其说实名制是为社会监督评委行为，不如说是为"权力"更容易地监控评委。真是太高明了——这届茅奖的实名制和大评委制，从制度角度分析，实在并无可能增强评委独立、公正行使权力的必然性，但形式上追求制度公平、公正的努力却因此变得有目共睹且振振有词——同时倒是无碍，甚至强化了"文学政府"的实际主导权和利益分配权。这正是国家文学权力的性格和策略。

制度决定技术程序而非相反，技术程序是制度性质的体现。国家文学评奖的制度和程序都决定、保证了这种评奖不可能产生意外。但话说太满了也会诱发意外，制度实践的过程中毕竟存在着不确定性。最大的不确定就是执行力问题：制度执行中的专业水平和一般道德水平。这里的专业水平是指文学优劣的判断力，这是因人而异的。道德水平则主要是指执行者是否可能因切己私利而损害、牺牲其他更重要的利益——严格说是国家文学利益。专业水平有失可说是客观、无心之过，道德水平被一己私利绑架则属主观、故意的行为，严重如犯罪。

每个评委也会受到相同考验。故举这届茅奖引发的一个突出争议问题为例，有人（包括高校文学教授、权威文学刊物知名编辑等专业人士）质疑张炜《你在高原》以高票获奖，但到底有几位评委真有可能读完了这部长达四百五十万字的作品呢？这一质疑得到的评委回答各异，各位都想把答案措辞装修得圆满一些。更多的人则沉默。沉默是金⑤。作为同行，我想到的是：用道德诚信作为权宜之策的代价是否值得？如果一种制度形同逼迫个人只能放弃道德坚守，那在无奈的堕落之余，作为个人是否还有可能尝试一点制度问题的思考和批判？

所有关于茅奖、鲁奖的争议都要在，也能在国家文学奖项的制度之辨中寻求答案，也可以从程序正义的追究中开始。虽然制度问题、制度弊端不能怪罪于任何人，个人不可能承担制度之责，在某种程度上这也就是制度改革之难的原因所在。但是，改革制度弊端不能不是我们每个人、整个文学界乃至全社会的一种觉悟，尤其是在近年政府领导人多次在世界面前高调宣示国家政治制度改革的时势下，包括茅奖、鲁奖在内的国家文学评奖制度和广义的国家文学制度，应该也有了根本性改革的理由。笔者参加过茅奖、鲁奖的评选，深感评奖制度关系到全体社会利益和我们每个人的利益，如果认为这还是一件值得严肃对待的事，文学批评就应该首先担当起责任和使命。本文宗旨在此。

注释：

①关于国家文学的释义和探讨，请见笔者的下列作品：《国家文学的想象和实践》（合著，上海古籍出版社，2007）、《向着无穷之远》（吉林出版集团，2009）、《〈人民文学〉与"国家文学"》（《扬子江评论》，2007年第1期）、《中国当代"国家文学"概说》（《文艺争鸣》2007年第2期）、《文学的政治：国家、启蒙、个人》（《南方文坛》2008年第6期）、《当代中国文学的历史境遇》（《当代作家评论》2009年第3期）、《以政治为核心：现实与文学的关系》（《当代作家评论》2010年第3期）、《〈人民文学〉的政治性格和"文学政治"策略》（《文艺争鸣》2009年第10期）、《文学的权利博弈：国家文学与文学批评》（《当代作家评论》2011年第1期）等。

②这种不信任的质疑有：入选者/作品身份大多是作家协会主席、副主席，网络作品的选取和淘汰，每轮入选作品的排名戏剧性变化，选票的集中化程度，《你在高原》的阅读和评审问题，究竟是奖作家还是奖作品问题，回避制度问题等。

③有关中国作家协会的资料来源，俱见"中国作家网"。

④"中国作家网"中"作协机构"栏等资料。

⑤从制度建设角度上说，应该正式、严格地建立、加强和完善茅盾文学奖、鲁迅文学奖等国家文学奖的官方发言人制度，既披露信息，也须回应社会质疑——最重要的是，用了纳税人的钱，也就无权沉默。

原载《当代作家评论》2011年第6期

"茅奖"，你何时不再矛盾？

——关于茅盾文学奖"无边的质疑"的深层探询

张丽军

第七届茅盾文学奖公布之后，社会上一时议论纷纷，尤以主办方、媒体和民间网络上的声音最为响亮。仔细体察众声喧哗的热议，我们就不难发现在盛誉、惋惜、遗憾、不满乃至否定的各种情绪性表达之外，很少有追根溯源、认真考辨、深层剖析与文本细读的声音。正如有人感叹道："我们完全可以把茅盾文学奖当作对获奖作家的创作进行全面总结的一个好机会。但获奖结果公布后，我们看到的是媒体发布的官方消息以及对作品蜻蜓点水式的介绍、评论家对作品的点评，至于作品获奖的深层次原因——与社会、时代的隐秘联系，与公众精神的契合程度有多少，没有人愿意花费多一点的时间和精力去探讨和分析。"[①]不仅如此，一些重要的参与者、主流批评家以及其他重要作家，对于茅盾文学奖的评选结果及其评选标准，更是讳莫如深，这些都使得本应透明、公正、权威的茅奖如同蒙上了一层朦胧的纱衣，外界人永是在猜测与狐疑，内里人永是在缄默或躲闪。每一个评委都为评选结果负责，又都不负责，更没有人站出来澄清那无法言明的"朦胧"、应答那"无边的质疑"。

一、"茅奖"：先天缺失抑或发育不良

如果要追根溯源的话，我们不妨看看这个奖是如何设置的。

茅盾先生在逝世前的两周，向儿子韦韬口授了一份遗嘱：亲爱的同志们，为了繁荣长篇小说的创作，我将我的稿费二十五万元捐献给作协，作为设立一个长篇小说文艺奖金的基金，以奖励每年最优秀的长篇小说。我自知病将不

起，我衷心地祝愿我国社会主义文学事业繁荣昌盛！这封信是由韦韬记录，茅盾先生签名的。

对于这封信，不同的研究者读出了不同的内容。洪治纲先生认为："从这信中，我们可以真正地感受到茅盾先生对小说艺术至死无悔的关爱，对繁荣我国长篇小说的热切企盼。"[②]虽然洪治纲先生的长文《无边的质疑——关于历届"茅盾文学奖"的二十二个设问和一个设想》是一篇极具震撼力的评论茅奖文章，但是，洪先生还是放过了对茅盾遗嘱的疑问。对此，邵燕君女士认为洪治纲的观点存在着严重的"误读"："茅盾先生不但是一位'深谙创作规律'的优秀作家，同时也是一位深谙中国特殊的文艺创作规律的领导者。作为中国共产党的第一批党员、'为人生'的文学研究会的创始人之一、解放后长期担任作协主席等职务的文艺领导者和著名的作家、理论家，茅盾的文学生命、政治生命与现实主义在中国的命运是紧密联系在一起的，他是现实主义在中国最早的接受者和传播者之一，也是社会主义现实主义原则最重要的理论建设者之一。茅盾在弥留之际的遗嘱中虽然没有为'最优秀'三个字加上更为详细的特别注解，但却明确表示：'我衷心地祝愿我国社会主义文学事业繁荣昌盛！'只要对中国当代文学史有所了解的人都会知道，所谓社会主义文学事业就是现实主义的文学事业，它们之间之所以可以画一个等号，是由现实主义创作方法的根本属性及其在中国当代文学中具有特殊的地位和作用决定的。"[③]邵燕君女士的质疑是有一定合理性的，但也存在着把茅盾政治生命与文学生命简单捆绑分析的因素。我们在探寻茅盾遗嘱本意的时候，不仅要把茅盾临终前的两个遗愿联系起来，把茅盾的文学追求、政治生命联系起来，还应该把十七年社会主义文艺实践以及茅盾先生对社会主义文艺创作成败的态度联系起来分析。作为一位深谙创作规律的优秀作家，茅盾先生不可能不知晓意识形态在一定时期对文学创作的制约，而且作为亲身经历"十七年文学"和"文革文学"的人，茅盾先生更是无比深刻地体认到文学艺术独立性品格的重要。这样才会有，茅盾在遗嘱中对获奖标准的宽泛性定义，即应该把奖授予"最优秀的长篇小说"，而不言什么题材、主义。这在一定意义和程度上，有助于摆脱以往意识形态的束缚与规约，从而回归对文学自身艺术性品格的重视与尊重。

雷达先生为这种解读提供了一个新的历史细节。雷达先生在博客文章中指出，早在20世纪40年代，茅盾先生就已经有了设立文学奖的愿望。"据我所知，茅奖的历史可追溯到1945年。那年在重庆为茅盾举行了'五十寿辰和创作活动二十五周年纪念'，在6月24日庆祝会上，正大纺织厂的陈钧经理委托沈钧儒和沙千里律师将一张十万元支票赠送给茅盾，指定作为茅盾文艺奖金。茅盾在接受捐款时表示：自己生平所写反映农村生活的作品不多，引以为憾，建议以这些捐款，举行一次反映农村生活题材的短篇小说有奖征文。按照茅盾意愿，'文协'为此专门成立了老舍、靳以、杨晦、冯雪峰、冯乃超、邵荃麟、叶以群组成的茅盾文艺奖金评奖委员会，并在《文艺杂志》新一卷第三期和八月三日的《新华日报》共同刊出了'文艺杂志社'与'文哨月刊社'联合发出的'茅盾文艺奖金'征文启事，规定征文以反映农村生活的短篇小说、速写、报告为限。"④早在1945年，哪有什么社会主义文学之说呢。这个历史细节佐证了茅盾先生对文学艺术性的追求不仅是对文学自身艺术规律性的自觉认知，而是来自文学创作实践惨痛历史的总结，也是他本人设立文艺奖评奖标准的一个根本指向。

然而，茅盾的遗嘱远不止这样简单。正如邵燕君女士所言，茅盾还是"深谙中国特殊的文艺创作规律的领导者。作为中国共产党的第一批党员、'为人生'的文学研究会的创始人之一、解放后长期担任作协主席等职务的文艺领导者"，难道意识不到他对评奖标准的宽泛性定义，在具有正向性意义的同时，也具有暧昧、模糊、易被人随意操弄的负向性意义？"最优秀"不仅具有为多种艺术性创新提供了真诚解读的便利，"最优秀"也具有了最大化的暧昧解读空间。事实上，那种选择性"误读"在中国当代文学思潮史比比皆是的状况，早已经为后来茅奖评选的分歧、非议、含糊提供了证据。因此，我们不难得出这样的结论，茅盾遗嘱中的"最优秀"的评奖标准本身就是一种策略，一种真诚的同时也是暧昧的策略。

是选择遗嘱所具有的真诚一面，还是取向遗嘱包含的暧昧空间？这取决于具体的评奖机制及评委们。然而，令人遗憾的是，茅盾文学奖从第一届开始，就不仅疏离了茅盾的遗嘱，而且对巴金先生的忠告置若罔闻，从而铸就一种遗憾的开局，以及后来的一系列不如人意的评选。

从现有的资料来看，在前五届评奖名单中，除了第四届没有巴金的名字，其余四届都是巴金为评委会主任。巴金虽然只是挂名而已，没有参与具体的评选，但是巴金还是提出了自己的建议。"在评奖的准备阶段，作为评委会主任的巴金就曾委托孔罗荪转述了自己的意见，要'少而精'，'宁缺毋滥'。这不仅说明巴金对当时长篇小说创作的总体水平有着清醒的认识，还说明他对茅盾文学奖权威性的极为注重。他心里非常清楚，一旦获奖作品过多过滥，必然会导致人们对这一全国性大奖失去信心。"⑤然而，遗憾的是，巴金的忠告，没有受到足够的重视。第一届"茅奖"评出了六部获奖作品。一些获奖作品今天已经没有人看、没人提及，损伤了茅盾文学奖的权威性。

不仅如此，具体参与第四届"茅奖"评选的胡平先生后来在文章中提及，在最终决定第四届茅盾文学奖获奖的作品关键性会议召开前夕，巴金再次提出了维护茅奖权威性的忠告。"远在上海的评委会主任巴金再次重申了自己对茅盾奖评奖的一贯主张：'宁缺毋滥'、'不照顾'、'不凑合'，全体评委一致赞成了巴老的意见。"⑥然而，悲哀的是，个别勉强合格、凑合的作品获得了茅奖，巴老的忠告再次被置之一边。是巴金的话没有权威，还是评委没有领悟巴金的忠告含义？恐怕都不是。这或许就是茅奖为什么引来了"无边的质疑"的原因。

二、"无边的质疑"中的第七届"茅奖"

茅盾文学奖的暧昧与遗憾，并不仅仅来自茅盾遗嘱的因素与对巴金忠告的不屑，更为根本和致命的因素是它评选出来的许多作品不具有"最优秀"的品质；而被它遗弃的一些文学作品恰恰在历史的时空中经受住了考验，渐渐迈入了经典的行列。

钟正平先生在《世纪末文学现象个案反刍——"茅盾文学奖"二题》的文章中，把20世纪末兴起的文学作品评选排行榜名单与"茅盾文学奖"作比照，来检验茅奖作品的艺术魅力。在香港中文新闻周刊《亚洲周刊》，1998年组织海内外14位文学名家全球范围内评选的"二十世纪中文小说一百强"中，茅奖的作品获奖率仅为百分之十九弱。时代文艺出版社曾于2000年年底邀请谢冕、王蒙、洪子诚、孟繁华、陈晓明、李洁非等六位名家评选"中国小说五十强（1978—2000）"，选出的"五十强"作品，获"茅盾文学奖"的作品仅有《许茂和他的女儿们》一部。"以上评选排名，各有各的标准，各有各的角度，但总体上讲还是严肃认真的，具有某种代表性和权威性，比照的结果使我们的心情异常复杂和矛盾。我们看到，按照这个比照结果，多数获'茅盾文学奖'的作品既不是'经典'也不是最'强'，甚至连'优秀'也谈不上，这大约太有悖于茅盾先生设立此奖的初衷了。"⑦

多数"茅奖"作品的非经典性，不仅在专业学者那里，通过数字分析得到了确证；作为评选主办方人士的雷达先生也认为："在已经评出的茅奖作品中，我以为《芙蓉镇》《李自成》《平凡的世界》《尘埃落定》《长恨歌》《白鹿原》等等可能在读者中有了更为广泛和稳定的影响。而一些没有获奖的作品，其影响力也丝毫不容小视，比如张炜的《古船》，王蒙的《活动变人形》，铁凝的《玫瑰门》，还有二月河的《雍正皇帝》，唐浩明的《曾国藩》等等。也还有一些未获奖作品值得一说……"⑧"茅奖"为何评选出一些不如人意的作品，而把优秀的作品遗漏呢？洪治纲、邵燕君、任东华、钟正平等学者关于茅奖的文章，无不指向了这个问题。那么，第七届茅盾文学奖评选结果又如何呢？评选出来的作品是否经得起当代人以及后来人的考验？

第七届茅奖刚刚结束，就激起喧哗声一片。评委的盛誉、专业学者的质疑与民间的不屑、否定构成了第七届茅奖的多元话语风景。我们首先来看评奖主办方及评委的发言。中国作协主席铁凝的发言，无疑表达了主办方的评价："本届茅盾文学奖评选出来的四部作品，都是思想性和艺术性相统一的长篇小说佳作，是2003年至2006年间大量涌现的优秀长篇小说的代表，是从一个方面体现了我国近年来长篇小说创作的收获，体现了文学关注现实、反映时代的精神风貌，体现了文学在艺术创新之路上不断前行的丰硕成果。从这四部获奖作品和近年来出版的一大批深受读者欢迎、产生较大社会反响的优秀长篇小说中，我们可以看到广大作家与时代的紧密勾连，与人民的血肉联系。"⑨自然，既然是代表着主办方政府发言，不可避免这样的行话、套话，至于铁凝本人的评价就无从得知了。但有一点是明确的，即是铁凝《笨花》参加了今年茅盾文学奖初选，但是没有进入24部的终评名单。据说是铁凝弃权退出本届评选。铁凝所言的第七届茅奖作品，真的"都是思想性和艺术性相统一的长篇小说佳作，是2003年至2006年间大量涌现的优秀长篇小说的代表"吗？

谢有顺先生参加了第七届茅奖的评选。兼为评委与学院学者的多重身份，使他的话语充满了含混与复义。在他答新浪读书的话语中，谢有顺对本届茅奖评选作出了充分肯定，除了表达对贾平凹的特别推崇外，"迟子建的作品沉静、绵实，周大新的作品朴素、清新，麦家的作品独异、庄重，也都是我所喜欢并推重的。正因为此，我认为，现在获奖的四部作品，是公正的、有代表性的。它们的胜出，维护了茅奖的尊严和纯粹，从而让那些专心写作、才华横溢的作家得到了表彰，并充分体现出了茅奖的包容性和富有活力的精神面貌，我个人觉得，这是较为理想的一个结果"。[10]在短短八个问答中，谢有顺先生两次提到铁凝主席，其中一处是"尤其是评委会主任铁凝主席等几个领导，自始至终坐在那里倾听每个评委长达一周的讨论，尊重各种尖锐意见，并表现出完全不干涉评奖的气度，确实令我钦佩"。[11]显然，铁凝主席的行为、话语与谢有顺先生的批评具有同一性关系，体现了谢有顺作为评委身份的一面。作为学院批评家，谢有顺也表达了自己的独特见解。在回答《南方周末》记者问题的时候，谢有顺提及了铁凝主席所尊重的"尖锐意见"："应该承认，在评审的现场，所有争议的核心，都还是作品的艺术问题，从未出现从思想倾向上去打压一部作品的情况……艺术讲究的是多元化，是作家对世界和人性的个人理解，既是个人理解，就必然会有差异，而保护文学的差异性，正是保护文学丰富性的重要方式。思想单一、艺术单一，恰恰是文学的死敌。"[12]问题的关键即在于，争论的焦点到底是为艺术性，还是为了某个个人或"集体无意识"？一些争议很大的获奖作品，是"艺术多元化""文学丰富性"的体现吗？谢有顺后面的提议从侧面泄露了争论的诡秘性一面："我建议下一届评审会议实行记名投票制，以示评委对自己投出的票承担具体的责任，从而最大限度地抑制为私情而投票的情况。"[13]谢有顺的建议是非常富有建设性的，但在不经意间也泄露了天机，"茅奖"评选存在着非艺术性的、"为私情而投票"的情况。

对于第七届茅奖的评选结果，一些重要作家、批评家保持了沉默，只有少许人公开谈论了自己的观点。山东著名作家尤凤伟表示，除贾平凹的《秦腔》没有读完外，其他的作品都只是略有耳闻，"贾平凹的《秦腔》，有人认为很好，有人认为太琐碎，迟子建的《额尔古纳河右岸》好像没什么动静，周大新的《湖光山色》当选也让人吃惊"。[14]对于此次评选结果，尤凤伟感觉是不尽如人意，主要原因是由评选机制和评选标准的局限性造成的。尤凤伟直言，茅盾文学奖在评奖标准上，往往回避了那些思想有冲击力，对社会、历史和现实保持严肃审视的作品，导致入选作品在文学性和思想性上往往缺乏应有的高度。

作家虹影直言不讳地说："茅盾文学奖的评选标准过于模糊，这就为内定谁获奖做好了铺垫。这是一件特别可怕的事情，我当过中国一些地方和新加坡的文学奖的评委，几乎都会内定。这种现象在华语界文学奖圈内似乎很普遍。我认为，只有擦去这个污点，文学奖评选才有意义。"[15]虹影还指出茅奖备选作品的范围的局限性，认为没有把旅居海外的中国作家、台湾地区和香港地区的作家的作品给包容进来。

比较以上作家的平和委婉，网络作家慕容雪村的话语更为直接、大胆。在第七届茅盾文学奖开奖前夕，慕容雪村在一个会议上说："我很难说它是个什么样的奖项。由于它的评选程序、评选标准，以及评委都没有对外公开，我都不明白每届茅奖是怎么评选出来的。"这就造成了一些莫名其妙的作品或入围或获奖。慕容雪村认为："这样说起来，茅奖其实就是个门背后评出的奖项。我本人对这个奖项一点兴趣也没有，即便颁给我，我也不会接受。"[16]

我们不妨看看网络所做的民间人士对第七届茅盾文学奖的评价与态度。下面是腾讯网做的一个网络调查结果：

您认为本届茅盾文学奖质量如何？

投票总数：5816[17]

选项名称	投票数	百分比
无聊，浪费我时间	2299	39.52%
很烂，想痛扁评委	1679	28.87%
尚可，看后有些收获	1056	18.16%
不错，会继续关注茅盾文学奖	782	13.45%

在一些网络时评中众多网友的议论指向了《暗算》与《湖光山色》这两部获奖作品。"此次《暗算》的入选引来诸多议论，有网友甚至认为茅盾文学奖像是一个食之无味的鸡肋，一颗'十全大补丸'。许多读者也反映，'真没看出来为啥这本书会获奖，就是些特别的故事，加载在普通人不太熟悉的背景中'。"[18]网名为"波得莱尔"的网友，对今年的4部获奖作品都不满意，在批评贾平凹和迟子建之后，认为"周大新模仿沈从文《边城》口气风格，区别就是把翠翠换成暖暖、语言改成粗俗不堪、乡村情景描写的不伦不类而已。再加上几句故作油腔滑调的流氓话，就这样故作粗野地不伦不类地伪乡土"，无

法与陈忠实的《白鹿原》类比。因此，这位网友大胆建议，"如果在几年的时间段里确实没有值得一提的厚重作品，为何不空白一届呢？这样还可以彰显这个奖项的严谨。一味的滥竽充数，只会使茅盾文学奖堕落到金鸡百花奖一样的层面。看到第七届茅盾文学奖获奖名单，茅盾文学奖从此可以休矣"。[19]

三、争议背后："集体无意识"抑或美学歧见

为什么同一部获奖作品，在不同的评论者那里有那么大的争议？难道评委们的争议真的集中于作品的艺术性，对于艺术性的感受真有那样巨大的差异性？为什么一个普通读者都能够感受到的艺术品位不高的作品，却能够堂而皇地越过一层层艺术性栅栏，去撷取"最优秀长篇小说"的桂冠？对于茅奖负责遴选作品的初评委和具有最终投票权的终评委的艺术感受力、艺术评价能力，我是毫不怀疑的。为什么这些具有优异艺术感受力的评委们在不断地表示遗憾，一届又一届地遗漏优秀的作品，取而代之的是不如人意作品的遗憾呢？

这些没有人应答的无边疑问，之所以伴随着每一届茅奖的评选，就说明问题的根源不在于茅奖评委个人的艺术品位问题，而是在于一种谁都知道，却谁也没有言明的"潜规则"！在于一种评委作为一个个人所无法抗拒的、在茅奖评选历史过程中所形成的"集体无意识"！

这种"潜规则""集体无意识"，到底是什么呢？我们不妨先看一篇评论："把往届茅盾文学奖的获奖名单分析一下，会有一个很有意思的发现：每届的几部获奖作品中，各个门类的好像都有——有主旋律的，有历史题材，有革命战争题材，也有少数民族题材。显然，主办者是搞平衡的'高手'，想把各个小说门类的代表作品'一网打尽'。……自相矛盾的是，越想面面俱到，越搞得内容单一。这届获奖的四部作品，乍一看'百花齐放'，仔细一看，几乎清一色的民族、民俗题材，而且，竟然一部城市题材的作品都没有，这让人禁不住对茅盾文学奖的选择标准产生怀疑：到底是全面还是偏颇？"[20]茅盾文学奖要照顾各个门类题材，这是哪门子的规定？然而遗憾的是，这个没有在任何规则中言明的说法，竟然是一个不成文的"潜规则"。因此，潘采夫先生的文章颇得茅奖评选"潜规则"的"三昧"："猜想茅奖获奖作品，从来都不考验人们的智商，高智商的人都去猜诺奖，虽然总也猜不中。如果您是一位作

家，而且胸怀大志要获茅奖、当作协主席，您不妨从年轻时就下功夫，专攻一门，瞄准边疆、民族、历史、现实中的一个下手，而且逢赛必参，百折不挠，我保证总有一天会打动评委。如果一个作协或出版社也有此意，就不妨照方抓药，多点布局，分门别类组织稿子，未必就不能速成一个奖呢。"㉑细察，这七届茅奖评选，这个"潜规则"竟被不幸言中。巴金先生的忠告之所以一再提及，也许就是针对这个不惜牺牲"茅奖"权威性、损坏艺术性的搞"照顾"、讲"平衡"的"潜规则"而言的吧。

茅盾文学奖的评选歧义不仅仅在于题材划分的"潜规则"，而且存在着深刻的内在美学理念的分歧，一种关于什么才是"优秀文学作品"的美学理念分歧。茅盾文学奖20多年的评奖已经积淀了一种具有"集体无意识"的美学理念，即延续了近百年关于文学理念的认知歧义，尤其是当代文学多元语境内的认知歧义，这也才是茅奖招致非议的内部根源之所在。作家尤凤伟所说的，茅奖的遗憾在于"由评选机制和评选标准的局限性造成的"，正是指向了这种文学审美理念的歧义。

如果说茅盾文学奖评选存在的这个划分现实题材、革命历史题材、民族题材、主旋律题材，以至不惜牺牲艺术品质的"潜规则"的运行，人们还能察觉到、意识到、归纳出来的话，而关于茅奖"最优秀长篇小说"的美学理念分歧则是较为隐蔽的，也是更为深层的原因。我们仔细体味一下铁凝女士和谢有顺先生的话语，是很有意味的。铁凝认为获奖作品都是"思想性和艺术性相统一的长篇小说佳作"，这就说明，评奖的指向不仅是艺术性品质，还有一个思想性品质的问题。而所谓思想性，没有一个具体可以操作评价的细致规则，但可以从铁凝的话语中看出其内涵来，即"体现了文学关注现实、反映时代的精神风貌""看到广大作家与时代的紧密勾连，与人民的血肉联系"。谢有顺则告诉我们："应该承认，在评审的现场，所有争议的核心，都还是作品的艺术问题，从未出现从思想倾向上去打压一部作品的情况。"既然不会从思想上打压，是不是意味着参选作品就不存在着一个"思想性"的评价高低问题？或许那只是谢有顺个人一厢情愿的判断。铁凝是一言不发，并不意味着铁凝的不存在，她所代表的官方层面及其隐含的意识形态依然是很强大的存在。谢有顺听到、看到的思想倾向打压"从未出现"，并不意味着现场的评委的心中就没有一个思想倾向、"思想性问题"，并不意味着评委投出的票就不存在"思想倾向"的问题。事实上，铁凝与谢有顺之间关于"最优秀长篇小说"的认定就已经存在着内在性审美理念差异了。

对于"茅奖"评选中存在文学审美理念的巨大歧义，洪治纲先生早在他的著名论文中就已经为我们描绘出了这种审美"集体无意识"的现象："对小说叙事的史诗性过于片面地强调；对现实主义作品过分地偏爱；对叙事文本的艺术价值失去必要的关注；对小说在人的精神内层上的探索，特别是在人性的卑微幽暗面上的揭示没有给予合理的承认。"㉒洪治纲在对这种茅盾文学奖评奖中存在的不合理的审美理念进行了深刻的现象学还原，但是遗憾的是，他没有进一步揭示这种偏狭的审美理念的发生根源。

从孔子的"兴、观、群、怨"到梁启超"熏、浸、刺、提"，再到延安文艺座谈会讲话中的"文艺为工农兵服务"，中国文学传统中过于强大的"工具论"美学理念一直占有主导性地位，严重影响了文学的独立审美品格。尽管五四新文学也出现了创造社前期那样的"为艺术而艺术"的审美理念，但却一再受到挤压；1980年代以来，虽然现代主义思潮逐渐在当代文学创作中发展壮大，出现了一系列优秀小说，如张炜的《古船》、莫言的《红高粱》、刘震云的《故乡天下黄花》、王蒙的《活动变人形》、张承志的《金牧场》、余华的《在细雨中呼喊》、尤凤伟的《中国一九五七》等，但是遗憾的是这些具有很强的艺术创新品质和较高思想探索价值的作品却无缘"茅奖"。当代文学的创作随着时代的发展发生了极大裂变，但是文学评价准则与评价机制却依然固守残缺，文艺管理机构仍然存在着浓厚的"工具论""反映论"美学意识，并在几十年的文艺管理实践过程中程式化、凝固化为一种无形的而又时刻在起作用的"集体无意识"。

因此，在这种评奖"潜规则""集体无意识"被彻底改变之前，仅仅从评奖程序上进行修修补补是不会从根本上改变"茅奖"这种非议很大，甚至被归为失败的评奖结果现状的。历届"茅奖"的评委都异口同声地说，程序是公正的、客观的。是的，仅看"茅奖"程序是正义的、公正的，但问题的实质在于，"茅奖"的内在评选准则的实质是不公正的。偏狭的审美理念产生的评选准则，无论程序公正与否，其结果都是不公正的、偏狭的。

当然，我们并不否认谢有顺等人进一步完善程序的良好建议，而且这种建议也是很有价值的；但是我们必须看到这种建议的局限性，尤其是在"茅奖"

评奖中的"潜规则""集体无意识"没有改变的情况下。因此，茅盾文学奖当今最重要的问题，就是要彻底打破这种评奖机制中的"潜规则""集体无意识"，从而尽最大可能评出经受时间考验的"最优秀长篇小说"。

注释：

①韩浩月：《茅盾文学奖的矛盾心态》，《徐州日报》2008年11月10日。

②⑤㉒洪治纲：《无边的质疑——关于历届"茅盾文学奖"的二十二个设问和一个设想》，《当代作家评论》1999年第5期，第107、112、110页。

③邵燕君：《茅盾文学奖：风向何处吹？——兼论现实主义文学的创作困境》，《粤海风》2004年第2期，第6页。

④⑧雷达：《我所知道的茅盾文学奖》，新浪博客，http：//blog.sina.com.cn/s/blog_4cd60ad60100b53d.html。

⑥胡平：《我所经历的第四届茅盾文学奖评奖》，《小说评论》1998年第1期，第5页。

⑦钟正平：《世纪末文学现象个案反刍——"茅盾文学奖"二题》，《当代文坛》2002年第5期，第79页。

⑨铁凝：《中国作协主席铁凝第七届茅盾文学奖颁奖典礼致辞》，中国网，http：//www.china.com.cn/book/zhuan-ti/7mdwxj/2008-11/03/content_16704379.htm。

⑩⑪谢有顺：《更开放，更宽容，也更纯粹——关于茅盾文学奖，答新浪读书》，新浪网，http：//blog.sina.com.cn/s/blog_59380f500100b6ir.html。

⑫⑬谢有顺：《"评委要敢于为自己投出的一票承担责任"——答〈南方周末〉夏榆问》，《南方周末》2008年11月6日。

⑭《茅盾文学奖评选有"矛盾"，评奖机制遭到质疑》，新浪网，http：//www.zhongman.com/cul/wxpd/wxdt/200811/36694.html。

⑮虹影：《茅盾文学奖评选标准模糊，为内定做铺垫》，http：//book.cyol.com/content/2008-11/28/content_2450404.htm。

⑯慕容雪村：《慕容雪村炮轰茅盾文学奖：即便颁给我我也不接受》，腾讯网，http：//view.news.qq.com/a/20081030/000016.htm。

⑰《您认为本届茅盾文学奖质量如何？》，腾讯网，http：//vote.qq.om/cgi-bin/survey_project_statpjtId=17520&rq=yes。

⑱吕绍刚：《茅盾文学奖别成了"十全大补丸"》，人民网-观点频道，http：//opinion.people.com.cn/GB/8246731.html。

⑲波得莱尔：《茅盾文学奖从此可以休矣》，红袖添香，http：//article.hongxiu.com/a/2008-11-3/2914253.shtml。

⑳臧文涛、钱欢青：《最高规格长篇小说奖现信任危机："矛盾"文学奖？》，《济

南时报》2008年10月31日。

㉑潘采夫：《如何竞猜茅盾文学奖？书要足够重，沉得像砖头》，人民网文化频道，http: //culture.people.com.cn/GB/40473/40474/8251553.html。

原载《艺术广角》2009年第1期

关于茅盾文学奖的"评选标准"

任东华

1981年，茅盾在病危之际，口述了两封信，一封给中共中央，请求在他去世后追认为中共党员，并郑重表示这将是他"一生的最大荣耀"；一封给中国作家协会书记处：

> 亲爱的同志们，为了繁荣长篇小说的创作，我将我的稿费二十五万元捐献给作协，作为设立一个长篇小说文艺奖金的基金，以奖励每年最优秀的长篇小说。我自知病将不起，我衷心地祝愿我国社会主义文学事业繁荣昌盛。①

据韦韬回忆，这是茅盾生前最大的两件事情；据此可知，它们有着不可分割的内在联系：茅盾首先是一个革命家，然后才是一个文学家，并且，他是以文学创作来进行革命实践的。这是理解"遗嘱"丰富内涵的先在前提。尊重文学奖的设置者——茅盾先生的"遗愿"，无论是对主办者、获奖者还是其他相关的人而言，都义不容辞。然而，"如何尊重"却殊途难归。四分之一个世纪的六届评选，在勉为其难之时，仍留下了诸多难以规避的缺憾；其中，最关键的仍是如何认同茅盾文学奖的评选标准，这甚至成为茅盾文学奖被经常诟病的症结和难题所在。不过，它也促使我们反思：我们究竟该怎样去理解茅盾的"遗愿"？为此，深入研究茅盾"遗嘱"的"潜在意图"是什么，主办者是否对它存在误读，面对未来它有无开放性等等就显得特别紧要了。

中国当代文学史资料丛书

一、"遗嘱"的"意图"管窥

如果按照韦韬的"说法",茅盾文学奖的设置是非常"偶然"的。1980年9月,中国作协把设立鲁迅文学奖的议案送交茅盾征求意见,茅盾由此"得到启发",根据当前"长篇小说还不够繁荣"的状况,决定把稿费25万元捐献"设立长篇小说奖"。②但检视茅盾一生的文学活动,我们又可以这样认为,这既是茅盾对在世的文学创作之交代与总结,又是茅盾对未来的文学生命之执着与延续。从这个角度来解读"遗嘱",事实上可以看出茅盾对"我与文学"之关系的多重思考与设置。

对"茅盾传统"的传承。茅盾曾经说过,他希望能以文学创作的形式把波澜壮阔的"现代史"宏观地描述出来。夏志清也承认,就宏大叙事而言,现代作家是"无出其右"的:如果按照作品的叙述年代而言,他的小说就形象地记录了新民主主义革命的完整过程;它们不但形成了鲜明的叙述特征并赢得了众多作家的跟进与实验。对此,早在1952年,冯雪峰就精辟地指出茅盾不但有别于鲁迅另开一种现实主义传统,而且还形成了现代文学创作中的"茅盾模式",捷克汉学家普实克则把它概括为重客观写实的"史诗叙事"。在众多研究的基础上,王嘉良认为,无论是就模式的独特性还是就它对新文学广泛而深刻的影响而言,"茅盾模式"都体现了不可替代的范式意义,并且具体表现在三个方面:积淀深厚的现实主义(方法)传统;气势阔大的创作"史诗传统";注重社会分析的"理性化"叙事传统等等。③与研究者们过于条理化与规律化的概括不同的是,茅盾通过自己的感受、体验和实践,把它们还原为更生动、更丰富也更感性化的"创作经验",并在内心深处情有独钟。无论是对年轻的革命文学者如"太欧化、多用新术语、正面说教"之类的告诫,还是以《子夜》《林家铺子》《春蚕》等等作品对现实主义的倡导;甚至在建国之后,他满怀热情地拟定创作计划,当现实要求与"经验"不可调和时,他宁愿住笔不写;"文革"时期,茅盾续写《霜叶红于二月花》,等等,都潜在而象征性地意味着茅盾对自己的"创作经验"的眷恋与深信不疑,它对于"真文学"普遍的示范意义,它在当下所具有的无可替代的"使用"价值。在与韦韬商量该设置何种文学奖时,他"胸有成竹"地表示"自己是写长篇小说为主"的,所以,也有意识地期待着这种"传统"与"经验"能够传承下去。

对"现实主义主旋律"与"文学思潮多样化"的和谐化期待。如果仅仅把茅盾设置文学奖的目的局限于对自己所熟稔的"创作经验"或所形成的"创作传统"的弘扬，显然有悖于茅盾的初衷。作为新文学的开创者，特别是长期复杂的、充满探索也充满矛盾的文学实践，使茅盾深刻地认识到，"经验"作为主体在既定的情境之中，根据自己的知识、兴趣及受限等各种条件与外在对象耦合所形成的创作选择，呈现为风格、范式或相对稳定化的审美特征，它在形而下的层面是可以仿效或操作的。所以，茅盾在寄希望于"传统"的传承之时，也在内心深处对它是否会造成创作"重复"不无忧虑。因此，把"经验"形而上化，从思想层面来理论地把握文学，就成为茅盾文学实践的精神基础。这既在于理论可以超越创作"经验"之"用"的局限，也在于当理论反馈于创作之时，又可以有效地丰富"经验"。然而，如何把握文学，特别是"当代中国"所需要的文学？众多研究者如朱德发、杨健民、史瑶、杨扬等人在论及茅盾的早期文学批评时，都不约而同地认为，茅盾是在比较自然主义、新浪漫主义、象征主义等等西方文学思潮的基础上，最终从意识形态角度选择了"为人生的现实主义"，并始终不渝地倡导与捍卫着。但事实上，茅盾对种种文学思潮又有着内在的宽容精神，选择"为人生的现实主义"并不意味着茅盾否定他者的合理性和补充意义，只是"时代与社会"会抑制甚至排斥它们的"中心化"而已。因此，茅盾在坚持现实主义之时，总难免产生来自他者立场的质疑、辩诘和择取。总体看来，茅盾是以现实主义为"体"，以其他思潮为"用"，"体"的独尊倾向与"用"的重构冲动总是困扰着茅盾并呈现为动态化；不过，在意识层面，茅盾期望既尊重两者主次格局又能调解双方矛盾，以使当代文学的"现实主义主旋律"与"文学思潮多样化"能够和谐化。所以，茅盾既坚持以鲁迅文学奖的设置为参照并坚定地认同"鲁迅传统"，但在"遗嘱"中又把标准"泛化"且对现实主义不置一词。

对当代文学的愿景。作为新文学的开创者，茅盾深味到尽管由于与守旧派斗争、国民党的文化专制及社会动荡等等"种种不利条件"，但现代文学仍然"打了胜仗"。建国之后，无论是在第一次文代会作报告，还是雄心勃勃地拟定创作规划，甚至勉为其难地出任共和国的文化部长，茅盾都深信当代文学的"光明前途"，但事实却出乎他的意料。不仅他本人"无法"创作，连续的政治运动在打倒大批作家、批判所有作品之后，干脆把文艺界列为"黑线统治"，所谓的"文艺新纪元"却导致创作荒芜或是"阴谋文艺"。茅盾在痛心之余，也于1966年搁笔闲居，以示抗议。1976年之后，粉碎"四人帮"和平反冤案所带来的宽松政治环境，第四次文代会的高规格召开及党的文艺政策调整等等，都使茅盾相信文艺"春天"到来。为此，他一方面大力清除"左倾"政治与"四人帮"所遗留的积弊和"乱"，一方面又积极呼吁发扬艺术民主，解放艺术生产力。无论是出席座谈会、撰写回忆录还是支持办刊等等，他都不遗余力地强调"如何繁荣社会主义文艺事业"。查阅日记及其他资料，可以看出他在这个时期的精神真相：由于感到在世无多，茅盾已不再计较浪费创作时间，情愿花费更大心力去为其他作家"服务"，如受命担任中国作协主席；要总结正反两方面的经验，团结一致开创当代文学的"新时代"；要创造条件，千方百计地提携文艺的新生力量以及与错误倾向斗争；等等。由此可知，茅盾对文学奖的设置，是对他终生所热爱的文学事业之继续参与，也表达了他对中国文学真诚的祝愿与预期。

总之，这三个方面是内在递进又互相涵括的，从"茅盾传统"出发，中经"现实主义主旋律"，最后指向"对当代文学的愿景"，或许，这是我们"真正而完整地"窥测到的、茅盾设置文学奖的本意！

二、评选标准：从"遗嘱"到"条例"的原则化与意识形态本质

仅仅就"意图"而言，"遗嘱"只是茅盾以当代文学为对象为我们所提供的巨大能指。而当代文学是变动不居的，它所拥有的价值或成就往往要经受读者和历史的反复考验才能得到论定。因此，在当代境遇下，如何使"意图"所指化，实现茅盾的"未竟之愿"，就成为文学奖评选的前提与关键所在。

"遗嘱"遣词"简单"：除去称呼与落款之外共八句话，但其中以"最优秀"为核心的关键词系统却涵括了文学奖评选的基本标准并寄寓着茅盾"身在现实"的诸多"暗示"。

书记处。它是中国作协的常设机构，由主席团推举产生，负责处理协会的日常工作和根据需要建立相应的工作机构及专门委员会。茅盾把文学奖委托给书记处，并非止于简单的工作关系，而是为评奖确定"方向"，即必须坚持评奖的"党性"原则，在党的领导下，实践评奖的科学化。

社会主义文学事业。由于"茅盾首先是一个革命者，其次才是一个文学家"，所以，他所从事的文学事业，必须是党所领导的社会主义事业之一部分；茅盾倡导文学为广大的"人民"服务，为社会主义制度和国家现代化服务，必须坚持文学的社会主义"性质"。

最优秀。茅盾并不认为"最优秀"就是创作的顶峰或模式，而是由基本的文学要素辩证地"创新"所体现出来的"最突出"特征，它包括：文学在为社会变革服务时，与时代的发展趋势保持一致，在深入、分析和把握生活的基础上，以个性化的典型表现出丰富复杂立体的人格建构，在思想倾向的自然流露中给读者以希望、理想和出路。

每年。作为批评家，茅盾深知任何优秀（伟大）的作品（作家）的"意义"都是丰富而博大的，对它的认知与把握也是不可能一蹴而就的；同时，语境变动会导致"价值"复杂化，所以，"每年"就不仅在于作品的"创作或者出版"，更在于对作品的"价值发掘"和对文学发展之连续性期待。

我国。从政治上而言，"我国"指包括台港澳在内的全部领土；从文学上而言，"我国"指以社会主义文学的存在区域如大陆、以资本主义和殖民主义文学的存在区域如台港澳之共同构成。茅盾从文学方面所称的"我国"既指向前者，但又潜在地涵括着对后者的评价。

总之，茅盾从"方向、性质、标准、时间、范围"五个方面为文学奖规定了根本性的参照体系，已有的文学经验、当代文学的发展现状、历史曲折与当前所存在的突出问题等等使茅盾在强调意识形态对文学奖的前提意义之时，仍寄最大希望于"文学性"本身，尽管这种"文学性"总会不自觉地偏至"现实主义"，但它悬置意义的具体化仍为后来者理解与评说留下了巨大的话语空间，也为评奖应对文学变化提供了丰富的意义资源。

当然，把"遗嘱"放在茅盾的创作史与百年中国文学的宏大背景上，它的内涵是异常丰富的，但它的目的毕竟在于指导评奖，如何把它当代化与现实化，使文学奖"有章可循"？尽管研究者及"民间"见仁见智，但受委托者——中国作协及书记处所制订并负责解释的《茅盾文学奖评奖条例》才真正决定了茅盾文学奖的评选乃至运作。

自1982年至今，茅盾文学奖已历六届，共计29部作品（包括2部荣誉奖）获奖。就评奖条例而言，每届都有变动，但它的基本原则却得到遵循，特别是

《茅盾文学奖评奖条例（修订稿）》不但是对第一至五届条例的总结，而且还将对后来评奖产生规范作用，所以，分析评奖标准从"遗嘱"到"条例"的位移及其变化，以之为对象是非常富于代表性的。"修订稿"在解释之外共计八条，其中第4—8条是指评选机构、评奖程序、评奖纪律、评奖经费等等，属于真正意义上的评奖标准则是指第1—3条，包括在述的三个方面内容，我们来看看它们是如何把"遗嘱"的"要求"原则化的。

第一，指导思想。对于"遗嘱"所规定的文学奖的"方向与性质"，"条例"一方面通过具体情境滤掉了局限于时代所挟带的"政治情绪"，一方面又自觉适应党对文学由"具体行政干预"向"宏观思想指导"的策略转移，旗帜鲜明地规定评奖工作，"以马列主义、毛泽东思想、邓小平理论和'三个代表'重要思想为指针"。宪法规定它们是中国特色社会主义事业的指导思想，"条例"把茅盾文学奖纳入它们的"指导"之中，无疑也就内在地规定了茅盾文学奖的社会主义性质。1942年，毛泽东曾在《讲话》中提出，"为什么人"是文学的"首要问题"，所以，坚持文艺为社会主义的主体——人民服务、为人民所从事的"革命"——社会主义事业服务也就成为评奖坚持社会主义性质的方向逻辑。——"条例"把茅盾的评奖期待纳入了当代意识形态体系之中并得到确定表述，但它的合理性又内聚着对"遗嘱"解释存在着与时俱变的可能。"贯彻百花齐放、百家争鸣的方针，弘扬主旋律，提倡多样化，坚持导向性、公正性、群众性。"则把"遗嘱"对文学奖的意识形态要求转换成"条例"，通过对文学的规律、功能及主流特征的深刻认知而形成的内在规范，从而使思想指导能够"措施化"。

第二，评选标准。"遗嘱"的"最优秀"包括着茅盾对文学的复杂认知，"条例"则依据文论界对文学的传统"二分法"，把"最优秀"理解为"思想性与艺术性的完美统一"。就"思想性"而言，"条例"首先定义了它的功能：有利于倡导"爱国主义集体主义和社会主义""改革开放和现代化建设""民族团结社会进步和人民幸福"以及"用诚实劳动争取美好生活"等等方面的思想和精神。这种明确的正面取值，确实符合文学的"真善美"本性要求，但是否会对其他的价值取向构成潜在抑制？其次，"条例"突出了它的内容承担，即"深刻反映现实生活，较好地体现时代精神和历史发展趋势"，这是茅盾无论就自己的文学创作还是对别人的批评而言，都在内心认同并最先关注的；不过，"塑造社会主义新人形象"却恰恰是茅盾所短，它补充着"遗嘱"对社会主义文学"应该如何"的理解。就"艺术性"而言，"条例"既鼓励在中外文论传统基础上的"创新"，又强调文本的"中国作风与中国气派"以及艺术感染力等等。它使茅盾在"遗嘱"中所内存的艺术传统由"五四"向"延安"倾斜，但当代语境又有意味地"诠释"着评奖的艺术选择。总之，"条例"依据当代文学传统而对"遗嘱"的"最优秀"标准进行有倾向地原则化，但也潜伏着对思想或者艺术的"偏至"危机。

第三，评奖范围。就评奖来看，每四年评选一次、多卷本长篇小说应在全书完成后参评、字数13万以上等等条件所受非议不大。但把"在我国大陆地区公开发表与出版"和"由中国籍作家创作"作为评奖的先在条件则被研究者们认为与"当代文学"的概念不符；尽管强调"鉴于评选工作所受的语言限制和其他困难"，但"凡用少数民族语言创作的长篇小说，以汉文的译本出版后参加评选"仍被认为是"话语霸权"；评选年度以前的优秀之作重新参评，固然表明评奖"慎重"，但却难以操作。与"遗嘱"的"暗示"不同的是，"条例"更注重评奖的实践性，但它的种种"修正"，又总是引发着对评奖的"公正性"质疑。

总之，"条例"把"遗嘱"置于当代文学的繁体框架之中，假若我们把"条例"与1979年邓小平在第四次文代会的《祝辞》④进行比较，我们可以发现，《祝辞》无论是对"马列主义、毛泽东思想"的总体表述，对"社会主义新人"、对创作要表现"时代前进的要求和历史发展的趋势"、文艺的工农兵方向、"双百"方针与艺术创新以及人民性等等的倡导，都成为"条例"的精神资源。"遗嘱"既因此而获得了可靠的意识形态支持，但也因此而不可避免地遭受着当代文学诸多难题的困扰，特别是"遗嘱"的先在参照、社会对文学奖期望的多元化以及评奖的操作难度等等原因，"条例"在具体的实践中又会遭遇种种情况而发生变形。

三、"评选标准"的实践与误区

按照《条例》规定特别是四分之一个世纪的评奖实践，我们知道，经过相应的机构和程序之后，评奖办公室聘请"熟悉长篇小说创作的若干评论家、作家和编辑家"组成审读组,对推荐作品进行筛选,为评委会提供备选篇目。评委会"在认真阅读全部备选作品的基础上,参考各界反馈意见,经过充分的协商与讨论",最后进行无记名投票,以三分之二以上的票数当选获奖作品。从评奖过程来看,尽管审读组有初选权,但决定权则在于评委会,所以,他们如何理解"遗嘱"特别是如何执行《条例》的"标准",就成为茅盾文学奖"评选"的关键所在。

思想标准实践。尽管新时期以来,"政治标准第一,艺术标准第二"已经不再被提起,但"思想性"依然是当代文学的"潜在"传统,它既不止于"政治",也有别于意识形态内容,而是指向更为宽泛的精神价值,所以,对于具有"半官方性质"的茅盾文学奖而言,凡是出现"明显的错误、有害甚至反动倾向且在社会上影响恶劣"的作品是不可能进行参评的。当然,这也并不排除评委会对在此之外的评奖对象的思想价值充满歧见以及相应的处理方式。

如果评奖对象的思想价值存在"争议",即文本在主流、大方向或根本精神方面被认为"正确",但在局部、细节或若干观念方面被认为有"突出问题"的话,评委会会进行协调。如《白鹿原》就被认为虽然不存在政治倾向性问题,但儒家文化的体现者朱先生关于"翻鏊子"与"国共之争无是非"的若干见解以及与主题无大关系的若干性描写可能引起误解与批评。⑤对此,评委会采取折中办法,即建议作者"修改",以"修订本"的形式参加评奖。这样,评委会就通过对所述"两个问题"的"计划清除",缝合了《白鹿原》与茅盾文学奖之间的思想裂缝,保证《白鹿原》"既深刻揭示封建家族和封建文化的本质,又通过对时代精神和社会生活的真实反映,呈现出20世纪前半期的历史发展趋势"之"条例式"评价的完整性并遮蔽了它的"自反性"。《檀香刑》则被认为"张扬人性之恶"而终于"落选"。

如果评奖对象的思想价值具有时代的"先进性",特别是"深刻揭示"现实的"主旋律文学",评委会会"重点关注",如《骚动之秋》和《英雄时代》就是在初选审读组之外由评委会"联合提名"获奖的。无论是"授奖辞"还是评委们后来对这些作品的评价,都认为它们"最形象地"实现了"条例"所要求的思想标准,并以巨大勇气实践着茅盾的现实主义创作传统。如《抉择》就被认为"直面现实,关注时代",《骚动之秋》"反映了迅速变化中的农村现实,以及中国农民由传统走向现代化过程中发生的蜕变并成功地刻画了岳鹏程的复杂性格特征"。是实现"弘扬主旋律，鼓励贴近现实生活、体现时代精神"的"优秀之作"。⑥

如果评奖对象的思想价值呈现为"复调叙述"，评委会会从"现实"出发，以"现代性"为参照，在文本的"杂语喧哗"中，择取"我们"所需要的，进行"社会主义""改革开放""民族团结"等等方面的宏大"命名"，特别是在历史题材领域。如《李自成》（第二卷）就描写了"起义军在处于极端不利的情况下，如何惨淡经营并发展壮大"的"艰苦奋斗精神"；《黄河东流去》《茶人三部曲》和《战争和人》则"寄寓着中华民族求生存、求发展的坚毅精神和酷爱自由、向往光明的理想倾向"。⑦《少年天子》和《张居正》则弘扬了执着、悲壮并不畏牺牲的"改革精神"等等，它们正是当代社会最需要的，如郭沫若倡导史剧应该"以古人骸骨，吹嘘些现代人的精神进去"一样，这些作品也拓展着"遗嘱"与"条例"对现实的深层关怀精神。

总之，评委会一方面把评奖对象纳入到茅盾文学奖的思想传统并发掘出它们的主流意义，一方面又可能遮蔽了它们的"丰富性"并使之呈现出非真实的"重复性"。茅盾文学奖在近年遭受越来越多的困扰、诟病与批评，可能与此有关。

艺术标准实践。在读者看来，它既没有触及意识形态底线的风险存在；并且，无论是就茅盾本人的"创作传统"还是就"条例"的艺术期待以及新时期以来与世界文学交流所形成的开放性而言，茅盾文学奖都应该引领着当代文学的艺术潮流。但事实并非如此，受制于现实主义的保守性及内在规范，评委会对艺术标准总是有倾向地选择并使之"惯例化"。

一是依赖于"全景、宏大和理性"的史诗叙事，这缘于评委会根深蒂固的"茅盾传统"情结。尽管"条例"体现出对艺术的鼓励和宽容，但评委会仍然认为，"多卷本小说在厚重感方面有自己的优势"，从艺术角度舍弃那些"线索单一，结构更像中篇"的作品如《许三观卖血记》等是情有可原的。⑧并且，由于《平凡的世界》体现为"诗与史的恢宏画卷"，《都市风流》"全景式又深层次地反映了城市改革的深化"，《芙蓉镇》"寓政治风云于风俗民情，借人物命运演时代变迁，展示了三中全会前后农村的巨大变化"，等等，所以能够成为茅盾文学奖的"当然之选"。不过，评委会有把"史诗叙事"理解为仅止于对社会、时代及生活的概括并把它潜在"权威化"的倾向。

二是对"个人化写作"与创新的"谨慎"处理。陈建功就认为，作家局限在自己的小世界里，小情小调地封闭自己，会导致创作的狭窄和重复，也会让读者生厌。⑨所以，在评委会看来，《私人生活》缺乏对社会与他人的责任意识，是难以"为人民大众所喜闻乐见"的，"落选"实在意料之中。但在牛玉秋、摩罗、白烨、李建军等人看来，《古船》《活动变人形》《洗澡》以及李洱、莫言、余华等人的"落选"，则表明评委会艺术视界与选择的单调性、滞后性和缺乏宽容精神。⑩这种批评当然无法领会评委会的"苦衷"：创新固然是艺术的动力，但也存在着成败风险，作为"最优秀"标准的茅盾文学奖，是难以为此付出代价的。所以，综观29部获奖作品，《冬天里的春天》《钟鼓楼》《穆斯林的葬礼》《尘埃落定》等等的评奖虽然对艺术探索有所"鼓励"，但评委会对"原创性"评价及要求方面仍被认为过于保守。

三是对"完美统一"的妥协。"条例"规定评奖"坚持思想性与艺术性完美统一的原则"，如果评选年度以内的作品被认为并不满足这种条件的话，评委会就在3—5部的限度之间选择最合适的评奖，这也就不可避免地使"完美统一"发生倾斜，或者降低一方标准。从六届评选来看，无论是评委会还是评论界都普遍认为，《骚动之秋》《抉择》《英雄时代》等等直面现实之作在艺术方面还比较"粗糙"。因此，评委会以"牺牲艺术"来"拯救思想"，无疑会磨蚀着茅盾文学奖积多年之力所建立的"公正性、权威性、导向性"。并且，茅盾文学奖的艺术标准还欠缺多元性，"史诗叙事"在被主流化之时又面临着如何与其他艺术标准和谐共处以丰富评选标准，确实值得深长思之。

总之，不论是对评选的思想标准还是艺术标准的实践，评委会都以"遗嘱"与"条例"为原则，并尽可能地接近他们所想象的茅盾文学奖"目标"。但如何真正解放思想，破除二者的障碍和樊篱，使评选不是拘泥于"遗嘱"与"条例"的规则而是遵循它们的精神，推动评奖的科学化与特色化，则是评委会亟待解决的难题。

注释：
①参见《人民日报》1981年4月1日。
②陈小曼，韦韬：《我的父亲茅盾》，辽宁人民出版社，2004年，第304—305页。
③王嘉良：《论"茅盾传统"及其对中国新文学的范式意义》，《茅盾研究——第七

届年会论文集》，新华出版社，2002年。

④邓小平：《在中国文学艺术工作者第四次代表大会上的祝辞》，《人民日报》1979年10月31日。

⑤⑥胡平：《我所经历的第四届茅盾文学奖评奖》，《小说评论》1998年第1期。

⑦张炯等：《第五届茅盾文学奖评委会撰写的获奖作品评语》，《人民日报》2000年11月11日。

⑧⑨陈建功：《茅盾文学奖不是中国"诺贝尔"》，《成都商报》2005年12月26日。

⑩桂杰：《茅盾文学奖：热辣辣的大奖静悄悄地评》，《中国青年报》2000年1月17日。

原载《粤海风》2007年第2期

中国文学的精神危机和茅盾文学奖的休克治疗

肖　鹰

一、当下中国文学面临着深刻的精神危机

中国文学的创作现实表明，进入21世纪以来，作品的数量与质量呈现反比增长状态，在作品数量激增而出现长篇小说年产量达到数以千计的状态下，可称为"佳作"的作品罕见，更不用说伟大传世之作问世了。2008年第七届"茅盾文学奖"的评选和颁发，均遭遇公众和舆论的普遍冷淡，该届评委李敬泽表示："入围的24部作品，哪部获得茅盾文学奖都不会太让人意外，而没得奖的作品中也没有一部会让人觉得遗憾，'因为在近4年的文坛中，没有诞生过一部惊天动地的作品。'"①

为什么新世纪以来中国文学创作品质整体日趋下降？根源就在于当今中国作家文学观念的错误趋向导致了创作意识的误区和创作力的萎缩。在2009年11月珠海召开的《文学：回到思想的前沿》研讨会上，众多批评家、作家都指出了作家们规避现实、思想脱离或落后于时代的现象。李敬泽在这个会议上表达了他对当今中国文学的深刻不满，他说："尽管上世纪八十年代的文学作品现在看起来很粗糙，却站在那个时代思想的前沿，具有一种直指人心的力量，对那个时代的人们产生了深远的影响。反观今天的文学，尽管在艺术、理论上取得了长足进步，但普遍缺乏思想的深度，而这正是文学面临的最大危机。"②当今作家缺少思想深度、思想落后于时代不仅表现在沉迷于封闭和自恋的臆想写作，而且表现于没有历史穿透力和超越的人性洞察力来审视当代现实，只能以自然主义和失败主义的态度面对现实。

著名前辈批评家谢冕明确批评当下中国文艺创作"远离了生活的中心而退居到极端自私的角落"，"很少深入探讨这个急速变化的社会的内在矛盾"，而沉迷于"自说自话"。他说："目前读诗的人就是那些写诗的人，读小说的人就是那些写小说的人，可能还加上文科的大学生，还有一些业内专业的人员，这是很悲哀的事情，但是确实是事实。如果写诗的人总是自言自语，梦呓一般，别人当然也不买你的诗。"③近年来，德国汉学家顾彬多次批评当代中国作家缺少对现实的介入和批判能力、以文学为个人游戏之后，今年日本学者谷川毅也指出："中国当代文学发展存在的最大问题是，部分作家不具有开放感，他们是封闭的，而不是向世界打开的。"他认为，当代中国作家关注世界的姿态不是敞开的，而是封闭的，即不是把目光向外，从外来审视自身和中国现实。这种自我封闭使当代中国文学不仅缺少现实把握力，而且缺少一种可以直达内心深处的力量，而这种力量是文学"具有影响世界范围内的读者的能力"的根源，因此当代中国文学不能被世界上其他文化读者广泛接受和认可。④

在普遍表现出脱离社会现实、自我封闭的创作状态的同时，中国作家也表现出严重的市场化趋向，特别是在面对影视艺术的市场冲击的时候，众多中国作家放弃了文学的审美理想和独立原则，以迎合影视市场为文学写作的目标，"如今的文学写作越来越和影视、新闻争宠，并没有提供文学自己的方式"⑤。但是，当下中国文学更严重的精神危机表现在一批自20世纪80年代以来，在当代中国文学中产生了重要影响的作家，不仅长期背弃现实、沉迷于自我历史回忆，而且把"人生之恶"绝对化、主题化。比如，在贾平凹、莫言和阎连科等著名当代中年作家的作品中，读者们更多看到苦难、痛苦、仇恨、压抑、凶恶、畸形、污秽和变态。显然，这些作家集中表现了他们一代人严重的精神缺陷，这种缺陷可以追溯到上个世纪下半期人文教育的缺陷，尤其是"文革文化"对当今的中年作家的心灵扭曲和摧残。问题是，为什么近30年来的历史变革，非但没有修复他们的心理创伤，反而使这种创伤变成了他们创作的基本心理痼疾，使这些在当下仍然居于中国文坛核心地位的中年作家的创作集体呈现出完全滞后于时代的狭隘、阴郁和溃败？

对于当下作家的思想局限和精神困境，似乎作家自身也有所觉识。贾平凹就曾撰文表示："我们当代作家，普遍都存在困惑，常常不知所措地写作。我们的经验需要扩展，小感情、小圈子可能会遮蔽更多的生活。这个时代的写作应是丰富的，而不是单薄的。我们的目光要健全，要有自己的信念，坚信有爱，有温暖，有光明，而不要笔走偏锋，只写黑暗的、丑恶的，要写出冷漠中的温暖，恶狠中的柔软，毁灭中的希望。"⑥然而，贾平凹本人在晚近的《废都》《秦腔》等系列作品，恰恰向读者展示的只是黑暗、丑恶、冷漠、恶狠和毁灭的内容。这表明，作家思想的症结，不在于概念认知层面，而在于心灵深处的精神缺陷。

二、从诺贝尔文学奖看国际文学大奖的人文理想

文学是人学。"人学"的深刻含义和根本宗旨，不仅在于认识人、了解人、肯定人，更在于培育人、提升人。"诺贝尔文学奖"（以下简称"诺奖"）立下的评奖标准就是授予在文学领域创作了"具有理想的最杰出的作品"（"the most outstanding work in an ideal direction"）的作家。这为"诺奖"确立了明确而高尚的人学目标。在后来百余年的评选中，"诺奖"评委会都坚持了"文学的理想性"，虽然评委们在执行中对这个"理想性"时有"宽""窄""松""紧"的改变，同时也遭遇到不少争议。作为一个国际文学大奖，"诺奖"竭力推崇关注现实、同情弱势群体的文学，而且把深刻的人文理想和崇高的人生情怀作为诠释文学理想的核心。因此，可以说，"诺奖"的评选宗旨及其实践都表明，它是真正"推出具有深刻思想内容和丰厚审美意蕴的"国际大奖。这是百余年来"诺奖"能够享誉全球并且始终为世界关注的根本原因所在。

坚守文学的人文理想性和艺术纯正性，不仅是"诺奖"百年不变的信条，而且也是龚古尔文学奖和普利策文学奖等世界文坛大奖之所以经久不衰所依赖的信条。龚古尔奖只有10欧元奖金，但是，它不仅在法国人民的心目中，而且在世界文坛上都享有崇高的地位，所依靠的就是埃德蒙·龚古尔在遗嘱中为此奖设立的评奖标准：将此奖授予"本年度最优秀和想象力最丰富的文学作品"（"the best and most imaginative prosework of the year"）。在20世纪的市场化社会，文学创作和文学评奖遭遇到的最大威胁就是市场化的侵蚀。站在市场的对立面评选获奖作品，是国际文学大奖的一个基本原则。因此，在它们的评奖史中，我们可能听说某部作品因为过于流行或畅销被拒绝，但绝不会听说某

部流行或畅销的作品被青睐。市场的标准和文学的标准是不同的，因为，市场着眼于文学作为消费品的价值，而文学则是以思想的深刻和审美的创新为目标的。也就是说，国际文学大奖推崇的是提升人类社会的文学表现力和人文理想的文学，而不是迎合当下读者趣味和市场的文学。

当今世界，重大文学奖在市场效益与文学价值之间，似乎存在着两难选择。但也不尽然，以"布克奖"为例，创立于1968年的"布克奖"是由英国供应商布克（Booker McConnell）赞助的，40多年来，它已被主办者打造为"文化和市场双赢"的"文化产业"，荣获布克奖已经成为"最好看的英文小说"的代名词，其市场价值无可置疑。然而，布克奖的成功并非因为迎合市场，而是源于对市场文学的抵制。在设奖之初，布克奖曾经专门规定"美国作家不能参与，以抵制新型的娱乐形式诸如电视对文学市场的蚕食"。布克奖的目标"是奖励优秀作品，提高公众对严肃小说的关注"，正是坚持这一目标，它赢得了英国读者的信任并享有世界美誉。为了保证公正性和"群众性"，布克奖主办机构曾在五人评委会中吸收了一个"街头人士"（即非文学专业人士）作评委，但此举不久就因为效果不佳被取消了。⑦

文学是语言的艺术。语言不仅赋予人类高度的抽象和表达能力，而且是真正实现人类作为有理性思维能力和精神意识（心灵）的媒介。作为语言的艺术，文学的价值，不仅在于丰富和提升人类的抽象能力和表达能力，而且以无可代替的方式丰富和提升人类的人生境界。因此，文学不仅不会被新媒介的艺术形式所替代，反而是新媒介艺术的基础和根本支持。比如电影就离不开文学，没有文学的强有力支持，电影只能成为无意义的动画（moving pictures）。20世纪以来，由于电子媒介的出现，文学遭遇了严峻挑战，它的话语空间很大程度上被影视侵占了。正因为如此，强化和提升文学的艺术价值和精神价值，就变得特别重要。在人类文学史上，20世纪以前，是没有国家性或国际性的文学大奖的（除非我们将御用文人或"桂冠诗人"也作为文学奖），为什么在高度商业化和电子化的20世纪，文学大奖林立，而且产生了如"诺奖"、龚古尔奖、普利策奖和布克奖等享誉世界的文学大奖？从捐资建奖者诺贝尔、埃德蒙和普利策等人的遗嘱我们可以知道，他们的初衷就是要在未来的世界推崇和捍卫文学的纯正价值，提升人类的文学精神和创作能力。对于他们，文学奖的价值不是迎合一个市场化和影视化世界的大众趣味，而是提升大众趣味并保持和发展精神的向度。

文学的核心价值是推崇人性的理想提升。为了保证持续追求理想的提升，就应当推崇"具有理想的最杰出的作品"。这就提出了"最高文学奖"的价值不是向当下读者（或市场）推荐优秀作品，而是鼓励作家创作"最杰出的作品"而实现文学创作的经典化发展。无疑，在追求文学创作的经典化方向上，"诺奖"主办机构对评奖条件的设置是最优选择。"诺奖"不仅向全世界作家开放，而且向作家终身开放。诺贝尔在遗嘱中，提出的评奖条件是"在前一年中出版的作品"，但是后来主办"诺奖"的瑞典学院将此条件"软化"为可以是"更早的作品，如果它们的意义在近期才表现出来"。这个修正条件，使评委可以在更长远的时间跨度中评选作品，有更充分的条件保证实现诺贝尔要求授奖给"具有理想的最杰出的作品"的遗愿，而且实质上为将"诺奖"从作品奖提升为作家成就奖设置了条件。

从1901年首次颁奖以来至今，"诺奖"共授予世界上106位作家，他们平均获奖年龄超过64岁，获奖年龄最长的是英国女作家多丽丝·莱辛，她于2007年88岁时获奖；获奖作家的代表作有百分四十以上是在获奖前20年就出版了，间隔时间最长的是意大利作家乔祖埃·卡尔杜齐，他的代表作《青春诗》1850年出版，1906年获奖，中间隔了56年；真正满足诺贝尔"在前一年中出版的作品"的要求的，似乎只有苏联作家帕斯捷尔纳克的小说《日瓦戈医生》，此书1957以意大利文出版，1958年获"诺奖"。"诺奖"真正成为现代世界最高文学奖，在评选条件上向作家终身开放，是一个不可或缺的条件。这个条件对于作家更深刻的意义在于，鼓励作家把追求最高的文学理想实践为毕生的事业。"诺奖"作品能够成为世界文坛的经典，最深刻的根源就在于"诺奖"推崇以文学为最高尚和伟大的人生的作家。⑧

真正具有持续的生命力的国际文学大奖的成功之路都表明，只有坚守文学作为推崇和提升人性理想的核心价值，坚守文学独立的审美理想，文学评奖才能在抗拒市场侵蚀和影视艺术挤压中获胜。

三、茅盾文学奖的困境和迷误

多年以来，国人之关注"诺奖"，多半本来与文学无关，着眼点无外乎是两种：民众追问的是，为什么中国之大，竟然无一人得奖呢？作家追问的是，为什么我竟然还没有得奖呢？

相比于"年度诺奖综合征"，国人对于茅盾文学奖的反应则日趋冷淡，而且现在几乎是漠视了。自1982年以来，历时28年七届颁奖的茅盾文学奖，在初期阶段曾有举国瞩目、众望所归的辉煌；然而自中期以来，茅盾文学奖不仅昔日辉煌没落，而且在数度遭遇文坛内外的重重诟病之后，沉沦到了当下的深沉寂寞中。对于茅盾文学奖，公众不仅普遍不再有是非意见，甚至对于获奖者姓甚名谁都充耳不闻了。如果我们随机调查民众，恐怕极少有人能说出2008年第七届茅盾文学奖的获奖作家及其作品。因此，综合诸多媒体言论，称茅盾文学奖近年来已经蜕变成为纯粹评奖者与被评选者之间"相濡以沫"的"圈内娱乐"，恐怕言不为过。

为什么茅盾文学奖沦入如此困窘？一个非常方便的理由是将之推诿于当代中国社会转型将文学置于"被边缘"和"被制冷"的困境了。也就是说，当下茅盾文学奖是做了"文学被社会制冷"的替罪羊了。但是，这却解释不了国人的"年度诺奖综合征"。这个授奖逾百年的世界最高文学大奖，不仅令那些多年来自认为"有理由获奖"的中国作家们慕怨难遣，骨子里有了"诺奖情结"；而且众多民众也对"诺奖"关注有加，对于中国作家至今未能获得"诺奖"，埋怨同胞作家之无能，更胜于责怪"诺奖"当局之不公。实际上，我国公众"热诺奖"与"冷茅奖"的差异，根本原因是由两奖的权威性和公信力的高下悬殊造成的。无论在国际上，还是在国内，对"诺奖"并非无质疑和批评的看法，但是，"诺奖"是20世纪以来具有最高权威性和公信力的国际文学大奖，这是不容置疑的；公众之所以冷淡甚至忽视茅盾文学奖，不是针对文学本身，而是因为20世纪后期以来的中国文学在创作力和影响力两方面都日趋衰微，茅盾文学奖的评审非但没有挽救和提升中国文学于当下衰势，反而似乎凸显和强化了这个衰势。

茅盾文学奖是根据我国著名小说家茅盾先生的遗愿设置的一个"鼓励优秀长篇小说"的文学奖。茅盾文学奖由中国作协主办，不仅被赋予了"国家最高文学奖"的官方色彩，而且在当时的计划经济环境下被赋予了过于沉重的主流意识形态内涵。中国作协发布的《茅盾文学奖评奖条例（修订稿，2007）》称："茅盾文学奖评选工作，以马列主义、毛泽东思想、邓小平理论和'三个代表'重要思想为指针，坚持文艺为人民服务、为社会主义服务的方向，贯彻百花齐放、百家争鸣的方针，弘扬主旋律，提倡多样化，坚持导向性、公正性、群众性，注重鼓励关注现实生活、体现时代精神的创作，推出具有深刻思想内容和丰厚审美意蕴的长篇小说。"⑨这个评奖指导思想要求茅盾文学奖评选不仅要"坚持立场"而且要"兼顾多样"。在主流意识形态强势控制的计划经济时代，要满足这样的要求，也许不难；问题是，在当下市场经济环境下，主流意识形态控制式微，"无序化"漫延，要想再在"坚持"与"兼顾"之间达到平衡（更不用说一致），则必然顾此失彼、左右无措。

2008年颁发的第七届茅盾文学奖就被舆论普遍认为是"为'兼顾'失'坚持'"的产物。该届获奖作品四部，贾平凹的《秦腔》、迟子建的《额尔古纳河右岸》、麦家的《暗算》和周大新的《湖光山色》。这四部获奖作品是文学的现实与历史、严肃与通俗的"四方组合"，从题材到技巧，构成了此届茅盾文学奖的"符合主旋律，兼顾多样性"的魔方。但是，这个"四方组合"并没有向国人展示出评奖年度（2002—2006）中国长篇小说创作有何骄人业绩，反而在表现出评奖年度创作业绩平淡的同时，更暴露了新世纪以来中国长篇小说创作的内在危机和当前文学批评体系的紊乱。

据媒体报道，在第七届茅盾文学奖中，《秦腔》是唯一被终审评委全票通过的作品，评委会授奖的理由是"以精微的叙事，绵密的细节，成功地仿写了一种日常生活的本真状态，并对变化中的乡土中国所面临的矛盾、迷茫，做了充满赤子情怀的记述和解读"⑩。然而，正是这部被"茅奖"评委"一致叫好"，并要求读者"须细致品读"的"扛鼎之作"，不仅以嗜好污秽的趣味大量描写人的"动物性"的吃喝拉撒，而且多处重复该书作者自己在别的作品中多次使用的变态怪异的性色描写。《秦腔》以畸形的自然主义趣味描述了中国乡土社会在当代发展中的"溃败"，但不仅没有"深刻思想"，而且更谈不上"丰厚审美意蕴"。这样的作品被"茅奖"评委一致推崇，是不得不令人质疑评委会奉行的"评选标准"和"指导思想"的。《秦腔》的写作特点的确可以美誉为"精微的叙事，绵密的细节"，但是，当这样的写作仅止于将一个乡土社会的现状简单描绘为一片污秽不堪的时候，它还是我们的"国家最高文学奖"应当推崇的文学吗？公众对这种"纯文学"的冷漠甚至拒绝难道没有道理吗？

第七届茅盾文学奖还授奖给畅销小说《暗算》表现了"放下身段"迎合市场趣味的"新姿态"。媒体评论说："《暗算》是裹挟着一股市场的锐气冲进茅盾文学奖的，它凭借同名电视剧的巨大影响力，凭借着读者良好的口碑，在本届茅盾文学奖中担当了'搅局者'的角色。"⑪评委会给予此书的授奖辞主要是："《暗算》讲述了具有特殊禀赋的人的命运遭际，书写了个人身处在封闭的黑暗空间里的神奇表现。破译密码的故事传奇曲折，充满悬念和神秘感，与此同时，人的心灵世界亦得到丰富细致地展现。"⑫阅读此书，的确堪称之为"故事传奇曲折，充满悬念和神秘感"；但是，所谓在书中"人的心灵世界亦得到丰富细致地展现"，就难以苟同了。实际上，这完全是一部按照悬念小说路数撰写的较为精致的商业小说。

对授奖给《暗算》，评委会给予的解释是要实现评奖的题材多元化和雅俗共赏。中国作协副主席、第七届茅盾文学奖评委会副主任陈建功说："无论是大众文学还是纯文学，都是有益的。另外，当网络文学发展到一定高度，我们也不排除考虑吸收优秀网络文学作品参评的可能性，到时也会邀请优秀的网络文学评论家作评委。"⑬陈建功的言论明确表达了茅盾文学奖主办机构向流行文学甚至"网络文学"示好、迎合文学市场的立场。然而，从第七届茅盾文学奖颁发以来，这个迎合的立场似乎并未见到相应的"市场回报"。相反，正如许多媒体披露的，"迎合市场的茅盾文学奖离读者越来越远"。实际上，这种"迎合"的姿态直接将茅盾文学奖评选置于媒体尖锐指出的两难选择：是循规蹈矩地按照早期制定的评选规则稳步前进，还是全面遵从市场意愿去赢取读者的信任？这个两难选择似乎已置茅盾文学奖于不拔之困厄。

然而，在茅盾文学奖主办机构"兼顾"取向的背后潜藏深刻危机即文学观念的混乱和核心文学价值的缺失。新世纪以来的三届"茅奖"呈现的正是核心文学价值失落和竭尽全力弥补的悖论。

茅盾文学奖立奖的初衷是"鼓励优秀长篇小说的创作，推动我国文学繁荣"。茅盾所理想的"优秀长篇小说"无疑是现实主义小说，翻译为中国作协公布的评奖标准，就是"对于深刻反映现实生活，塑造社会主义新人形象，较好地体现时代精神和历史发展趋势的作品"。在新的社会环境下，茅盾提出的评奖标准显然是包含着严重局限的，因此，中国作协对"评奖标准"进行从文学题材到艺术形式的扩容，是必要的。但是，这个被扩容后的评奖标准，在国家意识形态主导下，为茅盾文学奖评选设定了既要"坚持立场"又要"兼顾多元"的前提。这样的前提制约，使茅盾文学奖评选因为负载了过度的意识形态限定，而变成了"执行政策"。"执行政策"的茅盾文学奖背后缺失一个具有超越价值的民族文学理想作为评奖的核心价值。

这个核心价值的缺失，在意识形态控制淡化的环境下，就充分暴露出来：当主流意识形态的表达不再成为文学叙事的先验原则的时候，"执行政策"的茅盾文学奖评选自然就嬗变为对文学现状的"政策性迎合"。"迎合"的实质是对文学的人文理想和审美精神的自我放弃。

四、茅盾文学奖暂停十年，以建成国家最高文学奖

一个民族不能没有自己的文学，正如一个人不能没有心灵及其优美的表达。一个伟大的民族必有伟大的文学，因为民族的伟大是以民族心灵的伟大及其完美表现为核心的。在当代世界，国家文学奖，不仅要公正地评选出评奖年度最好的作品，而且要以"标杆"的形式成为推崇和提升伟大文学的力量。

改革开放初期，"茅盾文学奖"被赋予了国家最高文学奖的地位。但是，在经历了七届评奖活动之后，茅盾文学奖不仅未能实现国家最高文学奖的价值，而且基本上丧失了在其初期阶段具有的积极的社会影响和文学引导作用。现实证明，茅盾文学奖的评奖机制已完全不适应新世纪中国文学和社会的发展形势，它面临着根本性的危机。

在第七届评奖后，茅盾文学奖的新一个评奖年度（2007—2010）已经过去四分之三，在此期间，同样没有一部"惊天动地"（真正产生重大文学影响）的作品出现。如果第八届评奖在2012年如期进行，我们可以预见，茅盾文学奖评选势必再度沦入"无论谁获奖与否，都没有意外，没有遗憾"的困窘。在此前提下，如果我们仍然期待茅盾文学奖在将来实现国家最高文学奖的价值，我们就应当认识到，茅盾文学奖需要一次"休克治疗"，通过深刻变革而使其获得一个国家最高文学奖的生机。

茅盾文学奖需要重新确立评奖的核心价值（评奖宗旨）。国家最高文学奖必须有明确而坚定的评奖宗旨，这个评奖宗旨，应当体现超越短期意识形态需要的民族精神追求和民族文化理想。诺贝尔用一句话表达的"授予具有理想的最杰出的文学创作"的文学评奖宗旨，在近年来茅盾文学奖评审中是缺失的。评奖的核心价值缺失，不仅从根本上导致茅盾文学奖无力实现国家最高文学奖的价值，而且也是它在当前社会环境中面临严重危机的根源所在。

茅盾文学奖应建立"推动民族文学经典创作"的评奖机制。作为国家最高文学奖，"茅奖"应当实现推崇和催生真正能够成为民族文学经典并且产生世界影响的文学精品。"茅奖"现在还只是四年一度的作品奖，因为把评选对象原则限定在评选年度的四年中，这既在客观上促成作家创作的"及时心态"，也必然造成评委以"当下效应"的视野来评判作品。换言之，这样的评奖条件，必然使评奖作品印上深刻的"短时"烙印，从制度上限制了推出具有民族文学导向价值和标杆意义的文学家和文学作品的条件。作为推动中国文学创作经典化的条件设置，"茅奖"评选应参照"诺奖"向作家终身开放。

因此，笔者认为，茅盾文学奖停奖十年，十年磨一剑，给予中国作家磨炼自己的思想之剑，是非常必要的。茅盾文学奖停奖十年，以期待中国批评家群体的自我更新和提升，是非常有必要的。茅盾文学奖停奖十年，以使主办机构在长期深入的探讨中确立真正体现国家最高文学奖的核心价值观念和实现这个核心价值观念的评奖体制。如果茅盾文学奖停奖十年，从而转型为向中国作家终身开放的国家最高文学奖，对于中国文学重新走向经典化历程，难道不是一个积极的推动吗？果然如此，十年后的"茅奖"将对于提升全民族对严肃文学的关注热情，从而对于提升民族精神发挥重要的作用。当茅盾文学奖真正成为众望所归的中国最高文学奖的时候，我们将有机会看到国人的"年度诺奖综合征"的根除。

注释：

①蒲荔子：《茅盾文学奖：贾平凹〈秦腔〉全票夺冠》，《南方日报》2008年10月29日。

②杨连成：《让文学回到"思想的前沿"》，《光明日报》2009年11月24日。

③张弘：《谢冕批评文学与现实脱节》，《新京报》2009年10月19日。

④王研：《谷川毅：中国作家最大的问题是太封闭》，《辽宁日报》2009年10月19

日。

⑤杨连成：《让文学回到"思想的前沿"》，《光明日报》2009年11月24日。

⑥贾平凹：《贾平凹：文学不应丢失"大道"》，《人民日报》（海外版）2009年7月21日。

⑦参见杨国政《质疑声中的龚古尔文学奖》，《中华读书报》2003年8月20日。

⑧本文诺贝尔文学奖、龚古尔文学奖、普利策文学奖、布克文学奖资料均来自"Wikipedia, thefreeencyclopedia"网。

⑨《茅盾文学奖评奖条例（修订稿，2007）》，中国作家网。

⑩《〈秦腔〉授奖辞》，中国作家网。

⑪韩月皓：《迎合市场的茅盾文学奖为何离读者越来越远》，《中国青年报》2008年11月4日。

⑫《〈暗算〉授奖辞》，中国作家网。

⑬刘莉莉、段菁菁：《第七届茅盾文学奖：争论中寄托着期待》，新华网，2009年11月4日。

原载《天津社会科学》2010年第4期

茅盾文学奖研究资料

矛盾的权衡与象征的失落

——茅盾文学奖评选的文化分析

陈舒劼

"排排坐，分果果"，这句略带戏谑与嘲讽的话，只是围绕着第八届茅盾文学奖评选结果的众多批评话语之一。①获奖作品不令人信服、某部获奖作品没几个人能看完、评奖过程存在非专业因素等等来自专业人士、新闻媒体或网络平台的质疑话语，在奖项揭晓之后的一段时间内呈井喷之势，迅速地压倒了书商们对参选作品的包装，却又突然消失在公共文化空间之中。乍暖乍寒、来去匆匆，第八届茅盾文学奖评选已难逃尴尬。茅盾文学奖的设置、茅盾文学奖的评奖与针对茅盾文学奖的质疑，构成了第八届茅盾文学奖的内在主线。然而，这条主线也是由许多更细的线索交织缠绕而成，它们更为细致且丰富地阐释了这次在诸多矛盾的张力中寻求平衡的文化事件。

一、体制背景与秩序语境

相比于国内现有的性质各异的诸多文学奖项，同样不受待见的"茅盾文学奖"有着显赫的出身。1981年，全国文联名誉主席、中国作家协会主席茅盾在其遗嘱中提出设立文学奖，旨在奖励全国范围内"最优秀"的"长篇小说"。这一奖项虽然诞生于1982年，却是20世纪50年代以来文学"一体化"实践的某种延续，也是新时期以来文学话语秩序建构的重要组成部分。从文学史的角度看，"一体化"是"二十七年文学"的鲜明特征。不仅是文学创作的主旨、主题、题材、风格、艺术手法明显趋于统一，连文学生产方式都有着组织化的烙印：国家权力意志贯彻到了文学的机构设立、报刊发行、作品写作与出版、作品的评价等等环节。②一个常被提到的例子就是《红岩》"组织生产"式的成书过程。③体制化的文学实践往往意味着约束与排斥："文学体制在一个完整的社会系统中具有一些特殊的目标；它发展形成了一种审美的符号，起到反对其他文学实践的边界功能；它宣称某种无限的有效性（这就是一种体制，它决定了在特定时期什么才被视为文学）。这种规范的水平正是这里所限定的体制概念的核心，因为它既决定了生产者的行为模式，又规定了接受者行为模式。"④"一体化"文学实践停止之后，文学并没有完全脱离体制化的轨道，整个20世纪80年代，可以被视为一个文学秩序重建的时期。主流意识形态话语、文学自身话语和市场观念前后相接，或长或短地掌控过80年代文学场域的话语主导权。茅盾文学奖的"评奖条例"中明确指出，茅盾文学奖评选工作，应"高举邓小平理论伟大旗帜，以马列主义、毛泽东思想和邓小平理论为指针，遵循文艺'为人民服务，为社会主义服务'的方向，贯彻'百花齐放，百家争鸣'的方针，弘扬主旋律，提倡多样化，鼓励关注现实生活、体现时代精神，坚持导向性、权威性、公正性"。结合茅盾文学奖主办方"中国作家协会"的特殊身份，这些表述在表达对于文学艺术创作规律的尊重的同时，显然还保留着强烈的主流意识形态气息，展示出鲜明的文化体制背景。茅盾文学奖前两届评选结果之所以能得到较为广泛的认可，文学话语与体制诉求在80年代中前期的价值标准近似，也是一个重要的因素。

进入90年代之后，随着期刊改版、出版体制转轨、畅销书模式诞生、文学奖项性质的多样化等等现象的出现，文学生产机制发生了总体性的市场化转型。⑤新的文学秩序建立的过程中，意识形态话语逐步淡出权力中心，市场在与主流意识形态和文学精英的较量中占据了明显的上风，新的文学生产秩序正是在这一过程中缓慢成形。在新的文学秩序中，文学制度性的力量仍然控制着出版发行、研究机构、文学奖评审等文学生产的环节，文学精英的话语力量大部分蜷缩进学术体系内，而市场的力量无孔不入地渗进文学创作、发行、营销、改编、评奖甚至是文学研究与文学批评里。通过某些具体的文化事件，可以清楚地看到三股力量之间相互冲撞、渗透或是共谋等不同的态势。此前统一的文学价值标准已然分崩离析，茅盾文学奖的评奖也受到越来越多的质疑，这种质疑并非仅是出于价值观或审美观的分歧，更重要的是，茅盾文学奖的评奖无法清晰地反映出某种稳定的文学价值观或审美标准。翻开茅盾文学奖历届的获奖名单，如果说前三届还能体现出某种价值标准的话，那么后续的几届就很令人困惑。"茅盾文学奖非文学的因素还是太多，在这个奖上附加的东西太多，所以，某种程度上可以说是被扭曲了，它对获奖者来说不仅仅是一份奖金，它有太多太多的东西，甚至成为领导的一种政绩。这跟整个文学的体制化、政治化是有关系的。"⑥在权力重新分配与话语秩序重构的过程中，茅盾文学奖既需要保持与体制的牵连，又必须表达某种文学审美趣味，还要尊重当下文化场域的话语等级秩序，理顺、照顾好诸多隐性的人际或利益关系，它显然不堪重负。第八届茅盾文学奖评选就又是一个明证。

二、标准分歧与经典生成

针对第八届茅盾文学奖评选的诸多质疑中，肯定包含了关于评奖标准的内容。作为文学奖项，"文学性"理当成为除去评审程序之外最重要的杠杆。按照茅盾在遗嘱中所表达的意愿，就是这个奖项应当授予"最优秀"的"长篇小说"，而"最优秀"显然是远比"长篇小说"难以把握的标准。从古至今，"什么是文学的美"这个问题显然没有一个完备密闭的解答，这也正是文学的魅力所在。对于美感的把握，显然也是见仁见智，口味不一。仅就百年左右的中国现当代文学作品而论，20世纪80年代以后就屡有"价值重估"的现象出现，从事文学创作或是专业研究的人士之间，出现了差异甚大的作家作品"排行榜"。1994年王一川排出了"鲁迅、沈从文、巴金、金庸、老舍、郁达夫、王蒙、张爱玲、贾平凹"的"20世纪中国文学大师"座次；而钱理群和吴晓东则在1995年第1期的《文艺理论研究》上发表《"分离"与"回归"——绘图本〈中国文学史〉（20世纪）的写作构想》一文，给出了"鲁迅、老舍、沈从文、曹禺、张爱玲、冯至、穆旦"的价值序列。到了2000年，随着冯骥才、王朔等人发出质疑的声音，鲁迅原先公认的榜首位置也发生了动摇。但实际上，诸多排行榜之间仍有很高的重叠——许多作家作品仍能得到大多数人的肯定。而近几届的茅盾文学奖获奖作品，显然更多地是引出了不同价值标准之间的争议。

精英标准与大众期待，仅是茅盾文学奖获奖作品所反映出的不同的文学价值判断标准的概要式的表达。就正常逻辑而言，"精英标准"意味着相对"大众标准"更为严肃的欣赏姿态、较为有素的阅读训练、趋于自觉的精神追求。"精英"内部、"大众"之间的意见分歧，可能并不比两个阵营间的缓和多少，但彼此之间的缘由却可能大不相同。喜欢巴尔扎克事无巨细式全景描绘的现实主义研究者可能不喜欢乔伊斯的《尤利西斯》，而沉迷金庸武侠的中学生可能极其厌恶琼瑶的靡靡之音，唯一能肯定的就是"雅俗共赏"，或者说统一审美趣味的不可能。"报纸上的文章据说是要雅俗共赏的。这几乎可说是一个乌托邦。所谓雅俗共赏的文章，往往是雅俗都不赏；至多只博得雅人说声'还不错'，俗人不至于打哈欠而已，这是双方都不讨好的。"⑦

　　以第八届茅盾文学奖的评选为例，质疑主要表现为"雅俗共疑"、大众对精英标准的挑战、精英内部的标准分裂。对于最终获奖的张炜400多万字的《你在高原》，《收获》杂志执行主编、作家、同济大学兼职教授程永新和某些普通读者一样表示质疑。许多网络上的声音则表示，看不到网络文学、新生代文学或类型文学进入茅盾文学奖的评选本身就意味着精英审美趣味的狭隘与僵死。而文学研究者对茅盾文学奖评选结果的质疑，本身就直观地反映出文学精英内部的分歧。对于茅盾文学奖获奖作品水准的质疑在学术圈内普遍存在，作为国家级的大奖，许多获奖作品"获奖之前不为人所知，获奖之后也迅速死去。不少获奖作品，恐怕将来的人们写这时代的文学史时，提都不会提一下"⑧，茅盾文学奖"充其量只是对现实主义这一种创作思潮的成果作了有限的总结"⑨。从第八届茅盾文学奖某些评委面对质疑的解释来看，评选的结果更像是精英内部标准的某种权衡，某些自认并非茅盾所言的"最优秀"的作品也能"实至名归"地入选。麦家认为："'茅奖欠莫言一个奖，他早就该得了。'尽管《蛙》不是莫言最优秀的作品，但是与其他作品相比，是实至名归。'茅奖终于向莫言还了这个债，我个人觉得很欣慰。当然，这也显示了茅奖的风度。'"⑩另外还有些评委对这种带有明显权衡色彩的评选表露出不自信："没有获奖的其他十五部作品里面，都各具特色，……我们选出十几部、二十部真正表达了我们的文学成就"；"我们不要局限于这五部作品，我们至少放在前二十五部，应该说我们这个时代中国文学起的作用可以看得很充分。"⑪且不谈这番言论与茅盾文学奖评选规则之间的明显冲突，更重要的是这种不自信涵盖了评选的审美标准与评选者的审美能力——如果可以"五部""十几部、二十部"或者"前二十五部"，那么搞个"百部""千部"岂不更好？岂不对当下的文学"看得更充分"？但如此一来，茅盾文学奖的意义又是什么？评审的审美能力与标准把握又何以体现？当然，这种不自信与权衡的背后也隐藏着某种苦衷。经典经历时间的淘洗方能生成，也就是说，这是个价值传承与认同积累的过程。《红旗谱》《金光大道》《创业史》《艳阳天》《烈火金刚》等名噪一时的作品迅速地从80年代之后的"经典"序列中消失，这充分暗示了历史与语境对经典生产的巨大影响。标准人人可异，但历史意味着"共识"与"标高"，意味着某种文学的价值坐标。"'历史语境'是作品产生意义的文化空间。历史语境的结构不仅包含了当前的文化视野与文化成规，而且还承传了部分古老的文化传统——这一部分传统业已从历时之轴转换到共时的现实平面上。正如许多人所看到的那样，历史语境给出了解读文本的一系列必要依据；从字句训诂到主题的阐发，历史语境配置了本文意义的运行机制；另一方面，历史语境还包含了历史评价的一系列指标体系。这样的指标体系不仅具有肯定的意义，同时还具有否定的意义。"⑫历史语境抵制了相对论掩护之下的价值虚无主义，对于茅盾文学奖评奖而言，网络写作、新生代文学或类型文学等无法进入评审序列，显然也可以在经典的历史生成中找到答案。然而，第八届茅盾文学奖评奖中流露出的权衡色彩，显然压抑了审美标准对于经典生成的主导作用，这才是引发质疑的焦点。

三、象征资本与意义生产

每四年评选一次的茅盾文学奖之所以总能引起文化界或多或少的注意，与其独特的象征性有关。随着近些年文化场域中消费元素的不断增重，茅盾文学奖的权威性受到了相当程度的削弱与忽略，但它集多种文化属性的象征于一身，对于当下文学场域而言仍有其不可替代的独特性。当下的文化场域之内，运作或创造象征资本，不顾能指空转的危险而将象征资本符号化，已经成为文化生产的主线。在文化场域消费性因素的裹挟之下，茅盾文学奖的文化象征性因素不可避免地转化为象征资本，继而落实为资本的实现。布尔迪厄曾清晰地解释过象征资本的转化路径："纯艺术的反'经济'的经济建立在必然承认不计利害的价值、否定'经济'（'商业'）和（短期的）'经济'利益的基础上，赋予源于一种自主历史的生产和特定的需要以特权；这种生产从长远来看，除了自己产生的要求之外不承认别的要求，它朝积累象征资本的方向发展。象征资本开始不被承认，继而得到承认、并且合法化，最后变成了真正的'经济'资本，从长远来看，它能够在某些条件下提供'经济'利益。"⑬茅盾文学奖的文化象征资本，至少包含着意识形态属性与艺术属性两个层面。茅盾文学奖是新中国第一次设立的以个人名字命名的文学奖，带有一定的民间化色彩；然而这个奖更是由中国作家协会主办的"全国性"的"官方"奖，体制内的色彩无疑厚重得多；同时茅盾文学奖还是文学的"专项"奖，仅授予"长篇小说"，也自然要强调专业色彩。

托托西认为，文学制度应被理解为"一些被承认和已确立的机构，在决定文学生活和文学经典中起了一定作用，包括教育、大学师资、文学批评、学术圈、自由科学、核心刊物编辑、作家协会、重要文学奖"⑭。这些机构或组织，对当代文学的意义生产与价值建构而言有着举足轻重的作用。"重要文学奖"既是对当下文学创作的某种即时性评判与总结，也参与了文学史意义上的经典塑造，更是文学生产与消费中不可忽略的一环。整体上看，国内现有的文学奖大致可以分为五类：一是全国性的官方奖项，如茅盾文学奖、鲁迅文学奖、冯牧文学奖、曹禺戏剧奖、姚雪垠文学奖、全国少数民族文学骏马奖等；二是地方性的官方奖项，如北京的老舍文学奖、山西的赵树理文学奖、山东的齐鲁文学奖、湖南的毛泽东文学奖、江苏的紫金山文学奖、四川的天府文学奖、甘肃的黄河文学奖、贵州的乌江文学奖等；三是期刊出版社的文学奖，如十月文学奖、人民文学奖、小说月报奖、芙蓉文学奖、北京文学奖、上海文学奖、钟山文学奖、大家红河文学奖、当代文学拉力赛奖、《萌芽》新概念作文大赛奖、人民文学出版社的春天文学奖、文汇出版社的"文汇天廷文学奖"等；四是民间学会的文学奖，如中国小说学会的学会奖、中国当代文学研究会的长城文学奖、中国散文学会的冰心散文奖、中国报告文学学会的徐迟报告文学奖、中国诗歌学会的艾青诗歌奖、中国田汉研究会的田汉戏剧奖、中华诗词学会的七夕红豆相思节诗词大赛奖等；五为其他文学奖项，中华文学基金会主办的庄重文学奖、宋庆龄基金会宋庆龄儿童文学奖、学者与评论家发起的"21世纪鼎钧双年文学奖"、《南方都市报》和《新京报》的"华语传媒文学大奖"等。⑮

茅盾文学奖相对于这些奖项的特殊性，即在于它仅授予"长篇小说"，并且带有浓厚的"现实主义"与"史诗性"情结。在中国现代文学的历史中，"现实主义""长篇小说"与"史诗"具有特殊的意味。无论是作为思潮，还是作为创作方法或者价值标准，"现实主义"与"古典主义""自然主义""浪漫主义""现代主义"等相比有着"与生俱来"的重要性。现实主义作为文学思潮、文学理念或文学创作方式，与中国近现代的革命意识形态有着异常紧密的关联，具有鲜明的政治意识形态色彩。现实主义"是这样一种艺术，它发掘社会的规律与发展，站在最能解决社会问题的阶级的立场，揭露盛行的思想意识"，在现实主义对现实整体的忠实描绘中，"现象与本质、个别与规律、直接性与概念等的对立消除了"。[16]显然，在某种程度上"现实主义"代表了文学推动社会演变的巨大的意识形态能动力量。而"长篇小说"的文体类型则能保证"现实主义"创作中意识形态目标的实现。无论是历史全景的展示，典型人物的塑造，经典场面的铺陈，人性深度的挖掘，关系组织的复杂等等，长篇小说都有着其他文体类型难以匹敌的优势。不写长篇小说就好比没有过人的本事，坐不上水泊梁山的虎皮交椅，这种观念在相当长的时间段内几乎都成了文坛的"集体无意识"。而"史诗"无疑是对"长篇小说"的整体性升华，运用"正确的历史观""揭示历史的本质"就是长篇小说所能达到的最高境界，[17]从《东方》开始，《平凡的世界》《白鹿原》《尘埃落定》《历史的天空》《秦腔》《你在高原》等茅盾文学奖获奖作品都具有鲜明的史诗性格，这似乎成为其文学性的一种保证与象征。然而，这些具备"史诗性"的作品恰恰在艺术水准上良莠不齐。茅盾文学奖对"史诗性"的坚持，自然包含着专业性象征资本塑造的诉求，隐含着布尔迪厄阐释的象征资本转化的指向。

然而，茅盾文学奖与其他众多奖项更多的是相似而非相异。这五类奖项中，带有"官方"或说"体制内"色彩的无疑占了压倒性的多数，这在侧面上暗示了文学奖项对"体制内"这个象征符号的认可。"官方""体制内"或者各种形态的"权威"意味着什么？埃斯卡皮的理解与布尔迪厄逻辑相同。"政府可以为各地公共图书馆以及各宣传部门大量订购某部作品。最常见的方式，是颁发文学奖金。它的好处是十分经济节约：奖金的价值在票面上是有限的，然而，得奖作品可以保证得到畅销；作者的收入就此大增。"[18]也就是说，"体制内"在相当的程度上代表着官方意识形态的许可、专业权威的认同，而这对增强作品的认同度、畅销度显然大有裨益。在此理想的前提下，除去"收入大增"之外，作者的知名度与认同度也同时迅速提升，从而进入象征资本与实际收入的同时增值和良性循环。然而，也正是因为这个利益空间的庞大，才会在包括茅盾文学奖的许多文学奖评选中出现权衡色彩鲜明的评选结果，进而引发多方质疑，使文学奖评选的象征资本大打折扣，出现了与理想状态截然相反的状况——纷繁芜杂的文学奖已经引不起多少真正的兴趣。在利益权衡之中，追逐象征资本的增值与经典价值的生产，几乎无异于缘木求鱼、水中捞月。

包括茅盾文学奖在内的任何文学奖的评选，实际上都是让作品与时间拔河。"文无第一，武无第二"的古语表明，文学奖的评选面临着审美差异所必然带有的标准多样化的挑战。再加上文学场域内诸多文化因素的影响，文学奖的生产总是演化为平衡诸多矛盾的神秘过程。尽管我们承认，作品文学水准的判断并非完全与某种程度上被"本质化"的"文学性"无关——李白的诗歌显然比浩然的小说要好得多，但这种审美标准的阐述却必须在一系列"一对一"或"一对多"的差异比较关系中展开。文学生产与文化消费、象征资本与现实利益、"体制"与"专业"，"精英"与"大众"，"历史"与"当下"等等，这些茅盾文学奖评选过程中表露出来的矛盾对立，只不过是某种出于阐释便利的概括，它们之间实际上存在着动态的相互联系，一个向度的深入，往往需要来自其他多个方向的阐释的支持。"相对于固定的'本质'，文学所置身的关系网络时常伸缩不定，时而汇集到这里，时而转移到那里。这种变化恰恰暗示了历史的维度。……对于关系网络内部种种复杂互动的辨识同样包含了巨大的智慧能量，……文学周围发现愈多的关系，设立愈多的坐标，文学的定位也就愈加精确。从社会、政治、地域文化到语言、作家恋爱史、版税制度，文学处于众多脉络的环绕之中。每一重关系都可能或多或少地改变、修正文学的性质。理论描述的关系网络愈密集，文学呈现的分辨率愈高。"[19]茅盾文学奖的评选，显然也只有在历史语境中的"关系主义"思维下，才能得以细致的逻辑阐释。

尽管"好作品"是文学奖生命力的根本所在，"文学性"比文学奖的意义更为重大，但文学奖的研究却应当回到文化研究的关系主义视野中来。米勒有段出名的概括："文学行将消亡的最显著的征兆之一，就是全世界的文学系的年轻教员，都在大批离开文学研究，转向理论、文化研究、后殖民研究、媒体研究（电影、电视等）、大众文化研究、女性研究、黑人研究等。他们写作、教学的方式常常接近社会科学，而不是接近传统意义上的人文学科。他们在写作和教学中常常把文学边缘化或者忽视文学。"⑳然而，传统文学的"死亡"同时也意味着文学获得了新的生长空间，以及与其他学科相互渗透的可能性前景，"方生方死"谓之"大时代"。也正是在文化关系复杂的清理与剖析中，一个不断在诸多关系间寻求利益平衡的茅盾文学奖才能得以逐步地呈现。

注释：

①《排排坐，分果果》，http://bjyouch.ynet.com/article.jsp? oid=80602813。

②洪子诚：《问题与方法：中国当代文学史研究讲稿》，北京三联书店2002年版，第188页。

③洪子诚：《中国当代文学史》，北京大学出版社1999年版，第111—114页。

④［德］彼得·比格尔：《文学体制与现代化》，周宪译，《国外社会科学》1998年第4期，第53页。

⑤邵燕君：《倾斜的文学场：当代文学生产机制的市场化转型》，江苏人民出版社2003年版。

⑥《对茅盾文学奖的五点质疑》，http://www.ycwb.com/gb/content/2003-12/06/content_611116.htm。

⑦王了一：《写文章》，《龙虫并雕斋琐语》，中国社会科学出版社1993年版，第104页。

⑧王彬彬：《"群英荟萃"还是，"萝卜开会"——漫说第七届"茅盾文学奖"》，《名作欣赏》2009年第2期，第86页。

⑨洪治纲：《无边的质疑——关于历届"茅盾文学奖"的二十二个设问和一个设想》，《当代作家评论》1999年第5期，第110页。

⑩《茅奖获奖作品揭晓〈你在高原〉票数最多惹争议》，http://news.cntv.cn/20110821/101564.shtml。

⑪《茅盾文学奖评委会回应质疑：评委不是光吃饭光睡觉》，http://www.cnr.cn/gundong/201108/t20110824-508407797.shtml。

⑫南帆：《文学史、经典与现代性》，《关系与结构》，长春：吉林出版集团责任有限公司2009年版，第286页。

⑬［法］皮埃尔·布尔迪厄：《艺术的法则：文学场的生成和结构》，刘晖译，中央编译出版社2001年版，第175页。

⑭［加］斯蒂文·托托西：《文学研究的合法化》，马瑞琦译，北京大学出版社1997年版，第33—34页。

⑮杨剑龙：《文化消费语境中的文学评奖》，《扬子江评论》2007年第3期，第35—36页。

⑯南帆主编：《二十世纪中国文学批评99个词》，浙江文艺出版社2003年版，第237页。

⑰王彬彬：《茅盾奖：史诗情结的阴魂不散》，《钟山》2001年第2期。

⑱［法］罗贝尔·埃斯卡皮：《文学社会学：罗·埃斯卡皮文论选》，于沛选编，浙江人民出版社1987年版．第33页。

⑲南帆：《文学研究：本质主义，抑或关系主义》，《关系与结构》，吉林出版集团责任有限公司2009年版，第9—11页。

⑳［美］希利斯·米勒：《文学死了吗》，秦立彦译，广西师范大学出版社2007年版，第18页。

原载《学术评论》2012年第1期

"获奖修订版"生成与当代主流文学话语的规范妥协机制

——以《沉重的翅膀》和《白鹿原》的修订为例

吴秀明　章　涛

一、问题的提出：茅盾文学奖"修订版"特殊性及研究价值

众所周知，当代"前三十年"全国性的文学奖只有1954年的全国少年儿童文艺创作奖，国家主流文学话语主要通过文学期刊管理对文学实施掌控。这与"一体化"文学体制下图书杂志发行量大面广、传播迅速快捷等特点有关，也与当时文艺政策频繁调整变动，以批判打压为主、表彰引导为辅的文学生态环境有关。1980年代以降，情况发生了变化，旧有的意识形态权威似乎正逐步退出当代文学话语场域的核心位置，特别是1984年出台的《国务院关于对期刊出版实行自负盈亏的通知》极大削弱了图书杂志的意识形态功能。与此同时，文学创作井喷式的发展和各种新文学现象的层出不穷，也促使主流文学话语开始考虑此前不那么受重视的文学评奖，以强化体制化的引导和规训的功能。从1978年开始，由《文艺报》《人民文学》和《诗刊》编辑部主办的全国优秀短篇小说奖、中篇小说奖、报告文学奖、新诗奖，以及1981年开始由中国作协主办的专门针对长篇小说的茅盾文学奖评选活动，就是在这样情形下出台，并以"经典遴选"的方式深刻影响当时乃至今天的文学发展。自然，它也成为人们探讨文学体制或如福柯所说的"知识／权力"关系的一个重要维度。

在上述诸多文学奖中，茅盾文学奖（以下简称"茅奖"）无疑是学界最为关注的一个奖项。其有关研究，又可分为两类：一是基于1980年代文学审

美自主性想象，从评奖的价值标准、艺术原则和经典化功能角度反思茅奖的合理性。在他们看来，作为以"个人"命名的茅奖权威性来自设奖人"茅盾"卓著的文学史地位和"中国作协"的高度专业化、精英化标准，因此应该具有某种超越政治权力话语的相对独立性。洪治纲、汪政和王彬彬等就持此观点。①一是以文化或泛文化理论为武器，从文学体制和评奖的运作机制切入，对茅奖奖项设计、评奖过程和获奖结果所表现出的与意识形态制度化的同步性，以及"中国作协"这一特殊机构之与茅奖关系进行探讨。这在吴俊、范国英和朱晖等有关著述中表现得较为明显。②

以上解读都不乏深刻之见，但由于有的"从根本上忽视了设立茅盾文学奖的历史条件和历史可能性"，③更多只是通过有意或无意的"误读"来表达对主流文学话语压抑精英审美旨趣的不满；有的主要从文本"在传播接受过程中的命运"④谈起，强调政治压力和服从于政治目标的"改写"，因此多少显得有些浮泛粗糙，其艺术阐释远不及对体制的洞察来得深刻。这与本文所说的有关茅奖两部"获奖修订本"——第二届茅奖获奖作品张洁的《沉重的翅膀》（1984年修订本）和第四届茅奖获奖作品陈忠实的《白鹿原》（1997年修订本）所作的基于校勘学的实证分析，在趣味、取向与方法、路径上的确不尽相同。当然，《沉重的翅膀》《白鹿原》版本修改，以前也有人关注（据笔者粗略收集统计，涉及《沉重的翅膀》版本的文章约有5篇；《白鹿原》版本研究稍多，但大多散见于其他的有关论述，专门的论著和学位论文约有5部／篇），但因各种缘由，往往都将注意力放在版本的政治性修改上，于是有关的版本研究就变成对前文第二类研究思路的扩充性复述，茅奖的特殊性特别是非政治性修改未能有效地纳入研究视野。

基于上述情况，笔者认为要全面客观地评价茅奖及其与当代文学之间的复杂关联，不但需要从文学与政治一体化的"外部研究"视角展开阐释，而且也需要从文本细读和版本校勘的"内部研究"方式进行解读。所谓的"获奖修订版"生成，它就同时包含了这内外的两方面内容，它是获奖作品复杂表意机制在特定的历史语境下，与占主导地位的主流文学话语矛盾、碰撞而又妥协的产物。本文接下来，分如下两部分对迄今为止仅有的两个茅奖"修订版"进行考察：第一，通过基本的版本比较和校勘，我们可以从共时性角度考察初版本在哪些地方跨越了意识形态划定的叙述边界，而修订者又是通过什么形式满足

271

茅盾文学奖研究资料

意识形态话语的要求，在这个过程中是否出现了新的"越轨"，以此来探讨修订在各个话语层面上的得失；其次，借助李奇的话语结构理论和布迪厄的话语场理论，将这两个特殊"版本"的生成与主流文学话语在1980年代以来的差异竞争和规范/妥协机制联系起来，以此折射中国当代文学在新时期以来的独特发展情态及其内部多方力量冲突、融合下呈现出的复杂表征，从历时性角度对"后三十年"主流文学话语结构的场域迁移做一番整体的扫描。

二、《沉重的翅膀》修改："思想越界"后撤与规训的有限性

总的来说，《沉重的翅膀》的修订经过并不太复杂，但却极为曲折。小说最初刊载于《十月》杂志1981年第4、5期，因为对现实社会问题的及时把握引发读者和评论界的很大反响。张洁遂于1981年12月迅速推出了"作了数十处修改，其中有二三十处是重要的修改"⑤的单行本（即初版本）。随后，她在1983年又两次对作品进行了"大改百余处，小改上千处"的再修，修改部分占全书三分之一左右。⑥正是该"修订版"最终获第二届茅盾文学奖。

对于当时已经是成名作家的张洁来说，1983年的修改的确显得有些"不正常"。据悉，《沉重的翅膀》问世后，"来自组织和上级的压力旋即接踵而至，当时北京市委和中宣部对这本书的批评意见就多达一百四十余条，有的批评很严厉，已经上纲到'政治性错误'"。⑦尽管对部分指责心怀抵触，但在编辑韦君宜的劝说下，张洁还是综合了各方的批评意见对小说进行了修改。

当时韦君宜开出了四页审读意见，指导作家针对来自"高层"的政治批判作了洁化处理。事实上，这种洁化在"初版本"的修改时已经有所体现："从刊物上发表到正式出版，张洁听取了读者和有关人士的意见，对某些过激和不无偏颇的议论，或删或改。"⑧因此，在主流意识形态批评小说"把改革者写得都没有好结果"⑨之前，张洁已经对结尾进行了处理："初刊本"郑子云尽管赢得了代表选举，但却因心肌梗死被送进医院，生死未卜——这一结果给人以强烈的悲壮甚至压抑感；而在"初版本"中，作家新增了"光明的尾巴"对之加以缓解，"值班大夫告诉他，郑子云可以闯过这一关"。这段修改看似"救活"了郑子云，但整体文本传递出的转型时期的巨大焦虑感却毫无缓解，"这个翅膀实在是太沉重了，究竟还能不能飞得起来？这就使人不能不感到一

种迷茫了"。⑩

其次，作家有意识对作品"主观随意性太强"，或与主流文学话语相异的议论文字进行了修改。如在"初刊本"中郑子云"感慨万千"地说："问题是，总有人践踏党内民主，什么也干不成。逼得人非说假话，不说真话不可……"而在"初版本"中，这段话改成了"问题是，在前些年不民主的风气下，什么也干不成。逼得人非说假话，不说真话不可，不说假话不能存在……"再如"初刊本"中，郑子云认为"三十年来经济建设的经验，说句官话，叫有成功，也有失败。说句真话，基本上是失败的教训。干了三十年，才敢于正视和承认这一点"。但这一观点被认为与中央对三十年经济建设的评价差距太大，因此在"初版本"中，以上文字被修改为更加靠近政府工作报告口径的"三十年来经济建设的经验，有成功，也有失败。基本上没有摸出什么头绪"。

最后，张洁大量删改了可能造成误解的文字。比如"初刊本"的如下议论："无产阶级只有一个办法，一切个人兴趣、个人需要服从党的需要。""鲁迅先生在《药》里所揭示过的，人血馒头的悲哀啊！好像这当中没有隔着几十年的岁月，好像这一切不过就发生在昨天，乃至今天。几乎像静止一样地缓慢！""在这一切速度都极其缓慢的国家里，连杀人的方式，也还是那么古老。"一概删去。还有一段借人物之口对社会主义制度下财富再分配的合理性、贫穷富裕概念的产生以及人类生存价值的充满思考和激情的追问，对马克思主义理论可适性的质疑，因超出了当时意识形态的接受范围，也在"初版本"中悉被删掉。⑪

尽管如此，这样的修改还不能满足主流意识形态的要求。在单行本出版后，"国家相关部门的领导和文艺组织对《沉重的翅膀》及其作者张洁做出了极其严厉的指责，并要求其进行改正。当年北京市文联甚至特意召开了一次具有批判性质的会议"，⑫"说作品有'明显的政治错误'，是'思想战线问题座谈会后的一个重要情况'，作者'太放肆了'"。因此，1983年的修改除了在个别地方对具体人物形象和过于烦琐的主观议论做了适当打磨之外，⑬主要仍是对"有些比较片面和偏激，有些是很错误的，会造成坏影响"⑭的文字继续加以"洁化"。如第八章删去对"大量社会问题"的具体举例，同时被删去的还有："不，一定更不能使老百姓再这样生活。我们是社会主义国家，要使他们像一个人那样地生活，郑子云用力地敲击着桌子。"又增写了五段文字表达郑子云在三中全会以后对问题的解决充满信心。如此一来，就消解了人物的内在情绪张力，使郑子云从"初版本"的个体的矛盾焦虑乃至绝地反抗，变成了"修订版"的坚定执着的意识形态代言人，作为身处重重矛盾却无法挣脱的悲剧英雄形象，"他的心里踏实了、熨帖了"。

还有，对"初版本"中曾作过调整的敏感内容，作家也再次谨慎地作了修改。如"初版本"第九章陈咏明对马克思主义理论与中国发展实情矛盾的感慨，⑮这番话其实并非是在《十月》上的原文，换句话说，"初版本"出于政治上的求稳，已经对"初刊本"的文字进行了修饰。⑯但在"修订版"中，张洁为彻底消弭可能存在的"政治越轨"，干脆将这段文字全部删去。再如前文提到的关于"三十年来经济建设的经验，有成功，也有失败"的修改，在"修订版"中被扩充为具体成功和失败的具体经验，"解放后，全国人民万众一心，集中力量建设了一批重点项目，为工业化打下了一个基础，今天仍在起着很大的作用。后来，大家都希望建设得快一点，头脑就发热了……应该如何建设具有我国特色又符合我们自己国情的社会主义经济，直到三中全会才真正总结出一条路子"。行文措辞之间更见出作家的小心翼翼。

从上述举例的情况来看，"思想越界"是导致《沉重的翅膀》一再修改的主要原因，某种意义上，这部长篇小说的修改完全可看作是作家对"思想越界"的一种"后撤"。但是换一个角度，从文学史特别是从"改革文学"当时所处的微妙复杂的"位置"角度考察，情况可能不尽其然，其所包含的问题还可作更为深入的探讨。这一点，我们只要将它与同时期同是描写"改革"的《乔厂长上任记》比较，就不难可知。蒋子龙自述，《乔厂长上任记》在构思之初就不想写那些"歌舞升平的东西"，而是打算"写实实在在的生活及人们在生活中碰到的阻力"。⑰该作对改革过程中出现的"千奇百怪的矛盾，五花八门的问题"作了大胆的揭示，结尾也不见得怎样的正面积极，乔光朴卓有成效的改革招来了无数的匿名信。然而它却获取1979年全国优秀短篇小说奖的头奖。这里的原因，主要就在于蒋子龙有关改革描写，"对陈荒煤、冯牧、周扬等文艺界领导来说，突然看到这么一篇与政治的主流相吻合、反映和冲击国人激情的小说，能不感到欣喜若狂吗？能不予以激励、予以倡导吗？"⑱在"文革"结束不久的那个乍暖还寒的特殊历史阶段，"改革文学"的创作旨归已经决定了它和"伤痕文学"一样,是很难作为传统意义的主流文学而登场的。于是,问题就变成了作家在怎样"暴露"改革弊端的同时又"歌颂"正在推进的现实政治,以保持彼此之间的平衡,这就成为"改革文学"能否获得各种政治文化符码认同的关键所在。从《乔厂长上任记》以及同时或稍后的何士光的《乡场上》、柯云路的《三千万》、张林的《你是共产党员吗?》、达理的《路障》、水运宪的《祸起萧墙》、贾平凹的《腊月·正月》等获得全国优秀中短篇奖的一批"改革文学"来看,它们叙述"改革"的前提是建立在对现有政治体制的认同上。这种认同反映在思想认知上,一方面是"对现实政策的严格图解"、"在'体制内'展开他的'改革想象'",[19]另一方面则表现为"文革"与"现代化"的二元对立:"这十几年来,由于林彪、'四人帮'的破坏,受了严重创伤的不仅是亿万群众的肉体和灵魂,我们的党组织也既受了外伤又受了内伤。""'四人帮'倒台了,冀申们打着反'四人帮'的旗号,而搞得还是'四人帮'那一套。他们在新的时期对党和国家必然有更大的危害。"[20]此时,文本对"传统意识形态"的纠偏或批评也就被自然地限定在"文革"这一特定的历史话语范畴,从而与主流文学话语保持了高度一致的同构关系。

以此来反观张洁的《沉重的翅膀》,作为当代文学史上第一部反映四化建设中矛盾斗争的长篇小说,她之所以反复修改而又饱受批评,除了真人真事的叙述背景给作家带来的不必要麻烦外,主要就在于僭越了如上这样的创作"边界"。应该说,张洁在创作意愿上并不主动无视主流意识形态的"在场",她反复表白对"我们的党和我们的国家,还满怀着信心和希望,如果没有这一点,我便不再写了"。[21]但她的叙事却并非对意识形态话语询唤的简单认同,而是按照自身的艺术逻辑进一步推衍了令主流文学话语极为尴尬的问题——阻碍改革的力量究竟是来自个人品质还是社会主义政治经济自身的弊端?社会主义体制是否真的完全不可质询?这些在同时期同题材创作中"不证自明"的问题,却构成了《沉重的翅膀》的反思核心。如此这般,就使它超越了当时主流意识形态为"改革文学"所划定的文革/现代化二元对立叙述范围,将反思的时间从"文革"延伸到了当代"前三十年";反思的内容和层次也开始从对"文革"的批判,逐步上升到对整个体制和相关理论层面的审思,"触动我国社会主义制度中已不适应现实发展的和不完善的某些体制"。[22]有研究者指出，"在新的意识形态即将被生产出来的前夕……文学作品只能承担和维持，而不能破坏社会主义意识形态的内涵"，[23]但"初刊本""初版本"理想化的政治理念和激进的叙述立场，致使作家文本创作的实际效果与主流政治规训之间出现了错位，而这正是问题的关捩所在。因此，尽管这部作品选择的题材是意识形态大力倡扬的，并且"第一届'茅盾文学奖'全体评委都通过了《沉重的翅膀》，但是就是因为政治问题，拉了下来"。[24]

也正因这样，我们就不难理解在1983年的修改中，张洁和编辑韦君宜为何要对原有叙事进行"策略性"的修订。比如第四章和第九章新加入歌颂党在国家建设中关键作用的文字："解放三十多年，平均每年产值增长7%，这在任何一个国家都是了不起的数字"，"三中全会以后，中央非常重视体制改革工作，多种试点工作正在进行……作为一个直接领导企业的部门，应该对企业管理工作，提出哪些要求呢？"显然，只有通过将党中央叙述为不可质询的绝对权威，作家方能将现实改革中存在的所有问题都归之于下面不执行，或错误执行党中央政策的人，以此来转移和化解诸如"对党不满""对政治局不满、发牢骚"的指责。其良苦用心，殷殷可鉴。

不过张洁毕竟是张洁，她的修改还是有其自身的底线坚守，而不是简单地去迎合政治话语。在个别地方，她不仅没有从"思想越界"处"后撤"，而是又向前跨了一步。比如对官僚主义的态度，胡耀邦在1981年的一次发言中指出这不应是"社会主义根本制度本身产生"的，而是"旧社会遗留下来的影响"。[25]但作家在"修订版"中不但没有对原作进行修改，反而在第八章新加了郑子云批评、反思党内的官僚作风和自身所具有的官僚性的一段文字，使读者很容易将后者产生的原因联想为体制本身。此外，"修订版"还有两处"增写"：一处是第三章，洮江水电站来电话要求退货机电设备，作家增加了负责人老蔡的申辩及贺家彬（某种意义上，也就是作家本人）对现有僵硬经济体制的批判；一处是第四章，为郑子云新加入一段关于改革派遭遇保守派阻碍，导致进展缓慢甚至屡屡失败的议论。这些"增写"的文字或内容与意识形态为其限定的修改并不一致，倒是与"初刊本"的写作逻辑有些相似。它的修改至少说明两点：一是当代主流文学话语并未随着体制调整而放松对文学社会性功能的监督，相反，1980年代文学语境中赓续的部分超过了断裂的一面，意识形态对文学的"规训"依然通过评奖等途径和形式发挥着重要作用，因此才会出现评委"通过"了但却被上面"拉了下来"的结果。二是这种修改本身的"规训"与"异质"（特别是上文所说的"增写"）并存，不仅说明版本的复杂性，同时也从一个侧面反映和传递了主流文学话语在新时期进行调整的信号，它较之过去显得更有弹性，甚至有一定的妥协的成分。

三、《白鹿原》修改：双重逻辑的弥合及其内在裂隙

《白鹿原》主要有三个版本，首先是刊载于1992年第6期和1993年第1期的《当代》"初刊本"，当时编辑考虑篇幅和发行情况，删去了手稿中的大部分性描写。1993年发行单行本，这些删改基本被恢复，[26]同时作者又作了三千字左右的删改，构成"初版本"。1997年《白鹿原》参评"茅盾文学奖"时，"评委会副主任陈昌本在另一屋子里现场亲自打电话征求陈忠实本人的意见"，[27]提出作品要进行修改才能获奖，而具体的修改意见则是"作品中儒家文化的体现者朱先生这个人物关于政治斗争'翻鳌子'的评说，以及与此有关的若干描写可能引出误解，应以适当的方式予以廓清。另外，一些与表现思想主题无关的较直露的性描写应加以删改"。[28]陈忠实按照评委的要求对"初版本"进行了修改，"修订本"于1997年12月出版，当月第四届茅盾文学奖揭晓获奖名单——这意味着获奖前绝大多数人从未阅读过这一"修订本"。

由于直接对获奖产生影响的是1997年的修订，因此本文主要关注的也是最后一次对"政治上可能引起误读的几个地方或者删除，或者加上了倾向性较鲜明的文字"[29]的修改：比如有意删改了"初版本"中有美化白孝文抓捕镇压共产党员活动嫌疑的"出手"一词，以示作品的价值立场[30]；再如"初版本"第三十二章写朱先生逝世，"文革"批林批孔运动时一个中学生挖出朱先生的坟墓，里面只有一块砖头，上面写着"天作孽，犹可违；人作孽，不可活"，一个男学生"愤怒中捞起那块砖头往地上一摔"，砖头分开成两层，"里面同样刻着一行字：折腾到何日为止。学生和围观的村民全都惊呼起来……"带下划线的这段极富魔幻色彩的文字在修订后被删去。有研究者通过版本比较，认为修订前的"初版本"有过分"神化"，甚至宣传"封建迷信思想"的嫌疑，但笔者以为既然不是将全部的"预言"完整删除，那么"神化"和"迷信"之说就很难成立。让作家做出修订的真正原因，仍应是"折腾到何日为止"这一说

法 "容易使人感到由清末民国到以后都是'折腾'"。③

　　调整最多的，自然是被特别提及的"鏊子说"相关文字和内容。"初版本"首次出现"鏊子"这个词是在第十四章，白嘉轩重树被黑娃等农协兄弟砸碎的石碑时说："白鹿村的戏楼这下变成烙锅盔的鏊子了！"第十五章，作家通过田福贤之口对"鏊子说"做了解释："鏊子是烙锅盔烙葱花大饼烙馍的，这边烙焦了再把那边翻过来，鏊子地下烧着木炭火……这白鹿原好比一个鏊子，黑娃把我烙了一回，我而今翻过来再把他烙焦。""要叫鏊子凉下来不再烙烫，就得把底下的木炭火撤掉。黑娃烙我是共产党煨的火，共产党而今垮塌了给它煨不上火上，所以嘛我现在也撤火——"也正是通过他的口，我们得知"鏊子说"是白嘉轩"从他姐夫那儿趸下的"："'噢！这下是三家子争一个鏊子啦！'朱先生超然地说，'原先两家子争一个鏊子，已经煎得满原都是人肉味儿；而今再添一家子来煎，这鏊子成了抢手货忙不过来了。'白嘉轩听着姐夫的话，又想起朱先生说的'白鹿原这下变成鏊子啦'的话……白嘉轩侧身倚在被子上瞧着姐夫，琢磨着他的隐隐晦晦的妙语，两家子自然是指这家子国民党和那家子共产党，三家子不用说是添上了黑娃土匪一家子。"

　　这里的"鏊子说"显然和主流意识形态所指认的"正统历史"产生逻辑分裂，它以烙鏊子一般翻来覆去的动作比喻田福贤代表的国民党、鹿兆鹏代表的共产党和后来黑娃所代表的土匪三方势力在白鹿原上展开的权力斗争，"扬弃了原先较狭窄的阶级斗争视角，尽量站到时代的、民族的、文化的高度来审视历史"③，赋之予浓郁的文化色调。而"鏊子说"的始作俑者朱先生在文本中占据的超越性位置，则为读者反思这段混乱历史提供了另一种观照：政治胜利建立在暴力流血之上，但胜利者往往对与暴力结伴而来的人民的悲剧命运视而不见。因而对于人民来讲，是谁取得了最终胜利也就不那么重要了。借用朱先生与避难而来的鹿兆鹏讨论国共两党结局的话来说，"卖荞面的和卖饸饹的谁能赢得了谁呢？二者源出一物喀！""既然两家都以救国扶民为宗旨，合起来不就是'天下为共'吗？为啥合不到一块反倒弄得自相戕杀？公字和共字之争不过是想独立字典，卖荞面和卖饸饹的争斗也无非是为独占集市！既如此，我就不大注重'结局'了……"

　　在"修订版"第十九章，除了将前引文有下划线部分删去之外，作家还特别补充了鹿兆鹏作为革命正义方对朱先生"错误"历史观的纠偏，不但明确提出"眼前的这个民国政府，早已从里到外都变味变质了。蒋某人也撕破了伪装，露出独裁独夫的真相咧。"还"意犹未尽"地说："你没看见但肯定听说过，田福贤还乡回来在原上怎样整治穷人的事了。先生你可说那是……翻鏊子。"朱先生"不自觉一愣，自嘲地说：'看来我倒成了是非不分的粘浆糊了。'"即便如此，鹿兆鹏的回答仍充满了某种历史胜利者的"优越感"："日子长着哩，先生看着点就是了。"

现有学界的实证性考察，往往将注意力集中在《白鹿原》"初版本"与茅奖意识形态关系上。但笔者认为，文本开阔的文化视野才是它获取成功的根本关键："作家有了更为开阔的大文化的视野，在这样的视野下，许多过去被有意无意地忽略了的东西，充实到艺术的画卷中来了，许多过去根本不可能看到的那些深隐的，乃至多少显得神秘的层面、因素和意义，终于开掘出来了。"[33]《白鹿原》的初版并非没对政治立场做出选择，但作家开阔的大文化视野却使他"一旦回到传统的为政治写史的路子或求全、印证、追求外在化的全景效果，就笔墨阻塞，不能深入"[34]。换言之，"《白鹿原》的艺术成就，就在于渲染了一种当代长篇小说中一贯缺失的文化的神秘感、厚重感和混沌感"[35]。毫无疑问，是这种"厚重感"吸引了茅奖评委，"在1989至1994年间，被公认最厚重也是最负盛名的作品首推《白鹿原》……是一部绕不过的作品"[36]。但也正是文本中的这种"神秘感、厚重感和混沌感"或曰"超阶级、超党派"，它导致了作品在主流评奖上的连连失利——《白鹿原》"在1997年底终于荣获'茅盾文学奖'，但在同年5月，在'八五'（1991—1995年）优秀长篇小说出版奖评选时，却连候选的资格都被粗暴地勾销了。"[37]在当届"国家图书奖"评奖活动中，《白鹿原》也落选。

这里不妨将它与同获茅奖并获第二届国家图书奖、"八五"期间优秀长篇小说奖等重要文学奖项的《战争和人》做一简单对比。后者以国民党上层官吏童霜威作为主要形象，叙事视角虽有别于传统革命战争小说，但其文本思想核心却依然是主流政治化的，实际上，它是通过童霜威特殊的人生叙述，来完成对意识形态革命"正史"的再次确证。特别是第二部从汪伪政权"和平运动"到被前妻弟弟、共产党员柳忠华搭救到达重庆，最终对政府彻底失望，走向新的民主道路的有关故事情节设置，更具有强烈的价值暗示意味——它提醒我们，茅奖存在着某种相对保守的意识形态"底线"，主要人物可以是平凡人物、异党教徒甚至土匪流氓，但作家必须在叙事过程中引导他们成功接受国家意志的规训，并在叙事立场上与之保持高度一致，才能保证文本最终获得主流意识形态的认同。而《白鹿原》在政治逻辑上所表现出来的"含混"，却显然触犯了这一底线：我们可以辩护"翻鏊子"和"国共之争无是非"是小说人物的观点，而非作者本人的认识；但以客观视角表现之，又"可能引起读者误解"。所以，难怪在一段时间内，"不管什么正式场合和活动，《白鹿原》成了一个敏感的、可能招祸的东西，都不敢碰了"。[38]

另一方面，这一触犯本身也反映了1990年代主流文学话语在思想转型上的滞后性：一旦"革命"和"历史"被转换为"阶级解放"以外的文学语言，便意味着叙事脱离了主流规训的范围而不允许位居"中心"。由于此时《白鹿原》的人物和情节已经定型，因此，这也就决定了陈忠实的修订只能是局部的一种微调，即将原本拥有多义性所指关系的文字嵌入预设的革命阶级符码中进行重组，使文本指向更加明确。

然而，吊诡的是，局部是整体的局部，它是与整体相通的，"对已成历史的作品哪怕非常微小的改动都有可能改变作品的历史存在状态"。[39]因此它的修改不仅是自身的事，而且还由此及彼可能对作品整体带来了某种意想不到的残缺和破损，这是修订的悖论。以白灵和鹿兆海的党派／感情纠葛为例，"修订版"为了强调国民党对国共合作的肆意破坏和两党之间正邪两立的局势，删除了两人初次参加革命时许下的即便两党合作破裂也要"继续团结合作"的约定，以及随后两人阴差阳错下互换党籍身份后分别时的依依不舍。同时，将"初版本"中白灵和鹿兆海以抛铜板决定革命而"铸成了她和他走向各自人生最辉煌的那一刻"这一颇具褒义性的句子改为"她没有料到那晚抛铜元的游戏，揭开了她和他走向各自人生历程中精神和心灵连续裂变的一个序幕"。此外，在"修订版"第十六章两人于白鹿原的"忙罢会"再见时，陈忠实又为白灵增写了"反正国民党的嘴脸这回在原上在滋水再也遮不住羞了"的辩词。这一套革命话语与鹿兆鹏批评朱先生"鏊子说"时说的话非常相似，均强调人物阶级身份对其思想行为产生的影响。但这样一来，这对恋人特别是鹿兆海在后来所表现出的深厚感情就缺少了说服力，同时白灵愈发"给人的感觉是蒙昧的革命者形象"。[40]"修订版"通过一系列的调整，显然扩大而非弥合了两人感情突然从"依恋"转向"尖锐对立"所形成的逻辑裂隙。

上述情形也同样存在于性描写的修改。如"修订本"第九章和第十五章黑娃与田小娥、鹿子霖与田小娥的私通，作家分别删去了800字、150字左右的有关细致描写。就文本的思想性和艺术性看来，这些修改并不像有人所说是"利大于弊"，而更多的则是利弊兼杂。一方面，不可否认，"初版本"中的部分性描写，如有研究者批评的："开篇直接涉笔主人公白嘉轩同他的七房女人之间的性生活、接着又通过另一个女人田小娥的性活动联结了四个人物，其后又在五、六章出现大量的性描写……很显然，这些作品性描写的细致和低俗已把自然主义的消极因素推向了极端。"⁴¹删去这些过于暴露的文字有利于提升作品的艺术价值；但另一方面，《白鹿原》中所描写的"性"往往与人物的性格、故事的发展紧密联系在一起，并成为其写人叙事不可或缺的重要组成部分。比如鹿子霖的变态性欲与他的权力欲望相联系，最终导致了他的自我毁灭；白孝文从开始解开裤带"不行"，祠堂挨罚后突然"行了"的戏剧性变化，则与其族长长子的身份不无关系；黑娃与田小娥之间"野性的嘶叫和欲望的纠缠"，正代表了两个被推入世俗底层的卑微个体所发射出的强烈的生存热力和对生命尊严的渴望。职是之故，所以对这些性描写的大幅删改，不但极易造成上下文之间的不顺或脱节，⁴²而且也会影响人物形象和作品意义的准确表达。

但作为一名专业作家，陈忠实的修改也并非完全依照政治逻辑。如针对"鏊子说"的删改，"'鏊子'说是朱先生作为关中大儒，超然党派之外，以批判的态度提出的，它构成了特定时代朱先生儒家道德伦理观念、政治历史观念的重要组成部分，凝聚着朱先生的性格特征和人格精神"。⁴³因此这一删改又势必招致朱先生形象的变化，更为关键的是，它很有可能损害文本整体的文化观念。事实上，"修订版"的删改在强化了文本"政治正确性"的同时，也的确造成了叙事的内部矛盾：就朱先生的"圣人"形象而言，很难想象他会在鹿兆鹏说完那段揭发国民党、宣传共产党的话后立刻检讨自己"是非不分"，而后"再不说话"了。也许这个原因吧，陈忠实在删改"鏊子说"的同时有意让它在白嘉轩和田福贤口中保留下来，潜身于文本。从某种意义说，"鏊子说"实际上仍作为支撑整部小说的核心历史文化观继续在发挥作用。这在客观上形成了对代表意识形态要求的"评委意见"的反拨。

再如"修改版"一方面极力凸显白灵与鹿兆海之间的阶级对立以至造成

了叙事矛盾，另一方面却又删去了"初版本"中有关白灵对哥哥白孝文杀害共产党员心怀仇恨的"当时应该给他一个嘴巴""白灵真后悔没有抽他一个嘴巴"等表述。此外，还将"培训出来像孝文这样的不说杀也不说抓，而习惯说出手的职业性地方军人"改为"培训出来像哥哥孝文这样凶残的职业性地方军人"，显然是照顾了两人的兄妹之情而缓和"初版本"尖锐的政治对立。如果说前者的削删依据的是政治标准，那么后者改写遵循的则是艺术标准，这也暗示了作家在两个逻辑间摇摆不定的修改态度。当然，这一"执中"的修改也必然造成"可能的误解"的存在。

四、"获奖修订版"与当代主流文学话语之间的互文关系

以上主要从版本异同、修改逻辑与得失的角度，联系彼此的历史语境对《沉重的翅膀》《白鹿原》两部茅盾文学奖"获奖版本"生成及与主流文学话语关联作了具体分析。如果从更为宏观的角度考察，我们发现，这一修改同时还与当代文学主流话语在1980年代以来的场域重构存在着某种深刻的"互文关系"：即这两部作品的修改和获奖正好体现了文学场结构下主流话语逐步向其他话语开放，试图通过引导与调整，将之吸纳与转化并最终实现巩固其主导地位的过程。这表明，当代文学空间场域与主流文学话语正悄然地在发生变化。

英国学者李奇在分析话语构成时指出：话语不是孤绝的个体，它首先以"结构"的形式出现，并通过系统性的组合编码构成了不同的"知识主体"，而后者则共同规定了话题／主题的"这一个"表达方式。其次，"结构"的内在凝聚力并非建立在不同话语主体之间的"认同"上，有时同一结构内的话语甚至可能产生不可调和的矛盾，但这并不会破坏话语结构和知识主体的完整性及合法性；相反，而是通过内部建立有条件的竞争、论证和妥协机制，以适当的"宽容"容纳异质话语的"差异性"，"结构"便能以动态发展的形式增强其话语的再生产力，达到新的平衡。④

李奇是从一个相对宽泛的角度出发，强调话语结构内部运行的目的、可能性与具体方式。而一旦落实在当代文学的具体语境，这一理论就必须加以调整。最主要的是，他没有指出这一竞争、论证和妥协机制与福柯所谓"知识/权力"的内在联系，以及这种机制可能产生的反作用。在笔者看来，这恰恰是

不能忽视的关键因素。首先，一个话语结构要保持其独立"动态发展"的"再生产"能力，就必须保证其生产/规定下的话题/主题始终占据它所存在的话语场的核心地位。正如法国学者布迪厄所言，"艺术品价值的生产者不是艺术家，而是作为信仰的空间的生产场，信仰的空间通过生产对艺术家创造能力的信仰，来生产作为偶像的艺术品的价值。因为艺术品要作为有价值的象征物存在，只有被人熟悉或得到承认，也就是在社会意义上被有审美素养和能力的公众作为艺术品加以制度化"。[45]这也就是说，是意义生产空间（即文学场中的核心话语结构）决定了文本最终能够成功置换的象征资本，而文本也只有首先被"制度"所接收，才能进而生产出相应的"意义"。毫无疑问，在当代"前三十年"，这一意义空间的标准和表征形式是由主流文学话语所掌控的，作品能否进入"主流话语结构"被作为典范传播并赋予价值，其最终的决断权来自于政治。这一点，笔者在前文已有诸多论述，此处不赘。

这里需要强调指出的是，不能由此过分夸大"制度"的功能，而漠视文学主体自身在场域空间内的能动性及其对文学场形成的反作用，将版本修改这个复杂的工作简单化了。大家知道，当代文学版本及其修改通常有三层含义：一是对意识形态"规定"的反映，二是对政治/文艺关系的表现，三是对作家自身性格、文化心态的折射。而迄今的有关研究，往往忽略了最后一层含义。这是有偏颇的。以《沉重的翅膀》为例，阎纲曾对"初刊本"提出批评，认为作品"字里行间徘徊着一个鲜明的形象，即一个牢骚太盛的人物的形象"。[46]从作家与作品的关系角度讲，阎纲的批评无疑是很准确的，他告诉我们《沉重的翅膀》之所以产生"思想越界"，除政治意识形态因素外，还与张洁个人的性格与心态有关：这就是作为一位具有强烈社会责任感、备受压抑而又敏感极富个性的现代知识女性，当她面对社会现实矛盾和污浊时所持的一种必然的激烈批判的态度。在这里，郑子云、贺家彬、叶知秋等对改革中存在问题与社会弊端的尖锐乃至尖刻的批评和议论，与其说是作品"改革主题"之需要，还不如说是作家自我"牢骚太盛"个性所使然。而这一性格所形成的艺术风格在张洁后来的另一部茅盾文学奖获奖作品《无字》中也得以赓续，带有某种恒定性的特点，它不会亦不大可能因为删去某些"越界"言词而发生根本的改变。这也说明，作家在特定历史政治文化话语下的文本修订绝不是纯粹而单向的，文学场内政治与艺术之间的关系远比规训/被规训更为复杂：政治必须转化为艺术的形式在文学中发生影响，而艺术则需要借助政治的外壳才能获得合法的表征通道，这就为彼此都留下了一定的转换空间。质言之，以意识形态为主导的修改规则事实上并不能"无限"遏制作家活跃的主体意识：当这一规训并不彻底的文本进入文学场，它也悖论地削弱了主流话语的权威性，迫使它为原本属于非主流的文学腾出一定的空间以促进自身的话语重构；这就不能不又反过来挤压了主流文学的话语空间，使其体系内的"异质性"话语具有存在和发展的余地。

另一方面，从主流文学话语自身角度来讲，它也并非永远是僵硬的铁板一块，而是随着从"政治中心"向"经济中心"的转型，从1980年代开始对原有"话语结构"进行修复和调整。与此同时，精英话语和民间话语在多元开放语境下的渐趋独立和强大，也对主流文学话语权威性形成了严重的挑战。如"清除精神污染""只搞了28天，就戛然而止"；[47]而"断裂问卷"，则"在客观上有效地以文学场的内在合法性的名义敲响了中国现存的体制化的文学权力的丧钟"。[48]凡此种种，这意味着主流文学话语必须在新的历史语境下重新扩展自身话语结构的表征空间和叙述形式，以巩固在话语场的主导性地位。从这个角度讲，我们完全可将《沉重的翅膀》《白鹿原》的修改看作是特定历史场域的"文化坐标"，它们的修改连同获奖就同时兼具作家个体和时代话语的双重含义。特别需要提及的是两部作品获奖时间与当代文学重要"转折点"之间的密切关联：第二届茅奖评选的1985年正值第四次"作代会"之后，此时文学氛围和政治语境较以往更为宽松，寻根文学的出现更昭示了对改革的反思开始转向更为深入的民族文化层面；而第四届茅奖评选的1997年恰逢中国文化转型，自上而下的舆论纷纷推崇民族传统文化，"新保守精神正在崛起"已成为一个客观的文化事实。也就是说，《沉重的翅膀》对1980年代初邓小平领导下中国政治经济改革的评价，《白鹿原》对1990年代社会文化转型时受到西化思潮冲击的把握，都表明这两部获奖作品尽管在个别地方有所"越界"，但就大的思想立场而言并未走得太远，与当代主流话语貌异神合，具有相当的契合关系——如此，这才使意识形态所要求的"修订"成为可能，不然就谈不上获奖，甚至可能对之进行批判或禁封。

行文及此，不能不提到茅奖的"非政府奖"的定位：它的不甚明确的政府背景似乎为"异质"话语的生长提供了适合的土壤（作协在表面上仍是"人民团体", 其评选办公室负责人也否认该奖是"政府奖");[49]但与"民间奖"相比, 茅奖在评委选择、评奖标准设置以及获奖者因此而获取的政治资本等方面表现出明显的"意识形态性"(前几届尤其如此)。这种"模糊"导致了茅奖成了较后两者更能体现当代文学各种历史力量互相消解、包容与彼此作用的特殊文化空间: 一方面, 它毫无疑问地承载了意识形态权力, "以一种更加隐蔽、有效的方式参与文学艺术的生产、传播与接受, 实现着文化领导权的潜在存在",[50]实践当代文学以"体制化"的方式进行审美活动; 另一方面, 当意识形态权威逐渐松动、文学审美逻辑开始召唤自身话语规范到场时, 它又最先在主流评奖中反映了这一话语结构的松动以及对"异质"话语的吸纳。

但正如前文所说: "话语传递着、生产着权力; 它强化了权力, 但也削弱了其基础并暴露了它, 使它变得脆弱并有可能遭到挫折"。[51]修订本身就是一把双刃剑, 当"异质"话语一俟被纳入修订的主流话语结构, 修订在删改"异质"话语的同时也必将对原有主流话语结构作了调整和重组。如果说1980年代初期, 意识形态话语仍延续了它在文学场的权威性, 那么在历史文化语境已发生明显变化的1990年代, 《白鹿原》的获奖则多少威胁到了茅奖的合法性: "如果不评它, 不仅有可能使人们对茅盾文学奖的权威性进一步地失去信心, 还有可能导致大家对评委们最基本的审美判断力失去信任。"[52]"但如果它(茅奖)必须让获得这一奖项的不完美作品付出'改写'自己的代价, 那么它就与文学发展所必须的宽容性和丰富性背道而驰"。[53]因而, 自此以后茅奖出现了变化: 一方面, 它开始不以修订为前提条件地向其他文学类型开放——在第五届评奖中, 二分之一的获奖作品属于"纯文学"范畴, 而在第七届评奖中, 《藏獒》《暗算》这样"通俗文本"入围了最终名单, 后者甚至"意外"获奖; 另一方面, 获奖作品的再版从"修改才能获奖"转向类似《尘埃落定》1998年的"纪念版"和《暗算》的"获奖版"和"电视剧版"的形式, 而这些由经济资本催生的新版本同样暗示了文学场内部话语结构发生的历史性嬗变, 它表明主流文学"一家独大"的文学场域正在被不同话语间彼此影响、融合与重组的动态关系所替代。

从这个角度来说, 茅奖在今天所面临的尴尬, 至少部分体现了当下主流文学话语面临的尴尬——就主流意识形态而言, 它对茅奖获奖作品的修订, 目的是想通过规训来彰显自我在文学场域中的绝对"文化领导权"。但随着时代社会环境的变迁、市场经济的介入和国内外各种文学奖特别是诺贝尔文学奖的影响，主流文学话语在文学场中的位置今非昔比，已悄然变成了"三驾马车"的其中一驾，不再具有如"前三十年"那样决定性的价值生产意义。事实上，今天已经很难想象再出现《沉重的翅膀》和《白鹿原》这样的个案，相反，有的作家会利用自己所拥有的文化资本，将意识形态对它的规训转化为一种艺术的特权，从而换得更为丰厚的经济筹码，实践另一种文学话语的建构逻辑。这种情形，自然是当时茅奖设计者包括茅盾本人没有想到的。它是当下时代向我们提出的一个极具挑战性的话题。现成的答案今天也许没有。但我们相信，只要立足现代开放开阔的文化立场，按照艺术必然性或然性规律办事，还是可以作出自己的理性选择，有希望找到破解的"问题与方法"。

注释：

①洪治纲：《无边的质疑——关于历届"茅盾文学奖"的二十二个设问和一个设想》，《当代作家评论》1999年第5期；陈晓明：《请慎重对待第五届茅盾文学奖》，《科学时报》1999年11月27日；思思：《茅盾文学奖：人文话题知多少》，《北京日报》2000年10月25日；汪政：《肯定与遗憾都是合理的》，《钟山》2001年第2期；王彬彬：《茅盾奖：史诗情结的阴魂不散》，《钟山》2001年第4期。

②吴俊：《中国当代文学评奖的制度性之辨——关于茅盾文学奖、鲁迅文学奖之类的"国家文学"评奖》，《当代作家评论》2011年第6期；朱晖：《第三届茅盾文学奖之我见》，《当代作家评论》1995年第2期；徐林正：《茅盾文学奖背后的矛盾》，《陕西日报》2000年6月23日；范国英：《茅盾文学奖的文学制度研究》，北京：中国社会科学出版社，2009年；任东华：《茅盾文学奖研究》，北京：中国社会科学出版社，2011年。

③范国英：《茅盾文学奖的文学制度研究》，第60页。

④黄发有：《中国当代文学的版本问题》，《文艺评论》2004年第5期。

⑤陈骏涛：《评长篇小说〈沉重的翅膀〉"附记"》，《文艺报》1982年第3期。

⑥何启治：《文学编辑四十年》，北京：人民文学出版社，2001年，第57页；张光年：《〈沉重的翅膀〉修订本序言》，《文艺报》1984年第9期。

⑦何启治：《文学编辑四十年》，第57页。

⑧杨桂欣：《"和历史的进行取同一步伐"的力作》，《新文学论丛》1982年第2期。

⑨午晨：《本刊召开座谈会讨论〈沉重的翅膀〉》，《文艺报》1982年第3期。

⑩陈骏涛：《评长篇小说〈沉重的翅膀〉》，《文艺报》1982年第3期。

⑪被删文字见张洁：《沉重的翅膀》，《十月》1981年第4期，第71页。

⑫ 尚文祥：《〈沉重的翅膀〉版本比较》，《群文天地》2010年第7期。

⑬ 比如小说另一个重要正面形象陈咏明在这次修订后得到了"丰满"。作家不但从细节处调整以进一步表明这个共产党员厂长坚持改革的决心，增写大段文字丰富他与反改革派人物的斗争经历，在激烈的矛盾中表现其性格，还几乎完全删去了第10章中他与妻子见面时大谈对三线问题看法的内容，从而维护了文本形象世界的完整性。参见杨桂欣：《陈咏明形象更加丰满了——评〈沉重的翅膀〉的修改本》，《新文学论丛》1984年第3期。

⑭ 蔡葵：《沉重的话题——重读〈沉重的翅膀〉》，见张洁：《沉重的翅膀·附录》，北京：人民文学出版社，2012年，第354、355页。

⑮ "人在愿望和希望上的差别，似乎是对物质占有权的一个天平。马克思在《雇佣劳动与资本》一文里说过：'总之，简单劳动的生产费用就是维持工人生存和延续工人后代的费用，这种维持生存和延续后代的费用的价格就是工资。这样决定的工资就叫作最低工资。'马克思在这里所说的是资本主义社会里工资的情况。现在，工人阶级变成了社会和生产资料的主人。我们应该怎样根据马克思主义的学说，来指导关于我们的人民生活水平、消费和谁注意国家积累之间这些比例关系的科学实践呢？如果马克思还活着，他将有责任，对忠实信仰他的学说的人们，就整个国际共产主义运动和社会主义制度，进一步作出回答和解释，原有的理论，已经不够用来解释和问答社会主义国家当前所共同面临的新问题了。"张洁：《沉重的翅膀》，北京：人民文学出版社，1981年，第169页。

⑯ "初刊版"该段文字与"初版本"的主要不同之处是在引用马克思《雇佣劳动与资本》文字后增加如下文字："是啊，那说的是资本主义社会。现在，工人阶级变成了社会和生产资料的主人。可是，为什么仍处在这种只能维持和延续后代的经济地位上。他们所创造的财富，完全有可能把他们他们自己的物质生活，改善地更好一点。又没有人有勇气站出来回答，那些财富，是不是正常地发挥着它们应有的积累和公共福利的消费作用？"张洁：《沉重的翅膀》，《十月》1981年第4期，第76页。

⑰ 蒋子龙：《〈乔厂长上任记〉的生活账》，见氏著：《不惑文谈》，上海：上海文艺出版社，1984年，第51—52页。

⑱ 徐庆全：《〈乔厂长上任记〉风波——从两封未刊信说起》，《南方周末》2007年5月21日。

⑲ 杨庆祥：《〈新星〉与"体制内"改革叙事》，《南方文坛》2008年第8期。

⑳ 蒋子龙：《写给厂长同志们》，见氏著：《不惑文谈》，第71—72页；《〈乔厂长上任记〉的生活账》，见氏著：《不惑文谈》，第53—54页。

㉑ 张洁：《我为什么写〈沉重的翅膀〉》，《读书》1982年第2期。

㉒ 张炯：《柯云路的〈新星〉评议》，见氏著：《文学的攀登与选择》，福州：海峡文艺出版社，1997年。

㉓ 岳雯：《不彻底的改革和理性的抒情——重读〈沉重的翅膀〉》，《南方文坛》

2014年第2期。

㉔赵为民：《和美国回来的张洁聊天》，《海上文坛》1997年第6期。

㉕胡耀邦：《在剧本创作座谈会上的讲话》，《文艺报》1981年第1期。

㉖在与李星的对话中，问者提出《白鹿原》中的性描写在杂志发表时删了一些，"据说出书时将恢复"，"甚至没有回避最肮脏最丑恶的性生活"。《关于〈白鹿原〉与李星的对话》，见《陈忠实小说精选》，西安：太白文艺出版社，1996年，第570页。

㉗雷达：《我所知道的茅盾文学奖》，《兰州大学学报》2009年第1期。

㉘㉙何启治：《文学编辑四十年》，第86页。

㉚《白鹿原》"修订版"第二十三章："不好出手"被改为"动手动得迟了"；该章后文反复出现的"我碍着大姑父的面不好出手！"和其他相关文字也被一并删去。

㉛车宝仁：《〈白鹿原〉修订版与原版删改比较研究》，《唐都学刊》2004年第9期。

㉜雷达：《思潮与文体》，北京：人民文学出版社，2002年，第60页。

㉝何西来：《关于〈白鹿原〉及其评论——评〈白鹿原〉评论集》，《小说评论》2000年第5期。

㉞雷达：《思潮与文体》，第212页。

㉟徐其超、毛克强、邓经武：《聚焦茅盾文学奖》，北京：作家出版社，2005年，第86页。

㊱胡平：《我所经历的第四届茅盾文学评奖》，《小说评论》1998年第4期。

㊲何启治：《美丽的选择》，北京：首都师范大学出版社，2010年，第42页。

㊳何启治：《文学编辑四十年》，第61页。

㊴李城希：《1949年之后中国现代长篇小说修改的困境及影响——以茅盾及〈子夜〉的修改为中心》，《文艺评论》2013年第3期。

㊵徐其超、毛克强、邓经武：《聚焦茅盾文学奖》，第82页。

㊶温常青：《寻觅与探究：新时期小说论稿》，北京：大众文艺出版社，2007年，第39页。

㊷如"初版本"中田小娥和黑娃第一次发生关系，"她突然往上一蹿，咬住他的嘴唇。他就感到她的舌头进入他的口腔，他咬住那个无与伦比的舌头吮咂着，直到她嗷嗷嗷地呻唤起来才松了口。她痴迷地咧着嘴，示意他把她咬疼了"。修订时作家将下划线部分删去，这样一来就变成田小娥咬住了黑娃的嘴，那黑娃又如何能反过来咬痛田小娥？同样，"获奖版"删去了白孝文"他的那东西软瘫下来"，仅留"从心底透过一缕悲哀"，所指不明也会使读者产生疑惑。

㊸张学恒、余三定：《悲剧观念与中国文学》，北京：中国戏剧出版社，2009年，第441页。

㊹参见Lidchi.H., The Poetics and the Politics of Exhibiting Other Cultures, in S.

Halled., *Representation: CulturalRepresentationsandSignifyingPractices*, London: Sage/TheOpenUniversity, 1997, pp.191-192。

㊺皮埃尔·布迪厄：《艺术的法则——文学场的生成和结构》，刘晖译，北京：中央编译出版社，2001年，第276页。

㊻阎纲：《文坛徜徉录》（下），北京：人民文学出版社，1984年，第281页。

㊼程代熙：《人·社会·文学》，武汉：华中师范大学出版社，1997年，第283页。

㊽朱国华：《文学与权力——文学合法性的批判性考察》，上海：华东师范大学出版社，2006年，第94—95页。

㊾参见徐林正：《茅盾文学奖背后的矛盾》，《陕西日报》2000年6月23日。

㊿张丽军：《文学评奖与新时期文学经典化》，《南方文坛》2010年第5期。

(51)福柯：《性史》，张廷琛等译，上海：上海科学技术出版社，1989年，第99页。

(52)洪治纲：《无边的质疑——关于历届“茅盾文学奖”的二十二个设问和一个设想》，《当代作家评论》1999年第5期。

(53)黄发有：《中国当代文学的版本问题》，《文艺评论》2004年第5期。

原载《清华学报》2015年第1期

文化身份与当代文学经典中"承认的政治"

——以茅盾文学奖获奖者为例

朱晏

第八届茅盾文学奖的评选虽早已尘埃落定，但其引发的文学评奖热门话题仍然值得不断思考。其一，为了更加公开、公平、公正，这届评奖试行了实名投票、评委投票情况公布制等评选制度的新举措，第二轮结果公布后，媒体及网友都把焦点集中在"前十名中有八名省级作协主席或副主席"的问题已因此引发茅盾文学奖成为文学界"专家奖""精英奖"的质疑。其二，这届评奖还首度吸纳网络文学参与评选，由浙江省作协以及重点文学网站推荐的7部网络文学作品参评，但在大众读者中曾引起强烈关注的如《盗墓笔记》《明朝那些事儿》等作品无一例外，全部名落孙山，仅仅是在176部参评作品名录上露了一下脸而已。因而引发诸多争议，有网友质疑茅盾文学奖只是在"摆姿态"，并未真正接纳网络小说。茅盾文学奖作为当代文坛唯一的长篇小说官方大奖在读者心中占据着无可替代的位置，是形成当代文学经典的助推器。当下网络写作在中国方兴未艾，凭着表现现实生活的紧密性、个人生活的私密性、展现想象的无限性等优势，网络文学获得了大量忠实的年轻读者，却无缘文学经典的圣地。细究网络文学作品在茅盾文学奖上铩羽的原因，有评奖规则的守成、字数的限制、审美价值取向上的差异等诸多原因，但其中不能忽视的一点，就是与获奖者的文化身份不无干系，这背后存在着某种"承认的政治"[1]（P290）。

一、平等的承认有助于建构多元视角下的当代文学经典

查尔斯·泰勒把"平等的承认"视为一个健康的民主社会的基本模式和普遍性价值。承认并包容差异，承认并包容不同文化群体的自我认同的正当权利，促成不同的认同平等地位并且拥有合理的生存空间，这构成了"承认的政治"的重要内涵。他指出，认同"表示一个人对于他是谁，以及他作为人的本质特征的理解。这个命题的意思是说，我们的认同部分地是由他人的承认构成的"；"正当的承认不是我们赐予别人的恩惠，它是人类的一种至关重要的需要"。[1]（P290—291）一个群体通过与其他群体即"有意义的他者"的交往对话不断强化对自身独特性的认知，会更为强烈地感受到自身在价值序列中所处的位置，从而形成对这个群体独特性的认同。这种认同是在对话中形成的，而不是在独自进行的自我界定中形成的。"承认的政治"就是承认差异与独特性的政治，这已日益成为多元文化主义重要的议题。

文学经典被认为是具有开放而多元意义的文本，是由一个机构或一群有影响的个人支持下而选出的文本，这个机构或特定的人群根据其世界观、哲学观和审美观而产生的未必言明的评价标准来选择经典，可见经典是一个不断建构的过程。当代社会民主化、大众化和多元化的趋势日益明显，在当代经典重构的问题上，以平等承认为基础的差异政治和身份认同问题就需要得到突出强调。从文化身份上来看，网络文学写手代表的是草根、大众，而传统作家则代表专家、精英，对于网络写手来说，他们在与传统作家的对话交往中不断强化对自身独特性的认知，并寻求一种平等的承认。对于传统作家而言，在平等承认的基础上与网络写手对话交往，有助于形成多元视角并保持多元视角之间的张力，这将更符合当下文学活动的实际需求。

二、茅盾文学奖获得者的主流是拥有经典命名权的文化精英

布迪厄认为，知识分子是文化资本家，他们拥有大量的文化资本并因而拥有权力和权威，这种权力来自他们提供或取消社会秩序的合法性的能力。他们在知识的场域中占据决定性的地位，从而也拥有了当代文学经典的建构与命名权。

自1982年首届茅盾文学奖以来，共有36位作家获奖。第一届获奖作者大多从各行各业逐步走上文学创作的道路，仅魏巍担任《解放军文艺报》副主编、总政治部创作部主任等职务。自第二届开始，获奖作者的身份则发生了变化，张洁在《沉重的翅膀》获奖时的身份是北京作协副主席；刘心武在《钟鼓楼》获奖时担任中国作家协会理事、《人民文学》杂志主编等职；李準在《黄河东流去》获奖时担任河南省文联副主席、河南省作协分会主席、电影家协会河南省分会主席等职务。以至于到第八届评选出五位作家，其中四位是各地作协主席或副主席。他们虽然是专业作家，却大多担任了重要文艺部门的领导工作，是文艺政策的重要阐释者。文化精英的身份使他们承接了五四以来文学对社会责任的担当，有家国关怀，也发展或更深入地理解了文学自身的内在要求，坚守着"直面现实，反映时代"的主旋律写作，拥有着当代文学经典的建构与命名权。

茅盾文学奖获奖者中有一个特殊群体——军旅作家。比如第一届的魏巍、莫应丰，第三届的刘白羽，第四届的刘玉民，第六届的徐贵祥、柳建伟，第七届的周大新，约占获奖作者总数的20%。他们都曾有过军旅生涯的经历，他们的作品也以表现部队生活、军旅生涯为主要题材。在获奖作家中还有两个特殊的例子——张平和张炜，从文学创作而转型从政。张炜在担任山东省作协主席的同时还兼任山东龙江市政府副市长、市委副书记的职务。被誉为"反腐作家"的张平的获奖作品《抉择》被改编成电影《生死抉择》，这也是文学与国家意识形态结合得最紧密的例子。尽管《英雄时代》在评选过程中备受争议，但由三名以上评委联合提名，虽然没有入围第一轮评选，可最终还是获得了大奖，除了备受质疑的评奖程序的原因外，柳建伟解放军文艺作家的身份以及《英雄时代》的军旅题材可能也为其增分不少。这些作家的作品大多还会获得其他政府文学奖，比如国家图书奖、解放军文艺奖以及中宣部的"五个一工程奖"等，因为这些奖项与茅盾文学奖有着相同的评价标准——即思想性与艺术性的统一，注重思想的深刻内涵。

福柯认为："权力能够生产。它生产现实，生产对象的领域和真理的仪式。"[2] (P218)权力通过与知识相关联的因素——个人，也就是说通过作家及评委实践着权力的生产。根据茅盾的遗愿，茅盾文学奖一直由中国作协负责操办，其官员大多由属于文化精英层的作家来担任，他们以其知识的身份担当着文化权力执行者的角色，占据了社会文化资本中的统治地位，规定文化秩序合法性的权力和权威，并用此权威进行着文化的再生产。

三、网络写手代表的草根平民寻求"承认的政治"

代表着平民草根的网络文学写手在当代文坛上所表现出来的是一种对"承认"的需求和要求，寻求的是对身份认同的理解，追求的是多元文化之间真正的宽容、平等和相互承认。而这种追求极易受到他者的影响，泰勒说如果"得不到他人的承认或只是扭曲地承认能够对人造成伤害，成为一种压迫形式，它能够把人囚禁在虚假的、被扭曲和被贬损的存在方式之中"[1]（P290—291）。如果传统作家及评论家不能公正地提供对网络文学写手身份的"承认"，或者只是给予其某种扭曲的"承认"，将对代表着平民大众的网络文学健康地发展造成伤害。可喜的是，尽管对茅盾文学奖接受网络小说评奖有着"故作姿态"的质疑，但这样的政府文学大奖毕竟对网络文学敞开了大门，这件事的意义已经远远大于评奖本身。浙江省作协将《盗墓笔记》作为该省推荐的3部小说之一，参评茅盾文学奖，尽管终因不能放弃写续篇而退出角逐，浙江省作协类型文学创委会主任、推荐人夏烈说："茅盾文学奖向网络文学敞开大门，是主流文学圈对网络文学的认可，有这个可能，就该去试试。我们愿意拿出一个名额来'冒险'。"[3]我们应该欢迎这种"冒险"精神，它将为茅盾文学奖送来更多的草根平民作者，为广大读者带来更多的惊喜。这意味着作为建构当代文学经典的重要途径，茅盾文学奖的评奖程序将逐渐以开放的姿态吸纳多元化身份作者的广泛参与。

在当代文学经典构建中的"承认的政治"既体现在作者的平民大众身份上，也体现在对大众读者参与权的尊重上。第八届茅盾文学奖评出了张炜的《你在高原》，全书分39卷，10个单元，长达450万字，是已知中外小说史上篇幅最长的一部纯文学著作。这部就连评委都需要熬夜苦读的文学作品，究竟有多少普通读者能够读完？没有读者群的作品在文学史上又怎能留下痕迹，成为经典？而网络文学写作恰因其互动性赢得了大量的读者群。在后现代语境下，在文学作品的发展模式与生产机制中，网络等新媒体已经成为不可忽视的新兴力量。网络文学写作一个重要特点就是读者与作者之间的互动，这种互动甚至会直接影响到作者的创作。《盗墓笔记》的作者南派三叔本不是作家，只是一个青涩未脱的大男孩，无意中写成了一部畅销书，但是他知道书是写给谁看的，他拥有庞大而忠实的读者群，自称"稻米"。《盗墓笔记》前七册印数已逼近一千万册，为了写续篇他甚至放弃参评茅盾文学奖。读者的要求不一定都是对的，但无视读者的要求却是不对的。一部文学作品能不能获奖，也许是由少数专家学者决定的，但能不能成为流传百年的文学经典，却是由读者决定的。

当代社会的文化群体显然已经不是知识分子与大众分庭抗礼的二元图景，多元势力的交错互动和重组制造了各种意想不到的局面。"承认"不能仅仅作为点缀的虚假的承认，而应是在坚持自己创作特色的基础上接受并承认他人的观点和方法。作为中国当代最具有影响力的文学大奖，应该自觉地去吸引广大民众和专家学者的共同参与，这样，通过文学评奖这一途径而构建的当代文学经典，才是经得起时间考验的真正经典。

参考文献：

［1］查尔斯·泰勒. 承认的政治［A］//汪晖，陈燕谷. 文化与公共性［C］. 北京：三联书店，1998.

［2］米歇尔·福柯. 规训与惩罚［M］. 刘北成，杨远婴，译. 北京：三联书店，2003.

［3］董晨. 放下身段，严肃文学平民化转身［N］. 新华日报，2011-04-21.

原载《求是学刊》2013年第3期

政治资本的弱化：新时期文学场初步建立的标志

——以茅盾文学奖和"民间奖"的对立为视角的考察

范国英

随着中国以经济建设为中心的现代化建设的不断深入，文艺的审美特性得到新的阐释。当然，对文艺审美特性新的阐释是与特定的权力背景紧密相关的，正如布迪厄所言："批判性文化需要一定的生存条件，而只有国家能够提供这些条件。我们期望（甚至要求）从国家获得自由的手段，以对付权力、经济权力和政治权力，也就是说对付国家本身。"[1]（P70—71）实际上新时期以来对文学自主性的诉求就是在权力背景之上实现的。作为新时期以来中共中央第一任领导核心的邓小平说："在社会主义国家，一个真正的马克思主义政党在执政以后，一定要致力于发展生产力，并在这个基础上逐步提高人民的生活水平。"[2]（P20）毫无疑问，"提高人民的生活水平"包括了两个方面的内容：一是提高人民的物质生活水平；二是更好地满足人民的精神需要。文艺是满足人民精神需要的重要部分，这样一来，在突出文艺的社会意识形态的同时，文艺的审美属性也得到了相应的强调。"在中国步入新的社会主义现代化建设的新时期，执政党在满足人民群众的精神文化需要的时候，应当要求文学艺术作品满足人们的审美乃至娱乐的需要。这是突出文学的审美要素在新时期的文学观念中必然突出的重要根源。"[3]（P213）在这一语境下，从20世纪80年代开始，在对"文革"教训的反思中，在研究文学本质时，就开拓了马克思关于艺术是掌握世界方式的论题，并提出了一个不同于前新时期的观念：艺术既是社会意识形态，又是审美活动。在强调艺术的共性（意识形态性）的同时，又突出了艺术的独立性。

在这一基础上，我们就不难理解，当建立在特定权力背景上的文学自主性原则得到进一步强化时，也即是文学场的逻辑成为场中占主导地位的逻辑时，体现权力场对文学场规范和框架作用的茅盾文学奖①，必然会遭到体现文学场逻辑的批评和质疑。下面就以体现权力场逻辑的茅盾文学奖与体现文学场逻辑的"民间奖"的对立和差异，来管窥新时期文学场建立过程中的复杂样态。

一

随着文学场的逐步建立，在20世纪90年代，出现了一些由知识分子主办的依托于一定的文学机构的"民间奖"。实际上"民间奖"是以体制内的学院批评家为评委（也就是把关人）的文学评奖。"命名"本身就是一种想象和冀望，这类奖项被命名为"民间奖"，而非"学院奖"，忽视的是这一奖项与体制的千丝万缕的联系，彰显的是与"庙堂"相对的"民间"具有的意义。目前普遍认为，"民间"指的是一种文化空间，国家权力对这一空间的控制相对薄弱，因而在这一空间内，就具有某种抗拒意识形态化的能力。这样一来，所谓的"民间奖"突出的就是这一奖项以及作为把关人（评委）的知识分子对文学自主性和独立性的认同和维护。就文学来讲，这种自主性和独立性主要体现在两个方面：一是在文学的双重属性——审美和社会意识形态——的关系中，更加强调文学的审美属性。二是遵循头脚倒置的"输者为赢"的经济逻辑，在这一点上这类评奖与由文学期刊、出版社举办的文学评奖相比较的一个显著特点就是，评选活动与组织机构之间没有那种紧密的经济联系。也就是说，这类文学评奖是建立在"权力场和经济场的基本原则颠倒的基础上的。它排斥对利益的追逐，它不担保在投资和金钱收入之间任何形式的一致；它谴责追求暂时的荣誉和声名"[4]（P265）。这类评奖主要有：1997年由《北京文学》与中国当代文学研究会专业委员会联合发起的"当代中国文学最新作品排行榜"；1998年《作家报》聘请诸多评论家和编辑就1997年中、短篇小说举办的"十佳作品"评选活动，以及2000年由上海市作协和《文汇报》联合发起组织的全国百位批评家推荐"90年代最有影响的10部作品"的评选活动；等等。下面我们就以全国百名批评家参与评选的"90年代最有影响的10部作品"与这一时段茅盾文学奖（主要就限于第四和第五届茅盾文学奖）获奖作品作一对比。

90年代最有影响的10部作品	第四和第五届茅盾文学奖获奖作品
《长恨歌》	《白鹿原》（修订本）
《白鹿原》	《战争和人》
《马桥词典》	《白门柳》
《许三观卖血记》	《骚动之秋》
《活着》	《抉择》
《九月寓言》	《尘埃落定》
《心灵史》	《长恨歌》
《务虚笔记》	《茶人三部曲》
《我与地坛》	
《文化苦旅》	

在这10部被誉为90年代最有影响的作品中，除了《我与地坛》和《文化苦旅》为散文而外，其余八部均为长篇小说。在这八部作品中仅有两部获得茅盾文学奖，反过来说，囊括了整个90年代长篇评选的第四和第五届茅盾文学奖获奖的8部作品中，只有2部——《白鹿原》（修订本）和《长恨歌》——获得了由学院派批评家组织评选的"90年代最有影响的10部作品"。而这两部作品获得茅盾文学奖，在一些评论家看来，不过是茅盾文学奖历史上的一个意外而已[5]。由此可见，这两类评奖在价值标准和审美原则上的差异是极为明显的。正如布迪厄所言："生产场的客观结构从根源上是认识和评价范畴，这个范畴构成场提供的不同位置及其产品的认识和评价。"[4]（P201）也就是说，这种差异与场的结构，及这两类评奖在场中所处的位置和与此位置相匹配的配置紧密相关。

"90年代最有影响的10部作品"的评选虽然是由上海作协主办，但是，其评审人员主要是由学院批评家组成，参与评选的98位来自全国各地的由老、中、青三个年龄段组成的评委，其身份全部是"专业从事文艺理论批评的专家学者"[6]。"专业""专家学者"是建立在新时期以来知识领域独立分化的基础上的，强调的是各知识领域作为社会大系统的子系统的独立性。因而，他们的评选往往被认为是体现了一种自律的审美原则。而参加这几届茅盾文学奖评选的委员往往被指称为"老年"的"前文学工作者"，暗示的是此奖项的评选委员以习性方式存在的结构性传统，与前新时期以政治为基础的文学逻辑相吻合。因而可以说，身份认同的差异不过是体现了所谓"新锐"批评家与"老年前文学工作者"以习性方式体现出的不同的社会空间或场的结构差异。学院派批评家、编辑家对"老年"的"前文学工作者"的质疑，实际上就是在文学场逐渐建立的过程中，原有的占支配位置的资本类型与体现文学场逻辑的资本类型的差异和对立。

布迪厄在《学术人》中，对战后法国复杂的知识分子场作了分析，在这部著作中，他用场域的理论替换了用政治观点来说明学术风格的庸俗方法。就人文和社会科学来说，在布迪厄看来，存在着学术资本（academiccapital）和知识分子资本（intellectualcapital）的对立。学术资本主要是由体制内的权威来提供，"是指与那些控制着各种再生产手段的权力相联系的资本"[7]（P111）。而知识分子资本更多地体现出独立分化的场的逻辑，"是科学名望的问题"[7]（P111）。虽然，就中国的现状来说，还没有西方意义上的独立分化的体制，但是，不可否认的是，对它的探求正在进行之中。因而，如果采用布迪厄的知识分子场理论来考察这两类评奖的评选委员会委员的构成的话，茅盾文学奖评奖委员所拥有的资本大致就可归属于学术资本。因为这些委员大多担任了重要的文艺部门的领导工作，并且是前新时期党的文艺政策的重要的阐释者。这也成为一些知识精英质疑茅盾文学奖的一个主要方面，"他们自身的权力身份，又规约着他们必须站在社会学的层面上，从文学教化功能上考虑评奖结果"[8]（P304）。与茅盾文学奖评选委员会相对，主持这类"民间奖"的知识分子所拥有的资本就可归属于知识分子资本。这些学者，"或者通过负责某个科研机构，或者在某个科学共同体中被同行认可，或者凭借其作品被广泛传播和阅读，而获得体制外的声望"[9]。因而，就"民间奖"和茅盾文学奖来看，他们分别占据着文学场的两极。而随着场的自主程度的增强，对象征资本或符号资本的争夺越有利于最不依赖需求的生产者，场的两极的占据者之间的鸿沟越深。这样一来，我们就不难理解自第三届茅盾文学奖（评选的是1985—1988年公开发表与出版的长篇小说）以来，围绕这一奖项引发的众多批评，以及这些批评的基本出发点——茅盾文学奖的评选以作品的思想性或意识形态性遮蔽了作品的审美属性。那么，随着文学场自主性的增强，这两类体现场域中不同位置的占据者所具有的争夺象征资本的能力到底发生了怎样的变化呢？

二

　　既然茅盾文学奖颁发的象征资本与政治资本之间具有极强的相关性，那么政治资本在文学场中所处的位置，及其具有的与其他资本的转换能力就成为影响茅盾文学奖在文学场中所处位置的关键。应该说，20世纪在80年代中期以前，茅盾文学奖颁发的象征资本与政治资本，及由政治资本转化而成的文化资本之间实现了良性转换。如，魏巍担任《解放军文艺》副主编、总政治部文艺处副处长等职，周克芹担任四川省作协党组副书记，莫应丰和古华担任湖南省作协副主席，李国文担任《小说选刊》主编等等②。

　　但是，随着文学场自主性进程的逐渐推进，特别是由于新时期以来对文学的自主性追求，是建立在文学/政治二元对立的基础上的。这样一来，政治资本在文学场中的作用必然减弱。这最集中表现在政治的认同作用在获奖者的身份认同中所占比例的减小。如果我们将获得1978年全国优秀短篇小说奖的刘心武的获奖感言，与获得第二届茅盾文学奖的刘心武的获奖感言作一番对比，就能清楚地看出这之间的差异：因《班主任》获得1978年全国优秀短篇小说奖的刘心武，在颁奖大会上代表获奖者讲了话："我们要把党和人民给予的奖励，当作前进的动力，谦虚谨慎，戒骄戒躁，更积极地投身到为四个现代化而奋斗的时代激流中去。我们要更自觉地运用马克思主义的立场、观点、方法，去观察、体验、研究、分析社会生活，更刻苦努力地提高艺术修养和写作技巧，争取写出更能传达时代脉搏、表达人民愿望的新作品来，更好地发挥文学轻骑兵的作用。"[10] 而因为《钟鼓楼》获得第二届茅盾文学奖的刘心武，在面对记者的采访时说："我觉得这件事和我没有关系，也不大关心……至于上次获奖，那是某一天突然有人打电话来通知的，至于怎么评的，我不知道。我一个电话没打过，一个人也没问过。"[11] 由此可见出，自80年代中期以来，随着文学场自主性程度的增强，作家更是要通过与政治资本具有相关性的评奖的疏离，来确立其在文学场中的名望或声誉。而从获得第五届茅盾文学奖的四位作者——张平、阿来、王安忆、王旭烽——来看，仅张平一人担任中国作协副主席、山西省作协主席的职务，其余四人仅为中国作协专业作家。这与第一和第二届获奖者的身份之间就存在着较大的差异。这样一来，茅盾文学奖在文学场和社会场中的作用必然减弱，具体就表现为茅盾文学奖的权威性和导向能力大幅度降低。邵燕君在《倾斜的文学场——当代文学生产机制的市场化转型》中就谈到，若非研究课题的需要，她作为"科班出身"的"学院派"研究者是不会注意到路遥和他的《平凡的世界》的。

与之相对，处于场的另一极的是知识分子资本，"这些资本是他们依据自主性力量而赢得的，并得到文化生产场的自主性的庇护"[12]（P86）。随着文学场自主性的逐步推进，这些知识分子在文学场中也就掌握了相当的话语权。目前，这些知识精英大多是高等教育的主要承担者，埃斯卡皮在《文学社会学》中就指出，文学的接受者，"跟其他各种消费者一样，与其说进行判断，倒不如说受着趣味的摆布"[13]（P86），"趣味"本身就是社会各种力量共同作用的结果，在这之中，教育扮演着极其重要的角色。而文学史教材的编写无疑又是实现文学趣味教育的一个最为主要的方面。在新时期以来出版的文学史著作中，被公认为学术成就较高的、影响较大的有洪子诚的《中国当代文学史》（北京大学出版社，1999年8月版），陈思和主编的《中国当代文学史教程》（复旦大学出版社，1999年9月版），以及杨匡汉、孟繁华主编的《共和国文学50年》（中国社会科学出版社，1999年8月版）。在这三部文学史中，洪子诚《中国当代文学史》提到过获得历届茅盾文学奖的获奖作品有：《许茂和他的女儿们》（周克芹）、《芙蓉镇》（古华）、《冬天里的春天》（李国文）、《沉重的翅膀》（张洁）、《钟鼓楼》（刘心武）。另外两部文学史是根本就没有提到获得茅盾文学奖的获奖作品。而另一部被认为是按"主旋律"意识编写的文学史著作，是由华中师范大学修订出版的《中国当代文学史》（上、下册），在这部文学史教材中，在第一和第二届获奖作品中，除《东方》外全谈到了；第三届的获奖作品仅提到《穆斯林的葬礼》；第四届也是仅提到《白鹿原》。毫无疑问，文学史的编撰本身就包含了某种价值判断和价值上的取舍，而决不可能采取所谓的价值中立的态度。那么，当茅盾文学奖的获奖作品大多不能进入文学史的视野时，茅盾文学奖便不能进入大学的学术传播渠道，而教育机构无疑为一部作品的认可提供了"经教育转化了的公众"[14]。这样一来，在一定程度上该奖便"成为作协一个与文学无关的话题"[15]。因而在这一时期，茅盾文学奖颁发的象征资本的逐渐积累也就成了一个问题。

实际上，在新的历史语境下，随着建立在文学／政治二元对立基础上的文学场自主能力的增强，对国家权力有相当依赖的茅盾文学奖对场域中象征资本或符号资本进行争夺的能力必然逐渐减弱。而正如布迪厄所言，"这些地位的占据者通过这些策略个别地或集体地寻找保护或提高他们的地位，并企图把最优惠的等级体系化原则加到他们自己的产品上去"[12]（P147），也就是说，这一时期的茅盾文学奖必然依据场域网络中张力关系的变化，在一定限度内调整评奖策略，以维持巩固或提升自身在文学场中的位置，以此来确保在文学场中获得最大限度的象征资本。

这种策略的作用在第四和第五届茅盾文学奖的评奖中表现得较为突出③。第五届茅盾文学奖颁奖大会的地点首次从北京人民大会堂迁至茅盾的故乡——浙江省桐乡市乌镇，这本身就暗含了该奖项对其与政治资本的关联性的弱化。并且，在第四和第五届获奖作品中出现了具有某种"纯文学"意义的作品：在第四届获奖作品中有陈忠实的《白鹿原》，占获奖比例的四分之一；在第五届获奖作品中有阿来的《尘埃落定》、王安忆的《长恨歌》，占获奖比例的二分之一④。实际上，这本身就表明了，以"纯粹"审美原则为基础的文学观念对茅盾文学奖所确立的文学观和价值观在一定范围内的修正。因而，这些作品的获奖，在一些批评家看来，是违背了茅盾文学奖的评奖原则和标准的⑤。应该说，以茅盾文学奖的评奖标准和价值取向来质疑这些具有"纯文学"意义的作品的获奖，是具有某种合理性的。这里还需要强调的是，茅盾文学奖向"纯文学"作品的偏移仅仅是在一定的限度和范围之内，"那些在写法上更接近现代主义风格的作品（如《马桥词典》《九月寓言》《务虚笔记》）和致力于揭示人性'卑微幽暗面'（洪治纲语）的作品如《许三观卖血记》仍被拒绝在外"[15]。应该说，这种偏移本身就是文学场的逻辑与茅盾文学奖在场中所处的位置之间的张力关系共同作用的必然结果，而偏移的程度和大小必然也会受到茅盾文学奖在文学场中的位置以及与之相匹配的配置的规范和框架。"被卷入到文学或艺术斗争中的行动者和体制的策略依赖于他们在场的结构中所占据的地位，这一场的结构也即是声誉——无论业已体制化了或还没有——的资本的分布的结构，这种声誉由其同辈和整个公众所授予，也由他们对于保持或改变这一结构的利益，以及由维持或推翻游戏规则的利益所授予"[16]（P194）。

实际上，文学场的建立具体体现在，文学场的逻辑具有的将外在逻辑转化为文学场逻辑的能力。由于中国文学现代化进程所处的特殊语境，政治话语成为影响文学话语的重要面向。因而，就新时期文学自主性的诉求，或者说文学

茅盾文学奖研究资料

场的初步建立来说，这种能力就表现为政治资本在文学场中拥有的与其他资本转化能力的弱化。

注释：

①茅盾文学奖是中国作家协会主办的专门针对长篇小说的全国性文学评奖，中国作协是国家实现对文学进行管理和调控的中介，也即是权力场对文学场进行作用的中介。

②魏巍《东方》、周克芹《许茂和他的女儿们》、莫应丰《将军吟》、古华《芙蓉镇》、李国文《冬天里的春天》获第一届茅盾文学奖。

③也就是说第四和第五届茅盾文学奖所处的文学场，已经具有较强的自主化能力。

④《白鹿原》《长恨歌》被评入由百名批评家组织评选的"九十年代最有影响的十部作品"；《尘埃落定》被看作是多年来文学先锋探索"尘埃落定"后的结果。

⑤参见李洁菲《2000年中国文坛便览》，载《当代作家评论》2000年第5期；《收获》的副主编陈永新指出，茅盾文学奖评出过阿来的《尘埃落定》和王安忆的《长恨歌》等好作品，但这对茅盾文学奖来说是一种意外。见《众说茅盾文学奖：谁来裁判评委？》http://book.sina.com.cn/maodun/news/e/2005-04-15/1230183390.shtml。

参考文献：

[1]布迪厄，汉斯·哈克.自由交流[M].桂裕芳，译.北京：生活·读书·新知三联书店，1996.

[2]中共中央宣传部文艺局.邓小平论文艺[M].北京：人民文学出版社，1989.

[3]冯宪光.审美意识形态论的规范性理论建构[A].北京师范大学文艺学研究中心.文学审美意识形态论[C].北京：中国社会科学出版社，2008.

[4]皮埃尔·布迪厄.艺术的法则——文学场的生成和结构[M].刘晖，译.北京：中央编译出版社，2001.

[5]李洁非.2000年中国文坛便览[J].当代作家评论，2000，(5).

[6]徐俊西，一份关于90年代文学的集体答卷[N].文汇报，2000-09—16；陈思和.文学批评与90年代文学的互动[N].文汇报.2000-09-16.

[7]皮埃尔·布迪厄，华康德.实践与反思——反思社会学导论[M].李猛，李康，译.北京：中央编译出版社，2004.

[8]洪治纲，无边的质疑——关于历届"茅盾文学奖"的二十二个设问和一个设想[A].无边的迁徙[C].济南：山东文艺出版社，2004.

[9]张意.文化资本[EB/OL].http://www.culstudies.com/ren-danews/displaynews,asp?id=5708，2005-06-06.

[10]全国优秀短篇小说评选发奖大会在家举行[N].人民日报，1979-03-27.

[11]思思.茅盾文学奖：人文话题知多少[N].北京日报，2000-10-25.

[12]皮埃尔·布迪厄.文化资本与社会炼金术[M].包亚明,译.上海:上海人民出版社.1997.

[13]罗贝尔·埃斯卡皮.文学社会学[M].于沛,选编.杭州:浙江人民出版社.1987.

[14]陈晓明.请慎重对待第五届"茅盾文学奖"[J].科学时报,1999-11-27.

[15]邵燕君,茅盾文学奖:风向何方吹——兼论现实主义文学创作困境[J].粤海风,2004,(2).

[16]Pierre Bourdieu. The Field of Culture production.ed.Randal Johnson[M]. Cambridge:Polity Press.1933.

原载《学术论坛》2011年第10期

茅盾文学奖获奖作品调查报告

唐　韧　黎超然　吕　欣

作为当代文学的研究者，我们选择了文学精品战略的实施现状作为我们的科研项目。在1998年3月，我们开始了一项调查，对大专以上文化程度的读者发出《茅盾文学奖获奖作品接受调查问卷》800份，至6月初，陆续回收470份。我们设计的问卷，以"实话实说""提供准确信息"为宗旨，470份问卷，绝大部分都做出了认真的回答。这470位读者，除去一些回答的缺项外，可统计的自然状况为：354位学文科（含文学、文秘、法律、经济、社会管理学、哲学、外语等多种学科），84位学理科（含数学、物理、土木、化学、化工、林业、生化、水电等多种学科），有40名硕士和攻读硕士的研究生，在校大学生（居多）之外，还有许多人从事记者、编辑、大中学教师、图书管理、会计、工程师、行政管理等工作；其中，30岁以下的读者有369名，31—50岁的为31名，50岁以上的8名。我们将调查材料进行了综合分析，归纳出三个问题：一、对《白鹿原》的接受状况和评价；二、20部获奖作品接受综述；三、他们这样认识茅盾文学奖。现分述如下。

一、对《白鹿原》的接受状况和评价

在470名读者中，读过《白鹿原》的有270人，占总数的57.4%，其中56人自己购买了作品，占总数的11.9%。还有141人听说有这么一本书，占总人数的30%。对该书一无所知的只有59人，占总人数的12.6%。在大专以上文化水准的读者中读过作品的人数超过一半，应当说作品的普及程度相当高。购买的人数也超过1/10，在读书人忙于生存、收入并不乐观因而购买文学作品人数锐减的当下，这个销售成绩是非常了不起了。相信在经济发达、文化氛围更为浓厚的沿海地区，这个数字只会有增无减。这样高的接受比率，应该说为调查提供了较高的可信度。

就我们视野所及的评价意见，对读者进行了更为具体的询问，内容、结果及结果在读过作品的读者中所占比率如下（部分答案有缺项）：

询问内容（用打√×表示意见）	打√（比率）	打×（比率）
A．这是思想性、艺术性很高的传世之作，有一些瑕疵，修改后可以获奖	106人，39.3%	115人，42.6%
B．对这部作品历史观和性描写的意见，属于受众的误读所致	113人，41.8%	97人，35.9%
C．这部作品存在的问题，改动几千字，不可能纠正	79人，29.2%	128人，47.4%
D．这部书销售数百万，说明人们非常喜爱它	84人，31.1%	136人，50.3%
E．这部书销售数百万是因为它的出现正好赶上大陆出版社开始以炒作形式推出小说作品的时机，如现在推出，不可能有这个销量	152人，56.3%	78人，28.9%
F．这部书的修改本会再次畅销	66人，24.4%	150人，55.6%
G．这部书的修改本只有少数好奇者（有读者补充：研究者）会再去看，之后很可能无人问津	125人，46.3%	97人，35.9%

我们认为，上面7问答案的统计至少有如下意义：

1. 单纯以销售量为作品受欢迎的标准是不科学的，因为具体到一部作品，它的发行环境可能有一些特别的因素，对不同作品的接受进行比较评价时，应当排除不同发行起点的干扰因素。

2. 专家评价初面世的文学作品时，对"传世之作"这样必须由历史验证的评价语言应当慎用或不用，因为阅读是一种有较强时效性的行为，一时看好的作品可能很快无人问津，赞誉过高可能连自己几年之后都难以接受，结果反而激发逆反心理，减弱作品的接受效应，好像溢美的广告词起着引发消费者疑心的反促销作用一样。"传世"是一种后世方有资格做出的、属于文学史家的评判概念。从调查结果分析，说《白》作属于"传世之作"，可能过于乐观，一部作品才获奖，就已有2/3的读者不准备再看或买，而且推测它可能将会"无人问津"，他们的判断又会影响更多人，这与历史上的"传世之作"的接受状况不大一样。

3. 同样，对于"误读"，若由专家单方认为，亦容易引起受众反感。受众会问，为什么另一些作品我们就没有"误读"呢？我们的"误读"是否也说明作家有"误写"呢？而且"误读"与"需要修改"的确是矛盾的评判。有三位赞成《白》作获奖的读者在"修改后可以获奖"字样上打问号，并写出"为什么要修改？"这种疑问是可以理解的：如果读者误读，应引导误读者纠正其误，而不是修改作品去屈就"误读"；如受众没有误读或只有部分误读，那么一部好作品若是一个有机体，改几千个字就改正了诸如"历史观"这样的缺欠，怎么可能？因此，评奖时对有争议作品，专家不宜以"误读"对群众反映做简单评价，而应当就具体问题做出负责任和有说服力的学术阐释。

对于在全部20种茅盾文学奖获奖作品中"印象最深的是哪一部"的问题，有23人答《白鹿原》。其中5人附加解释说，最深不是因为最喜欢，而是对它的炒作印象很深。20人表示最喜欢这部小说，28名读者把它列为"第二喜欢"的作品，即表示喜欢该作的读者共48人，在读过作品的读者中占17.8%。把《白》作列为20部获奖作品中最差作品的有12人，列为第二差作品的有1人，两数之和为读过作品总人数的8.1%。还有23人认为它思想艺术水平都很一般，没有什么印象。

喜欢《白》作的读者中有代表性的意见是：朴实凝重深刻，有浓重的乡土气息和厚重的历史感，神秘离奇，文字优美。一位59岁的大学教授（中文专业）的评价是："这是一部有缺陷的好作品。好的地方是反映了我国农村几十年来变革的一些属于规律性的东西。"认为它是差和较差的读者则抱怨：思想混乱，历史观错误，情节内容无聊（"那样的生活似乎只有小说才有"），表现"伪民俗"，夸张，哗众取宠，性描写很粗糙（粗俗），趣味不高。一位新闻系大三学生说她读起来"像吞苍蝇"，"实在恶心"。

我们认为，从上述调查结果可以看出：（一）与80年代以前对一部作品读者的意见大体趋同的情况相反，在我们的读书界出现了一些有较大争议的作品，争议不仅发生在专家中间，或官员与专家中间，也发生在读者中间，读者与专家中间（虽然读者的评论，只是"发表"在口头，但这种口头评论，却不宜采取听而不闻的态度）。（二）现在读者对作品的不同看法，多为自己阅读的结论。相当一部分读者既不照搬也不大理会专家的评论。这表明读书界坚持独立思考的风气渐渐形成，过去曾经以专家意见为中心的状态已有很大程度的改变，人们，特别是知识分子，仍以专家意见为选书的信息源；但在读后往往乐于做出自己的判断。这或许与书籍销售的商业化操作有关，同时也表明评论威望的丧失以及评论对受众指导价值的萎缩。

二、20部获奖的作品接受综述

茅盾文学奖的20部文学作品的接受概况，可先从下面的阅卷统计结果来看：

编号	书　名	购买过（人）	借阅过（人）（含看过影视作品）	听说过（人）	一无所知（人）
1	《许茂和他的女儿们》	20	167	82	221
2	《东方》	8	65	100	305
3	《李自成》	39	154	130	186
4	《将军吟》	7	44	82	344
5	《冬天里的春天》	23	116	84	270
6	《芙蓉镇》	27	268	50	152
7	《黄河东流去》	4	75	82	313
8	《沉重的翅膀》	16	113	73	284
9	《钟鼓楼》	21	123	91	256
10	《平凡的世界》	122	257	58	155
11	《少年天子》	11	69	85	316
12	《都市风流》	7	21	37	412
13	《第二个太阳》	5	18	61	391
14	《穆斯林的葬礼》	71	201	73	196
15	《浴血罗霄》	2	14	57	399
16	《金瓯缺》	2	16	47	407
17	《战争与人》	4	13	62	395
18	《白门柳》	1	13	50	407
19	《骚动之秋》	4	9	45	416
20	《白鹿原》	56	270	141	59

问卷问及对20部作品中最喜欢、第二喜欢、印象一般、认为最差和第二差的是哪些，在324人作出的回答中（冒号前为上表中的作品编号，下同）：

最喜欢的作品：

1：8人；2：1人；3：5人；5：3人；6：17人；7：7人；8：6人；9：4人；10：145人；11：2人；13：1人，14：39人；19：2人；20：20人。（其余作品为0，下同）

第二喜欢的作品：

1：6人；2：2人；3：4人；5：4人；6：23人；7：3人；8：13人；9：8人；10：32人；11：3人；12：1人；14：35人；15：1人；19：1人；20：28人。

觉得很一般，印象不深的作品有：

1：4人；2：3人；3：11人；4：1人；5：4人；6：11人；8：7人；9：4人；10：9人；11：10人；12：2人；13：3人；14：4人；15：1人；17：1人；18：1人；19：2人；20：23人。

认为最差的作品：

3：5人；6：1人；7：2人；9：1人；10：1人；11：1人；14：2人；16：1人；20：21人。

认为第二差的作品：

6：2人；8：1人；9：2人；10：1人；12：1人；13：1人；20：1人。

在上述调查结果中，比较耐人寻味的数字是：

1. 销量最大的是《平凡的世界》（占读者总数的30%），其次是《穆斯林的葬礼》（占读者总数的15.1%），第三是《白鹿原》。而在读者中知名度最高的是《白》，只有59人不知道它，占读者总数的12.6%。可见知名度与销量不一定成正比，相当一部分知识分子读者不是听说好就买，而是看了好才买。

2. 最受这批读者欢迎的是《平》作，喜欢它的有177人，列它为差作品的仅2人；其次是《穆》作，喜欢它的为74人，列为差作品的2人；《白》作知名度虽最高，但只有48人喜欢，而有22人将它列为差。喜欢《平》作原因比较集中的是：贴近现实，感情真挚，主人公灵魂高贵，其精神催人向上，文笔朴实。一个大学新闻专业学生写道："理由太多，当初感动的原因已不复记忆，但一见书名仍有一种难言的……"喜欢《穆》作者比较集中的理由是：传奇色彩，人性、爱情的细腻描写，特别的民族风情，豁达人生观，优美质朴的文字。

应该排除一个使《平》作受欢迎程度最高的特殊因素，因为调查对象为大专以上文化的知识分子，他们自身在艰难中成材的经历使他们对作品产生了特殊的感情，有位大学生说主人公的经历与自己类似，一位大四法学专业学生甚至写道："（是）我的生活写照。"如果我们专向城市长大的高级知识分子、文学圈子中人或初中文化程度的其他行业的从业人员调查，这部书与它作受欢迎程度的反差，也许不会有这么大。但是我们认为茅盾文学奖在这部分读者中受欢迎的程度仍有重要意义，因为他们是文学作品传播的重要中介，他们的意见在其他受众中比较受重视（大专家少见，且个别参与炒作者失去权威性），大概可以与有持家经验的主妇对她的邻居在购物方面的建议，比教授在电视上的推荐更容易被采纳相似。

3. 有些书读者实在太少，如《白门柳》和《骚动之秋》，一方面因为广西偏僻，另一方面也因为传播不力，听说有此书者，即使要看也恐无缘谋面，在后面调查传播方面原因时，就有作者写道："找不到书。"

要求读者推荐与前几届获奖作品同时的好作品，回答者不足1/10，答案也非常不集中，比较多的是《年轮》《洗澡》《废都》，均在10票上下。我们对《小说选刊》所做民意测验表明近两年最受读者青睐的长篇《苍天在上》和《抉择》也做了调查（考虑到其有可能进入下届该奖提名）。在470人中，回答者为257人，赞同二作均为受读者青睐的长篇的人数是56人，两作都不赞成的是17人；只赞成《苍》作的为29人，只赞成《抉》作的为12人，其中多数只读过一部；绝大多数人未读过两作。一些读者认为两作之受青睐是"因为腐败太厉害了"，不能说它们就是精品。对近两年优秀长篇另行推荐较集中的有《许三观卖血记》《人间正道》《时代三部曲》（都不超过10票）。

调查此类文学精品传播不够广泛的原因，对问卷列出的5条，470名读者有461人做出了完整或不完整的答复，统计如下：

原因（以打√×表示赞成反对）	打√（人）	打×（人）
书价难以承受	331	51
传播中介（如书摊书店经营者）素质问题（不进货，不推荐等）	203	103
精品自身缺少号召力	171	129
媒介宣传不力	251	83
传播媒介增多，致使人们远离阅读	200	107

在"其他"一条下读者对原因做的补充中，最为集中的意见是：生活（学习）压力大，没时间读书，尽管很想读（"读书不当饭吃！"）；宣传攻势大于实际水准，真假难辨；盗版书太多；正版书有的质量也不行；艺术不再神圣。

这些问卷真实地反映了读者的心声。其中属于文化人创作、经营方面的问题值得深思。特别是层层加价和商业化的广告包装方式，已使读者远离读书，把媒介当作喊"狼来了"的孩子，都是自毁图书市场的"短期行为"。精神消费与衣食住行的物质消费相比，弹性更大，消费者"愿意"的因素起更多的决定作用，正如一位读者写的："作为老百姓有决定自己看什么的权利"，精神产品的经营者们对于这种文化消费的自主权是否还缺乏深刻的理解？

三、他们这样认识茅盾文学奖

在调查中，我们发现茅盾文学奖在青年中一方面享有较高的威望，一方面青年们对它所知不多。不少人开始因为"没读过几本获奖作品，不好意思"不敢答卷，有一个大学本科（非文学专业选修课）班60多人，一半以上在答卷时撕下了问卷前的书目保留下来，准备做自己的"阅读指南"。茅盾文学奖设置16年，受众对它的了解究竟到什么程度？对它评价如何？是问卷要了解的问题。

（一）对茅盾文学奖的了解和印象

在"简要写出对茅盾文学奖的了解和印象"一题中，470位读者有140人认为这是中国当代最高文学奖，有权威性（或有很高权威性），另外15人认为其较有权威性。其中一些读者认为它有"导读作用"，有益于繁荣我国文学创作。13人说获该奖的作品思想性、艺术性高，深受读者喜爱。一位在校的工科大学生说这个奖"是一个含金量很高的奖，具有很高的权威性，入围作品的质量会有很大的保证，这种认识取决于我对茅盾先生的尊敬和对国内主流大奖的信赖"。

与上面看法相反，14人对其权威性"表示怀疑"，另外6人认为，该奖的权威性局限在对社会主义文学作品的评价范围之内，而非对所有的文艺作品。一位货币银行专业的学生说，此奖"有太大的权威性，而非大众性"。类似的看法：15人认为它是"官方奖""政府奖"，14人认为这是"圈子里的""沙龙性质"的奖，或是"脱离群众"的"专家奖"，一新闻专业的研究生认为这项奖"获奖越来越不说明问题"。

这个问题有185人未作回答，占问卷总数的31.4%。

对这一结果，我们的看法是：

1. 知道茅盾文学奖的人数至少占问卷总数的41.1%，并有近30%的人肯定它的权威性，表明他们关注这项评奖活动，对政府、国家设的奖项有出自习惯的信任。

2. 缺项和表示一无所知者亦占相当大的比例（58.9%），多少表明这项大奖在读者心目中的真实地位和影响尚未达到应有的程度。知道此奖项的读者不少人以"大约""好像"等字眼进行表述，或答"不清楚""不了解""不很关心"。若考虑到我们的问卷范围是知识界，大多数对象是文学爱好者，则可以推知，在文化水准较低的受众中，这个比例会更高。以茅盾文学奖作为中国文学最高奖，当是推出文学精品的重要举措，而文学精品所承载的使命是教育人、鼓舞人、感染人，在有众多读者全不知晓这一信息的情况下，其导向作用何以昭示？

诚然，当下社会文化娱乐活动和媒体种类骤增，人们的精神生活有了多种选择，不必挤在文学的小胡同里，导致关心文学的人锐减，且商品浪潮之下，部分人也不再关注提升精神远离功利的文学，都会形成全国性文学大奖不为半数强的读书所知的局面。

（二）读者印象中茅盾文学奖的评奖标准

对这个问题多数人不置一词，只有90人发表了意见。其中14人认为该奖讲思想性、艺术性，获奖作品思想内涵深，能反映现实生活，较为公正；8人认为该奖评奖标准偏向主旋律和现实主义手法；8人认为其标准框定在纯文学、严肃文学内；10人认为该奖持的是传统标准，即思想性第一，艺术性第二；8人认为该奖标准过于政治化，与权威话语关系紧密，只能作为社会主义文学的评奖标准；9人认为该奖的评判仅限专家"钦点"，标准与读者不一致，风格题材均有局限性，故不喜欢该奖作品；12人认为其评奖规则程序不甚严格，标准"不切合文学本质"，"人为因素过多，有失公允"。还有少数人怀疑"评奖的透明度""偏于学术性"和"中庸媚俗"。

对"假设由你来评，你持什么标准"的问题，246人的答复更众说纷纭，主要是：

1. 把握时代脉搏，敢于触及现实矛盾，为民说话，有正义感，深刻有力地反映生活（65人）；

2. 好看，可读性强，故事情节吸引人，雅俗共赏，畅销，起码一般受众能看懂（62人）；

3. 有优美、洗练、令人喝彩的语言（26人）；

4. 艺术性和商业性相结合，在专家和读者中间把握一个合适的度（24人）；

5. 思想性和艺术性并重（47人）；

6. 走向世界，放宽政治标准，靠拢"人学"标准，增加人文精神含量（"引导人们向文明靠近"），同时具有中国文化底蕴（34人）；

7. 有思想震撼力，有哲理性，使人有所感悟，催人奋进（53人）；

8. 真实、真情、真诚，表现真、善、美（21人）；

9. 艺术性要强（28人）；

10. 有艺术独创性（9人）；

11. 艺术标准要多元化，应在现实主义之外兼顾其他艺术风格（3人）。

我们认为，这样纷纭的标准既说明读者对文学选择的多元性，也折射出读者认为该大奖多样性不足，它实际上透露了受众的如下思考：

1. 对文学精品的认识问题。究竟什么是精品？它的标准是什么？读者需要什么样的精品？是否只有主流意识形态话语、权威话语才能教育、鼓舞、感染人？社会主义文学精品是否仅仅取决于能否传达主流意识形态话语？是否只有某些题材（如革命战争、建设）才合乎精品要求，在这个题材之上加上不坏的文学、能够站立的人物形象，就等于思想、艺术俱佳的精品？事实上，多数读者是把思想震撼力放在重要位置的，如上述1、5、6、7、8各点要求，这部分人占了答卷总人数的44%，其要求的思想性内涵显然要比主流意识形态宽泛得多，丰富得多。精品的精神境界倘不能攀上更高的起点，必定会滞后于读者的需求。从读者的要求看，对文学作品思想性的理解有必要拓宽，是否可以提出"人文精神含量"这样一个标准，其意为：将人们从日常生活的形而下状况引向对人类自身生存状态的思考，考虑我们处境的优劣，我们与自然、社会、他人关系如何，我们怎样改变环境与自身以超越自我，我们怎样能活得更好、更合理……这样的思想性可能与主流话语有一定距离，但人类公认的那些经典著作之所以经久不衰。正在于这种深厚的人文精神。相反，缺乏这种精神，作品尽管有大场面、大气势，紧贴当前群众关心的事情，仍会显贫薄，尽管名噪一时，而仍不能有力地影响一代或几代人。

2. 文学精品的可读性问题。精品的各种意义必须在受众接受过程中实现。一厢情愿地"钦定"某些精品，而读者不问津，价值也等于零。"好看"，的确是一个重要的标准。今天作家的平均文化起点很高，文字优美、人物丰满的作品人们已不罕见，读者的阅读期待也就水涨船高，比如提出了"令人喝彩的语言"和"艺术独创性"这样的标准。从前面的多项调查看，茅盾文学奖的许多作品显然还不够"好看"，亦即魅力不足。读者心中的精品与评奖者心中的精品存在的距离应当尽量缩小，这是一个不再新鲜，但并未得到解决的问题。

3. 风格的多样性问题。读者的接受标准已具多元性，入选作品的类型、手法也应具有相应的多元性。既应鼓励具有独特性而又能深刻反映现实的现实主义作品，也应鼓励其他风格流派的优秀之作。作家不应是害怕众口难调的小媳妇，而应敢于领导阅读潮流；评奖也不应非要大众屈从专家个人的口味。文学既是创作，必然要强调独特性和独创性，这本是最自然的事。

总之，作为国家级的权威奖，茅盾文学奖有必要不断强化自己的权威性和号召力，发挥强大的导读作用。在评奖过程中，为了排除商业炒作或其他人为因素，我们认为，可以在专家初选之后，委托公正的调查部门，分别在不同地区的读书界进行随机抽样调查，以鉴定作品真实的社会效益，给专家、群众两方认可的作品颁奖。有一个读者谈到评奖数量问题，认为奖评得多了一点儿。虽只有一个人这样讲，我们认为还是值得评奖者考虑。目前许多奖都持宁缺毋滥的态度，茅盾文学奖也不一定每把交椅都要坐满。

原载《广西大学学报（哲学社会科学版）》1999年第5期

茅盾文学奖获奖作品接受状况调查

张学军

一 文献回顾及问题提出

茅盾文学奖是我国当代长篇小说的最高奖项，从1982年第一届茅盾文学奖获奖作品产生至今已有30年的历史，共进行了八届评奖，产生了38部获奖作品（其中包括2部荣誉奖），尽管批评界对获奖作品存有异议（除第一、二、八届之外），对其公正性、政治性、文学性等提出了质疑：某些获奖作品存在一些局限，而一些优秀作品未能入选。但不可否认的是，获奖作品在同类题材的长篇小说创作中仍属于佼佼者，在文学界有着广泛的影响。也就是说，茅盾文学奖有遗珠之憾，但并没有鱼目混珠之局限。

自从第一届茅盾文学奖产生以来，对获奖作品的研究就一直存在着，出现了大量的对获奖作品的评论文章，对每一届茅盾文学奖也都有不少的专门论文进行整体的评说。1990年代后期以来有关茅盾文学奖的批评主要集中在评奖标准上，对其政治功利性和现实主义的原则表示不满，认为茅盾文学奖主要存在着过于强调小说叙事史诗性、偏爱现实主义作品，忽略了对叙事文本的艺术探索等局限。对茅盾文学奖进行研究的专著有徐其超、毛克强、邓经武著的《聚焦茅盾文学奖》（作家出版社2005年版）、范国英的《茅盾文学奖的文学制度研究》（中国社会科学出版社2009年版）、老悟（廖四平）的《茅盾文学奖获奖作品解析》（吉林大学出版社2010年版）。另外，还有两篇博士论文：任美衡的《茅盾文学奖研究》、孙俊杰的《茅盾文学奖获奖作品中的儒家文化表现》。这些研究成果有的专注于评奖制度，有的偏重于文本的分析，有的探讨儒家文化的表现等，取得了很大的成就。

目前笔者见到的关注读者接受情况的研究成果有《广西大学学报》1999年第5期上发表的唐韧、黎超然、吕欣的《茅盾文学奖获奖作品调查报告》。这是一篇对茅盾文学奖前四届获奖作品接受情况的调查报告，由于时间原因后四届的获奖作品未能纳入调查范围。对目前为止的八届茅盾文学奖获奖作品，普通读者的反应如何？读者的接受情况怎样？是一个应该引起文学研究者关注的问题。普通读者的阅读是与专业的文本批评话语没有关系，也没有受其多少影响的阅读，也可以称之为大众阅读。但是，"普通读者的反应最能反映作品的实际效应，正是大量普通读者的接受，构成了真实的社会文学生活"（温儒敏《关注我们的"文学生活"》，《人民日报》2012年1月10日）。为了了解普通读者的文学阅读情况，山东大学文学与新闻传播学院中国现当代文学研究所进行了一次"文学生活"调查，调查采取问卷与个别采访的方式进行。本课题就是这次"文学生活"大型调查的一个部分，主要了解普通读者对茅盾文学奖的认识，获奖作品的接受情况如何，这种接受情况产生的原因何在？

二 资料描述

2012年2月，山东大学文学院师生利用寒假返乡的机会展开"关于'文学阅读与当代生活'的调查问卷"的社会调查，范围涉及山东、湖南、江苏、广东、安徽、黑龙江、四川、河南、福建、江西等十个省，包括城市与农村地区。调查对象涉及的范围广泛，各年龄层次、各种职业、不同的文化程度、不同的地域都有所涉及。

在问卷中，设置了两个问题，一是"您如何看待茅盾文学奖？"从表1中可以看出，被调查者对茅盾文学奖认为评选公正的占13.2%，对茅盾文学奖一点都不了解的占调查对象的26.8%，与大众的阅读取向有一定差距的占30.9%，感到没意思的占3.7%，认为官方性太强的占21.1%。知道茅盾文学奖的人数占73.2%，这表明广大的读者还是关注和了解这一奖项的。

表1

		频率	百分比（%）	有效百分比（%）	累积百分比（%）
有效	0	4	0.2	0.2	0.2
	评选公正	277	13.2	13.3	13.4
	与大众的阅读取向有一定差距	646	30.9	30.9	44.4
	没意思	78	3.7	21.1	48.1
	官方性太强	441	21.1	26.8	69.2
	不了解	561	26.8	0.8	96.0
	6	17	0.8	3.2	96.8
	9	66	3.2	100.00	100.0
	合计	2090	99.9		
缺失	系统	2	0.1		
合计		2092	100.0		

说明：表中的0，6，9意为缺失。

二是"对于下列茅盾文学奖获奖作品您读过的有哪些？"我们从茅盾文学奖历届获奖作品中，选出了20部作品进行问卷调查。其中，有第一届茅盾文学奖获奖作品姚雪垠的《李自成》（第二部），第二届的三部获奖作品全部列入：李準的《黄河东流去》、张洁的《沉重的翅膀》（修订本）和刘心武的《钟鼓楼》，第三届的有凌力的《少年天子》、路遥的《平凡的世界》和霍达的《穆斯林的葬礼》，第四届的有陈忠实的《白鹿原》（修订本），第五届的有张平的《抉择》、阿来的《尘埃落定》和王安忆的《长恨歌》，第六届的有熊召政的《张居正》、张洁的《无字》和徐贵祥的《历史的天空》，第七届的有迟子建的《额尔古纳河右岸》和麦家的《暗算》，第八届的有张炜的《你在高原》、莫言的《蛙》、毕飞宇的《推拿》和刘震云的《一句顶一万句》。除第一、四届各选一部，第七届选两部外，其余各届所选取的都在三部以上。所选篇目都是具有广泛影响的作品。

调查显示，在调查对象中，阅读过路遥的《平凡的世界》的有796人，占38.6%，位列所有作品的第一位。然后依次为《穆斯林的葬礼》《白鹿原》《尘埃落定》和《长恨歌》，阅读人数都在500以上（见表2）。阅读者最少的是张洁的《无字》，仅占3.1%。

表2

	响应	
	N	百分比（%）
《你在高原》	161	2.3
《一句顶一万句》	282	4.1
《推拿》	156	2.3
《蛙》	129	1.9
《李自成》	393	5.7
《黄河东流去》	163	2.4
《沉重的翅膀》	174	2.5
《钟鼓楼》	205	3.0
《平凡的世界》	796	11.5
《少年天子》	363	5.2
《穆斯林的葬礼》	705	10.2
《白鹿原》	579	8.4
《抉择》	163	2.4
《尘埃落定》	519	7.5
《长恨歌》	512	7.4
《张居正》	205	3.0
《无字》	63	0.9
《历史的天空》	494	7.1
《额尔古纳河右岸》	214	3.1
《暗算》	367	5.3
都不知道	277	4.0
总计	6920	100.0

a. 值为1时制表的二分组。

《平凡的世界》为什么能拥有这么多读者呢？下面我们将从读者的职业、文化程度和年龄的角度来做进一步的了解。

调查显示，从读者的职业分布情况来看，《平凡的世界》的读者中占据前三名的是：在校学生（包括大学、中学、中专、职高学生）有466人，占58.5%，其次是专业技术人员（包括科技工作者、教师、医疗卫生专业技术人员、文艺工作者、新闻出版文化工作人员、宗教职业者等）有142人，占17.8%，再次是公务员（包括事业单位人员）有86人，占10.8%。其余的为：自由职业者20人，商业服务人员17人，民营企业职工16人，农林牧渔业人员15人，个体工商户11人，离退休人员7人，军人6名，工交职工5人，无业人员5人。

从读者的文化程度分布来看，在《平凡的世界》的读者中，其文化程度为：研究生学历的有40人，大专和本科学历的有632人，高中（中专/职高）为85人，初中39人。

从读者的年龄分布来看，在《平凡的世界》的读者中，读者最多的是18—25岁之间的青年读者有470人，36—45岁之间的有99人，46—55岁之间的有87人，26—35岁之间的有84人，18岁以下的有40人，56—65岁、65岁以上的各8人。

三　问题分析

1. 文学接受的历时性分析

调查结果表明，阅读过第八届茅盾文学奖获奖作品的人数，并不少于第二届获奖作品。第二届获奖作品张洁的《沉重的翅膀》、刘心武的《钟鼓楼》和李準的《黄河东流去》是1982—1984年间出版的，第八届获奖作品张炜的《你在高原》、莫言的《蛙》、刘震云的《一句顶一万句》和毕飞宇的《推拿》是2007—2010年间出版的，第二届的获奖作品早于第八届二十五六年。为什么这两届获奖作品的阅读人数大体相当呢？

文学接受是一种动态发展和无限延伸的过程，具有文化累积和文化增值的属性。在这种开放性的接受过程中，从历时性上看，出版较早的作品，比出版时间较晚的作品接受时间较长，一般来说，它的受众范围就较为广泛。但也不尽然，第二届茅盾文学奖获奖作品，是1980年代初期的优秀作品，在当时产生了广泛的影响。但时过境迁，随着当时介入文学的非文学因素的淡化与消解，则失去了往昔的光彩。另一方面，审美时尚的变化，也在影响着当下的文学阅读。还有一个原因，就是现在的读者对于文学作品的趋新倾向，也导致了把关注的目光投向了新出版的作品。当然，像《红楼梦》这样的文学经典常读常新，受众广泛，那还是由于其内在的艺术魅力。

2. 获奖作品读者数排名前几位的原因分析

在阅读人数为500人以上的路遥的《平凡的世界》、霍达的《穆斯林的葬礼》、陈忠实的《白鹿原》、阿来的《尘埃落定》和王安忆的《长恨歌》这几部作品中，除了《尘埃落定》带有某些现代主义因素以外，其余都是现实主义创作。1980年代中期以来，在西方现代主义文学思裹挟下的文学创作，向一直处于主流位置的传统的现实主义发起了严峻的挑战。以学院派为代表的“文学精英”，在“回归文学自身”的旗帜下，也贬抑传统的现实主义，推崇新潮创作。但是新潮作家对于形式技巧的迷恋和故弄玄虚的文本游戏，却使广大读者望而却步，人们不愿意付出艰辛的脑力来解读这些艰深晦涩的作品，那些新潮之作就成为在文学精英圈子里孤芳自赏的沙龙文学，与普通读者的接受拉开了巨大的差距。而现实主义创作，并不需要专家的“导读”，普通读者也有足够的审美能力，从阅读体验出发做出自己的审美选择。这几部作品除了其内在魅力之外，易被普通读者接受也是其原因之一。

3.《平凡的世界》的接受情况分析

调查数据显示，在《平凡的世界》的读者中，从职业分布来看，在校的青年学生占58.5%，从年龄来看，18岁以下和18—35岁之间的读者有594人，占74.6%。显然，这个庞大的阅读群体与《平凡的世界》之间有着强烈的情感共鸣。

读者是依据自己的生活经验、情感愿望和艺术趣味对作品进行选择的。《平凡的世界》中的孙少安、孙少平兄弟二人，既有着脱离传统的生活方式的强烈渴望，又在与命运的抗争中保持了传统的美德。兄弟二人征服命运、搏击人生的奋斗过程，激发起出身底层的青年改变命运的蓬勃生机和强烈愿望，有利于个体创造性行为的发展，促进了情感自我的成长，从而实现自我。而小说那精确真实的细节描写，也唤起了有着类似经历的农村青年的情感记忆，有一种熟悉感和亲切感。而没有类似经历的读者，也能从阅读中丰富个体的人生体验，在作品的作用下进行奋发向上的人生自我设计。

从作者的角度讲，路遥写作《平凡的世界》的时候，正是趋新猎奇风潮席卷文坛之时。路遥并没有跟风，仍然坚持现实主义创作，因为他坚信现实主义仍有着蓬勃的生命力。他把读者奉为真正的上帝，他不是为老百姓代言，而是像莫言所说，作为老百姓而写作。他复现了个人的记忆，把真情实感投入到作品之中，从而引发了读者的共鸣。正是这种强烈的共鸣，吸引着一代代读者的阅读。

《平凡的世界》出版二十多年来一直深受读者的欢迎和喜爱，而读者的消费又刺激着文学的生产。笔者对《平凡的世界》的出版情况进行了统计。《平凡的世界》第一部在《花城》1986年第6期发表以后，同年单行本由中国文联出版公司出版，第二部和第三部由中国文联出版公司于1988、1989年相继出版。在这之后陕西人民出版社1993年出版的《路遥文集》第3、4、5卷就是《平凡的世界》的上、中、下册。之后，又有中国文联出版公司1994年版、华夏出版社1998年版、广州出版社2000年版、中国青年出版社2000年版、贵州人民出版社2002年版、华夏出版社2003年版等版本问世。人民文学出版社把《平凡的世界》纳入了"中国当代名家长篇小说代表作丛书"于2004年出版、"茅盾文学奖获奖作品全集丛书"于2005年出版、"中国文库丛书"于2007年出版、语文新课标必读丛书（修订版）。中国青年出版社2007年出版，北京十月文艺出版社2009、2010、2012年3月连续印行。此外，还有北京科海电子出版社的音频版，《平凡的世界》还被改编成连环画，有陕西师范大学出版社1999年版和人民美术出版社2002年版两个版本，另外还有普及本等多种版本。众多的出版社各种版本的不断重印究竟发行了多少册，由于现在的版本的版权页大都不标明印数，实在难以统计。另外，还有不计其数的盗版书也一直行销于书摊。由此，也可看出《平凡的世界》在读者中具有长久的影响力。这种二十多年一直长销的现象，也实在难以多见。

原载《中国现代文学丛刊》2012年第8期

43部作品背后的茅盾文学奖

茅盾文学奖出版数据分析

陈 雪

8月16日，第九届茅盾文学奖揭晓，格非的《江南三部曲》、王蒙的《这边风景》、李佩甫的《生命册》、金宇澄的《繁花》、苏童的《黄雀记》5部长篇小说获得最终殊荣。1981年根据茅盾先生遗愿而设立的茅盾文学奖，旨在鼓励优秀长篇小说的创作，是国内具有最高荣誉的文学奖项之一，也是在畅销书市场具有号召力的奖项，更是在国际上拥有较高知名度、被国际出版人所看重的奖项。

本文将从本届茅盾文学奖所有参评作品入手，以数字解读为基础，用文字+图表的形式来呈现本次评选的概貌，并追溯茅盾文学奖的历史，寻找三十多年来茅盾文学奖值得关注的出版信息。

252种和5种

今年3月15日，第九届茅盾文学奖参评作品征集工作正式启动，并于4月30日结束。经审核、初步认定和公示后，最终，有252部作品符合参评条件。这一数字比上一届茅盾文学奖参评作品多74部。从近四届的茅盾文学奖参评作品数量比较来看（见图表一），从第七届到第九届，参评作品数呈明显的上升趋势，而第六届的参评作品数也低于第八届和第九届。

中国作协副主席、书记处书记、第九届茅盾文学奖评奖委员会副主任李敬泽认为，参评作品数量的增加，反映了长篇小说创作、出版的持续繁荣，同时也反映出作家参评茅盾文学奖的热情不断高涨，以及出版社对长篇小说出版及推荐的热情。252种参评作品来源于中国作协团体会员单位、解放军总政治部宣传部艺术局、出版单位、大型文学期刊和持有互联网出版许可证的重点文学网站的推荐。根据评奖办法，每个单位推荐作品不能超过3部。本届，共有49家单位推荐了3部作品，用满了推荐名额。

中国作家网公示的《第九届茅盾文学奖参评作品目录》显示，共有77家出版单位、39家地方和行业作协、8家杂志社、3家文学网站以及总政宣传部艺术局推荐了作品参选（见图表二）。除了各自推荐外，还有很多作品由多家单位共同推荐，如本届茅盾文学奖获奖作品——金宇澄的《繁花》，推荐单位就有上海作协、上海文艺出版社以及《收获》杂志社；获奖作品——格非的《江南三部曲》由上海文艺出版社与《作家》杂志社共同推荐。

从第八届开始，茅盾文学奖首次对已经成书的网络文学敞开了大门，当时有8部网络文学机构推荐的作品入选参评名单。本届，晋江文学城、半壁江中文网、中文在线共推荐了5部作品参评。

无论是哪些机构进行推荐，参评作品都需要经过出版单位的出版。因此，尽管推荐作品的出版单位有77家，但参评作品的出版单位则达到了98家。经过统计，共有8家出版单位的作品数量超过了6部，其余出版单位的作品数量则在4部（含）以下。其中，作家出版社有27部作品进入了参评作品名单，位居首位；人民文学出版社有21部作品进入参评名单；北京十月文艺出版社进入参评作品名单的数量也突破了两位数，达到13部（见图表三）。

依据《茅盾文学奖评奖条例》，评奖范围为2011年至2014年间在中国大陆地区首次成书出版的作品。这实际上是明确了参评时间和参评版本都必须以成书为准。统计所有参评作品首次成书的出版时间（见图表四），我们发现共有119部参评作品是2014年出版，这个比例占到所有参评作品的47.22%。但5部获奖作品的出版时间则并非2014年，其中，《江南三部曲》和《生命册》首次出版于2012年，《繁花》《黄雀记》《这边风景》则出版于2013年。优秀作品是禁得起时间考验的。茅盾文学奖四年一次的评奖周期，让好作品既要经历图书市场狂热时的浮躁之风，又要经历少人问津时的"市态炎凉"。今年81岁的王蒙本届以《这边风景》首次获得茅盾文学奖。谈起文学创作，王蒙说，他想念真正的文学。"现在，纸质书加网络作品，一年数千部长篇，可多数是消费性的……我相信真正的文学不必迎合，不必为印数操心，不必为误解忧虑，不必为侥幸的成功胡思乱想，更不必炒作与反炒作。"

43部与43位

茅盾文学奖从1981年设立、1982年开评、历经9届评选，至今已走过了三十多年。在这9届评选中，共产生了获奖作品43部，有43位作家获奖。其中，第三届的获奖作品《都市风流》有孙力、余小惠两位作者，而张洁则是目前唯一两次获得茅盾文学奖的作家。（见图表五）。

从历届的数据看（见图表六），以作品首次出版的出版社计，人民文学出版社是出版获奖作品最多的出版社，为17部；其次是作家出版社，有6部作品；位居第三和第四的分别是北京十月文艺出版社和上海文艺出版社。不过，目前市场在售的茅盾文学奖历届获奖作品中，很多不只有一个版本。

麦家的《暗算》自从2003年由世界知识出版社首次出版之后，版本众多，以至于2014年在北京十月文艺出版社推出《暗算》精装典藏版时，麦家特意写了一篇《〈暗算〉版本说明》，其中提到，"我搜索了下记忆，发现《暗算》的版次着实多：盗版除外，外文不算，中文正版（包括港台）有23次，累计印量过百万。这些版次又分两个不同版本：原版和修订版。前者通常被称'茅奖版'，后者说法混乱，有的说'修订版'，有的说'完整版'，有的说'未删节版'，有的把矛头直指我，说是'作者唯一认定版'。"

除单行本的多版本外，在这三十多年间，还有一些出版社推出了以"茅盾文学奖"为特色的合集。人民文学出版社就曾多次推出茅盾文学奖获奖作品书系：1998年推出的书系囊括了所有人文社拥有版权的作品合集，2004年时推出的书系则在诸多作者和兄弟出版单位的支持下，实现了前5届所有作品的集合出版，之后又推出过前8届所有作品的合集。作家出版社在2012年推出过"共和国作家文库精选本 茅盾文学奖书系"获奖作品书系，长江文艺出版社在2009年出版了"茅盾文学奖长篇历史小说书系"。

版本的众多既给读者带来了更多选择，也给他们带来了"烦恼"。比如以《少年天子》为例，目前市场在售的版本有8个之多（见图表七）。以套系形式出版的图书在封面上会对整套作品进行统一设计，单行本则带有了更多作品本身的个性。

从历届茅盾文学奖获奖作品的题材看，很难以统一的题材类型对它们进行划分。43部作品涉及了从古代到当代、从农村到都市等各个时间和空间维度；以作品所着重描写的主人公形象看，则有工人、农民、军人、知识分子、公务员、学生等人物形象。还有像张炜的《你在高原》，以皇皇十卷本的篇幅跨时代、跨空间地展现各色人物命运；本届评选终评时获得票数最高的格非的《江南三部曲》则用《人面桃花》《山河入梦》《春尽江南》三部讲述了一个世纪以来中国社会历史的变迁。

图表一 近四届茅盾文学奖参评作品数量和获奖作品数量

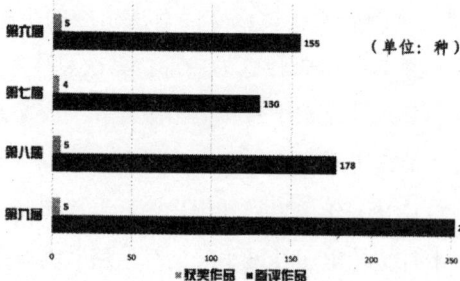

（单位：种）

第六届　5　155
第七届　4　130
第八届　5　178
第九届　5　252

※获奖作品　■参评作品

图表二　本届参评作品推荐单位组成及推荐作品数

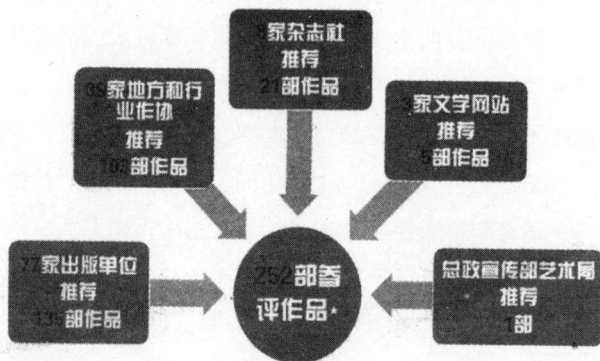

家杂志社推荐 2? 部作品

3S 家地方和行业作协推荐 10? 部作品

家文学网站推荐 ? 部作品

252 部参评作品★

家出版单位推荐 1?? 部作品

总政宣传部艺术局推荐 1部

★注：部分作品由出版社、作协、杂志社或文学网站联合推荐，故统计有重复

图表三 第九届茅盾文学奖
参评作品出版单位统计

排名	出版单位	出版作品数量
1	作家出版社	27
2	人民文学出版社	21★
3	北京十月文艺出版社	13
4	上海文艺出版社	8
4	江苏文艺出版社	8
4	长江文艺出版社	8
7	湖南文艺出版社	7
8	太白文艺出版社	6

★注：其中有一本为该社与重庆出版社联合出版

当代中国文学史资料丛书

图表四 第九届茅盾文学奖参评作品出版时间分布

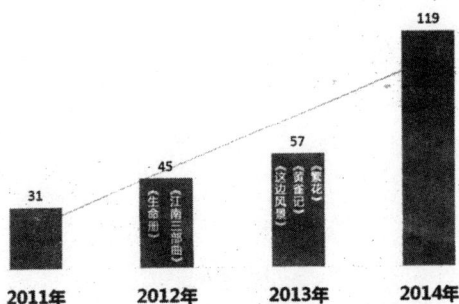

| | | | 119 |
| 2011年 | 2012年 | 2013年 | 2014年 |

图表五 唯一两次获得茅盾文学奖的作家

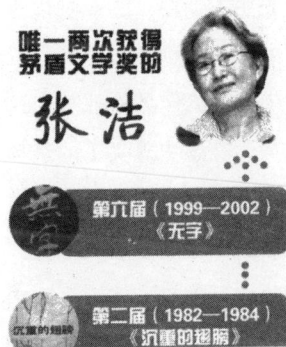

唯一两次获得
茅盾文学奖的
张洁

第六届（1999—2002）
《无字》

第二届（1982—1984）
《沉重的翅膀》

图表六 历届茅盾文学奖获奖作品出版社作品数量

17 人民文学出版社
6 作家出版社
4 北京十月文艺出版社
3 上海文艺出版社

图表七 市场在售的《少年天子》版本情况

出版单位	出版时间	出版形式
北京十月文艺出版社	2012年	凌力《明亡清兴三部曲》系列作品
	2014年	"北京当代文库出版工程文学库"
	2015年	单行本
人民文学出版社	2005年	"茅盾文学奖获奖作品全集"
	2005年	"茅盾文学奖获奖作品全集"特装本
作家出版社	2009年	"共和国作家文库精选本·茅盾文学奖书系"
	2012年	"共和国作家文库精选本·茅盾文学奖书系"新版
长江文艺出版社	2009年	"茅盾文学奖长篇历史小说书系"

原载《新华书目报》2015年8月24日第A07版

325

茅盾文学奖研究资料

茅盾文学奖与新时期文学出版

周根红

茅盾文学奖是由中国作家协会主办的、根据茅盾先生的遗愿、为鼓励优秀长篇小说创作而专门设立的国家级文学奖。从1982年的第一届到2011年的第八届，茅盾文学奖共评选出36部获奖的长篇小说（2部获荣誉奖作品除外）。这些获奖作品或成为某一时期长篇小说的代表，或已经成为文学史意义下的经典作品。每届茅盾文学奖的评选都能引起人们的广泛关注。尤其是在当下这个大众传媒时代，茅盾文学奖已经成为一个媒介文学事件。虽然每届茅盾文学奖评选结果公告后，都会引发专家、学者、媒体和读者的争议，但它依然不失为中国最重要的文学奖项。茅盾文学奖的评奖机制、评选标准、获奖作品等也成为研究者所关注的研究内容。然而，如果换一种思路，我们也可以通过茅盾文学奖及其获奖作品，管窥到新时期文学的出版环境、出版制度、出版理念等的变迁，这种变迁甚至也影响着茅盾文学奖的评选标准和美学原则。

一、政治意识的凸显

茅盾文学奖获奖作品的创作、出版和评奖，体现出强烈的政治意识。无论是新时期拨乱反正的政治语境在获奖作品中的投射，还是20世纪90年代至今获奖作品的主旋律倡导，新时期茅盾文学奖获奖作品都彰显出不同发展阶段和社会环境下文学出版的政治诉求。

1. 获奖作品出版的一体化话语

第一届茅盾文学奖的评选是在1982年，评选的对象是1977年到1981年间出版的长篇小说。这一时期正是我国政治领域对"文化大革命"和"四人帮"进行拨乱反正的新时期，此时的文学自然也随着政治上的拨乱反正逐渐回归到文学的本质，出版了一批优秀的文学作品，如姚雪垠的《李自成》（1977年）、古华的《芙蓉镇》（1981年）、魏巍的《东方》（1978年）、莫应丰的《将军吟》（1980年）、李国文的《冬天里的春天》（1985年）、周克芹的《许茂和他的女儿们》（1980年）等第一届茅盾文学奖获奖作品。不过，由于当时的政治环境，这些作品有一个共同的特点，那就是几乎都与政治有关，体现了新时期的"拨乱反正"特色。毫无疑问，政治意识是新时期文学创作无法回避的影响因素，也是新时期文学创作的起点。第一届获奖作品在出版过程中，编辑也尽量围绕政治主题提出了一些修改意见，作者也都进行了一定程度的修改。如魏巍的小说《东方》最初是由人民文学出版社于1978年出版的，但是在出版前，老编辑韦君宜"不仅细心读了我的原稿，且同我一起到工厂里开座谈会，征询工人读者的意见"。[1]后来根据编辑和读者的意见，魏巍在《东方》里增写了几个以彭德怀为描写中心的新章节。

第一届茅盾文学奖的获奖作品集中反映了当时文学创作和出版的一体化话语，"不仅是文学创作的主旨、主题、题材、风格、艺术手法明显趋于统一，连文学生产方式都有着组织化的烙印"。[2]这种一体化话语成为新时期以来文学话语秩序建构的重要组成部分，也成为茅盾文学奖评奖过程中的主导力量。

2. 市场机制转型与主旋律导向

随着20世纪90年代中后期市场经济的转型，无论是读者接受还是出版社的出版格局，"主旋律"文学图书都处于边缘状态。1995年，文学创作中的"三大件"（即长篇小说、儿童文学和影视文学的创作）被主流话语所重视，出现了一股"长篇小说热"。一些"主旋律"长篇小说如周梅森的《中国制造》、张平的《抉择》、柳建伟的《突出重围》等销量非常好。政府部门也通过"五个一工程"奖、中国图书奖、国家图书奖等奖项对长篇小说的创作和出版进行引导。在这一政策背景下，茅盾文学奖的主流话语功能逐渐转向了一种新的主旋律题材。

也有一些作品由于具有敏锐的主旋律意识，或者正好符合了一定时期内主旋律的政治诉求，于是获得了茅盾文学奖。柳建伟的《英雄时代》获得第六届茅盾文学奖就是一个代表。《英雄时代》这部作品本身的艺术成就并不高，即使是在柳建伟的"时代三部曲"中，"论人性提示的深度，反映时代生活的概括力，艺术形象塑造的成功，和艺术魅力的长久，《北方城郭》都在《突出重围》和《英雄时代》之上"。[3] 然而，这部作品却斩获了第六届茅盾文学奖，《突出重围》也获了全国"五个一工程"奖。张平的《抉择》和周大新的《湖光山色》的获奖，则与当时的主旋律的政治诉求相吻合。张平的《抉择》正好出现在全国上下处于反腐倡廉的重要阶段；《湖光山色》"可以被视为现实题材、改革题材、新农村建设题材创作的综合代表。2008年正是纪念改革开放30周年的年度，第七届茅盾文学奖揭晓于这一年，以《湖光山色》作为标志性作品是合适的。反过来说，没有这样一部作品，是不合适的"。[4]主旋律题材文学的获奖、政府的支持和市场反响，内在地激励了一批主旋律题材小说的创作和出版。当柳建伟的《英雄时代》和《突出重围》流行之后，一批诸如《波涛汹涌》《导弹旅长》《DA师》的军事题材小说蜂拥而至；当张平的《抉择》作为政府机关必读的反腐题材文学作品时，《省委书记》《明镜高悬》《大法庭》《黑洞》等针砭时弊的反腐题材小说风行一时；当周大新的《湖光山色》因茅盾文学奖而成为文学畅销书时，《大江沉重》《天高地厚》《多彩的乡村》《盘龙埠》等新农村题材小说也层出不穷。

二、市场转型的推动

随着改革开放后市场经济的逐步确立，20世纪90年代文学生产场域发生了重要的变化，出版的市场化转型过程中，文学出版面临着巨大的市场冲击。文学和政治的合谋关系已不像早期茅盾文学奖评选时那么稳固，文学和市场、媒体、文学评论之间构成一张密不可分的网。

1.出版市场机制与文学评奖的结合

在出版机制市场化转型的进程中，出版社也都开始意识到市场手段的重要性。出版社一旦发现一部优秀的文学作品，便将其进行深入挖掘，展开立体宣传，用畅销书的方式宣传纯文学图书，推出了一批茅盾文学奖获奖作品，达到社会效益和经济效益的双赢。即便是老牌的出版社，也逐渐意识到出版营销的重要性。阿来的《尘埃落定》就是人民文学出版社开市场营销风气之先的作品。《尘埃落定》的出版辗转了四年时间，出版社都认为很难保证印数而放弃出版，直到1997年被《当代》杂志的编辑周昌义和洪清波所发现，并得到副总编辑高贤均的认可。《尘埃落定》很快被列入"探索者丛书"出版，起印数达一万册。这个印数在当时纯文学不景气的时期堪称奇迹。后来，高贤均又将《尘埃落定》力荐给了《小说选刊·长篇小说增刊》。刊物出版后，《小说选刊·长篇小说增刊》为《尘埃落定》召开了一次"不要老面孔，不要老生常谈"的研讨会，引起了很大的社会反响。与此同时，人民文学出版社"第一次放下文学第一社的架子，举行了成功的公关宣传与市场促销活动。"[5] "写出厚厚的策划书、开新闻发布会、电视、广播、报纸大规模立体宣传、区域代理、全国同时发货，每日监测销售量数据……"[6] 评论界的轰动效应伴随着铺天盖地的营销活动，《尘埃落定》成功获得了读者的青睐，并获得了第五届茅盾文学奖。

如果说《尘埃落定》只是在宣传推广方面进行了市场操作，小说本身仍然属于高质量的纯文学作品，那么，2011年《暗算》获得第八届茅盾文学奖，则引发了很多争议。争议的核心概括来说就是，《暗算》作为一部畅销书，一部通俗文学作品，是否有资格获得茅盾文学奖。因为，茅盾文学奖不是一个将经济效益放在首位的文学奖，而更多注重的是政治性、思想性和艺术性。《暗算》则与以往的获奖作品以及同届的获奖作品有很大的差异，甚至与茅盾文学奖的评选标准也有很大差异。茅盾文学奖一直以来都比较青睐长篇历史小说和现实主义题材的小说，尤其是主旋律、史诗性和宏大叙事的作品。如同一届获奖的《秦腔》反映的是现代化进程中乡村文明的困境，《湖光山色》反映的是社会主义新农村建设，《额尔古纳河右岸》反映的是鄂温克族人的生存抗争和文化变迁。《暗算》则是一部有关"特情"的类型畅销书。茅盾文学奖评选所发生的这一变化，正是对出版市场的适度倾斜：茅盾文学奖在以往仅仅注重小说的审美和意识形态等方面，不得不考虑作品出版后的市场反应。可以说，《暗算》的获奖是出版市场机制与文学评奖相结合的一个样本。

2. 出版的市场反应影响文学评奖机制

毕竟，出版机制的市场化使得一部作品的市场反应和知名度显得格外重要，甚至会影响到一部作品是否能够获奖。如第八届茅盾文学奖的最后十部候选作品是张炜的《你在高原》、刘醒龙的《天行者》、莫言的《蛙》、毕飞宇的《推拿》、关仁山的《麦河》、刘震云的《一句顶一万句》、郭文斌的《农历》、刘庆邦的《遍地月光》、邓一光的《我是我的神》、蒋子龙的《农民帝国》。如果按照以往所呈现出的茅盾文学奖的评奖趣味，最具有"主旋律"色彩的《麦河》是最有可能获奖的。但是，"最后一轮投票，一些评委放弃了《麦河》而把票投给了《一句顶一万句》，这至少说明了茅盾文学奖逐渐淡化了自己的政治色彩，也逐渐卸下了它不应该背负的政治包袱。"[7]当茅盾文学奖卸下自己的政治包袱后，一个无法回避的考量因素自然是市场。毕飞宇的《推拿》、刘震云的《一句顶一万句》、莫言的《蛙》在获奖之前都有着不错的销量：《一句顶一万句》总销量达37万册左右，并盘踞2009年文学类畅销书榜半年之久；《推拿》销量也达到5万册，并获"2008年全国十佳图书"；《蛙》也销量达12万册。在历届茅盾文学奖评选中，虽然也有一些文学作品如《平凡的世界》《白鹿原》《历史的天空》是先在读者中畅销而后再获奖，但是，多部文学畅销书在同一届茅盾文学奖评选中获奖，确实是历届茅盾文学奖中所没有的。很多出版商将这看作是茅盾文学奖对畅销书所释放出的一个积极的信号。

3. 获奖作品出版机构的多元化

在出版机制转型的过程中，茅盾文学奖获奖作品的出版机构也逐渐走向多元。前四届（2000年前）的茅盾文学奖获奖作品，大多是由人民文学出版社出版的，如第一届有四部（共六部），第二届有两部（共三部），第三届有一部（共五部），第四届有三部（共四部）。这当然与人民文学出版社长期的文化积淀和人文追求有关，但也不能忽略其中的另一个原因，那就是传统出版机制下出版等级的影响。长期以来，人民文学出版社具有国家文学出版最重要阵地的意味，被认为是文学出版的最高殿堂。一个作家以在人民文学出版社出版作品为荣，一些知名作家也不太愿意将作品拿到地方出版社出版。在这种情况下，优秀的文学作品大多都会选择在人民文学出版社出版，因此其获奖概率自然就比其他出版社高。然而，20世纪90年代中期以来，出版体制的市场改革使一些地方出版社形成了强大的市场竞争力。这主要表现在两个方面：一是获奖作品的出版机构呈现地方性，如北京出版社、浙江文艺出版社、长江文艺出版社、上海文艺出版社等出版社的作品多次获得过茅盾文学奖；二是从历届茅盾文学奖的20部初选作品所属的出版社来看，虽然人民文学出版社仍然占据重要的优势，但是，北京十月文艺出版社、解放军文艺出版社、上海文艺出版社、江苏文艺出版社、长江文艺出版社、春风文艺出版社、湖南文艺出版社等出版社都有多部作品入选，充分展示了地方出版社的出版实力和成长速度。正如何启治所说："从第四届初选篇目中，我们可以看出兄弟出版社的迅速崛起，也可以看出我们在历史题材小说出版上缺乏竞争力。"[8]

三、象征资本的消费

茅盾文学奖始终是文化界的一件大事，并通过大众传媒的传播成为一个媒介文学事件。这主要是因为茅盾文学奖具有独特的象征性：它是目前我国唯一的具有官方意识的国家级长篇小说评奖。因此，它代表着长篇小说的最高成就，自然也被贴上了权威、专业的符号。政府色彩和权威专业赋予了茅盾文学奖在意识形态和艺术审美两个层面的文化象征。虽然近些年茅盾文学奖的权威性受到了相当程度的削弱，但它集多种文化属性的象征于一身，对于当下文学场域而言仍有其不可替代的象征性。这种文化象征性经过文化消费场域经济因素的裹挟，不可避免地转化为象征资本，继而被市场转化为实实在在的经济利益。

1. 获奖成为市场营销的符号动力

布尔迪厄说："象征资本开始不被承认，继而得到承认、并且合法化，最后变成了真正的'经济'资本，从长远来看，它能够在某些条件下提供'经济'利益。"[9]每一届茅盾文学奖的获奖名单通过媒体公布后，出版社几乎会在一夜之间将获奖图书的封面加上"第×届茅盾文学奖获奖作品"或"本书荣获第×届茅盾文学奖"之类的推荐词或腰封。书店也纷纷将获奖作品放在最显眼的位置，甚至专门设立了茅盾文学奖获奖作品专柜，顺便也将往届的获奖作品进行重新集中陈列，试图借助茅盾文学奖这一象征资本带动获奖图书的销售。在茅盾文学奖的获奖作品中，《平凡的世界》《白鹿原》《尘埃落定》《长恨歌》等，都已经成为名副其实的常销书。虽然近年来有关茅盾文学奖评选机制和获奖作品的争议不断，其市场号召力也不如从前，但是，"'茅奖'多年积攒起来的吸引力和它对图书市场的拉动，目前在各个文学奖项中还是最为突出的"[10]。以第八届茅盾文学奖的获奖作品为例，《推拿》在获奖后"在不到一周的时间内就又接到了8万册的订单，和过去两年的总销量相当"。[11]此外，获奖后的一周内，《你在高原》加印了2万套，《天行者》

加印了5万册，《一句顶一万句》加印了2万册。虽然这些印数远赶不上流行畅销书，但是对于纯文学图书来说，已是一个非常庞大的发行量。这足见茅盾文学奖的市场影响力和它的符号经济价值。

2. 打造"茅盾文学奖"的图书品牌

由于茅盾文学奖的象征资本意义，一些出版社着力打造"茅盾文学奖"这一图书品牌。1997年人民文学出版社将其出版过的获得茅盾文学奖的部分作品集结为"茅盾文学奖获奖书系"，统一标识，统一装帧，统一出版，并且通过版权购买等方式不断扩充完善这套丛书系列。从单本的获奖作品到整本的丛书体系，并用当今全国长篇小说创作最高奖项的响亮品牌进行包装，这与单品种图书的市场冲击力是不可同日而语的。2004年，人民文学出版社在"茅盾文学奖获奖书系"的基础上，出版了"茅盾文学奖获奖作品全集"。该丛书命名为全集有两层意思：一是原出版的"获奖书系"因为部分获奖作品并非都是人民文学出版社出版的，因此，受到版权归属的限制，有些获奖作品并没有列入该丛书出版，只收入了获奖的11部作品；二是一些获奖作品是以部分卷册获奖、但实际上是与其他作品共同构成完整的多卷本系列，"茅盾文学奖获奖作品全集"以对此进行完整出版，如宗璞的"野葫芦引"系列（以《东藏记》获奖）、《李自成》（全集）（以第二卷获奖）、《白门柳》（以第一部《夕阳芳草》和第二部《秋露危城》获奖）等。这套丛书的出版，可以全景式地反映茅盾文学奖获奖作品的整体风貌和文化变迁，为读者提供了阅读的整体观念，为研究者提供了重要的文学文本，促进了茅盾文学奖获奖作品的体系化、文献化，具有重要的文学史意义，为图书出版市场提供了一种品牌化操作的范本。

3. 象征资本的延伸开发

围绕"茅盾文学奖"这一象征资本的市场开发，除了重印、被其他出版社重新出版或者结集出版外，"茅盾文学奖获奖作家"这一象征资本也成为市场包装的热点，由此出版了一系列获奖作家的其他作品。如2001年广州出版社出版的"茅盾文学奖获奖女作家散文精品"；2002年解放军文艺出版社的"茅盾文学奖获奖者文丛"、2007年北方文艺出版社的"茅盾文学奖得主徐贵祥小说精品"、2011年江苏文艺出版社的"茅盾文学奖获奖者散文丛书"、2011年作家出版社的"作家出版社入围第八届茅盾文学奖作品"、2012年上海文艺出版社的"茅盾文学奖获得者莫言作品系列"、2012年作家出版社的"茅盾文学奖获奖作家中短篇小说精品选"、2013年中国社会出版社的"茅盾文学奖获奖作家丛书"、2013年人民文学出版社的"茅盾文学奖获奖作家的短经典"丛书、2013年江苏文艺出版社的"茅盾文学奖获奖者小说丛书"、2014年人民日报出版社的"茅盾文学奖获奖作家·青少经典"系列图书。这些丛书出版所依赖的无疑是茅盾文学奖获奖作家的身份成为象征资本被市场再度开发,因此,"茅盾文学奖得主""茅盾文学奖入围作品""茅盾文学奖获奖作家"等成为出版市场重要的营销符号。出版社大打"茅盾文学奖"这一文化符号,采用各种宣传使其与"茅盾文学奖"形成互文性宣传策略。如2009年北京十月文艺出版社出版阎连科的《日光流年》时封面上写有"与茅盾文学奖擦肩而过的巅峰杰作";中国海关出版社在出版熊召政的散文集《中国小记》的封面写有"茅盾文学奖得主熊召政最睿智散文结集";南海出版社出版麦家的《风声》时这样写"茅盾文学奖得主麦家巅峰之作"等。"茅盾文学奖"这一文化品牌资源的持续开发,是当下文学出版格局发生急剧变化的重要文化表征。当青春文学、网络文学的持续发酵和文学进一步走向边缘化,文学出版市场急需一种具有标杆意义的文化符号作为市场引导,"茅盾文学奖"自然成为出版商极力追求和放大的文化招牌。

茅盾文学奖研究资料

参考文献:

[1]魏巍.祝"人文"兄五十寿我与人民文学出版社[M].北京:人民文学出版社,2001:322.

[2]洪子诚.问题与方法:中国当代文学史研究讲稿[M].北京:三联书店,2002:188.

[3]何启治.我所知道的《狂欢的季节》和《英雄时代》[J].出版史料,2009(4).

[4]胡平.我所经历的第七届茅盾文学奖[J].小说评论,2009(3).

[5]黄发有.用责任点燃艺术——何启治先生访谈录[J].文艺研究,2004(2).

[6]脚印.阿来与《尘埃落定》[N].人民日报(海外版),2000-11-15.

[7]贺绍俊.十进五的游戏——关于第八届茅盾文学奖的随想[J].天津师范大学学报,2012(1).

[8]何启治.文学编辑四十年[M].北京:人民文学出版社,2001:75.

[9][法]皮埃尔·布尔迪厄.艺术的法则:文学场的生成和结构[M].刘晖,

译.北京：中央编译出版社，2001：175.

[10][11]吴娜."茅奖"图书热销的启示：畅销很好常销更棒[N].光明日报，2011-10-10.

原载《中国出版》2015年第10期

附录

茅盾文学奖研究资料索引

一、报纸期刊研究资料

茅盾：《中国作家协会主席茅盾同志的讲话》，《人民文学》1978年第1期。

茅盾：《关于长篇历史小说〈李自成〉》，《文学评论》1978年第2期。

严家炎：《〈李自成〉初探》，《北京大学学报》1978年第3期。

洁泯：《人生的道路——评周克芹的长篇小说〈许茂和他的女儿们〉》，《文学评论》1980年第3期。

周克芹：《〈许茂和他的女儿们〉创作之初》，《北京师范学院学报》1982年第3期。

巴金：《祝贺与希望——在"茅盾文学奖"首届授奖大会上的讲话》，《人民日报》1982年12月16日。

董乃斌：《中华民族的一曲悲壮颂歌——评长篇历史小说〈金瓯缺〉》，《文学评论》1982年第2期。

张洁：《我为什么写〈沉重的翅膀〉》，《读书》1982年第3期。

刘锡诚：《论〈黄河东流去〉》，《北京师院学报》1982年第3期。

吴功正：《妙手绘出新画卷——"茅盾文学奖"获奖作品艺术成就谈片》，《名作欣赏》1983年第2期。

姚雪垠：《我获得首届茅盾文学奖的感想》，《辽宁大学学报（哲学社会科学版）》1983年第4期。

孟伟哉：《胆识　气度　重点——对我社四部长篇小说荣获"茅盾文学奖"的感想》，《出版工作》1983年第6期。

谢望新：《〈将军吟〉的再认识》，《当代作家评论》1984年第5期。

姚雪垠：《关于〈李自成〉的若干创作思想》，《文艺理论与批评》1984年第1期。

潘旭澜：《萧萧树叶满堂风雨——漫谈〈芙蓉镇〉的艺术》，《复旦学报》1984年第6期。

何西来：《冬天里的春天》和李国文的小说创作，《当代作家评论》1998年第4期。

章仲锷：《跳动着一颗赤诚的心——读张洁的〈沉重的翅膀〉（新版）》，《北京师院学报》1985年第1期。

胡德培：《艺术魅力的秘密——〈沉重的翅膀〉为何受欢迎》，《当代文坛》1985年第4期。

刘心武：《〈钟鼓楼〉的结构与叙述语言的选择》，《北京师范学院学报》1986年第2期。

邹平：《一部具有社会学价值的当代小说——读刘心武〈钟鼓楼〉》，《当代作家评论》1986年第2期。

霍达：《为了我心中的那片净土——写在〈穆斯林的葬礼〉之后》，《文学自由谈》1988年第2期。

张春生：《〈都市风流〉——改革题材的拓展》，《文学自由谈》1988年第5期。

丁临一：《评长篇小说〈都市风流〉》，《文艺争鸣》1991年第4期。

张德祥：《〈黄河东流去〉重读札记》，《小说评论》1991年第6期。

吴秉杰：《〈少年天子〉的艺术魅力》，《文艺争鸣》1991年第4期。

雷达：《历史的人与人的历史——〈少年天子〉沉思录》，《文学评论》1992年第1期。

卢敦基：《浅议第三届茅盾文学奖获奖作品的不足》，《浙江学刊》1992年第3期。

范咏戈：《历史与人：经炼狱到天堂之门——评长篇小说〈第二个太阳〉》，《文艺理论与批评》1992年第1期。

韩瑞亭：《〈金瓯缺〉艺术创造成就初谭》，《文学评论》1992年第1期。

王火：《〈战争和人〉三部曲创作手记》，《文学评论》1993年第3期。

於可训：《历史转折期的艺术见证——重读首届茅盾文学奖获奖小说》，《当代作家评论》1995年第2期。

林为进：《历史的限制与现实的选择——重评第二届茅盾文学奖获奖作品》，《当代作家评论》1995年第2期。

朱晖：《第三届茅盾文学奖之我见》，《当代作家评论》1995年第2期。

朱兵：《戎马倥偬驰神州　呕心沥血著华章——刘白羽文学生涯60年》，《文艺理论与批评》1995年第6期。

罗岗：《找寻消失的记忆——对王安忆〈长恨歌〉的一种疏解》，《当代作家评论》1996年第5期。

田长山、耿翔：《问鼎之后的沉思——第四届茅盾文学奖得主陈忠实访谈录》，《陕西日报》1998年1月3日。

杨景贤：《“作家要响应时代的召唤”——访茅盾文学奖获得者刘玉民》，《走向世界》1998年第3期。

周政保：《〈尘埃落定〉：人与历史的命运》，《民族文学》1998年第6期。

贺绍俊：《说傻·说悟·说游——读阿来的〈尘埃落定〉》，《当代作家评论》1998年第4期。

南帆：《城市的肖像——读王安忆的〈长恨歌〉》，《小说评论》1998年第2期。

李子迟：《〈穆斯林的葬礼〉与茅盾文学奖》，《广西民族大学学报（哲学社会科学版）》1998年第4期。

刘定恒：《一部张扬时代主旋律的力作——评张平的长篇小说〈抉择〉》，《文学理论与批评》1998年第3期。

孙绍振：《什么是艺术的文化价值——关于〈白鹿原〉的个案考察》，《福建论坛（文史哲版）》1999年第3期。

张恒学：《我看茅盾文学奖》，《云梦学刊》1999年第2期。

洪治纲：《无边的质疑——关于历届“茅盾文学奖”的二十二个设问和一个设想》，《当代作家评论》1999年第5期。

唐韧、黎超然、吕欣：《茅盾文学奖获奖作品调查报告》，《广西大学学报（哲学社会科学版）》1999年第5期。

陈晓明：《请慎重对待第五届"茅盾文学奖"》，《科学时报》1999年11月27日。

张平等：《茅盾文学奖获奖作家访谈专辑》，《文学报》2000年10月26日。

思思：《茅盾文学奖人文话题知多少》，《北京日报》2000年10月25日。

何西来：《关于〈白鹿原〉及其评论——评〈白鹿原〉评论集》，《小说评论》2000年第5期。

曾镇南：《孰是孰非"茅盾文学奖"》，《深圳商报》2000年9月17日。

徐林正：《茅盾文学奖背后的矛盾》，《陕西日报》2000年6月23日。

茅盾文学奖评奖办公室：《第五届茅盾文学奖评奖情况介绍》，《文艺报》（京）2000年11月11日。

肖东：《"茅盾文学奖"遭遇矛盾》，《中国商报》2000年10月22日。

高昌：《茅盾文学奖有遗珠之憾》，《中国文化报》2000年10月24日。

贾佳：《茅盾文学奖是怎样评选出来的？》，《文学报》2000年11月16日。

《第五届茅盾文学奖评委会委托部分评委撰写的获奖作品评语》，《文艺报》2000年11月11日。

王维玲：《矢志不渝的姚雪垠》，《文艺理论与批评》（京）2000年第5期。

张炯：《迤逦山峦的尖峰——第五届茅盾文学奖评选印象》，《文学报》2000年11月2日。

葛红兵、周羽：《论王旭烽〈茶人三部曲〉》，《小说评论》2000年第9期。

张炯等：《第五届茅盾文学奖评委会撰写的获奖作品评语》，《人民日报》2000年11月11日。

冯宪光：《重铸直面现实的宏大叙事——柳建伟〈英雄时代〉读后》，《当代文坛》2001年第7期。

邓经武：《"自恋"与"自贱"的悲剧——论姚雪垠及其〈李自成〉》，《西南民族学院学报（哲学社会科学版）》2001年第3期。

吕智敏：《张洁：告别乌托邦的话语世界》，《中国文化研究》（京）

2001年冬之卷总第34期。

王彬彬：《茅盾奖：史诗情结的阴魂不散》，《钟山》2001年第2期。

毛克强：《重铸现实主义文学的灵魂——从〈抉择〉等反映官场现实的小说力作看现实主义的永久魅力》，《西南民族学院学报（哲学社会科学版）》2001年第4期。

吴秉杰：《评奖的偶然性》，《钟山》2001年第2期。

汪政：《肯定与遗憾都是合理的》，《钟山》2001年第2期。

李康云、王开志：《阿来其人及〈尘埃落定〉》，《乐山师范学院学报》2001年第2期。

高玉：《论〈白鹿原〉对阶级模式的超越》，《理论学刊》2002年第3期。

钟正平：《充满矛盾的文学大奖——历届"茅盾文学奖"论略》，《固原师专学报》2002年第1期。

毛克强：《回归与探索——首届茅盾文学奖获奖作品评析》，《西南民族学院学报（哲学社会科学版）》2003年第3期。

邵燕君：《大师的〈大家〉？还是大众的"大家"？——从"〈大家〉·红河奖"的评选看"民间奖"的市场化倾向》，《文艺争鸣》2003年第5期。

梁向阳：《路遥研究述评》，《延安大学学报（社会科学版）》2003年第1期。

何镇邦：《〈张居正〉与历史小说的创作》，《南方文坛》2003年第11期。

《茅盾文学奖评奖条例（修订稿）》，《文艺报》2003年6月26日。

荒林：《文本内外的阐释——关于张洁及〈无字〉的讨论》，《南京师范大学文学院学报》2004年第12期。

文贵良：《流变与坚挺：〈芙蓉镇〉研究现象及其反思》，《理论与创作》2004年第1期。

刘海波：《〈芙蓉镇〉：当"现代性"遭遇"民间"》，《理论与创作》2004年第1期。

邵燕君：《茅盾文学奖：风向何方吹？——兼论现实主义文学的创作困

境》，《粤海风》2004年第2期。

梁若冰：《透明严谨是本届茅盾文学奖的特色》，《光明日报》2005年4月18日。

陈晓明：《乡土叙事的终结和开启——贾平凹的〈秦腔〉预示的新世纪的美学意义》，《文艺争鸣》2005年第6期。

徐其超、吕豪爽：《昭示与启迪——茅盾文学奖之少数民族获奖作家作品论》，《民族文学研究》2005年第4期。

毛克强：《茅盾文学奖，新世纪的文学坐标？——第六届茅盾文学奖获奖作品述评》，《西南民族大学学报（人文社科版）》2006年第2期。

李迎丰：《历史天空与当下语境——徐贵祥的小说〈历史的天空〉的新历史话语》，《解放军艺术学院学报》2006年第3期。

贺绍俊：《接续起乡村写作的乌托邦精神——评周大新的〈湖光山色〉》，《南方文坛》2006年第3期。

范国英：《在差异中比较：第六届茅盾文学奖解析》，《当代文坛》2006年第1期。

迟子建、周景雷：《文学的第三地》，《当代作家评论》2006年第4期。

徐其超、毛克强：《聚焦茅盾文学奖》《西南民族大学学报（人文社科版）》2006年第1期。

丁丽燕：《主流文学的话语空间与文化生态的合理构建——以第六届茅盾文学奖获奖文本〈时代英雄〉为例》，《学术界》2006年第2期。

任美衡：《关于"茅盾文学奖"的研究现状及反思》，《西南民族大学学报（人文社科版）》2007年第8期。

任东华：《关于茅盾文学奖的"评选标准"》，《粤海风》2007年第2期。

范国英：《历史题材获奖作品与茅盾文学奖的生产机制》，《廊坊师范学院学报》2007年第1期。

孙郁：《茅盾文学奖：在期待与遗憾之间》，《南方文学》2007年第6期。

任东华：《真相、局限及意图实践的可能性——关于茅盾文学奖的"思想标准"及其它》，《延安大学学报（社会科学版）》2007年第2期。

杨剑龙：《文化消费语境中的文学评奖》，《扬子江评论》2007年第3期。

董之林：《观念与小说——关于姚雪垠的五卷本〈李自成〉》，《文学评论》2008年第2期。

任美衡：《论茅盾文学奖的"思维精神"及其局限》，《江淮论坛》2008年第4期。

任美衡：《茅盾文学奖的"经典观"》，《理论与创作》2008年第6期。

范国英：《论完善茅盾文学奖评奖的合理性问题》，《廊坊师范学院学报（社会科学版）》2008年第3期。

赖巧琳：《由茅盾文学奖看文学走向的艰难》，《长江大学学报（社会科学版）》2008年第2期。

范国英：《现实题材的获奖作品与茅盾文学奖的生产机制》，《云南师范大学学报（哲学社会科学版）》2008年第2期。

陈忠实：《寻找属于自己的句子：〈白鹿原〉创作手记》，《小说评论》2008年第3期。

仲余：《第七届茅盾文学奖授奖辞及获奖作家感言》，《中学语文》2008年第11期。

贺绍俊：《盲人形象的正常性及其意义——读毕飞宇的〈推拿〉》，《文艺争鸣》2008年第12期。

张莉：《日常的尊严——毕飞宇〈推拿〉的叙事伦理》，《文艺争鸣》2008年第12期。

孟繁华：《乡土中国的艰难蜕变——评周大新的长篇小说〈湖光山色〉》，《名作欣赏》2009年第1期。

胡殷红、刘醒龙：《关于〈天行者〉的问答》，《文学自由谈》2009年第5期。

张莉、毕飞宇：《理解力比想象力更重要——对话〈推拿〉》，《当代作家评论》2009年第2期。

洪治纲、葛丽君：《用卑微的心灵照亮世界——论毕飞宇的长篇小说〈推拿〉》，《当代作家评论》2009年第2期。

陈晓明：《"喊丧"、幸存与去—历史化——〈一句顶一万句〉开启乡土干叙事的新面向》，《南方文坛》2009年第9期。

孟繁华：《"说话"是生活的政治——评刘震云的长篇小说〈一句顶一万句〉》，《文艺争鸣》2009年第8期。

毕飞宇：《〈推拿〉一点题外话》，《当代作家评论》2009年第2期。

武新军：《〈暗算〉：茅盾文学奖的突破还是悲哀》，《河南师范大学学报（哲学社会科学版）》2009年第3期。

吴凡：《麦加论：以〈暗算〉、〈风声〉、〈解密〉为例》，《文艺争鸣》2009年第12期。

王春林：《依然如此的茅盾文学奖》，《小说评论》2009年第1期。

张丽军、房伟、马兵：《我们依然期待"茅奖"，期待伟大的中国文学——关于茅盾文学奖未来发展走向的对话》，《艺术广角》2009年第6期。

曹万生：《良心、经典与通俗——第七届茅盾文学奖侧谈》，《名作欣赏》2009年第3期。

李钧：《遗珠之憾与标准缺失——点评"茅盾文学奖"》，《名作欣赏》2009年第3期。

邵燕君：《以和为贵，主旋律重居主导——小议茅盾文学奖评奖原则的演变》，《名作欣赏》2009年第3期。

汪政：《作为文学奖项之一的茅盾文学奖》，《名作欣赏旬刊》2009年第1期。

范国英：《茅盾文学奖：新时期文学制度现代化探索的必然结果》，《湖南文理学院学报（社会科学版）》2009年第1期。

颜敏：《论〈芙蓉镇〉》，《文艺争鸣（当代文学版）》2009年第10期。

罗岗：《消失的"红墨水"——以"电视剧"为"方法"》，《艺术评论》2009年第11期。

陈忠实：《寻找属于自己的句子——〈白鹿原〉写作手记·后记（续完）》，《小说评论》2009年第5期。

张丽军：《"茅奖"，你何时不再矛盾？——关于茅盾文学奖"无边的质疑"的深层探询》，《艺术广角》2009年第1期。

胡平：《我所经历的第七届茅盾文学奖》，《小说评论》2009年第3期。

雷达：《我所知道的茅盾文学奖》，《兰州大学学报》2009年第1期。

黄发有：《以文学的名义——过去三十年中国文学评奖的反思》，《社会科学》2009年第3期。

贾平凹：《当下社会的文学立场》，《文学报》2009年第72期。

孙先科：《〈秦腔〉：在乡土叙事范式之外》，《河南师范大学学报（哲学社会科学版）》2009年第3期。

王彬彬：《"群英荟萃"还是"萝卜开会"——漫说第七届"茅盾文学奖"》，《名作欣赏》2009年第3期。

曹书文：《乡村变革与思想启蒙的双重变奏——评周大新的〈湖光山色〉》，《河南师范大学学报（哲学社会科学版）》2009年第3期。

谭五昌：《简谈第七届茅盾文学奖评选背后的文化选择》，《名作欣赏旬刊》2009年第3期。

王春林：《不吐不快：依然如此的茅盾文学奖》，《时代文学》2009年第1期。

任美衡：《历史呈现与茅盾文学奖的"题材类型"分析》，《西南民族大学学报（人文社科版）》2010年第3期。

黄平：《从"劳动"到"奋斗"——"励志型"读法、改革文学与〈平凡的世界〉》，《文艺争鸣（当代文学版）》2010年第3期。

王春林：《良知是高尚者的墓志铭——评刘醒龙长篇小说〈天行者〉》，《南方文坛》2010年第1期。

王一川：《中国晚熟现实主义的三元交融及其意义》，《文艺争鸣》2010年第23期。

肖鹰：《中国文学的精神危机与茅盾文学奖的休克治疗》，《天津社会科学》2010年第4期。

宋剑华：《〈白鹿原〉：一部值得重新论证的文学"经典"》，《中国文学研究》2010年第1期。

胡德培：《姚雪垠和〈李自成〉，中国当代文学出版的一面镜子》，《出版史料》2010年第1期。

洪治纲、张婷婷：《乡村启蒙的赞歌与挽歌——论刘醒龙的长篇新作〈天行者〉》，《文艺争鸣》2010年第3期。

孟繁华：《"茅盾文学奖"与乡土中国——第七届"茅盾文学奖"的两部

乡土小说》，《西南民族大学学报（人文社科版）》2010年第3期。

梁振华：《〈蛙〉：时代吊诡与"混沌"美学》，《南方文坛》2010年第3期。

翟业军：《那一种黑色的精神——论莫言〈蛙〉》，《文艺争鸣》2010年第19期。

庞弘：《启蒙的困惑——对莫言新作〈蛙〉的解读》，《南京师范大学文学院学报》2010年第3期。

王华、姚国建：《新世纪乡土如何现代——以第五、六、七届茅盾文学奖乡土小说为分析对象》，《华中师范大学研究生学报》2010年第2期。

毛克强：《世纪之初的现实主义旗帜——第七届茅盾文学奖获奖作品述评》，《西南民族大学学报（人文社科版）》2010年第3期。

管笑笑：《发展的悲剧和未完成的救赎——论莫言〈蛙〉》，《南方文坛》2011年第1期。

范云晶：《肉身和精神双重悲剧的沉痛书写——论莫言的新作〈蛙〉》，《名作欣赏》2011年第6期。

李建军：《〈蛙〉：写的什么？写得如何？》，《文学报》2011年10月20日。

李掖平：《第八届茅盾文学奖获奖作品纵横谈》，《南方文坛》2011年第6期。

冯晓：《知识分子立场的坚守与重构——论刘醒龙的长篇小说〈天行者〉》，《小说评论》2011年第1期。

范国英：《政治资本的弱化：新时期文学场初步建立的标志——以茅盾文学奖和"民间奖"的对立为视角的考察》，《学术论坛》2011年第10期。

雷达：《我所了解的茅盾文学奖》，《解放日报》2011年9月23日。

翟业军、向内：《"分享艰难"的一种方法——论刘醒龙〈天行者〉》，《文艺争鸣》2011年第16期。

王嘉良：《论"茅盾传统"及其对中国新文学的范式意义》，《浙江学刊》2011年第5期。

孟繁华：《第八届茅盾文学奖：为什么是"50后"》，《文学与文化》2011年第4期。

张莉：《对新文学传统的继承与发扬——第八届茅盾文学奖的文学史意义》，《文学与文化》2011年第4期。

於可训：《第八届茅盾文学奖读书札记》，《文学与文化》2011年第4期。

张颐武：《从"茅盾文学奖"反思文学》，《艺术评论》2011年第10期。

吴景明：《茅盾文学奖与当代文学史现场》，《文艺争鸣》2011年第16期。

吴俊：《中国当代文学评奖的制度性之辨——关于茅盾文学奖、鲁迅文学奖之类"国家文学"评奖》，《当代作家评论》2011年第6期。

刘成：《第八届茅盾文学奖参评感言》，《内蒙古日报》（汉）2011年10月14日。

杨扬：《21世纪可能会有一些新的文学传统——〈推拿〉引发的一点感想》，《扬子江评论》2011年第5期。

董之林：《由历史小说看"五四"时代的延续——论〈李自成〉研究再度兴起》，《现代中文学刊》2011年第2期。

黄平：《无字的墓碑：乡土叙事的"形式"与"历史"——细读〈秦腔〉》，《南方文坛》2011年第1期。

何言宏：《乡村知识分子的精神写照——刘醒龙长篇小说〈天行者〉读札》，《扬子江评论》2011年第6期。

王源：《莫言茅盾文学奖获奖作品〈蛙〉研讨会综述》，《东岳论丛》2011年第11期。

肖鹰：《茅盾文学奖"评奖纪律"如何解释》，《东方早报》2011年8月25日A23版。

张颐武：《"茅盾文学奖"亟需应对当代中国文学的复杂处境》，《探索与争鸣》2011年第10期。

涂昕：《张炜小说中的两个层面和齐文化的浸润》，《当代作家评论》2011年第1期。

施战军：《〈你在高原〉：探寻无边心海》，《当代作家评论》2011年第1期。

夏义生：《〈这边风景〉：主题先行与叙事的分裂——兼论王蒙"文革"

后期的创作》，《南方文坛》2011年第4期。

任美衡：《近三十年茅盾文学奖审美经验反思》，《小说评论》2011年第3期。

李丹丹：《从"废都"到"废乡"看茅盾文学奖国家意识的恪守与嬗变》，《剑南文学（经典教苑）》2011年第1期。

任美衡：《论茅盾文学奖的乡土意识——茅盾文学奖乡土题材作品的考察与批判》，《当代文坛》2011年第3期。

贺绍俊：《十进五的游戏——关于第八届茅盾文学奖的随想》，《天津师范大学学报（社会科学版）》2012年第1期。

郭杰：《独创性与超越性：莫言的启示》，《华南师范大学学报（社会科学版）》2012年第6期。

胡平：《不同寻常的第八届茅盾文学奖》，《小说评论》2012年第3期。

陈舒劼：《矛盾的权衡与象征的失落——茅盾文学奖评选的文化分析》，《学术评论》2012年第1期。

王春林：《近年来长篇小说叙事方式多样化趋势的分析——以第八届茅盾文学奖为中心》，《山西大学学报（哲学社会科学版）》2012年第4期。

王春林：《"中国问题"的深切触摸与思考——第八届茅盾文学奖小说主题的一个侧面》，《南方文坛》2012年第4期。

孟繁华：《评奖与"承认的政治"——从第八届茅盾文学奖看50后作家的文学价值观》，《山西大学学报（哲学社会科学版）》2012年第4期。

张学军：《茅盾文学奖获奖作品接受状况调查》，《中国现代文学研究丛刊》2012年第8期。

禹建湘：《"明迎暗拒"——论茅盾文学奖对于网络文学的姿态》，《学术评论》2012年第1期。

常世举：《当代文化语境中的多元博弈——从茅盾文学奖看新时期的文学评奖体制》，《名作欣赏》2012年第31期。

吴圣刚：《生存记忆、民间智慧与反现代性——迟子建〈额尔古纳河右岸〉批评》，《信阳师范学院学报（哲学社会科学版）》2012年第4期。

程德培：《李佩甫的"两地书"——评〈生命册〉及其他六部长篇小说》，《当代作家评论》2012年第5期。

敬文东：《格非小词典或桃源变形记——"江南三部曲"阅读札记》，《当代作家评论》2012年第5期。

格非、张清华：《如何书写文化与精神意义上的当代——关于〈春尽江南〉的对话》，《南方文坛》2012年第2期。

栗丹、王博：《家国想象、现代诱惑及精神乌托邦——从权力叙事的角度评张炜新作〈你在高原〉》，《北方文学》（下半月）2012年第1期。

张炜：《关于〈你在高原〉及其它》，《创作与评论》2012年第10期。

赵蕊：《论茅盾文学奖存在的问题及其发展》，《青年文学家》2012年第7期。

王海波、韩一充、郑淇文：《茅盾文学奖的进步和启示》，《群文天地》2012年第16期。

贺仲明：《浪漫主义的沉思与漫游——论张炜〈你在高原〉》，《东吴学术》2012年第6期。

贺绍俊：《"拨乱反正"宏大叙事的大合唱我看首届茅盾文学奖》，《新文学评论》2012年第2期。

刘传霞：《论〈废都〉〈白鹿原〉性叙述中的性别政治》，《山东师范大学学报（人文社会科学版）》2013年第2期。

白烨：《一份独特的茅盾文学奖作品档案》，《文艺报》2013年10月23日。

陈美兰：《回忆首届茅盾文学奖评选读书班》，《武汉文史资料》2013年第10期。

李杨：《〈白鹿原〉故事——从小说到电影》，《文学评论》2013年第2期。

温儒敏：《莫言〈蛙〉的超越与缺失》，《百家评论》2013年第3期。

李娜、秦良杰：《作为艺术评价的茅盾文学奖评奖标准探析》，《浙江海洋学院学报（人文科学版）》2013年第03期。

陈晓明：《在历史的"阴面"写作——试论〈长恨歌〉隐含的时代意识》，《文学评论》2013年第6期。

王春林：《民间叙事与知识分子批判精神的艺术交融——评金宇澄长篇小〈繁花〉》，《当代文坛》2013年第6期。

何平：《爱以闲谈消永昼——〈繁花〉不是一部怎样的小说》，《当代作家评论》2013年第4期。

朱晏：《文化身份与当代文学经典中"承认的政治"——以茅盾文学奖获奖者为例》，《求是学刊》2013年第3期。

周景雷：《市民主义的复活及其批判——简评金宇澄的长篇新作〈繁花〉》，《当代作家评论》2013年第4期。

申霞艳：《乡土中国与现代性：重读〈白鹿原〉》，《南方文坛》2013年第2期。

王树恩：《〈浴血罗霄〉风雨五十年》，《党史纵横》2013年第5期。

王宏图：《转型后的回归——从〈黄雀记〉想起的》，《南方文坛》2013年第6期。

刘军：《〈生命册〉："爱欲与文明"的纠葛与疏离》，《扬子江评论》2013年第4期。

王清辉：《超越故事与发明传统——格非〈江南三部曲〉解读》，《中国现代文学研究丛刊》2013年第5期。

徐勇：《以象征的方式重新介入现实——论苏童〈黄雀记〉的文学史意义》，《文学评论》2014年第2期。

唐北华：《〈黄雀记〉：转型回归下的意象取向》，《小说评论》2014年第6期。

王春林：《沉郁雄浑的人生"中段"——评王蒙长篇小说〈这边风景〉》，《当代作家评论》2014年第1期。

王金胜、段晓琳：《革命时代的生活与文学之美——〈这边风景〉简论》，《东方论坛》2014年第1期。

温奉桥、李萌羽：《噤声时代的文学记忆——王蒙新作〈这边风景〉略论》，《小说评论》2014年第3期。

熊修雨：《理想主义与人性建构——论"江南三部曲"中格非对乌托邦问题的思考》，《北京师范大学学报（社会科学版）》2014年第3期。

贺仲明：《论当前文学人物形象的弱化与变异趋向——以格非〈江南三部曲〉为中心》，《南方文坛》2014年第1期。

王均江、张雯：《论格非的〈江南三部曲〉》，《小说评论》2014年第

4期。

陈福民：《理想小说、理想作者及其限度——由金宇澄〈繁花〉说起》，《现代中文学刊》2014年第1期。

项静：《方言、生命与韵致——读金宇澄〈繁花〉》，《中国现代文学研究丛刊》2014年第8期。

曾军：《地方性的生产：〈繁花〉的上海叙述》，《华中师范大学学报（人文社会科学版）》2014年第6期。

程光炜：《陕西人的地方志和白鹿原——〈白鹿原〉读记》，《文艺研究》2014年第8期。

岳雯：《不彻底的改革和理性的抒情——重读〈沉重的翅膀〉》，《南方文坛》2014年第2期。

翟业军、吕林：《怒与耻："顺从"世界的两种方式——论苏童〈黄雀记〉》，《文艺争鸣》2014年第8期。

王岩：《历史尽头处的人性迷失——苏童新作〈黄雀记〉的启示》，《中国图书评论》2014年第11期。

王春林：《〈繁花〉：中国现代城市诗学建构的新突破》，《现代中文学刊》2014年第1期。

刘涛：《花繁花衰——〈繁花〉论》，《艺术评论》2014年第5期。

王火：《有助于历史的前进——在第四届茅盾文学奖颁奖大会上的讲话》，《郭沫若学刊》2014年第1期。

何弘：《现代化进程中的众生命相——评〈生命册〉兼议当代长篇小说创作》，《当代作家评论》2015年第6期。

《茅盾文学奖评奖条例》，《文艺报》2015年3月16日。

周根红：《茅盾文学奖与新时期文学出版》，《中国出版》2015年第10期。

陈雪：《43部作品背后的茅盾文学奖　茅盾文学奖出版数据分析》，《新华书目报》2015年8月24日。

吴秀明、章涛：《"获奖修订版"生成与当代主流文学话语的规范／妥协机制——以〈沉重的翅膀〉和〈白鹿原〉的修订为例》，《清华大学学报（哲学社会科学版）》2015年第1期。

罗长青：《新世纪文学评奖争议现象述评》，《福建师范大学学报（哲学社会科学版）》2015年第1期。

张永禄：《〈繁花〉的情感结构与悲剧意味》，《当代作家评论》2015年第5期。

宋潇：《评委"解密"第九届茅盾文学奖》，《博览群书》2015年第10期。

穆红：《茅盾文学奖从"作品奖"变"作家奖"？》，《时代人物》2015年第9期。

傅修海：《"茅盾文学奖"的矛盾》，《粤海风》2015年第5期。

周名瑞、周春英：《苏童的"绳索"——〈黄雀记〉赏析》，《名作欣赏》2015年第5期。

张莉：《现实感与想象历史的可能——以苏童近年创作为例》，《文艺研究》2015年第8期。

贺绍俊：《茅盾文学奖作品能成为经典吗？》，《人民日报》（海外版）2015年5月12日。

王彦：《茅盾文学奖：当"史诗叙事"遭遇快速刷新的时代》，《文汇报》2015年4月9日。

任美衡：《获奖作品与"茅奖"性格——茅盾文学奖精神及美学走向》，《博览群书》2015年第9期。

金涛：《茅奖，在纠结中取舍》，《中国艺术报》2015年8月21日。

汪代明、赵明：《茅盾文学奖，何时颁给网络文学》，《小说评论》2016年第1期。

刘川鄂：《各有所长　各有缺憾——第九届茅盾文学奖评奖札记》，《南方文坛》2016年第1期。

李国文：《我与茅盾文学奖》，《光明日报》2016年1月22日。

二、学术专著

徐其超、毛克强、邓经武：《聚焦茅盾文学奖》，北京：作家出版社，2005年。

范国英：《茅盾文学奖的文学制度研究》，北京：中国社会科学出版社，2009年。

廖四平：《茅盾文学奖获奖作品解析》，长春：吉林大学出版社，2010年。

任东华：《茅盾文学奖研究》，北京：中国社会科学出版社，2011年。

三、学位论文

范国英：《茅盾文学奖的文学制度研究》，四川大学博士论文，2006年。

任美衡：《茅盾文学奖研究》，兰州大学博士论文，2007年。

李虹：《茅盾文学奖评奖问题研究》，江西师范大学硕士论文，2011年。

海晓红：《引导与规约——茅盾文学奖与新时期以来的长篇小说创作》，宁夏大学硕士论文，2011年。

孙俊杰：《茅盾文学奖获奖作品中的儒家文化表现》，山东大学博士论文，2012年。

张婕蕾：《茅盾文学奖与出版传播》，武汉理工大学硕士论文，2012年。

王浩：《文学评奖制度研究——以诺贝尔文学奖和茅盾文学奖为例》，西南大学硕士论文，2013年。

陈蕴茜：《茅盾文学奖评奖机制研究》，广西师范大学硕士论文，2013年。

岳亚光：《从茅盾文学奖透视当代文学评奖制度的价值取向》，山西师范大学硕士论文，2014年。

欧阳小婷：《茅盾文学奖前三届获奖作品的人民性》，江西师范大学硕士论文，2014年。